CARTE
BLANCHE

DU MÊME AUTEUR

Priez pour mourir, Plon, 1994 ; Éditions des Deux Terres, 2011.

Dix-huit heures pour mourir, Calmann-Lévy, 1996 ;
  Le Livre de Poche, 1998.

Bone Collector : Le désosseur, Calmann-Lévy, 1998 ;
  Le Livre de Poche, 2000.

Tir à l'aveugle, Calmann-Lévy, 2000 ; Le Livre de Poche, 2002.

Épitaphe pour une star du porno, Le Livre de Poche, 2002.

La place du mort, Calmann-Lévy, 2002 ; Le Livre de Poche, 2004.

Meurtre.com, Calmann-Lévy, 2003 ; Le Livre de Poche, 2005.

New York City blues, L'Archipel, 2004 ; Archipoche, 2007.

Le singe de pierre, Calmann-Lévy, 2004 ; Le Livre de Poche, 2006.

L'homme qui disparaît, Calmann-Lévy, 2006 ;
  Le Livre de Poche, 2007.

Le rectificateur, Éditions des Deux Terres, 2006 ;
  Le Livre de Poche, 2007.

Pour toujours, dans l'anthologie *Transgressions, vol. 4,*
  Calmann-Lévy, 2007.

Spirales infernales : seize nouvelles cultes de terreur,
  Éditions des Deux Terres, 2007 ; Le Livre de Poche, 2009.

Les trottoirs de Manhattan, Calmann-Lévy, 2007.

Sangs innocents, L'Archipel, 2007.

La carte du pendu, Éditions des Deux Terres, 2007 ;
  Le Livre de Poche, 2008.

Clair de lune, Éditions des Deux Terres, 2008 ;
  Le Livre de Poche, 2009.

La belle endormie, Éditions des Deux Terres, 2009 ;
  Le Livre de Poche, 2010.

La vitre brisée, Éditions des Deux Terres, 2010.

Jeffery Deaver

CARTE BLANCHE

LE NOUVEAU JAMES BOND

Traduit de l'anglais (États-Unis)
par Perrine Chambon et Arnaud Baignot

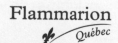
Flammarion
Québec

Catalogage avant publication de Bibliothèque et Archives nationales du Québec et Bibliothèque et Archives Canada

Deaver, Jeffery

    Carte blanche

    Traduction de : Carte blanche.

    ISBN 978-2-89077-416-2

    I. Fleming, Ian, 1908-1964. II. Chambon, Perrine. III. Baignot, Arnaud. IV. Titre.

PS3554.E175C3714 2011   813'.54   C2011-940690-X

COUVERTURE

Photo : © David Gill

Adaptation graphique : Annick Désormeaux

INTÉRIEUR

Composition : Nord Compo

Titre original : CARTE BLANCHE

Éditeur original : Hodder & Stoughton, une société de Hachette UK

ISBN 978-2-89077-416-2

Dépôt légal BAnQ : 2e trimestre 2011

Imprimé au Canada
www.flammarion.qc.ca

www.ianfleming.com
www.jefferydeaver.com

Note de l'auteur

Ceci est une œuvre de fiction. Toutefois, à quelques exceptions près, les organisations mentionnées sont réelles. Le monde des renseignements, de l'espionnage et du contre-espionnage est constitué d'acronymes et d'abréviations. Le jargon des agences de sécurité pouvant s'avérer légèrement rebutant, j'ai jugé utile d'ajouter un glossaire, qu'on trouvera à la fin de ce livre.

J.D.

À Ian Fleming,
l'homme qui nous a montré
que nous pouvions encore croire aux héros.

« On ne manque pas d'agents au SAS ou dans les forces spéciales de la Royal Navy qui savent se servir d'un couteau ou d'un fusil de précision, continua l'homme. Mais ils ne conviennent pas forcément pour des situations, plus délicates, dirons-nous. De même, il y a beaucoup d'agents au MI5 et au MI6 qui savent faire la différence entre un côte-de-beaune et un côte-de-nuits et qui parlent aussi bien le français que l'arabe, mais qui s'évanouiraient à la vue du sang. Vous semblez être une rare combinaison de ce qu'il y a de meilleur dans les deux cas. »

« Ce qu'il faut, c'est une nouvelle organisation qui coordonne, inspire, contrôle et assiste les ressortissants des pays opprimés... Nous avons besoin du secret absolu, d'un certain enthousiasme fanatique, d'une volonté de coopérer avec des gens de nationalités différentes et d'une fiabilité politique totale. Cette organisation devrait, d'après moi, être complètement indépendante du ministère de la Guerre. »

Hugh Dalton, ministre de l'Économie de guerre, décrivant la création du groupe de sabotage et d'espionnage de la direction des Opérations Spéciales britannique, au déclenchement de la Seconde Guerre mondiale.

DIMANCHE

LE DANUBE ROUGE

1

La main sur l'accélérateur, le conducteur du train de marchandises ressentit l'excitation qui le parcourait toujours lorsqu'il effectuait ce trajet vers le nord, en direction de Belgrade, à l'approche de Novi Sad.

C'était l'itinéraire du célèbre Arlberg Orient-Express, qui remontait de la Grèce jusqu'à Belgrade entre les années trente et soixante. Bien entendu, il ne conduisait pas une locomotive à vapeur Pacific 231 tractant d'élégants wagons-restaurants décorés d'acajou et de cuivre, des suites et des couchettes luxueuses où les passagers se prélassaient rêveusement. Il était au volant d'un vieux coucou américain qui traînait derrière lui une série de wagons de marchandises plus ou moins stables, remplis d'une cargaison apparemment tout à fait quelconque.

Néanmoins, ce passé excitant se rappelait à lui devant chaque panorama qu'offrait ce voyage, d'autant plus qu'il approchait du fleuve, son fleuve.

Cependant, il se sentait mal à l'aise.

Parmi les wagons à destination de Budapest qui contenaient du charbon, de la ferraille, des produits de consommation et du bois de construction, l'un d'eux l'inquiétait tout particulièrement. Il abritait des conteneurs d'isocyanate de méthyle, destinés à une usine de caoutchouc hongroise.

Le chauffeur, un homme rond, bientôt chauve, vêtu d'une casquette usée et d'un bleu de travail taché, avait été mis en garde maintes fois contre la toxicité de ce produit chimique par son supérieur et un imbécile du ministère des Transports et de la Sécurité serbe. Quelques années plus tôt, cette substance avait causé la mort de huit mille personnes à Bhopal, en Inde, après qu'une fuite s'était produite dans une usine.

Chauffeur d'expérience syndiqué, il avait accepté le risque que présentait cette cargaison, mais s'était permis de demander :

— Qu'est-ce que cela implique pour le trajet jusqu'à Budapest... exactement ?

Après avoir échangé un regard de pure convention, son patron et le bureaucrate avaient répondu :

— D'être très prudent, c'est tout.

Les lumières de Novi Sad, la deuxième ville de Serbie, apparurent au loin, et le Danube se détacha comme une bande pâle dans le crépuscule. L'Histoire et la musique avaient célébré ce fleuve. En réalité, il s'avérait peu spectaculaire avec son eau marron qui charriait des péniches et des pétroliers et non des navires éclairés à la bougie où les amoureux dansaient au son des orchestres viennois... du moins pas à cet endroit-là. Il n'en demeurait pas moins le Danube, joyau et fierté des Balkans, que le chauffeur ne pouvait traverser sans émotion.

Son fleuve...

À travers le pare-brise moucheté, il gardait les yeux rivés sur les rails devant lui, éclairés par ses phares. Aucun souci à se faire.

L'accélérateur comptait huit vitesses. Il rétrograda de la cinquième à la troisième avant d'aborder une série de virages. Le moteur quatre mille chevaux s'apaisa et diminua la puissance de traction.

Quand les wagons entamèrent la ligne droite du pont, le chauffeur repassa en cinquième, puis en sixième. Tandis que la machine prenait de la vitesse en rugissant, une série de tintements se firent entendre à l'arrière : le bruit des wagons qui s'entrechoquaient à l'accélération, produisant une légère cacophonie que le chauffeur avait entendue des centaines de fois auparavant. Pourtant, il ne pouvait s'empêcher d'imaginer qu'elle provenait du troisième wagon où les conteneurs transportant le produit toxique menaçaient de répandre leur poison.

N'imagine pas importe quoi, se dit-il, veillant à garder une vitesse régulière. Puis, sans aucune raison, si ce n'est pour se rassurer, il actionna l'avertisseur.

2

Allongé au sommet d'une colline, entouré d'une végétation indistincte, un homme au visage grave et à l'allure de chasseur entendit le hurlement d'un avertisseur au loin. Un coup d'œil lui apprit que le son émanait du train qui s'approchait au sud. Il serait là dans une dizaine de minutes. Il se demanda si cela aurait des conséquences sur la fragile opération qui était sur le point de débuter.

Changeant légèrement de position, il examina soigneusement la locomotive Diesel et l'interminable chaîne de wagons à travers sa lunette d'approche infrarouge.

Jugeant que le train n'allait pas contrarier ses plans, James Bond pointa le monoculaire vers le restaurant de l'hôtel spa et observa de nouveau sa cible à travers la fenêtre. L'immeuble vétuste était imposant, stuc jaune et moulure marron. Apparemment un lieu prisé par la population locale, au vu du nombre de Zastava et de Fiat Saloon sur le parking.

À 20 h 40 ce dimanche soir, le ciel était dégagé près de Novi Sad, là où la plaine pannonienne s'élevait pour former un paysage que les Serbes appelaient « montagneux », bien que Bond supposât que l'adjectif avait sans doute été choisi pour attirer les touristes ; les aspérités du relief étaient de simples collines pour lui, skieur passionné. L'air était frais et sec en ce mois de mai et les alentours aussi calmes que dans un funérarium.

Bond changea de nouveau de position. Âgé d'une trentaine d'années, il mesurait un peu plus d'un mètre quatre-vingts et pesait 77 kilos. Une balafre de huit centimètres environ traversait sa joue droite.

Il avait choisi avec un soin particulier sa tenue ce soir-là. Il portait une veste vert foncé et un pantalon imperméable de la marque américaine 5.11, qui fabriquait les meilleurs vêtements militaires sur le marché. Il avait chaussé des bottes en cuir usé conçues pour la chasse qui lui assuraient un excellent appui au corps à corps.

Comme la nuit approchait, les lumières au nord brillèrent avec davantage d'intensité : la vieille ville de Novi Sad. Aussi animée et charmante qu'elle fût à présent, Bond connaissait son triste passé.

Après le massacre de milliers d'habitants par les Hongrois en janvier 1942, qui jetèrent les corps dans le Danube glacé, Novi Sad devint un point de ralliement de la résistance. Bond était là ce soir pour empêcher qu'un nouveau malheur ne se produise.

La veille, une alarme avait retenti dans les services du renseignement britannique. Le GCHQ, à Cheltenham, avait décrypté un message au sujet d'une attaque dans la semaine à venir.

Rendez-vous au bureau de Noah, confirme incident pour vendredi soir, le 20, estimation des victimes, milliers, intérêts britanniques sévèrement touchés, transfert de l'argent comme prévu.

Un peu plus tard, les oreilles indiscrètes du gouvernement avaient déchiffré une partie d'un second message envoyé par le même téléphone, le même algorithme de cryptage, mais vers un numéro différent.

Rendez-vous dimanche au restaurant Rostilj à l'extérieur de Novi Sad, 20 h 00. Taille + 1,80. Accent irlandais.

Ensuite l'Irlandais, qui avait courtoisement, sinon par mégarde, donné son propre surnom, avait détruit le téléphone ou bien éjecté la batterie, comme l'avaient fait les destinataires de l'autre message.

À Londres, le Comité conjoint du renseignement et les membres du Cobra, le cabinet de gestion des crises, se réunirent dans la nuit pour évaluer les risques de l'Incident Vingt, appelé ainsi en référence à la date.

Ils ne disposaient d'aucune information solide sur l'origine ou la nature de la menace mais le MI6 pensait qu'elle provenait des régions tribales de l'Afghanistan, où Al-Qaïda et ses alliés s'étaient mis à recruter des agents occidentaux en Europe. Des agents du MI6 à Kaboul s'efforcèrent d'en apprendre davantage. On avait également approfondi la branche serbe. La veille, à vingt-deux heures, ces différentes informations étaient arrivées aux oreilles de Bond ; celui-ci dînait alors dans un restaurant chic de Charing Cross en compagnie d'une belle femme dont l'interminable discours sur sa vie de peintre sous-estimée devenait pénible. Le mobile de Bond avait affiché ce message :

ACTN, Tel CE.

L'alerte Action Nocturne signifiait qu'une réaction immédiate était exigée, quelle que soit l'heure. Le coup de fil passé à son chef de section avait fort heureusement mis un terme à son tête-à-tête et bientôt Bond était en route pour la Serbie, avec un ordre de mission de niveau 2, l'autorisant à poser des micros espions et autres dispositifs de surveillance afin d'identifier l'Irlandais et de suivre sa trace. Il était même autorisé à enlever l'Irlandais et à le conduire en Angleterre ou dans un lieu tenu secret sur le continent pour l'interroger.

À présent Bond était allongé parmi des narcisses blancs et prenait soin d'éviter les feuilles de cette fleur printanière superbe mais vénéneuse. Il concentra son attention sur la fenêtre du Restoran Roštilj, derrière laquelle l'Irlandais, assis devant un plat qu'il avait à peine touché, discutait avec son complice encore non identifié mais d'apparence slave. Peut-être parce que ce dernier était nerveux, il s'était garé ailleurs et avait marché jusque-là, empêchant ainsi toute identification d'une plaque d'immatriculation.

L'Irlandais ne s'était pas montré aussi timoré. Il était arrivé dans une Mercedes bas de gamme quarante minutes plus tôt. L'immatriculation révéla qu'elle avait été louée dans la journée et payée en liquide sous un faux nom grâce à un passeport et un permis de conduire britanniques, tous deux falsifiés. L'homme, mince, avait sensiblement le même âge que Bond, peut-être quelques années de plus, et mesurait près d'un mètre quatre-vingts lui aussi. Il avait marché jusqu'au restaurant d'un pas dis-gracieux, les pieds en canard. Une étrange frange blonde tom-bait sur son front. Ses pommettes étaient saillantes et son menton carré.

Bond se félicitait que cet homme soit sa cible. Deux heures plus tôt, il avait bu un café dans le restaurant et placé un mou-chard dans l'embrasure de la porte d'entrée. À l'heure prévue, un homme s'était présenté et avait parlé en anglais au maître d'hôtel, lentement mais d'une voix forte comme le font souvent les étrangers quand ils s'adressent aux autochtones. Pour Bond, qui écoutait la conversation sur son téléphone high-tech à une trentaine de mètres de là, l'accent venait de l'Ulster, probable-ment de Belfast ou de la région alentour. Malheureusement la rencontre entre l'Irlandais et son complice avait eu lieu hors de portée du micro espion.

À travers son monoculaire, Bond étudiait maintenant son adversaire en prenant note de tous les détails : « Le moindre détail peut vous sauver. La moindre erreur est fatale », avaient coutume de lui dire les instructeurs de Fort Monckton. Il constata que l'Irlandais, méticuleux, ne faisait aucun geste inu-tile. Quand son complice lui tendit un schéma, l'Irlandais le déplaça jusqu'à lui à l'aide d'un porte-plume afin de ne laisser aucune empreinte. Il tourna ensuite le dos à la fenêtre et se retrouva face à son associé ; le système de surveillance du télé-phone portable de Bond ne lui permettait pas de lire sur les lèvres. À un moment, l'Irlandais se retourna pour jeter un coup d'œil vers l'extérieur comme alerté par un sixième sens. Ses yeux pâles étaient dépourvus d'expression. Quelques secondes plus tard il se tourna de nouveau vers son assiette qui ne l'intéressait visiblement pas.

Le repas semblait toucher à sa fin. Bond se leva avec précau-tion du monticule pour traverser un paysage clairsemé d'épicéas, de pins et d'arbustes rabougris parsemés de fleurs blanches. Il dépassa un panneau décoloré où l'on pouvait lire des indications en serbe, en français et en anglais, qui l'amusa :

SPA ET RESTAURANT ROŠTILJ
AU CŒUR D'UNE RÉGION THERMALE RECONNUE
ET RECOMMANDÉE POUR TOUTES CONVALESCENCES
APRÈS UNE OPÉRATION, EN PARTICULIER
POUR CEUX QUI SOUFFRENT DE MALADIES SÉVÈRES
ET CHRONIQUES DES VOIES RESPIRATOIRES OU D'ANÉMIES.
GRAND CHOIX DE BOISSONS ALCOOLISÉES AU BAR.

Il regagna l'aire de livraison, derrière un abri de jardin délabré qui sentait l'huile de moteur, l'essence et l'urine, non loin de l'allée qui menait au restaurant. Ses deux « camarades », comme il les appelait, l'attendaient là.

James Bond préférait agir seul, toutefois le plan qu'il avait élaboré nécessitait l'assistance de deux personnes du pays qui travaillaient pour le BIA, sigle qui désignait en réalité l'agence de renseignement et de sécurité serbe. Cependant, les deux hommes avaient endossé l'uniforme de la police de Novi Sad et arboraient la plaque dorée du ministère de l'Intérieur.

La mine patibulaire, ils portaient les cheveux coupés ras sous leur casquette bleu marine comme leur uniforme en laine. Le premier avait une quarantaine d'années, le second vingt-cinq ans. Malgré leur tenue de garde champêtre, ils étaient prêts au combat. Ils étaient armés de lourds pistolets Beretta accompagnés de ceintures de munitions. Sur le siège arrière de la voiture de police qu'ils avaient empruntée, une Volkswagen Jetta, se trouvaient deux mitrailleuses Kalashnikov vert kaki, un Uzi ainsi qu'un sac de toile rempli de grenades à fragmentation, et des HG 85, particulièrement dangereuses.

Bond se tourna vers l'agent le plus âgé, mais au moment de lui parler il entendit quelque chose claquer derrière lui. La main posée sur son Walther PPS, il se retourna brusquement pour voir le jeune Serbe taper sur un paquet de cigarettes qu'il tenait dans sa paume, un rituel que Bond, ancien fumeur, avait toujours trouvé artificiel et inutile.

— Silence, chuchota-t-il froidement. Range ça. Pas de cigarette.

La perplexité se lut sur le visage du Serbe.

— Mon frère, il fume toujours quand il est en mission. En Serbie, ça paraît plus normal que de ne pas fumer.

Sur la route, le jeune homme avait longuement parlé de son frère plus âgé, un soldat du tristement célèbre JSO, officiellement une section des services secrets de l'État, en réalité un groupe paramilitaire spécialisé dans les missions clandestines. Il n'avait pas manqué de préciser avec fierté que son grand frère avait combattu aux côtés des Tigres d'Arkan, une bande de criminels impitoyable responsable de certaines des pires exactions commises dans les combats menés en Croatie, en Bosnie et au Kosovo.

— Peut-être que dans les rues de Belgrade une cigarette passerait inaperçue, grommela Bond, mais nous sommes ici en mission. Range-les.

Le jeune homme obtempéra sans se presser. Il parut sur le point de dire quelque chose à son coéquipier mais se ravisa, se rappelant sans doute que Bond maîtrisait plutôt bien le serbo-croate.

Bond tourna de nouveau son regard vers le restaurant où l'Irlandais était en train de régler le repas en dinars ; éviter toute traçabilité, bien sûr. Son complice, quant à lui, enfilait sa veste.

— OK. C'est l'heure.

Bond leur rappela la tactique à suivre. Une fois que la Mercedes de l'Irlandais aurait quitté les lieux et se trouverait à environ deux kilomètres du restaurant, ils la prendraient en chasse dans leur voiture de police. Les deux Serbes lui ordonneraient alors de se ranger sur le côté en lui expliquant que son véhicule était impliqué dans un trafic de drogue à Novi Sad. On lui demanderait poliment de sortir avant de lui passer les menottes. Son téléphone portable, son portefeuille et ses papiers d'identité seraient placés dans le coffre de la Mercedes et on le ferait asseoir un peu plus loin, hors de vue du véhicule.

Pendant ce temps, Bond sortirait furtivement de l'arrière de la voiture de police, photographierait les documents, téléchargerait ce qu'il pourrait sur son téléphone mobile, examinerait bagages et ordinateurs portables, enfin placerait des dispositifs de pistage.

L'Irlandais, de son côté, comprendrait finalement qu'il s'agissait d'une tentative d'extorsion et proposerait un pot-de-vin approprié. Ils le laisseraient ensuite partir.

— Je suis certain à quatre-vingt-dix pour cent qu'il obtempérera, affirma Bond. Mais si ce n'est pas le cas et qu'il engage le combat, rappelez-vous qu'il ne doit pas être tué. J'ai besoin de lui vivant. Visez en priorité le bras, près du coude, mais pas l'épaule.

Malgré ce que l'on peut voir dans les films, une blessure à l'épaule est aussi mortelle qu'une blessure dans l'abdomen ou la poitrine.

L'Irlandais sortait du restaurant à présent. Méfiant, il marqua un temps d'arrêt pour observer les alentours. De nouvelles voitures s'étaient garées sur le parking mais, jugeant manifestement qu'il n'y avait rien d'anormal, il grimpa dans la Mercedes avec son complice.

— Ils sont ensemble, dit Bond. On procède de la même manière.

— *Da.*

L'Irlandais démarra et alluma ses phares.

La main sur son Walther, bien au chaud dans son holster en cuir D.M. Bullard, Bond monta à l'arrière de la voiture de police, où il remarqua une canette vide sous le siège. Un de ses camarades avait bu une Jelen Pivo, une bière blonde, pendant qu'il surveillait l'Irlandais et son complice. Le manque de discipline le dérangeait moins que la négligence. L'Irlandais se méfierait peut-être d'un policier qui sentait la bière. L'amour-propre et la cupidité peuvent s'avérer utiles, songea Bond, mais l'incompétence représente un danger aussi inutile qu'impardonnable.

Les deux Serbes montèrent à l'avant. Le moteur de la voiture se mit à vrombir. Bond plaça dans son oreille le récepteur de son DECP, dispositif d'écoute à courte portée, utilisé pour les écoutes clandestines au cours d'opérations militaires.

— Deuxième canal, leur rappela-t-il.

— *Da, da.*

Le plus âgé des deux semblait s'ennuyer. Ils installèrent leur oreillette.

James Bond se demanda à nouveau s'il avait tout préparé convenablement. Malgré la vitesse à laquelle la mission s'était mise en place, il avait passé des heures à la peaufiner et croyait avoir tout prévu.

À l'exception d'une seule chose.

L'Irlandais n'agit pas du tout comme prévu.

Il ne quitta pas les lieux.

La Mercedes se détourna de l'allée et s'engagea sur la pelouse à proximité du restaurant, de l'autre côté d'une grande haie, hors de vue du personnel et des clients. Elle se dirigea vers l'est à travers un champ parsemé de mauvaises herbes.

Le jeune homme s'exclama :

— *Govno !* Qu'est-ce qu'il fait ?

Les trois hommes sortirent pour mieux voir. Le plus âgé sortit son pistolet et s'apprêtait à poursuivre la voiture quand Bond lui fit signe d'arrêter.

— Non ! Attends.

— Il est en train de s'échapper. Il sait qu'on est ici !

— Non, c'est autre chose.

L'Irlandais n'agissait pas comme s'il était pris en chasse. Il roulait lentement. La Mercedes avançait tranquillement droit devant elle, comme un bateau poussé par une douce brise matinale. Du reste, il n'y avait pas d'endroit par où s'échapper. Il était cerné par les falaises surplombant le Danube, le remblai de la voie ferrée et la forêt du massif de la Fruška Gora.

Bond observa la Mercedes rouler jusqu'à la voie ferrée à une centaine de mètres de là où ils se tenaient. Elle ralentit, fit demi-tour et s'immobilisa, le capot tournant le dos au restaurant. Elle se trouvait près d'un hangar de chemin de fer et d'un embranchement ferroviaire, là où une seconde voie se détachait de la ligne principale. Les deux hommes sortirent de la Mercedes et l'Irlandais se dirigea vers le coffre pour y prendre quelque chose.

Bond récita intérieurement une autre maxime entendue lors des conférences organisées par le centre d'entraînement spécial de Fort Monckton à Gosport : « Les intentions de l'ennemi vous dicteront la réponse appropriée. »

Mais quelle était son intention ?

Bond sortit de nouveau son monoculaire, appuya sur le mode nocturne et effectua la mise au point. Le complice de l'Irlandais ouvrit un panneau monté sur le poste d'aiguillage à côté de l'embranchement et commença à trafiquer les commandes à l'intérieur. Bond vit que les rails qui partaient vers la droite étaient rouillés, à l'abandon, et terminaient leur course contre une barrière au sommet de la colline.

Il s'agissait donc d'un sabotage. Ils projetaient de faire dérailler le train en l'aiguillant sur une mauvaise voie. Les wagons tomberaient de la colline dans un affluent du Danube.

Quand Bond dirigea le monoculaire vers la locomotive Diesel et ses wagons de marchandises, il comprit la situation. Les deux premiers wagons contenaient seulement de la ferraille, mais le suivant était recouvert d'une bâche sur laquelle on pouvait lire les mots *Opasnost-Danger !* Il aperçut également la figure géométrique universelle pour les produits dangereux, qui indiquait aux secours la nature particulière d'une cargaison. Le losange présentait de façon inquiétante des nombres très élevés pour chacune de ces trois catégories : santé, instabilité, inflammabilité. Le W en dessous signifiait que la substance réagirait mal au contact de l'eau. Quelle que fût cette substance, celle-ci appartenait à la catégorie des plus nocives, proche des matières nucléaires.

Le train n'était plus maintenant qu'à environ un kilomètre de l'embranchement et reprenait de la vitesse pour monter la côte jusqu'au pont.

Les intentions de l'ennemi vous dicteront la réponse appropriée…

Il ne savait pas dans quelle mesure le sabotage se rattachait à l'Incident Vingt, ni même s'il l'était, mais son objectif immédiat n'en demeurait pas moins clair, comme la réponse que Bond avait formulée instinctivement. Il lança à ses coéquipiers :

— S'ils tentent de s'échapper, bloquez la route et interceptez-les. Ne les tuez pas.

Il sauta dans la Jetta. Il bifurqua en direction des champs et appuya sur la pédale de l'accélérateur tandis qu'il relâchait celle de l'embrayage. La voiture bondit en avant, le moteur et la boîte de vitesses gémirent à cause du traitement infligé, tandis qu'il écrasait broussailles, arbustes, narcisses et buissons de framboises qui poussaient partout en Serbie. Des chiens aboyèrent et les lumières dans les maisons alentour s'allumèrent. Furieux, les habitants sortirent dans leurs jardins et agitèrent leurs mains en signe de protestation.

Indifférent à ces réactions, Bond se concentra sur sa destination, se repérant seulement grâce à la lueur du croissant de lune et au phare puissant du train qui allait à sa perte.

3

L'imminence de la catastrophe le préoccupait.

Niall Dunne s'accroupit parmi les mauvaises herbes, à une dizaine de mètres de l'embranchement. Il jeta un coup d'œil sur la locomotive du train de marchandises du Serbian Rail qui approchait et pensa de nouveau : quelle tragédie.

La mort était souvent synonyme de gaspillage, or Dunne était quelqu'un qui n'aimait pas le gaspillage, c'était presque un péché à ses yeux. Les locomotives Diesel, les pompes hydrauliques, les ponts à bascule, les moteurs électriques, les ordinateurs, les chaînes de montage : toutes les machines étaient conçues pour accomplir leurs tâches en gaspillant le moins possible.

La mort, elle, était du gâchis à l'état pur.

Cependant, ce soir, il ne semblait pas y avoir d'autres solutions.

Dunne regarda les rails au sud qui scintillaient de la lumière blanche projetée par le phare du train. Il observa rapidement les alentours. La Mercedes était garée dans un angle qui la rendait invisible aux yeux du conducteur du train. C'était une des parties de son plan qu'il avait soigneusement élaboré pour ce soir. Il se remémora les paroles de son patron.

Voici Niall. Il est brillant. C'est mon ingénieur...

Dunne crut apercevoir l'ombre de la tête du conducteur dans la cabine de la locomotive. La mort... Il essaya de ne pas y penser.

Le train n'était plus qu'à environ quatre ou cinq cents mètres à présent.

Aldo Karic le rejoignit.

— La vitesse ? demanda Dunne au Serbe âgé d'une cinquantaine d'années. Elle te paraît bonne ? On dirait qu'il ralentit.

— Non, c'est bon. Il accélère maintenant, regarde. Tu vois. C'est bon.

Karic, un homme bourru, avait semblé nerveux durant le repas. Il avait avoué que ce n'était pas parce qu'il risquait la prison mais parce qu'il était difficile de cacher aux yeux de tout le monde, y compris de sa femme et de ses deux enfants, les dix mille euros.

Dunne regarda de nouveau le train. Il calcula la vitesse, la masse, l'inclinaison de la pente. C'était parfait. À ce stade, même si quelqu'un tentait de faire signe au conducteur de s'arrêter, même si un contrôleur de la circulation à Belgrade remarquait que quelque chose clochait, téléphonait au conducteur et lui ordonnait d'enclencher le système de freinage, il serait physiquement impossible de stopper le train avant qu'il s'engage sur la mauvaise voie.

Parfois, la mort est nécessaire, en conclut-il.

Tout serait terminé dans quatre-vingt-dix secondes. Et alors...

Soudain, Dunne vit quelque chose bouger dans le champ voisin, une forme indistincte qui avançait sur le sol accidenté en direction de la voie ferré.

— Tu vois ça ? demanda-t-il à Karic.

Le Serbe eut le souffle coupé.

— Oui, je vois... C'est une voiture ! Qu'est-ce qui se passe ?

Dans la piètre lueur prodiguée par le croissant de lune, Dunne distingua une petite berline de couleur claire qui montait à l'assaut des monticules et faisait des embardées autour des arbres et des restes de clôtures. Comment le conducteur pouvait-il rouler à cette vitesse sur ce terrain ? Cela paraissait impossible.

Des jeunes, peut-être, jouant à un de leurs jeux stupides. Tandis qu'il observait le bolide, il estima sa vitesse, prit en compte sa direction. Si la voiture ne ralentissait pas, elle traverserait la voie ferrée juste à temps... Mais pour ce faire, le conducteur allait devoir franchir les rails d'un seul bond : il n'y avait pas de passage à niveau ici. Si elle restait bloquée sur la voie ferrée, la locomotive l'écraserait comme une vulgaire boîte de conserve. Cependant, cela n'entraverait en rien la mission de Dunne. La petite voiture serait projetée sur le côté et le train continuerait sa course vers la voie mortelle.

Dunne se rendit compte qu'il s'agissait d'une voiture de police. Pourquoi n'y avait-il aucune sirène ou gyrophare ? Ce devait être un véhicule volé. Un suicide ?

Mais la berline n'avait pas l'intention de s'arrêter sur la voie ferrée, ni même de la traverser. Après avoir franchi d'un bond le sommet d'une pente, elle retomba sur le sol et s'immobilisa dans un dérapage, tout près du ballast, à une cinquantaine de mètres du train. Le conducteur sauta du véhicule. Il portait des vêtements sombres. Dunne ne le voyait pas distinctement mais il n'avait pas l'air d'un policier. Il courut au milieu de la voie ferrée puis s'accroupit calmement, juste en face de la locomotive qui se dirigeait droit sur lui à près de quatre-vingts kilomètres à l'heure.

Le bruit strident et frénétique de l'avertisseur du train se fit entendre dans la nuit et des étincelles jaillirent des roues bloquées par le système de freinage.

Le train n'était plus qu'à quelques mètres de l'homme, quand celui-ci bondit hors de la voie ferrée et disparut dans le fossé.

— Qu'est-ce qui se passe ? murmura Karic.

À ce moment précis, une lueur soudaine jaillit des rails en face de la locomotive et un instant après, Dunne entendit une détonation qui lui était familière : l'explosion d'un petit EEI, engin explosif improvisé, ou bien d'une grenade. Une autre détonation du même genre retentit quelques secondes plus tard.

De toute évidence, le conducteur du véhicule de police était là pour contrecarrer les plans de Dunne.

Ce n'était ni un policier ni un suicidaire. C'était un militaire ou quelqu'un dans le genre, habitué au travail de sabotage. La première explosion avait fait sauter les clous fixant le rail à la traverse en bois, la seconde avait légèrement déplacé sur le côté le rail disjoint afin de faire dérailler le train.

Karic grommela quelque chose en serbe. Dunne l'ignora et vit le halo du phare de la locomotive vaciller. Alors, dans un grondement et un grincement atroces, la motrice et ses wagons glissèrent hors des rails et continuèrent d'avancer dans un nuage de poussière en faisant éclater les cailloux sur leur passage.

4

James Bond regarda la locomotive et les wagons poursuivre leur course ; le convoi perdait cependant de la vitesse tandis qu'il s'enfonçait plus avant dans le sol meuble, éjectant du sable, de la terre et des pierres tous azimuts. Bond sortit du fossé afin d'évaluer la situation. Il n'avait eu que quelques minutes pour trouver un moyen d'éviter la catastrophe qui aurait envoyé la substance toxique dans le Danube. Après avoir stoppé la voiture, il s'était emparé de deux des grenades que les Serbes avaient emportées avec eux, puis s'était précipité sur la voie ferrée pour y poser les engins explosifs.

Comme il l'avait calculé, la locomotive et les wagons avaient gardé leur équilibre et ne s'étaient pas précipités dans le courant. Il avait planifié son déraillement là où le sol était encore plat, à la différence du lieu privilégié par l'Irlandais pour son sabotage. Sifflant, gémissant et grinçant, le train s'immobilisa finalement non loin de l'Irlandais et de son complice, bien que Bond ne le vît pas à travers la poussière et la fumée.

Il contacta ses coéquipiers.

— Ici Numéro Un. Vous m'entendez ?

Silence.

— Vous m'entendez ? grogna Bond. Répondez.

Bond massa son épaule, là où un éclat de métal avait traversé sa veste et entaillé sa peau.

Un grésillement. Puis la voix du Serbe plus âgé se fit entendre :

— Le train a déraillé ! Vous avez vu ? Où êtes-vous ?

— Écoutez-moi attentivement.

— Qu'est-ce qui s'est passé ?

— Silence ! Nous avons très peu de temps. Je pense qu'ils vont tenter de faire exploser les conteneurs de produits chimiques. C'est le seul moyen qu'ils ont de les répandre. Je vais tirer dans leur direction pour les contraindre à rejoindre leur voiture. Attendez que la Mercedes soit sur la pelouse à côté du restaurant, puis tirez sur les pneus et forcez-les à rester à l'intérieur de la voiture.

— Il faut les capturer maintenant !

— Non, ne bougez pas tant qu'ils ne sont pas à côté du restaurant. Ils n'auront aucun moyen de se défendre à l'intérieur de la Mercedes. Ils seront obligés de se rendre. C'est bien compris ?

La connexion s'interrompit.

Après avoir lâché un juron, Bond traversa le nuage de poussière vers le troisième wagon du convoi, celui qui contenait les produits toxiques.

Niall Dunne essayait de comprendre ce qui venait de se passer. Il s'était préparé à toute éventualité, mais il y avait une chose qu'il n'avait pas prise en compte : l'intervention d'un ennemi inconnu.

Depuis son poste d'observation, il scruta une rangée de buissons à proximité de la locomotive, cliquetante et fumante, maintenant à l'arrêt. Dans les ténèbres, la poussière et la fumée, l'assaillant était invisible. Peut-être que l'homme avait été tué ou s'était enfui. Dunne prit son sac à dos et se dirigea vers les wagons susceptibles de lui offrir une couverture si l'intrus était encore dans les parages et toujours vivant.

Bizarrement, Dunne se sentait soulagé à présent. La catastrophe avait été évitée. Il s'était préparé au pire et armé de courage (par dévotion pour son patron), mais l'intervention de l'inconnu avait réglé la question.

Comme il se rapprochait de la locomotive, il ne put s'empêcher d'admirer l'énorme machine. C'était une vieille motrice, mal entretenue, d'une puissance de 4 000 chevaux ; une American

General Electric Dash 8-40B, fréquente dans les Balkans. Il contempla les plaques d'acier, les roues, les soupapes, les ressorts, les différents tuyaux… une superbe machine ; simple et élégante. Quel soulagement que…

Il fut surpris par un homme chancelant à quelques pas de lui qui appelait à l'aide. Le conducteur du train. Dunne l'abattit de deux balles dans la tête.

C'était un tel soulagement de ne pas avoir eu à détruire cette extraordinaire machine, comme il l'avait redouté. Il posa sa main sur le côté de la locomotive, comme un père aurait posé la sienne sur le front d'un enfant malade. Elle serait de nouveau en service d'ici quelques mois.

Niall Dunne ajusta le sac à dos sur ses épaules, se faufila entre les wagons et se mit au travail.

5

Les deux coups de feu que James Bond avait entendu tirer n'avaient pas atteint les conteneurs de produits dangereux qu'il surveillait à distance. Le conducteur de la locomotive et son équipier en avaient sans doute été les victimes.

Tout à coup, à travers la poussière, il vit l'Irlandais. Il se tenait entre les deux wagons qui contenaient de la ferraille juste derrière la locomotive. L'homme tenait un pistolet noir et portait un sac à dos visiblement bien rempli ; s'il avait l'intention de faire exploser les conteneurs, il n'avait pas encore posé les charges explosives.

Bond saisit son arme et tira deux coups de feu en direction de l'Irlandais pour le forcer à retourner dans sa voiture. L'homme, apeuré, se baissa, avant de s'esquiver furtivement.

Bond fixa son attention du côté du restaurant, là où la Mercedes était garée. Ses coéquipiers serbes n'avaient pas suivi ses ordres. Après avoir plaqué au sol le complice de l'Irlandais et attaché ses poignets, ils contournaient à présent le hangar de chemin de fer et se dirigeaient vers le train.

Incompétents...

Bond courut dans leur direction.

Les Serbes montrèrent quelque chose du doigt sur la voie ferrée. Le sac à dos reposait à présent dans les broussailles à côté de la locomotive, derrière lesquelles on distinguait le corps d'un homme. Ils s'accroupirent et avancèrent avec prudence.

Le sac appartenait à l'Irlandais... Et derrière c'était sans doute le corps du conducteur.

— Non, c'est un piège ! murmura Bond dans son émetteur. Vous m'entendez ?

Mais l'agent le plus âgé ne l'écoutait pas. Il cria :

— *Ne mrdaj !* Ne bougez pas !

À ce moment précis, l'Irlandais se pencha à la fenêtre de la cabine du conducteur et tira un coup de feu sur le Serbe. La balle l'atteignit en pleine tête. Il tomba lourdement sur le sol.

Son jeune collègue, pensant que c'était l'homme allongé par terre qui venait de tirer, vida les balles de son automatique sur le cadavre du conducteur.

— *Opasnost !* cria Bond.

Mais c'était trop tard. L'Irlandais se pencha de nouveau à la fenêtre de la cabine et tira sur le bras droit du jeune agent, près du coude. Ce dernier lâcha son arme et poussa un cri avant de tomber en arrière.

Tout en sautant du train, l'Irlandais tira une demi-douzaine de balles en direction de Bond, qui répliqua en visant pieds et chevilles mais manqua sa cible : la fumée était épaisse. L'Irlandais rangea son arme, enfila son sac à dos et traîna le jeune agent vers la Mercedes. Ils disparurent.

Bond se précipita vers la Jetta et démarra en trombe. Cinq minutes plus tard, après avoir franchi un monticule, il atterrit dans le champ derrière le restaurant Roštilj. C'était le chaos complet de ce côté : le personnel et les clients fuyaient les lieux dans la panique. La Mercedes était invisible. En jetant un coup d'œil vers le train, il découvrit que l'Irlandais avait non seulement tué l'agent le plus âgé mais aussi son propre associé, le Serbe avec qui il avait dîné. Il l'avait abattu alors qu'il était allongé sur le ventre, les poings liés.

Bond sortit de la Jetta et fouilla le corps mais l'Irlandais avait dépouillé l'homme de son portefeuille et de tous ses papiers. Bond retira ses lunettes de soleil, les essuya, et appuya le pouce et l'index de l'homme sur les verres. Il retourna dans la Jetta et fonça à la poursuite de la Mercedes, accélérant jusqu'à cent dix kilomètres-heure malgré la route sinueuse et les nids-de-poule.

Quelques minutes plus tard, il aperçut une forme bleu marine sur une petite aire de stationnement. Bond freina violemment, contrôlant tout juste son dérapage, et s'arrêta dans un nuage de fumée à quelques mètres du jeune agent. Il sortit de la voiture et se pencha au-dessus de l'homme, qui pleurait et tremblait. La blessure à son bras était sérieuse et il avait perdu beaucoup de sang. Il lui manquait une chaussure et un ongle de ses doigts de pied avait été arraché. L'Irlandais l'avait torturé.

Bond ouvrit son couteau de poche, coupa la chemise de l'homme avec la lame et attacha autour de son bras une bande de tissu. À l'aide d'un bâton qu'il trouva juste à la sortie de l'aire de stationnement il fit un garrot. Il se pencha en avant et essuya la sueur sur le visage de l'homme.

— Dans quelle direction est-il parti ?

Suffoquant, visiblement à l'agonie, le jeune homme parla de façon incohérente en serbo-croate. Puis, reconnaissant Bond, il dit :

— Il faut appeler mon frère… Tu dois m'emmener à l'hôpital. Je te dirai où aller.

— Je dois d'abord savoir où il est parti.

— Je n'ai pas parlé. Il a essayé. Mais je n'ai rien dit sur toi.

Le jeune homme avait révélé tout ce qu'il savait sur l'opération, sans aucun doute, mais pour l'instant ce n'était pas le problème.

— Où est-il parti ? demanda Bond une nouvelle fois.

— L'hôpital… emmène-moi et je te le dirai.

— Dis-le-moi ou tu seras mort dans cinq minutes, déclara Bond d'une voix égale tout en desserrant le garrot. Le sang coula à flots.

Le jeune homme refoula ses larmes en battant des paupières.

— D'accord ! Connard ! Il m'a demandé comment rejoindre l'autoroute E 75, la voie la plus rapide depuis la route 21. Elle le conduira jusqu'en Hongrie. Il se dirige vers le nord. S'il te plaît !

Bond serra de nouveau le garrot. Il savait, bien sûr, que l'Irlandais ne se dirigeait pas vers le nord : c'était un homme cruel doublé d'un fin tacticien. Il n'avait pas besoin qu'on lui indique son chemin. Bond reconnaissait en son adversaire le même dévouement qu'il avait à faire son métier. L'homme avait sans aucun doute mémorisé la topographie des environs de Novi Sad avant même d'arriver en Serbie. Il avait pris la route 21 en direction du sud, la seule artère importante à proximité. Il se dirigeait vers Belgrade ou non loin de là.

En fouillant les poches du jeune homme, Bond mit la main sur son portable. Il appela le 112. Quand il entendit une voix de femme répondre, il posa le téléphone à côté de la bouche du Serbe et retourna en courant vers la Jetta. Il s'appliqua à rouler aussi vite que possible sur la route accidentée, s'enivrant lui-même de sa conduite sportive.

Il prit un virage et la voiture dérapa, dépassant la ligne blanche. Un énorme poids lourd, avec un logo en cyrillique, arrivait en sens inverse. Le camion fit une embardée et son conducteur appuya avec colère sur le klaxon. Bond donna un coup de volant pour revenir sur sa voie, évitant de peu l'accident, puis continua de suivre la seule piste qui menait à Noah et aux milliers de morts prévus le vendredi suivant.

Cinq minutes plus tard, comme il approchait de la route 21, Bond ralentit. Il aperçut devant lui une lueur orange et, dans le ciel, une épaisse fumée qui obscurcissait la lune et les étoiles. Il arriva bientôt sur les lieux de l'accident. L'Irlandais avait manqué un virage serré et atterri sur une sorte d'accotement recouvert d'herbe qui en réalité n'en était pas un. Une rangée de broussailles masquait une dénivellation abrupte. La voiture était à présent renversée et en feu.

Après s'être arrêté, Bond sortit de la Jetta. Dégainant son Walther, il descendit la butte moitié courant, moitié glissant, et scruta les alentours avec vigilance, mais ne vit personne. Comme il se rapprochait du véhicule en feu il s'immobilisa. L'Irlandais était mort. Toujours attaché à son siège, ses bras pendaient par-dessus ses épaules. Son visage et son cou étaient couverts de sang qui avait giclé sur le plafond de la voiture.

Clignant des yeux à cause de la fumée, Bond enfonça la vitre côté conducteur pour extraire le corps. Il comptait récupérer le portable de l'homme et ce qu'il pouvait de ses papiers avant d'ouvrir le coffre pour prendre bagages et ordinateurs portables.

À l'aide de son couteau il coupa la ceinture de sécurité. On entendait au loin les sirènes des véhicules d'urgence se rapprocher. Il regarda du côté de la route. Les pompiers étaient encore à une certaine distance mais ils seraient bientôt là. Allez ! Au travail ! Les flammes étaient de plus en plus importantes et l'air chargé de fumée irrespirable.

Tandis qu'il coupait la ceinture, il pensa tout à coup : des pompiers ? Déjà ?

Cela n'avait pas de sens. La police, d'accord. Mais pas les pompiers. Il empoigna les cheveux ensanglantés du conducteur et tourna sa tête.

Ce n'était pas l'Irlandais. Bond examina la veste de l'homme : elle portait les mêmes caractères cyrilliques que ceux sur le camion qu'il avait failli heurter. L'Irlandais avait forcé le véhicule à s'arrêter, égorgé le conducteur, transporté le corps dans la Mercedes puis appelé les pompiers pour ralentir la circulation et empêcher Bond de le suivre.

L'Irlandais avait dû prendre le sac à dos et tout ce qu'il y avait dans le coffre, évidemment. Cependant, à l'intérieur de la voiture retournée, vers la banquette arrière, se trouvaient quelques bouts de papier. Bond les fourra dans sa poche avant que les flammes ne l'obligent à s'éloigner. Il retourna en courant jusqu'à la Jetta et roula au plus vite vers la route 21, à distance des gyrophares qui se rapprochaient.

Il sortit son portable.

Le téléphone ressemblait à un iPhone mais était un peu plus large et doté de fibres optiques spéciales et de systèmes audio. Sous l'apparence d'un téléphone normal, l'appareil renfermait des centaines d'applications professionnelles et des progiciels de cryptage (une journée d'intenses bavardages avait été nécessaire dans les bureaux pour trouver un nom à l'appareil conçu par la Cellule Q : le QiPhone.)

Il ouvrit une application qui lui permit de joindre directement le centre de surveillance du GCHQ. Il donna au système à reconnaissance vocale une description du camion jaune Zastava Eurozeta que l'Irlandais conduisait. L'ordinateur de Cheltenham localiserait automatiquement la position de Bond et les routes que pourrait emprunter le poids lourd et utiliserait ensuite le satellite pour rechercher ce type de camion afin de le suivre à la trace.

Cinq minutes plus tard son téléphone vibrait. Parfait. Il regarda l'écran.

Mais le message ne provenait pas du centre ; il venait de Bill Tanner, chef de section de l'unité à laquelle appartenait Bond. Il était intitulé : URG, un raccourci pour « Urgence ».

Bond lut le message, regardant tantôt la route, tantôt l'écran du portable.

Interception du GCHQ : l'agent serbe qui vous a été assigné pour l'opération Incident Vingt est mort sur la route le conduisant à l'hôpital. A signalé que vous l'aviez abandonné. Les Serbes ont l'ordre de vous arrêter. Partez immédiatement.

LUNDI

L'ÉBOUEUR

6

Après trois heures et demie de sommeil, James Bond se réveilla dans son appartement de Chelsea à sept heures du matin grâce au réveil de son téléphone portable. Il fixa son regard sur le plafond blanc de sa petite chambre. Il cligna des yeux et, malgré ses courbatures, quitta son lit, poussé par l'urgence de retrouver la trace de l'Irlandais et de Noah.

Les vêtements qu'il avait portés lors de la mission à Novi Sad traînaient sur le parquet. Il jeta sa tenue militaire dans un sac de sport, réunit le reste de ses affaires et les déposa dans le lave-linge, un geste de courtoisie envers May, sa merveilleuse gouvernante écossaise qui venait trois fois par semaine pour mettre de l'ordre dans sa vie domestique. Il ne lui viendrait pas à l'idée de demander qu'elle ramasse cette pagaille.

Nu, Bond se déplaça jusqu'à la salle de bains, prit une douche très chaude et se frotta énergiquement avec un savon non parfumé. Il tourna ensuite le robinet d'eau froide et resta sous l'eau glacée aussi longtemps que possible, avant de se sécher. Il examina ses blessures récoltées la nuit précédente : deux grandes ecchymoses violacées sur la jambe, des éraflures, et la coupure sur son épaule causée par la grenade shrapnel. Rien de grave.

Bond se fit la barbe à l'aide d'un rasoir de sûreté à lame double tranchant dont la poignée était en corne de buffle. Il utilisait ce bel accessoire non pas parce qu'il était plus sain pour l'environnement, à la différence des rasoirs jetables qu'employaient la plupart des autres hommes, mais simplement parce qu'il offrait un meilleur rasage et exigeait un certain talent pour le manier ; James Bond trouvait du plaisir jusque dans les moindres défis.

À sept heures et quart il était habillé : il portait un costume bleu marine Canali, une chemise blanche en coton et une cravate bordeaux qui provenaient de chez Turnbull & Asser. Bond enfila des chaussures noires sans lacets ; il n'utilisait jamais de lacets, sauf quand il portait des Rangers ou bien quand il avait besoin d'envoyer des messages à un autre agent grâce un code préétabli.

Il glissa à son poignet sa Rolex Oyster Perpetual acier, le modèle 34 mm ; la fenêtre pour la date était le détail de trop : Bond n'avait pas besoin de connaître les différentes phases de la lune ni l'heure exacte de la marée haute à Southampton et à son avis, très peu de gens en ressentaient la nécessité.

Généralement il prenait un petit-déjeuner, son repas préféré de la journée, dans un petit hôtel à proximité de Pont Street. À l'occasion, il préparait chez lui un des quelques plats qu'il était capable de cuisiner en vitesse : trois œufs légèrement brouillés accompagnés de bacon et d'une tartine grillée avec du beurre irlandais et de la confiture.

Cependant, ce jour-là, la priorité n'était pas de se nourrir mais de s'occuper de l'Incident Vingt. Il se prépara seulement une tasse de café corsé, du Blue Mountain de Jamaïque, qu'il but dans une tasse chinoise tout en écoutant à la radio si on faisait référence dans les nouvelles internationales à la catastrophe ferroviaire et à ses conséquences. Ce ne fut pas le cas.

Son portefeuille, de la monnaie et ses clés de voiture étaient dans ses poches. Il saisit le sac plastique dans lequel se trouvaient les objets collectés en Serbie ainsi que le coffret en acier qui contenait son arme et des munitions que la loi lui interdisait de porter au Royaume-Uni.

Il dévala les marches de son appartement, deux anciennes étables reconverties, jusqu'au garage. La pièce était juste assez spacieuse pour contenir deux voitures ainsi que quelques pneus de rechange et des outils. Il monta dans le plus récent des deux véhicules, le dernier modèle de Bentley Continental GT, avec une carrosserie d'un gris granit propre à la marque et un intérieur en cuir souple noir.

Le moteur turbo W12 ronronna. Il passa en première, sortit du garage en laissant derrière lui son autre voiture, moins puissante et plus capricieuse mais tout aussi élégante : une Jaguar Type E des années soixante, qui avait appartenu à son père.

Roulant vers le nord, Bond se fraya tant bien que mal un chemin dans l'intense circulation, en compagnie de dizaines de milliers d'autres conducteurs qui se rendaient également en ce début de semaine dans leurs bureaux de Londres, bien que dans le cas de Bond cette image banale cachât une autre réalité.

On pouvait en dire autant de son employeur.

Trois ans auparavant, James Bond avait pris place derrière un bureau gris à l'intérieur du bâtiment gris du ministère de la Défense à Whitehall ; le ciel, en revanche, était du même bleu qu'un loch écossais par un beau jour d'été. Après avoir quitté la réserve des volontaires de la Royal Navy, Bond n'avait eu aucune envie de gérer les comptes de Saatchi & Saatchi ou d'établir des bilans pour NatWest ; un ancien camarade d'escrime de Fettes lui avait alors suggéré de postuler au DI, l'agence de renseignement militaire britannique.

Après avoir passé un certain temps à s'occuper uniquement de la paperasse de l'agence, il avait demandé à son supérieur s'il était possible de lui confier une tâche un peu moins rébarbative.

Quelques jours plus tard, il avait reçu une mystérieuse missive manuscrite, lui proposant un déjeuner au Travellers Club à Pall Mall.

Le jour en question, on avait conduit Bond dans la salle du restaurant, jusqu'à une table où était assis un homme robuste d'une soixantaine d'années, connu seulement sous le nom de « l'Amiral ». Il portait un costume gris qui s'accordait parfaitement à ses yeux. Son visage était carré et sa tête couronnée de taches de vin clairsemées, visibles à travers la mince épaisseur de cheveux châtains et gris rejetés en arrière. L'amiral avait regardé Bond avec insistance mais sans aucun mépris ni par provocation. Bond n'avait pas hésité à en faire autant : un homme qui avait vécu la guerre et failli mourir ne se laisse pas impressionner par le regard de qui que ce soit. Il se rendit compte, cependant, qu'il n'avait pas la moindre idée de ce qui se passait dans la tête de cet homme.

Ils ne se serrèrent pas la main.

On leur proposa le menu. Bond commanda de la darne de flétan vapeur, accompagnée d'une sauce hollandaise, de pommes de terre à l'eau et d'asperges grillées. L'Amiral, pour sa part, choisit le lard et les rognons grillés.

— Du vin ? demanda-t-il à Bond.

— Avec plaisir.

— Faites votre choix.

— J'opterai pour un bourgogne, annonça Bond. Côte-de-beaune ? Chablis ?

— Un puligny-montrachet, peut-être ? suggéra le serveur.

— Parfait.

La bouteille arriva un instant plus tard. D'un air affecté, le serveur leur montra l'étiquette avant d'en verser quelques gouttes dans le verre de Bond. Le vin était jaune pâle, l'arôme excellent, servi frais mais pas trop, exactement à la bonne température. Bond en but une petite gorgée, l'approuva d'un signe de tête et les verres furent remplis pour moitié.

Après le départ du serveur, l'amiral dit d'un ton bourru :

— Vous êtes un vétéran tout comme moi. Nous n'avons pas de temps à perdre en menus propos. Je vous ai fait venir ici pour vous proposer une opportunité de carrière.

— Je m'y attendais, mon Amiral.

Bond n'avait pas eu l'intention de dire ce dernier mot mais il n'avait pas pu faire autrement.

— Vous savez sans doute qu'il est contraire au règlement du Travellers d'exposer le moindre document d'affaire. J'ai bien peur que nous devions y contrevenir.

L'Amiral tira une enveloppe de la poche intérieure de sa veste et la tendit à Bond.

— C'est un document similaire à la convention sur le secret militaire.

— J'en ai signé une...

— Bien sûr... pour le DI, répondit l'homme sur un ton brusque, manifestement agacé par cette remarque. Ceci est autrement plus sérieux. Lisez-le.

Bond obéit. Beaucoup plus sérieux en effet, et c'était un euphémisme.

— Si vous n'êtes pas intéressé, reprit l'amiral, nous terminerons tranquillement notre repas en discutant de la dernière élection, de la pêche à la truite dans le Nord, ou encore de notre défaite contre les « Kiwis » la semaine dernière, avant de nous quitter.

Il haussa un sourcil broussailleux.

Bond hésita un court instant avant de signer le papier et de le retourner à l'amiral. Le document disparut.

— Avez-vous entendu parler du SOE, le service des opérations spéciales ?

— Oui, affirma Bond.

Il avait quelques idoles, et tout en haut de la liste se trouvait Winston Churchill. Dans sa jeunesse, quand il était journaliste et soldat à Cuba et au Soudan, Churchill avait été impressionné par les opérations menées par la guérilla et plus tard, après le déclenchement de la Seconde Guerre mondiale, lui et le ministre de l'Économie de l'époque, Hugh Dalton, avaient créé le SOE pour armer la résistance et envoyer des espions britanniques et des saboteurs derrière les lignes ennemies. Également appelé l'armée secrète de Churchill, le SOE avait causé des dommages incommensurables au régime nazi.

— Un bon département, affirma l'amiral avant de grommeler : ils l'ont dissous après la guerre. Cafouillage entre services, problèmes d'organisation, querelles internes au sein du MI6 et à Whitehall...

L'homme but une gorgée du vin parfumé et la conversation ralentit tandis qu'ils entamaient leur repas. Bond le trouva excellent. L'amiral dit d'une voix gutturale :

— Le chef connaît son métier. Ils sont rares à être de ce niveau. Connaissez-vous l'histoire du MI5 et du MI6 ?

— Oui, mon Amiral, j'ai lu quelques livres sur le sujet.

En 1909, par crainte d'une invasion allemande et par peur des espions (inquiétudes suscitées, curieusement, par les romans à suspense de l'époque), l'Amirauté et le ministère de la Guerre créèrent le SSB, le bureau des services secrets. Quelque temps après, le SSB se scinda en deux services distincts : la direction du renseignement militaire section 5, ou MI5, chargée de la sécurité intérieure, et la section 6, le MI6, dont la mission était de conduire des activités d'espionnage à l'extérieur du Royaume-Uni. Le MI6 était le plus ancien service d'espionnage au monde jusqu'à ce que la Chine clame le contraire.

— Quel est à votre avis le point commun entre ces deux services ? demanda l'amiral.

Bond ne sut que répondre.

— L'art de la désinformation, déclara l'amiral. Le MI5 et le MI6 ont été conçus pour être des services totalement indépendants, de telle sorte que ni la Couronne, ni le Premier ministre, ni le Parlement, ni même le ministère de la Guerre n'aient à se salir les mains dans les affaires d'espionnage. Exactement comme aujourd'hui. On surveille cependant de très près les activités du MI5 et du MI6. Les intrusions dans la vie privée, l'espionnage politique, tous les bruits autour d'affaires criminelles ou compromettantes… Tout le monde réclame de la transparence mais personne ne semble vouloir se rendre compte que la manière de faire la guerre est en train de changer, qu'il n'y a plus de règles. On pense dans certains milieux autorisés que nous devons jouer à notre tour selon de nouvelles règles. Surtout depuis les attentats du 11 septembre et ceux du 7 juillet à Londres.

— Si je comprends bien, dit Bond, vous êtes en train de me parler d'un nouveau SOE, qui n'appartiendrait techniquement ni au MI6, ni au MI5, ni même au MoD.

L'amiral fixa Bond droit dans les yeux.

— J'ai lu des rapports sur vos performances en Afghanistan, la Royal Navy… Vous avez même réussi à être rattaché à une unité de combat au sol. Il faut le faire ! D'après ce que j'ai compris vous avez également accompli avec succès un certain nombre de missions non officielles derrière les lignes ennemies. Grâce à vous, quelques individus dangereux ne sont pas parvenus à atteindre leurs objectifs.

Bond était sur le point de boire une gorgée du puligny-montrachet, la plus noble incarnation du chardonnay, mais n'en fit rien et reposa son verre. Comment pouvait-il être au courant de ces missions ?

— On ne manque pas d'agents au SAS ou dans les forces spéciales de la Royal Navy qui savent se servir d'un couteau ou d'un fusil de précision, continua l'homme. Mais ils ne conviennent pas forcément pour des situations, plus délicates, dirons-nous. De même, il y a beaucoup d'agents au MI5 et au MI6 qui savent faire la différence entre un côte-de-beaune et un côte-de-nuits et qui parlent aussi bien le français que l'arabe, mais qui s'évanouiraient à la vue du sang. Vous semblez être une rare combinaison de ce qu'il y a de meilleur dans les deux cas.

L'amiral posa son couteau et sa fourchette sur son assiette en porcelaine.

— Votre question.

— Ma question… ?

— Sur un nouveau Service des opérations spéciales. La réponse est oui. En fait, il existe déjà. Seriez-vous intéressé pour le rejoindre ?

— Oui, répondit Bond sans hésitation. Toutefois j'aimerais savoir : qu'est-ce qu'on y fait exactement ?

L'amiral réfléchit un instant avant de répondre avec emphase :

— Notre mission est simple. Protéger le Royaume… par tous les moyens.

7

Dans sa Bentley aux lignes pures, Bond approchait maintenant du quartier général de l'organisation, près de Regent's Park, après une heure et demie passée à zigzaguer dans les rues de Londres.

Le nom de son employeur était presque aussi vague que celui derrière lequel se cachait le Service des opérations spéciales : Groupe de Développement vers l'Outremer (ODG). L'amiral en était le directeur général et connu seulement sous le nom de M.

Officiellement, l'ODG aidait les entreprises britanniques à se développer et à investir à l'étranger. La couverture de Bond dans ce cadre était celle d'analyste financier. Son travail consistait à parcourir le monde afin d'évaluer les risques d'investissement.

Quand il atterrissait quelque part, il se débarrassait de son tableur Excel, endossait une fausse identité, enfilait sa tenue militaire 5.11 ou s'armait d'un fusil calibre 308 doté d'une lunette de visée Nikon Buckmaster. Il pouvait également se glisser dans un costume bien coupé de Savile Row pour jouer au poker contre un trafiquant d'armes tchétchène dans un club privé de Kiev avant d'accomplir sa principale mission : l'enlever pour le mener jusqu'à un site top secret en Pologne.

Discrètement rattaché au ministère des Affaires étrangères et du Commonwealth, l'ODG avait ses bureaux dans un immeuble étroit à six étages de style édouardien donnant sur une rue tranquille, près de Devonshire Street. Il était séparé de l'agitation de

Marylebone Road par un quartier sans aucun attrait constitué d'offices notariaux, de cabinets de médecine et d'ONG.

Bond avançait à présent vers l'entrée du souterrain qui menait au parking de l'ODG. Il passa un scanner de l'iris puis un homme contrôla son identité. La barrière de sécurité se leva et il roula lentement à la recherche d'une place.

Dans l'ascenseur, il dut de nouveau soumettre ses yeux bleus au contrôle d'un scanner avant de gagner le rez-de-chaussée. Il se dirigea ensuite jusqu'à l'armurerie pour remettre le coffret en acier contenant son arme à Freddy Menzies, un ancien caporal-chef du SAS et un des plus fins connaisseurs en armes à feu dans le métier. Bond voulait s'assurer que le Walther soit nettoyé, lubrifié, vérifié intégralement avant d'y introduire son chargeur préféré.

— Elle sera prête dans une demi-heure, dit Menzies. Elle se comporte bien, 007 ?

Bond avait une certaine affection pour quelques-uns des outils qu'il utilisait dans sa profession, toutefois jamais il ne les personnifiait ; mais si cela avait été le cas, un Walther calibre 40 et même un plus petit calibre serait de toute façon un « il ».

— Il se comporte bien.

Bond monta ensuite jusqu'au troisième étage, longea un couloir aux murs blafards et légèrement éraflés dont la monotonie était rompue par des gravures de Londres de l'époque de Cromwell jusqu'à l'ère victorienne et par quantité de champs de batailles. Quelqu'un avait égayé les rebords de fenêtres avec des plantes, artificielles bien entendu ; des vraies auraient nécessité qu'on fasse appel à des professionnels pour en prendre soin.

Bond repéra une jeune femme derrière un bureau à l'extrémité d'une grande salle remplie de postes de travail. Sublime, avait-il pensé en faisant sa connaissance un mois auparavant. Son visage était en forme de cœur, avec des pommettes hautes ; une chevelure rousse à la Rossetti tombait en cascade derrière ses épaules ; son menton se caractérisait par une légère fossette, qu'il trouvait tout à fait irrésistible. Ses yeux vert noisette fixaient intensément ceux de Bond qui trouvait sa silhouette parfaite : mince et élégante. Ses ongles étaient coupés court et non vernis. Aujourd'hui, elle portait une jupe noire mi-longue et un chemisier abricot, à col haut, assez fin cependant pour laisser entrevoir de la dentelle ; sa tenue alliait à merveille le bon goût à la provocation. Ses jambes étaient gainées de nylon couleur café au lait.

Bas ou collants ? se demanda Bond.

Ophelia Maidenstone était analyste du renseignement au MI6. Elle travaillait comme officier de liaison avec l'ODG qui n'était pas une agence du renseignement ; c'était avant tout un centre de commandement stratégique et opérationnel. Tout comme le Parlement et le Premier ministre, l'ODG avait besoin de « données », comme on disait dans le métier. Et son principal pourvoyeur était le MI6.

Sans aucun doute, ce qui avait attiré en premier lieu l'attention de Bond chez Philly, c'était son apparence et son attitude franche, tout comme sa grande capacité de travail et son ingéniosité avaient séduit l'ODG. Très séduisante également était sa passion pour la moto. Sa préférée : une Spitfire BSA de 1966, la A65, une des plus belles motos jamais conçues. Ce n'était pas la plus puissante des motos de la ligne du constructeur mais tout de même une vraie perle. Elle avait confié à Bond qu'elle aimait conduire par tous les temps et qu'elle avait acheté une combinaison en cuir imperméable qui lui permettait de prendre la route quand elle le souhaitait. Bond avait imaginé la combinaison très ajustée et levé un sourcil. Il avait reçu en retour un sourire sardonique, signe que sa réaction n'avait pas fait mouche.

Il s'avéra qu'elle était sur le point de se marier. L'anneau qu'il avait remarqué à son doigt était orné d'un décevant rubis.

Voilà qui réglait la question.

Philly l'observait à présent avec un sourire communicatif.

— Bonjour, James ! Pourquoi me regardez-vous de cette façon ?

— J'ai besoin de vous.

Elle remit une mèche de ses cheveux en place.

— Je serais ravie de vous rendre service si je le pouvais mais j'ai quelque chose en cours pour John. Il est au Soudan. Ils sont sur le point d'attaquer.

Les Soudanais combattaient les Britanniques, les Égyptiens et d'autres nations africaines (et se faisaient la guerre entre eux également) depuis plus d'une centaine d'années. L'Alliance de l'Est, un regroupement de plusieurs états soudanais proches de la mer Rouge, avait voulu faire sécession et créer un pays modéré et laïc. Le régime de Khartoum, récemment secoué par le mouvement d'indépendance dans le sud, n'avait pas du tout apprécié cette initiative.

— Je sais. J'aurais dû être là-bas en principe. Mais j'ai choisi Belgrade à la place.

— On y mange mieux, répondit-elle en feignant d'être sérieuse, si vous aimez les prunes.

— J'ai recueilli un certain nombre de choses en Serbie que j'aimerais simplement faire analyser.

— Ce n'est jamais aussi simple que ça avec vous, James.

Son portable vibra. Elle fronça les sourcils en observant l'écran. Tandis qu'elle décrochait, elle regarda Bond d'un air malicieux.

— Je vois, dit-elle à son interlocuteur au téléphone avant de raccrocher. Ou bien vous avez rendu service à quelqu'un ou bien vous l'avez brutalisé.

— Moi ? Jamais.

— Il semble que cette guerre en Afrique devra continuer sans moi pour ainsi dire.

Elle se dirigea vers un autre bureau et transmit le dossier à un de ses collègues.

Bond s'assit. Quelque chose avait changé à l'intérieur de son espace de travail mais il n'arrivait pas à mettre le doigt sur ce que c'était. Peut-être avait-elle rangé son bureau, à moins qu'elle n'ait modifié la disposition du mobilier, autant qu'elle pouvait le faire dans un si petit espace.

Quand elle revint à sa place elle le fixa du regard.

— Eh bien voilà, je suis toute à vous. Quel est le problème ?

— L'Incident Vingt.

— Ah, c'est donc ça. Je ne sais pas grand-chose sur l'affaire alors vous feriez bien de m'en dire davantage.

Tout comme Bond, Ophelia Maidenstone était accréditée par le bureau de la défense et de la sécurité, par le FCO et par

Scotland Yard, ce qui lui donnait un accès illimité à tous les documents top secret, à l'exception de la plupart de ceux concernant les armes nucléaires. Bond lui parla de Noah, de l'Irlandais, de la menace et des événements en Serbie. Elle prit des notes de manière consciencieuse.

— J'ai besoin que vous meniez une petite enquête. Tenez, c'est tout ce que nous avons pour le moment.

Il lui remit le sac en plastique contenant les morceaux de papiers qu'il avait récupérés dans la voiture en feu aux abords de Novi Sad ainsi que ses lunettes de soleil.

— J'ai besoin d'une identification rapide, très rapide, et de tout ce que vous pourrez dénicher.

Elle souleva le combiné de son téléphone et demanda qu'on vienne chercher les documents pour les confier au laboratoire d'analyse du MI6 ou, si cela s'avérait insuffisant, à celui de la police scientifique de Scotland Yard. Elle raccrocha.

— Le coursier est en route.

Elle prit dans son sac à main une pince à épiler qu'elle utilisa pour extraire les deux morceaux de papier. L'un d'eux était un ticket de caisse récent provenant d'un pub à côté de Cambridge. Malheureusement, l'addition avait été réglée en liquide.

Sur l'autre morceau de papier on pouvait lire :

« Boots – March. 17. Pas plus tard. »

Était-ce un code ou un pense-bête datant de deux mois auparavant pour aller chercher quelque chose dans un des magasins de la chaîne de pharmacies Boots ?

— Et les lunettes Oakley ? demanda-t-elle en inspectant le sac.

— Il y a une empreinte sur le verre gauche, au centre. Celle du complice de l'Irlandais. Il n'avait pas de papiers d'identité sur lui.

Elle réalisa des copies des deux documents, lui en donna un exemplaire, en garda un pour elle et déposa les originaux dans le sac avec les lunettes.

Bond mentionna ensuite les substances toxiques que l'Irlandais avait essayé de déverser dans le Danube.

— Je voudrais savoir de quelles substances il s'agissait. Et quels dommages elles auraient pu causer. J'ai bien peur d'avoir froissé quelques personnes en Serbie. Ils ne voudront sans doute plus collaborer avec nous.

— Nous verrons cela.

Juste à cet instant, son portable se mit à sonner. Il jeta un coup d'œil sur l'écran, bien qu'il sût très bien à qui était associée cette sonnerie distinctive. Il répondit.

— Moneypenny.

— Bonjour James. Bon retour parmi nous.

— M ?

— M.

8

Sur la plaque, à l'entrée du bureau situé au dernier étage, était inscrit « Directeur Général ».

Bond entra dans le vestibule, où une femme d'environ trente-cinq ans était assise derrière un bureau bien ordonné. Elle portait un chemisier beige clair sous une veste qui était presque de la même couleur que celle de Bond. Elle avait un visage allongé, beau et majestueux ; son regard passait de la sévérité à la compassion en moins de temps qu'il n'en fallait pour changer de vitesse sur une voiture de Formule 1.

— Bonjour, Moneypenny.

— Juste un instant, James. Il est encore en ligne avec Whitehall.

Elle se tenait bien droite et se montrait économe de ses gestes. Sa coiffure était impeccable. Il se disait souvent en la voyant que sa formation militaire avait laissé sur elle une marque indélébile. Elle avait démissionné de la Royal Navy pour devenir la secrétaire particulière de M.

Juste après avoir rejoint les rangs de l'ODG, Bond était passé par son bureau et lui avait offert un large sourire :

— Vous aviez le grade de lieutenant, n'est-ce pas Moneypenny ? avait-il lancé avec malice. J'aurais préféré vous imaginer *au-dessus* de moi.

Bond avait quitté l'armée avec le grade de capitaine.

Elle ne lui avait pas répondu de manière virulente comme il le méritait mais sur un ton enjôleur :

— Oh, voyez-vous, j'ai appris au cours de ma vie, James, que toutes les places sont bonnes à prendre. Et je suis heureuse de dire que la mienne, sans aucun doute, est loin de valoir la vôtre.

La rapidité et la finesse de sa repartie ainsi que cette façon merveilleuse de l'appeler par son prénom avait tout de suite défini leur relation : elle l'avait remis à sa place mais une certaine complicité s'était établie entre eux. Leur relation était profonde mais exclusivement professionnelle. (Il nourrissait cependant l'espoir que de tous les agents 00, c'était lui qu'elle préférait.)

Moneypenny le regarda en fronçant les sourcils.

— Ça n'a pas été facile en Serbie d'après ce que j'ai entendu dire.

— En effet.

Elle jeta un coup d'œil à la porte du bureau de M :

— Cette affaire Noah est compliquée, James. L'alerte est au maximum. M a quitté son bureau à vingt-et-une heures hier soir et est arrivé à cinq heures ce matin.

Elle ajouta dans un soupir :

— Il s'inquiétait pour vous. Surtout hier soir quand vous étiez injoignable. Il était suspendu au téléphone.

Ils virent une lumière s'éteindre sur son téléphone. Elle appuya sur un bouton et annonça à travers un micro très discret :

— 007 est là, monsieur.

Elle lui fit signe d'y aller. Bond se dirigea vers la porte au-dessus de laquelle une lumière s'alluma. Il avait toujours l'impression à ce moment-là d'être un prisonnier qui pénétrait dans un quartier de haute sécurité.

— Bonjour, mon Amiral.

M n'avait pas changé depuis leur première rencontre au Travellers Club trois ans auparavant et semblait porter la même veste grise. Il indiqua une des deux chaises en face du grand bureau en chêne. Bond y prit place.

Le sol de la pièce était moquetté et les murs recouverts de livres. L'immeuble se trouvait à la jonction du Londres ancien et du moderne ; c'était particulièrement visible depuis les fenêtres de M situées dans un angle. Vers l'ouest, les immeubles anciens de Marylebone High Street contrastaient nettement avec les gratte-ciel de verre et de métal de Euston Road, architectures conceptuelles à l'esthétique discutable équipées d'ascenseurs sophistiqués plus intelligents qu'un homme.

La vue, cependant, restait terne même les jours de soleil car les vitres, à l'épreuve des balles et des bombes, étaient teintées pour empêcher qu'un ingénieux ennemi n'espionne le bâtiment depuis une montgolfière située au-dessus de Regent's Park.

M leva les yeux de ses papiers et examina Bond.

— Pas de blessures à ce que je vois.

— Une ou deux égratignures. Rien de grave.

Sur son bureau se trouvaient un bloc de papier à lettre jaune, une console téléphonique sophistiquée, son téléphone portable, une lampe en laiton de style édouardien et une boîte remplie de cigarillos noirs que M fumait en allant ou en revenant de Whitehall ou au cours de ses brèves promenades à Regent's Park, qu'il n'effectuait jamais sans être accompagné par deux gardes du corps. Bond savait très peu de choses sur la vie privée de M, seulement qu'il vivait dans un manoir de style Regency à la lisière de Windsor Forest, qu'il aimait pêcher, jouer au bridge, et exécutait de remarquables aquarelles florales. Son chauffeur, un élégant et talentueux caporal de la Navy nommé Andy Smith, le conduisait dans une Rolls-Royce rutilante qui n'avait pas plus d'une dizaine d'années.

— Faites-moi votre rapport, 007.

Bond organisa ses pensées. M ne tolérait pas les récits confus ni le remplissage. Ponctuer son discours de « euh » était aussi inacceptable qu'enfoncer des portes ouvertes. Il répéta ce qu'il avait appris à Novi Sad avant d'ajouter :

— J'ai trouvé quelques petites chose en Serbie qui pourraient nous en apprendre davantage. Philly est en train de faire des recherches en ce moment, notamment sur les substances que transportait le train.

— Philly ?

Bond se rappela que M détestait l'emploi de surnoms, bien que tout le monde dans l'organisation parlât de lui en en utilisant un.

— Ophelia Maidenstone, expliqua Bond, notre agent de liaison du MI6. S'il y a quelque chose à trouver, elle le trouvera.

— Et votre couverture en Serbie ?

— Les officiers supérieurs du BIA à Belgrade savent que j'appartiens à l'ODG et quelle était ma mission, toutefois nous avons expliqué à leurs deux agents sur le terrain que je travaillais pour le compte d'un bureau fictif des Nations Unies dans le cadre du maintien de la paix. J'ai dû mentionner Noah et l'Incident Vingt au cas où les agents du BIA tomberaient sur quelque chose y faisant référence. Mais quoi qu'ait pu dire le jeune agent à l'Irlandais, ce n'était rien de compromettant.

— Au Yard et au MI5 on s'interroge beaucoup sur l'affaire du train à Novi Sad… Pensez-vous que l'Incident Vingt puisse être le sabotage d'une de nos lignes de chemins de fer ? Que ce qui s'est passé en Serbie n'était rien d'autre qu'un galop d'essai ?

— Je me le demande, mon Amiral. Mais ce n'est pas le genre d'opérations qui nécessite beaucoup de répétitions. Par ailleurs, le complice de l'Irlandais a arrangé le déraillement en à peine trois minutes. Notre système ferroviaire doit être plus sophistiqué qu'une ligne de chemin de fer dédiée au transport de marchandises dans une zone rurale de Serbie.

M leva un sourcil broussailleux, peut-être parce qu'il n'était pas tout à fait convaincu par l'explication.

— Vous avez raison. Ce n'était sans doute pas un prélude à l'Incident Vingt.

— Ce que j'aimerais faire à présent, mon Amiral, c'est retourner à la Station Y dès que possible. Passer par la Hongrie et mettre sur pied une opération afin de capturer l'Irlandais. J'emmènerai avec moi deux de nos agents. Ce sera difficile mais…

M fit non de la tête et s'appuya en arrière sur son trône défraichi.

— Il semble qu'il y ait un petit couac, 007. Et cela vous concerne.

— Quoi qu'on affirme à Belgrade, l'agent qui est mort…

M agita la main en signe d'impatience.

— Oui, oui, bien sûr ils sont responsables de ce qui leur est arrivé. Il n'a jamais été question de cela. Une explication est un signe de faiblesse, 007. Je ne comprends pas pourquoi vous tentez de vous justifier.

— Excusez-moi, mon Amiral.

— Je parle d'autre chose. La nuit dernière, Cheltenham a réussi à obtenir une image satellite du poids lourd dans lequel s'est enfui l'Irlandais.

— Très bien, mon Amiral.

Le dispositif de surveillance qu'il avait lancé avait apparemment bien fonctionné. Mais la mine renfrognée de M suggérait que la satisfaction de Bond était prématurée.

— L'Irlandais s'est garé à environ vingt-cinq kilomètres de Novi Sad pour monter dans un hélicoptère non immatriculé. Mais le GCHQ a réussi à obtenir le MASINT de son profil.

Le MASINT (analyse des mesures et des caractéristiques) était la technologie dernier cri dans le domaine de l'espionnage. Si les informations provenaient de sources électroniques comme les micro-ondes ou les ondes radio, on parlait d'ELINT ; si elles étaient issues de photographies et d'images satellites, il s'agissait d'IMINT ; SIGINT pour les e-mails et les téléphones mobiles et HUMINT quand les informations provenaient de sources humaines. Dans le cas du MASINT, les instruments de mesure collectaient et analysaient des données telles que l'énergie thermique, les ondes sonores, les perturbations de l'air, les vibrations de l'hélice et du rotor d'un l'hélicoptère, le gaz d'échappement des avions à réaction, des trains et des voitures, la vitesse, etc.

— La nuit dernière le MI5 a enregistré un profil MASINT qui concorde avec l'hélicoptère dans lequel l'Irlandais s'est échappé, continua M.

Bon sang. Si le MI5 avait repéré l'hélico, cela signifiait qu'il était en Angleterre. L'Irlandais, qui était le seul à pouvoir les mener jusqu'à Noah et l'Incident Vingt, se trouvait dans l'unique endroit au monde où James Bond n'était pas autorisé à le pourchasser.

M ajouta :

— L'hélicoptère a atterri au nord-est de Londres vers une heure du matin avant de disparaître. Ils ont perdu toute trace de l'engin. Je ne comprends pas pourquoi Whitehall ne nous a pas donné davantage de liberté pour agir à l'intérieur de nos frontières. Cela aurait été facile. Et si vous aviez voulu suivre l'Irlandais au London Eye ou chez Madame Tussaud, alors ? Qu'est-ce que vous auriez dû faire… Appeler les urgences ? Nom d'un chien, nous sommes à l'heure de la mondialisation, d'Internet, de l'Union européenne, mais nous ne pouvons pas traquer quelqu'un dans notre propre pays.

La raison d'une telle règle était claire cependant. Le MI5 menait de brillantes enquêtes. Le MI6 était maître dans l'art du renseignement extérieur et dans les « actions perturbatrices », telles que détruire une cellule terroriste de l'intérieur grâce à la désinformation. L'ODG pouvait donner l'autorisation à ses agents de tendre des embuscades et de tuer les ennemis de l'État. Mais agir de la sorte au Royaume-Uni, à moins que ce ne fût moralement justifiable ou indispensable d'un point de vue militaire, c'était se faire à coup sûr des ennemis parmi les blogueurs et les plumitifs de la presse londonienne. Sans parler des procureurs de la Couronne qui n'auraient pas manqué de se faire entendre. Toutefois, politique mise à part, Bond tenait absolument à poursuivre l'enquête sur l'Incident Vingt. Il avait développé une haine sans précédent à l'encontre de l'Irlandais.

— Je pense être le plus qualifié pour trouver l'Irlandais et Noah et comprendre ce qu'ils manigancent. Je veux rester sur l'affaire, mon Amiral.

— Je m'y attendais. Et je veux que vous la poursuiviez, 007. J'étais au téléphone ce matin avec le MI5 et le Yard. Ils souhaitent vous laisser un rôle de consultant.

— De consultant ? répéta Bond avec aigreur avant de réaliser que M avait sans aucun doute négocié âprement pour obtenir cela. Merci, mon Amiral.

M accueillit ses mots d'un mouvement brusque de la tête.

— Vous ferez équipe avec un agent de la Division Trois, un certain Osborne-Smith.

La Division Trois… Le MI5 et la police étaient comme tous les êtres humains : ils naissaient, se mariaient, faisaient des enfants, mouraient et pratiquaient même l'échangisme, avait dit Bond un jour en plaisantant. La Division Trois était un des fruits les plus récents de cette relation. Elle avait de légères attaches avec le MI5, de la même manière que l'ODG avait un lien ténu avec le MI6.

Si le MI5 avait le pouvoir d'enquêter ou de mener des activités de surveillance à l'étranger, il ne possédait pas de groupes d'intervention et n'avait pas le droit de procéder à une arrestation. La Division Trois, elle, détenait ce pouvoir. C'était une organisation impénétrable constituée des meilleurs ingénieurs, de bureaucrates, d'anciens durs du SAS et du SBS et dotée d'une considérable puissance de feu. Bond avait été impressionné par leurs récentes interventions qui avaient permis le démantèlement de cellules terroristes à Oldham, Leeds et Londres.

— Je sais que vous êtes habitué à avoir *carte blanche*[1] et à accomplir vos missions comme bon vous semble, 007. Une indépendance qui vous a bien servi par le passé. La plupart du temps. Mais à l'intérieur de nos frontières, votre pouvoir est limité. Considérablement. Me suis-je bien fait comprendre ?

— Oui, mon Amiral.

Cela veut dire que je n'ai plus vraiment *carte blanche*, pensa Bond avec colère.

M lui lança un regard sévère :

— Il y a une complication. Cette conférence sur la sécurité.

— Une conférence sur la sécurité ?

— Vous n'avez pas lu les déclarations de Whitehall ? demanda M avec humeur.

Il s'agissait de communiqués gouvernementaux sur les affaires intérieures et Bond, en effet, ne les avait pas lus.

— Désolé, mon Amiral.

M serra les dents.

— Nous possédons treize agences de sécurité au Royaume-Uni. Peut-être davantage depuis ce matin. Les chefs du MI5, du MI6, du SOCA, du JTAC (Centre d'Analyse du Terrorisme), du DI, tout le gratin, moi y compris, allons être coincés pendant trois jours à Whitehall. Oh, la CIA et quelques gars du continent seront également présents. On y parlera d'Islamabad,

---

1. En français dans le texte.

de Pyongyang, du Venezuela, de Pékin, de Djakarta. Et il y aura probablement un jeune analyste avec des lunettes à la Harry Potter qui soutiendra une théorie selon laquelle les rebelles tchétchènes sont responsables de cette satanée éruption volcanique en Islande. Un sacré dérangement toute cette affaire. Je serai pratiquement injoignable. Le chef de section dirigera l'opération Incident Vingt pour le Groupe.

— Très bien, mon Amiral. Je coordonnerai mes actions avec lui.

— Au travail, 007. Et n'oubliez pas : vous êtes ici au Royaume-Uni. Agissez dans ce pays comme si vous n'y étiez jamais allé. Ce qui signifie que vous devez être diplomate avec les autochtones !

9

— C'est plutôt moche, patron. Vous êtes sûr de vouloir voir ça ?

— Oui, répondit l'homme au contremaître.

— Bon, d'accord. Je vais vous y conduire.

— Qui d'autre est au courant ?

— Juste le chef d'équipe et le gars qui l'a découvert... Ils ne diront pas un mot. Si c'est ce que vous voulez.

Severan Hydt resta silencieux.

Sous un ciel couvert, les deux hommes quittèrent l'aire de chargement qui jouxtait d'anciens bureaux et marchèrent jusqu'au parking voisin. Ils montèrent dans une fourgonnette ornée du logo de Green Way International, traitement et recyclage des déchets ; le nom de la compagnie était imprimé au-dessus d'un délicat motif représentant une feuille verdoyante. Hydt se moquait pas mal du dessin, qu'il trouvait ridiculement branché, mais d'après certaines personnes de son entourage, l'image avait attiré l'attention des médias et était bien perçue par l'opinion publique (« Ah, le public », avait-il approuvé à contrecœur en dissimulant son mépris).

Il mesurait plus d'un mètre quatre-vingt-dix et était large d'épaule ; sa chevelure sombre, épaisse et bouclée commençait à grisonner tout comme sa barbe. Il portait un costume noir en laine taillé sur mesure. Ses ongles jaunis étaient soigneusement limés ; ils étaient longs par choix esthétique, non par négligence.

Le teint blafard du visage allongé de Hydt faisait ressortir ses yeux foncés. Il paraissait plus jeune que ses cinquante-six ans. C'était un homme musclé et encore robuste pour son âge.

La fourgonnette s'élança sur la propriété de Hydt, plus d'une quarantaine d'hectares d'immeubles bas, de monceaux d'ordures, de bennes, de mouettes voltigeantes, de fumée, de poussière...

Et de pourriture.

Tandis qu'ils roulaient sur le terrain accidenté, l'attention de Hydt fut momentanément attirée par un édifice en fin de construction à environ deux kilomètres, identique aux deux autres déjà présents dans le secteur : des bâtiments de cinq étages aux multiples cheminées d'où s'échappaient des vapeurs brûlantes. Il s'agissait d'incinérateurs, un terme que Severan Hydt aimait bien. L'Angleterre fut le premier pays au monde à produire de l'énergie à partir des déchets. La première usine de traitement de déchets fut construite dans les années 1870 à Nottingham ; par la suite, des centaines d'autres firent leur apparition dans le pays pour produire de l'électricité.

L'incinérateur en construction ne différait pas en théorie de ses ancêtres de l'époque victorienne, sauf qu'il était équipé de filtres qui purifiaient les dangereuses exhalaisons et s'avérait beaucoup plus efficace : il brûlait également les déchets dérivés du pétrole dont l'énergie était redistribuée dans Londres et sa région par les réseaux d'électricité.

Green Way International, SARL, s'insérait dans une longue tradition britannique d'innovation dans le domaine du traitement des déchets. Henry IV d'Angleterre avait décrété que les ordures devaient être ramassées et enlevées des rues sous peine d'amende. Des gamins nettoyaient les rives de la Tamise pour se faire de l'argent et des chiffonniers vendaient des lambeaux de laine à des usines qui fabriquaient des vêtements bon marché mais de piètre qualité. À Londres, dès le début du dix-neuvième siècle, des femmes étaient employées pour trier les déchets selon leur utilité. La British Paper Company fut fondée en 1890 pour recycler le papier.

Green Way se situait à une trentaine de kilomètres à l'est de Londres, au-delà des bureaux qui se trouvaient sur l'île des Chiens, de Canning Town, de Silvertown et des Docklands. Pour s'y rendre, il fallait quitter la A13 en direction du sud-est et continuer vers la Tamise. On arrivait ensuite sur une route étroite, inhospitalière, environnée par une végétation maladive. La piste goudronnée semblait ne mener nulle part… Mais une fois franchi le sommet d'une côte, on découvrait le gigantesque complexe industriel Green Way, enveloppé d'une brume perpétuelle.

Au milieu de ce spectaculaire territoire d'immondices, la fourgonnette s'arrêta à côté d'une benne endommagée de deux mètres de haut et de six mètres de long. Deux ouvriers d'une quarantaine d'années, portant des bleus de travail Green Way, se tenaient à côté d'elle, l'air anxieux. Ils ne se sentaient pas moins mal à l'aise maintenant que le directeur de l'entreprise était là.

— Le voilà, dit l'un des deux ouvriers à son camarade.

Hydt avait conscience qu'ils étaient impressionnés par ses yeux foncés, sa barbe et son imposante carrure.

Sans parler de ses ongles.

— Là-dedans ? demanda-t-il.

Les deux ouvriers restèrent sans voix et le contremaître, un certain Jack Dennison, répondit par l'affirmative à leur place. Il se tourna ensuite vers l'un des ouvriers :

— Ne fais pas attendre monsieur Hydt ! Tu crois qu'il n'a que ça à faire ?

L'employé se dirigea en hâte vers un des côtés de la benne et ouvrit, avec effort, la large porte. Elle contenait un amas de sacs-poubelle verts et de déchets en vrac, bouteilles, journaux et magazines, que des gens trop paresseux n'avaient même pas pris la peine de trier.

Il y avait aussi un corps humain à l'intérieur.

Celui d'une femme ou d'un jeune garçon à en juger par la taille. C'était difficile d'en dire plus car le décès remontait à plusieurs mois. Hydt se pencha vers le cadavre et l'examina du bout des ongles.

Ce plaisant examen confirma qu'il s'agissait bien du corps d'une femme.

En observant la peau qui se détachait, les os protubérants, le travail des animaux et des insectes sur ce qui restait de chair, Hydt sentit son cœur battre plus rapidement.

— N'en parlez à personne, commanda-t-il aux deux ouvriers.

— D'accord, patron.

— Nous ne dirons rien, monsieur.

— Attendez par là, leur ordonna-t-il.

Ils s'éloignèrent. Hydt jeta un coup d'œil à Dennison, qui lui indiqua d'un mouvement de tête qu'ils se tiendraient tranquilles. Hydt n'en doutait pas. Il dirigeait Green Way davantage comme une base militaire que comme un centre de traitement des déchets. Il ne lésinait pas sur la sécurité, les téléphones portables étaient interdits, les communications vers l'extérieur contrôlées et la discipline sévère. En contrepartie, Severan Hydt rémunérait grassement ses employés. Hydt avait retenu de l'Histoire que si les soldats étaient bien payés, ils restaient sur le champ de bataille plus longtemps que les amateurs. Et à Green Way, ce n'était pas l'argent qui manquait. On pouvait toujours tirer profit de ce que les gens jetaient au rebut.

Seul à présent, Hydt s'accroupit à côté du cadavre.

La découverte de restes humains n'était pas rare par ici. Au cours de leurs travaux, des ouvriers trouvaient quelquefois des os datant de l'ère victorienne ou des corps desséchés. Un corps pouvait appartenir à un sans domicile fixe, mort d'hypothermie ou d'overdose, jeté sans cérémonie dans une benne à ordures. Quelquefois c'était la victime d'un meurtre que l'assassin venait déposer directement ici.

Hydt ne signalait jamais ces morts. Il ne voulait pas avoir affaire à la police.

D'ailleurs, pourquoi aurait-il dû se priver d'un tel trésor ?

Il s'accroupit près du cadavre, les genoux pressés contre ce qu'il restait du jean de la femme. L'odeur de la pourriture, âpre, comme celle du carton mouillé, était déplaisante pour la majorité des gens, mais Hydt s'y était habitué et n'éprouvait pas plus de dégoût à présent qu'un mécanicien n'était gêné par l'odeur du cambouis ou un ouvrier d'abattoir par celle du sang et des viscères.

Dennison, le contremaître, se tenait quant à lui en retrait à cause des relents.

D'un ongle, Hydt parcourut le sommet du crâne où la plupart des cheveux avaient disparu, puis la mâchoire, les os d'un doigt de main, le premier décharné. Ses ongles à elle étaient longs également, mais ce n'était pas parce qu'ils avaient continué de pousser après sa mort comme on aurait pu le croire : ils apparaissaient plus longs tout simplement parce que la chair en dessous était rabougrie.

Il examina un certain temps sa nouvelle amie avant de l'abandonner à contrecœur. Il regarda l'heure à sa montre puis saisit son iPhone pour prendre une douzaine de photographies du corps.

Hydt regarda ensuite autour de lui. Il indiqua du doigt un point entre deux grands monticules surplombant les déchets, comme deux tumulus contenant les restes de soldats morts au combat.

— Dites aux hommes d'enterrer le corps là-bas.

— Oui, monsieur, répondit Dennison.

— Pas trop profond, ajouta-t-il en se dirigeant vers la fourgonnette. Et qu'ils laissent une marque pour que je puisse le retrouver.

Une demi-heure plus tard, Hydt se trouvait dans son bureau, assis derrière une table dont le plateau était une porte de prison vieille de trois cents ans. Il était absorbé dans la contemplation des différents clichés qu'il avait pris du cadavre. Il finit par poser son téléphone pour vaquer à d'autres occupations. Ce n'était pas ce qui manquait. Green Way comptait parmi les leaders mondiaux dans la récupération, la destruction et le recyclage des déchets.

Le bureau était spacieux, mal éclairé, situé au dernier étage du siège de Green Way, dans une ancienne usine de transformation des aliments datant de 1896, rénovée et convertie en ce que les magazines de décoration d'intérieur auraient pu appeler un loft chic.

Sur les murs se trouvaient les reliques architecturales des bâtiments que son entreprise avait fait démolir : des chambranles anciens encadrant des vitraux fêlés, des gargouilles, des bas-reliefs représentant toutes sortes d'animaux et de personnages, des mosaïques. Saint-Georges et le dragon étaient représentés à de nombreuses reprises. Sur un grand bas-relief, on voyait Zeus qui, pour séduire Léda, avait revêtu l'apparence d'un cygne.

Sa secrétaire entra avec des documents à signer et d'autres qu'elle devait soumettre à son attention (facture, mémos, rapports). Green Way International se portait très bien. Lors d'une conférence sur l'industrie du recyclage, Hydt avait dit en plaisantant que la vie d'un homme ne se résumait pas seulement à payer des impôts puis à mourir... Il devait également ramasser ses déchets et les détruire.

Hydt vit sur l'écran de son ordinateur qu'il venait de recevoir un e-mail. Le message, codé, confirmait le lieu et l'heure d'un important rendez-vous pour le lendemain, mardi. La dernière ligne provoqua chez lui une certaine excitation :

« Le nombre de tués demain sera significatif. Une centaine. En espérant que ça fera l'affaire. »

Parfait. Le désir qu'il avait ressenti quand il avait découvert le corps dans la benne gonfla de nouveau dans sa poitrine.

Il leva les yeux sur sa secrétaire, une femme mince d'une soixantaine d'années vêtue d'un pantalon noir et d'une chemise de la même couleur. Ses cheveux étaient blancs et coupés court. Elle portait autour du cou une chaîne en platine avec un gros diamant comme pendentif ; d'autres bijoux sertis de la même pierre précieuse, mais avec davantage de fioritures, ornaient ses doigts et ses poignets.

— J'ai terminé de relire les épreuves.

Jessica Barnes était américaine. Elle venait d'une petite ville non loin de Boston ; un charmant accent trahissait ses origines. Reine de beauté durant sa jeunesse, elle avait rencontré Hydt quand elle travaillait comme hôtesse d'accueil dans un restaurant chic de New York. Ils avaient vécu ensemble pendant plusieurs années et, afin qu'elle ne soit jamais loin de lui, il l'avait embauchée pour s'occuper de la publicité, un secteur pour lequel Hydt n'avait guère d'intérêt ni d'estime. On lui avait dit, cependant, qu'elle avait pris quelques bonnes décisions en matière de marketing.

Hydt remarqua qu'il y avait quelque chose de différent chez elle aujourd'hui. C'était son visage. Il préférait – il exigeait –

qu'elle ne s'habille qu'en noir et blanc et ne se maquille pas ; pourtant ce jour-là elle semblait s'être légèrement maquillée, comme si elle avait mis du rouge à lèvres. Elle nota qu'il la regardait ; gênée, elle changea légèrement de position et d'attitude.

Elle lui présenta les publicités.

— Tu veux y jeter un œil ?

— Je suis sûr qu'elles sont très bien.

— Je vais leur envoyer, alors.

Elle sortit du bureau. Hydt savait que sa destination n'était pas le service du marketing mais les toilettes où elle se débarbouillerait.

Il lui avait déjà fait la leçon à ce sujet.

Il observa par la fenêtre son nouvel incinérateur. Hydt était au courant de ce qui allait se passer vendredi, mais pour le moment il ne pouvait penser à rien d'autre qu'à demain.

Le nombre de tués… Une centaine.

Une vague de plaisir le submergea.

Il reçut à ce moment un appel de sa secrétaire :

— M. Dunne est ici.

— Ah, très bien.

Un instant après, Niall Dunne entra et referma la porte derrière lui afin qu'on ne les dérange pas. L'Irlandais n'avait jamais laissé transparaître la moindre émotion depuis neuf mois qu'ils se connaissaient. Severan Hydt s'intéressait très peu aux autres et restait insensible aux rapports humains. Toutefois Dunne réussissait à le mettre mal à l'aise.

— Alors, qu'est-ce qui s'est passé ? demanda Hydt.

Après l'incident en Serbie, Dunne avait dû réduire au minimum leurs conversations téléphoniques. L'homme tourna son regard froid vers Hydt et lui expliqua avec son accent de Belfast que lui et Karic, son contact serbe, avaient été surpris par plusieurs hommes, au moins deux agents du BIA déguisés en policiers et un autre homme qui, d'après les dires de l'agent serbe, travaillait pour un certain bureau des Nations Unies dans le cadre du maintien de la paix.

Hydt fronça les sourcils.

— C'est…

— Ce bureau n'existe pas, dit Dunne calmement. Il devait travailler pour son compte. Il n'y avait pas de renforts, pas de médecins, aucune logistique. L'inconnu a probablement soudoyé les deux agents serbes pour obtenir leur aide. Ce sont les Balkans après tout. Nous avons peut-être eu un concurrent. Peut-être qu'un de vos associés ou quelqu'un qui travaille ici a révélé quelque chose sur le projet.

Il faisait référence au projet Gehenna, bien sûr. Ils avaient tout fait pour le garder secret mais un certain nombre de personnes à travers le monde était impliqué ; ce n'était pas impossible qu'il y ait eu une fuite et qu'une organisation criminelle ait voulu en apprendre davantage.

— Je ne veux pas minimiser les risques... ces gars étaient plutôt efficaces, ajouta Dunne, mais ce n'était pas une opération d'envergure. Je suis certain que nous pourrons mieux faire.

L'Irlandais semblait indifférent aux événements qui s'étaient déroulés en Serbie. Il tendit un téléphone portable à Hydt.

— Utilisez celui-ci à l'avenir. Il est mieux protégé.

Hydt l'examina.

— Est-ce que vous avez vu le visage de l'homme qui vous a attaqué ?

— Non, il y avait trop de fumée.

— Et Karic ?

— Je l'ai tué.

Il avait répondu sur le même ton que s'il avait dit : « Oui, il fait frais dehors aujourd'hui. »

Hydt réfléchit à ce que l'Irlandais venait de lui annoncer. Personne n'était plus minutieux et plus prudent que Niall Dunne quand il s'agissait de prendre une décision. S'il pensait que c'était la meilleure chose à faire, alors Hydt respectait son choix.

Dunne continua :

— Je vais à l'entrepôt. Une fois que j'aurai déposé le reste du matériel sur place, l'équipe pense pouvoir terminer le travail d'ici quelques heures.

Une sensation de chaleur envahit Hydt à la pensée du corps de la femme dans la benne à ordures et en songeant à ce qui se préparait dans le nord.

— Je vais venir avec vous, dit Hydt.

— Vous pensez que c'est une bonne idée ? C'est peut-être risqué, ajouta Dunne sur le même ton.

Il avait senti de l'impatience dans la voix de Hydt, or pour l'Irlandais rien n'était plus mauvais que d'agir sur le coup d'une impulsion.

— Je prends le risque.

Hydt s'assura qu'il n'avait pas oublié son téléphone : il espérait pouvoir faire d'autres photos.

10

Après avoir quitté la tanière de M, Bond remonta le couloir en direction du bureau de son chef de section. Il salua une femme d'origine asiatique élégamment vêtue qui tapotait adroitement sur son clavier d'ordinateur avant de pénétrer dans le bureau de Bill Tanner.

— Tu m'as l'air bien occupé, dit Bond à l'homme assis derrière une table encombrée de papiers et de chemises contrairement à celle de M.

— Je le suis, en effet. C'est moi le grand manitou de l'Incident Vingt à présent. Prends donc un siège, James.

D'un mouvement de tête il indiqua à Bond le seul siège vide dans la pièce, tous les autres étant occupés par des dossiers. Tandis que Bond s'asseyait, Bill Tanner demanda :

— Avant toute chose, dis-moi, est-ce qu'on t'a offert un vin décent et un repas digne de ce nom hier soir ?

Un hélicoptère Apache du SAS avait récupéré Bond dans un champ au sud du Danube et l'avait transporté rapidement jusqu'à une base de l'OTAN en Allemagne, où un avion Hercule chargé de pièces détachées l'avait ramené à Londres.

— Apparemment, répliqua Bond, ils étaient à court de provisions.

Tanner éclata de rire. Ce lieutenant-colonel à la retraite était un homme droit (dans tous les sens du terme), d'une cinquantaine d'années, au teint rose et au physique robuste. Il portait son uniforme habituel : pantalon noir et chemise bleu clair aux manches retroussées. Le travail de Tanner était difficile : il dirigeait les opérations de l'ODG au quotidien et en théorie aurait dû manquer d'humour, ce qui n'était pas le cas. Il avait été le mentor de Bond à ses débuts et était à présent son plus proche ami à l'intérieur de l'organisation. Fervent golfeur, il essayait de temps en temps d'aller taper une balle avec Bond au Royal Cinque Ports ou au Royal St. George ou bien, s'ils avaient peu de temps, à Sunningdale au sud d'Heathrow.

Tanner, bien entendu, était au courant pour l'Incident Vingt et pour Noah, mais Bond lui apprit le rôle mineur qu'il allait devoir jouer à l'intérieur des frontières du Royaume-Uni.

Le chef de section souligna avec un sourire :

— Plus vraiment de *carte blanche*, hein ? Je dois dire que tu le prends plutôt bien.

— Je n'ai guère le choix, avoua Bond. Est-ce que Whitehall pense toujours que la menace vient d'Afghanistan ?

— Disons qu'ils souhaitent qu'elle ait son origine là-bas, répondit Tanner à voix basse. Et cela pour plusieurs raisons. Tu peux sans doute les découvrir par toi-même.

Il sous-entendait des raisons politiques, bien entendu.

— Est-ce que M t'a dit ce qu'il pensait de cette conférence sur la sécurité à laquelle il est contraint d'assister cette semaine ?

— Non, mais ce n'était pas difficile à interpréter.

Tanner gloussa.

Bond jeta un coup d'œil à sa montre et se leva.

— J'ai rendez-vous avec un homme de la Division Trois. Un certain Osborne-Smith. Tu sais quelque chose sur lui ?

— Ah, Percy, fit Bill Tanner en levant un sourcil de manière énigmatique. Bonne chance James, c'est tout ce que j'ai à te dire.

La Cellule O occupait presque entièrement le quatrième étage.

C'était un grand espace ouvert, entouré de bureaux. Au centre se trouvaient des postes de travail pour les secrétaires et pour d'autres membres du personnel. On aurait pu se croire dans le service des ventes d'un hypermarché s'il n'y avait eu sur les portes de chacun des bureaux un scanner pour l'iris doublé d'un digicode. Il y avait de nombreux ordinateurs équipés d'écran plat mais aucun des écrans géants qui semblaient de rigueur dans les films d'espionnage à la télévision et au cinéma.

Bond traversa à grandes enjambées cette effervescence et fit signe à une blonde d'environ vingt-cinq ans, juchée sur un fauteuil de bureau, qui avait pour fonction de diriger cette fourmilière. Si Mary Goodnight avait travaillé pour un autre service, Bond aurait pu l'inviter à dîner et voir où ça l'aurait mené ensuite. Mais ce n'était pas le cas : elle se trouvait à seulement cinq mètres de son bureau et était son agenda, sa herse et son pont-levis. Elle pouvait repousser une visite impromptue avec fermeté et tact, ce qui était nécessaire dans un service du gouvernement. Comme elle ressemblait beaucoup à Kate Winslet, Goodnight recevait occasionnellement, de la part de ses collègues de bureau, d'amis ou de petits amis, des cartes postales ou des souvenirs inspirés par le film *Titanic*, mais n'en faisait pas étalage.

— *Ave, Maria*.

Cette plaisanterie, et d'autres dans le genre, était moins une manière de flirter qu'une marque d'affection à présent ; un peu comme des mots tendres qu'on s'échange entre époux, de façon automatique mais sans aucune lassitude.

Goodnight jeta un coup d'œil sur les rendez-vous de l'agent pour la journée mais Bond lui demanda de tout annuler. Il devait rencontrer un homme de la Division Trois ; ensuite, il serait peut-être amené à partir à n'importe quel moment.

— Est-ce que je dois également me charger des rapports ?

Bond réfléchit à la question.

— J'imagine que je devrais m'en occuper dès maintenant. Ça ferait de la place sur mon bureau en tout cas. Si je dois partir, je n'ai aucune envie de revenir pour me coltiner une semaine de lecture.

Elle lui tendit les dossiers à rayures vertes classés top secret. Après avoir passé la barrière du digicode et celle du scanner de l'iris, Bond entra dans son bureau et alluma la lumière. Par rapport aux standards londoniens, la pièce, d'environ vingt-cinq mètres carrés, était spacieuse mais plutôt impersonnelle. Son bureau, fourni par le gouvernement, était juste un peu plus grand que celui qu'il avait au DI, et de la même couleur. Des livres et des périodiques garnissaient quatre étagères en bois. Ils lui avaient été utiles plus d'une fois et pouvaient l'être encore ; ils traitaient de sujets aussi variés que les dernières techniques de piratage informatique employées par les Bulgares, des idiomes thaïs, ou encore la manière de recharger un fusil PGM .338 Lapua Magnum. Il y avait très peu d'objets personnels pour donner un semblant d'âme à la pièce. Le seul qu'il aurait pu mettre en évidence, la médaille reçue pour ses services rendus en Afghanistan, se trouvait dans le dernier tiroir de son bureau. Il avait accepté cet honneur de bonne grâce, mais pour lui, le courage faisait partie du paquetage d'un soldat et il ne voyait pas l'intérêt de l'exhiber, pas plus que d'afficher au mur ses diplômes.

Bond s'assit et prit connaissance des dossiers (des rapports émanant des services du MI6, reliés et présentés de manière impeccable). Le premier provenait du Bureau russe. Leur Station R avait réussi à pirater un serveur du gouvernement à Moscou et copié certains documents classés secrets. Bond, qui avait une prédisposition pour les langues étrangères et qui avait étudié le russe à Fort Monckton, sauta le résumé en anglais et lut le document dans le texte.

Dans un paragraphe au style lourd, deux mots attirèrent son attention :

*С*тальной патрон.

En anglais : « Cartouche d'Acier ».

L'expression fit écho en lui comme une cible sur un écran radar.

Cartouche d'Acier était un nom de code qui signifiait « mesure active », une expression de l'ère soviétique désignant une opération militaire. Celle-ci impliquait « des victimes ».

некоторые смерти ...

Cependant, il n'y avait rien de précis concernant les détails de l'opération.

Bond fixa le plafond du regard. Il entendit des voix de femmes à l'extérieur et tourna la tête dans leur direction. Philly, les bras chargés de dossiers, discutait avec Mary Goodnight.

Bond lui fit signe de venir et l'agent du MI6 le rejoignit ; elle s'assit en face du bureau.

— Alors, qu'est-ce que vous avez trouvé, Philly ?

Comme elle croisait ses jambes, il crut entendre le séduisant bruissement du nylon.

— Les photos que vous avez prises sont de bonne qualité, James, mais elles manquent de luminosité. Je n'ai pas réussi à obtenir une définition de l'image suffisante pour que l'on puisse distinguer le visage de l'Irlandais. Par ailleurs, il n'y avait aucune empreinte sur le reçu du pub ni sur l'autre note, à l'exception des vôtres.

L'homme resterait donc anonyme pour le moment.

— En revanche, les empreintes sur les verres des lunettes étaient très bonnes. Il s'agit de celles d'Aldo Karic, un Serbe. Il vivait à Belgrade et travaillait pour la société des chemins de fer du pays.

Elle fit une moue de frustration qui mit en valeur sa charmante fossette.

— Cela va prendre plus de temps que je ne le pensais pour obtenir davantage de détails. Idem pour les substances toxiques transportées par le train. Tout le monde se tait. Vous aviez raison, Belgrade n'est pas d'humeur à coopérer. Quant aux morceaux de papier que vous avez trouvés dans la voiture, j'ai plusieurs pistes possibles.

Elle sortit des documents d'une chemise. Il s'agissait d'impressions de cartes au logo MapQuest, un service de plans et d'itinéraires en ligne.

— Est-ce que vous avez des problèmes de budget au MI6 ? Je serais heureux de passer un coup de fil à la Trésorerie pour vous.

Elle éclata de rire.

— C'est juste pour avoir une idée du terrain sur lequel on joue ! expliqua-t-elle en tapotant une des cartes. Le pub qui correspond au ticket de caisse se trouve ici.

Il se situait juste à la sortie de l'autoroute à proximité de Cambridge.

Bond examina la carte. Qui avait mangé là ? L'Irlandais ? Noah ? Des associés ? Ou bien quelqu'un qui avait loué la voiture la semaine précédente et qui n'avait aucun rapport avec l'Incident Vingt ?

— Et l'autre bout de papier ? Celui sur lequel on avait écrit « Boots – March. 17. Pas plus tard » ?

Elle présenta une très longue liste.

— J'ai tenté de cerner toutes les significations possibles de cette note. Rendez-vous à la date du 17 mars (*March* en anglais), type de chaussures, lieux géographiques, pharmacies.

Elle fit de nouveau une moue. Elle était déçue du résultat de ses efforts.

— Rien de bien transparent, j'en ai peur.

Bond alla chercher plusieurs atlas routiers sur une étagère. Il en regarda un avec attention.

Mary Goodnight apparut dans l'embrasure de la porte.

— James, il y a quelqu'un qui veut vous voir en bas. Percy Osborne-Smith, de la Division Trois.

Philly nota un changement dans l'expression de Bond.

— Je vais vous laisser, James. Je vais rappeler les Serbes. Ils finiront par parler. Je vous le garantis.

— Encore une chose, Philly, dit-il en lui tendant le rapport qu'il venait juste de lire, j'ai besoin que vous cherchiez des informations au sujet d'une opération soviétique ou russe appelée Cartouche d'Acier. On en parle un peu dans ce rapport, mais pas suffisamment.

Elle jeta un coup d'œil sur le document.

— Désolé, ce n'est pas traduit, mais vous pouvez sans doute...

— *Ya govoryu po russki.*

Bond esquissa un sourire.

— Et avec un bien meilleur accent que moi.

Il se jura de ne plus jamais la sous-estimer.

Philly examina le document de plus près.

— C'est un fichier informatique piraté. Qui possède l'original ?

— Un de vos collègues. Il provient de la Station R.

— Je vais contacter le Bureau russe. Je voudrais voir certaines des données codées liées au fichier qui contiennent sa date de création, le nom de son auteur et peut-être même des renvois vers d'autres sources.

Elle glissa le document dans une pochette en papier kraft et cocha au stylo une case sur la couverture.

— Comment voulez-vous le classer ?

Il réfléchit un instant.

— Exclusivement pour nos yeux.

— Nos yeux ?

On n'usait pas de ce terme pour classer des documents officiels.

— Les vôtres et les miens. Personne d'autre, répondit-il avec douceur.

Après une courte hésitation, elle écrivit sur la couverture : Réservé seulement aux yeux de l'agent Maidenstone du SIS et à ceux de l'agent James Bond de l'ODG.

— Et sa priorité ?

La réponse de Bond ne se fit pas attendre :

— Urgent !

11

Bond était en train d'effectuer des recherches sur les bases de données du gouvernement quand il entendit des pas qui se rapprochaient, accompagnés par une voix au timbre sonore.

— C'est parfait. Je peux me débrouiller sans l'aide d'un GPS à présent, merci.

Sur ce, un homme vêtu d'un costume à rayures très ajusté entra dans le bureau de Bond, après avoir congédié l'officier de sécurité de la Cellule P qui l'accompagnait. Il avait également évité Mary Goodnight, qui s'était levée avec un air mécontent à la vue de cet homme visiblement pressé.

Il s'approcha de Bond, à qui il tendit brusquement une grande main à la paume rebondie. Bien que mou et sans charisme, il était mince et possédait néanmoins une certaine assurance dans le regard. Il semblait du genre à broyer une main plutôt qu'à la serrer et donc Bond, pour le devancer, se leva de son siège, après avoir mis en veille son écran d'ordinateur, et tendit sa main de telle sorte que l'autre ne puisse faire levier avec la sienne.

En réalité, la poignée de main de Percy Osborne-Smith fut brève et inoffensive, bien que désagréablement humide.

— Bond, James Bond.

Il indiqua à l'agent de la Division Trois le siège que venait de quitter Philly et se dit qu'il ne devait pas se méprendre sur cet homme à la coupe de cheveux impeccable, plaqués sur les côtés avec du gel et à l'allure molle. Un menton peu prononcé ne signifiait pas forcément un homme faible, comme pouvaient en témoigner tous ceux qui connaissaient un tant soit peu la vie du maréchal Montgomery.

— Bon, fit Osborne-Smith, nous y sommes. Super excitant l'Incident Vingt. Qui a eu l'idée de ce nom, à votre avis ? Le Comité du Renseignement, j'imagine.

Bond fit un geste évasif.

L'homme balaya la pièce du regard, le posa brièvement sur un pistolet en plastique au canon orange qu'on utilisait lors d'entraînements au corps à corps, avant de revenir à Bond.

— Alors, d'après ce que je sais, le DI et le MI6 sont en train de creuser la piste afghane et carburent pour retrouver les méchants à l'intérieur du pays. Ça fait de nous les pauvres petits derniers, qu'on laisse en arrière, coincés avec cette ramification serbe. Mais bon, quelquefois ce sont les pions qui font gagner la partie, pas vrai ?

Il se tamponna le nez et la bouche avec un mouchoir. Bond n'arrivait pas à se rappeler la dernière fois qu'il avait vu quelqu'un de moins de soixante-dix ans combiner ce geste à cet accessoire.

— J'ai entendu parler de vous, Bond… James. On s'appelle par nos prénoms, d'accord ? Moi, j'ai plutôt un nom à coucher dehors. Dur à porter. Exactement comme le nom de ma fonction : directeur adjoint aux Opérations intérieures.

Maladroitement amené, jugea Bond.

— Percy et James. Ça fait un peu duo comique. Mais peu importe… Comme je vous le disais, j'ai entendu parler de vous, James. Votre réputation vous précède et n'est pas imméritée. Du moins, à ce qu'on dit.

Oh, mon Dieu, pensa Bond, sa patience déjà à bout. Pour devancer la suite du monologue, il raconta en détail les événements qui s'étaient déroulés en Serbie.

Osborne-Smith prit tout un tas de notes. Il décrivit ensuite ce qui s'était passé au Royaume-Uni. Même en faisant appel aux talentueux professionnels de la Cellule A du MI5, connu sous le nom des Observateurs, ils n'avaient rien appris de plus sur l'hélicoptère qui transportait l'Irlandais, sinon qu'il avait atterri quelque part au nord-est de Londres. Aucun MASINT ni aucune autre trace de l'engin n'avaient été repérés depuis.

— Donc, notre stratégie ? lança Osborne-Smith, moins comme une question que comme un préambule à une directive. Pendant que le DI, le MI6 et pour ainsi dire tout le monde sous le soleil arpente le désert afghan à la recherche de terroristes, je veux qu'on s'occupe de ce qui se passe ici, qu'on mette la main sur l'Irlandais et Noah, qu'on me les emballe dans un paquet-cadeau bien ficelé et qu'on me les dépose sur mon bureau.

— Vous voulez les arrêter ?

— Les « mettre sous les verrous » serait une expression plus exacte.

— Je ne suis pas sûr qu'il s'agisse de la meilleure chose à faire, objecta Bond avec tact.

Vous devez être diplomate avec les autochtones...

— Et pourquoi pas ? Nous n'avons pas de temps à perdre en surveillance, seulement en interrogatoires.

Bond nota un léger zézaiement sur le mot « surveillance ».

— Si des milliers de vies sont en jeu, l'Irlandais et Noah ne doivent pas agir seuls. Il est même possible qu'ils ne soient pas les plus dangereux du lot. Ce dont nous sommes certains en revanche, c'est qu'une réunion s'est tenue chez Noah. Mais rien ne suggère qu'il est à la tête de toute l'opération. Quant à l'Irlandais... C'est un tueur. Un homme qui connaît bien son métier mais qui n'est sans doute rien d'autre qu'un exécutant. Je pense que nous devons les identifier et les laisser faire jusqu'à ce que nous en apprenions davantage.

Osborne-Smith répliqua en souriant :

— Ah, mais vous ne savez rien de mon expérience profession-nelle, James, ni de mon curriculum vitae, déclara-t-il, ses manières obséquieuses s'évanouissant tout à coup. J'ai fait mes premières armes en cuisinant des prisonniers. En Irlande du Nord. Et à Belmarsh.

La tristement célèbre « prison pour terroristes » de Londres.

— J'ai aussi passé quelque temps sous le soleil de Cuba, continua-t-il, à Guantanamo. Mais oui, vraiment. Les gens finissent toujours par me parler, James. Après quelques jours en ma compagnie, les détenus me révèlent les lieux où se cachent leurs frères, leurs fils, ou leurs filles. Oh, les gens me parlent quand je le leur demande... toujours avec une grande politesse.

— Mais si Noah a des complices et qu'ils apprennent qu'il s'est fait prendre, ils pourraient précipiter leurs plans initialement prévus vendredi, insista Bond. Ou disparaître... Nous perdrions alors leur trace jusqu'à ce qu'ils décident de frapper à nouveau six ou huit mois plus tard, quand toutes les pistes seront refroidies depuis longtemps. L'Irlandais aura paré à toute éventualité, j'en suis sûr.

Osborne-Smith prit un air désolé.

— C'est juste que, comment dire, si nous étions quelque part sur le continent ou bien sur la place Rouge, j'aurais été heureux de prendre un siège pour vous regarder engager la partie selon vos propres règles, mais voyez-vous, vous êtes sur notre terrain de jeu ici.

Le coup cinglant était, bien sûr, inévitable. Bond décida qu'il valait mieux éviter d'envenimer la situation. Cette marionnette à l'allure de dandy avait les reins solides, possédant l'autorité suprême et pouvant se passer entièrement de lui s'il le souhaitait.

— Comme vous voulez, répondit Bond aimablement. J'imagine que la première étape est de les retrouver. Laissez-moi vous montrer nos principales pistes.

Il présenta une photocopie du ticket de caisse provenant du pub et une autre de la note : « Boots – March. 17. Pas plus tard. »

Osborne-Smith fronça les sourcils tandis qu'il examinait les documents.

— Qu'est-ce que ça nous apprend ?

— Rien de très excitant, dit Bond. Le pub se trouve non loin de Cambridge. La signification de la note, elle, reste mystérieuse.

— Une date ? Le 17 mars ? Un mémento pour aller retirer quelque chose dans une pharmacie Boots ?

— Possible, fit Bond sur un ton dubitatif. Je pensais pour ma part qu'il pouvait s'agir d'un code.

Il montra ensuite la copie de la carte MapQuest que Philly lui avait fournie.

— À mon avis, la piste du pub ne mène nulle part. L'endroit n'a rien de particulier... Il ne se situe pas à proximité d'un lieu important, simplement à la sortie de la M11, près de Wimpole Road.

Il toucha la feuille.

— C'est sans aucun doute une perte de temps, renchérit Bond, mais c'est important d'aller vérifier. Je pourrais m'en charger ? J'irais faire un tour sur place et autour de Cambridge. De votre côté vous pourriez peut-être confier la note aux spécialistes de la cryptographie du MI5 et voir ce que leurs ordinateurs ont à nous dire. À mon avis la clé du mystère se trouve là.

— Je le ferai. Mais si ça ne vous dérange pas, James, ce serait sans doute mieux si je m'occupais moi-même du pub. Je connais bien le coin. J'ai fait mes études à Cambridge, à la Magdalene University.

La carte ainsi que les photocopies du ticket de caisse et de la note disparurent dans la mallette d'Osborne-Smith. Il prit ensuite une feuille de papier.

— Pouvez-vous faire venir la fille ?

— Laquelle ? demanda Bond, intrigué.

— La jolie petite blonde. Célibataire, me semble-t-il.

— Vous voulez parler de ma secrétaire, répliqua Bond sèchement.

Il se leva et se dirigea jusqu'à la porte.

— Mademoiselle Goodnight, voulez-vous venir dans mon bureau, s'il vous plaît ?

Elle entra.

— Notre ami Percy souhaite vous dire un mot.

Osborne-Smith ne fit pas attention au ton ironique et tendit la feuille de papier à la jeune femme.

— Faites-en une copie, voulez-vous ?

Après avoir jeté un coup d'œil à Bond, qui donna son assentiment d'un signe de tête, elle prit la feuille et se rendit à la photocopieuse. Osborne-Smith lui cria :

— Recto-verso ! Toute perte de temps est du temps gagné pour l'ennemi, n'est-ce pas ?

Goodnight revint un instant plus tard. Osborne-Smith glissa le document original dans sa mallette et donna la copie à Bond.

— Vous continuez toujours à vous entraîner au tir ?

— De temps en temps, répondit Bond sans ajouter : religieusement, six heures par semaine, en salle avec de petits calibres, en extérieur à Bisley avec l'armement complet. Une fois tous les quinze jours, il s'entraînait sur le simulateur de tir de Scotland

Yard. Un outil perfectionné relié au dos du tireur par une électrode ; si le terroriste virtuel tirait avant que vous ne l'ayez abattu, vous receviez une puissante décharge et terminiez l'entraînement sur les genoux.

— Nous devons nous occuper des formalités, n'est-ce pas ?

Osborne-Smith désigna la feuille dans la main de James Bond.

— C'est une autorisation temporaire de port d'arme.

Très peu d'agents du gouvernement étaient autorisés à porter une arme au Royaume-Uni.

— Je ne pense pas que ce soit une bonne idée d'écrire mon nom sur ce document, fit remarquer Bond.

— Vous avez peut-être raison. Mettez un nom d'emprunt, alors. John Smith fera l'affaire. Remplissez juste le formulaire et répondez à la série de questions qui se trouvent au dos de la feuille… sur l'utilisation des armes à feu, etc. Si vous rencontrez un problème, faites-le-moi savoir.

— Je suis sûr que ça ira.

— Très bien. Heureux que cela vous convienne. Nous ferons un point plus tard… une fois accomplies nos missions respectives. Et maintenant, en route pour Cambridge ! lança-t-il en donnant un coup sur sa mallette.

Il sortit de la pièce aussi vite qu'il était venu.

— Quel pauvre type… commenta Goodnight à voix basse.

Bond lâcha un petit rire. Il enfila sa veste et prit l'atlas routier.

— Je descends à l'armurerie récupérer mon arme et ensuite je serai absent trois ou quatre heures.

— Et le formulaire, James ?

— Ah, oui.

Il le ramassa et le déchira en bandes égales qu'il glissa en guise de marque-pages à l'intérieur de l'atlas routier.

— Pourquoi gâcher des Post-it ?

12

Une heure et demie plus tard, James Bond conduisait sa Bentley Continental GT, un éclair gris qui filait vers le nord.

L'agent repensa à la façon dont il avait dupé Osborne-Smith. Il avait jugé en définitive que la piste du pub n'était pas très prometteuse. Certes, un certain nombre de convives liés à l'Incident Vingt y avaient mangé : le ticket de caisse suggérait un repas pour deux ou trois personnes. Mais ce repas avait été pris plus d'une semaine auparavant ; il était donc peu probable que quelqu'un dans le personnel du pub se souvienne d'un homme accompagné correspondant à la description de l'Irlandais. Par ailleurs, comme ce dernier s'était révélé particulièrement malin, Bond suspectait qu'il ne dînait pas deux fois au même endroit et ne retournait jamais dans le même magasin pour faire ses achats ; il n'était donc sans doute pas un habitué du pub.

La piste de Cambridge devait être exploitée, bien sûr, mais il était surtout très important pour Bond qu'Osborne-Smith soit occupé. Il fallait tout faire pour empêcher que l'Irlandais ou Noah soient arrêtés et incarcérés à Belmarsh, comme des trafiquants de drogue ou des islamistes qui auraient acheté trop d'engrais chimique. Ils devaient les laisser agir selon leur plan pour découvrir la nature de l'Incident Vingt.

Bond, en passionné de poker, avait bluffé. Il avait témoigné un certain intérêt pour le pub et mentionné que l'établissement n'était pas loin de Wimpole Road. Pour la plupart des gens cela n'aurait rien signifié. Mais Bond se doutait qu'Osborne-Smith était au courant que des installations secrètes du gouvernement, associées à Porton Down (le centre de recherche sur les armes biologiques du ministère de la Défense dans la région du Wiltshire), se trouvaient sur Wimpole Road. Même si le site se trouvait à treize kilomètres à l'est, de l'autre côté de Cambridge, et pas du tout à proximité du pub, Bond subodorait que l'association des deux endroits attirerait l'attention de l'homme de la Division Trois comme la tête d'un poisson une mouette.

Bond se voyait donc relégué à cette tâche apparemment sans espoir qui était de décrypter la note : « Boots – March. 17. Pas plus tard. »

Ce qu'il pensait avoir réussi.

Parmi les suggestions proposées par Philly sur la signification de la note il y avait eu celle qui faisait référence à Boots, une chaîne de pharmacies qu'on retrouvait sur tout le territoire britannique. Elle avait également suggéré un type de chaussures et un événement qui s'était produit à la date du 17 mars.

Mais une des dernières suggestions sur la liste avait intrigué Bond. Elle avait remarqué que les mots « Boots » et « March » étaient reliés par un tiret et qu'il existait une Boots Road non loin de la ville de March, située à deux heures de voiture au nord de Londres. Elle avait également noté le point entre « March » et « 17 ». Si la dernière phrase « Pas plus tard » suggérait une date limite, il n'était pas aberrant de penser que le « 17 » faisait référence à une date mais qui pouvait bien être le 17 mai, c'est-à-dire, le lendemain.

Bien vu de sa part, avait pensé Bond et tandis qu'il attendait Osborne-Smith dans son bureau, il avait consulté le Golden Wire, un réseau informatique sécurisé réunissant les archives des plus importantes agences de sécurité britanniques, afin de réunir un maximum d'informations à propos de la ville de March et de Boots Road.

Il avait découvert certaines choses intrigantes : des rapports signalant des déviations routières dues à une circulation intense des camions sur Boots Road, près d'une ancienne base militaire, ainsi que des avis à la population en rapport avec d'importants travaux dans le secteur. Il était mentionné que ces travaux devaient être achevés le 17 à minuit sous peine d'amendes. Bond avait l'intuition qu'il s'agissait d'une sérieuse piste vers l'Irlandais et Noah.

Or, il savait d'expérience que ne pas écouter son intuition pouvait s'avérer fatal.

Il était donc à présent en route pour March, enivré par le plaisir de conduire.

Ce qui signifiait, bien sûr, conduire vite.

Bond devait toutefois limiter sa vitesse car il ne roulait ni sur la N-260 dans les Pyrénées, ni hors des sentiers battus dans la région des lacs, mais se dirigeait vers le nord sur la A1 qui était tantôt une autoroute, tantôt une nationale. Cependant, l'aiguille du compteur atteignait parfois les 160 km/h, et il utilisait fréquemment le levier de vitesses ultra-sensible pour doubler un fourgon à chevaux ou une Ford Mondeo. Il resta sur la file de droite, bien qu'une fois ou deux il empruntât la bande d'arrêt d'urgence. Il s'offrit parfois quelques dérapages contrôlés dans les virages.

La police ne constituait pas un problème. Si le pouvoir de l'ODG s'avérait limité à l'intérieur du Royaume-Uni (plus vraiment *carte blanche*, se rappela Bond en souriant), il était souvent nécessaire pour les agents de la Cellule O de se déplacer rapidement à l'intérieur du pays. Bond avait fait le nécessaire auprès des autorités compétentes pour que sa plaque d'immatriculation soit ignorée par les caméras et par les agents de la circulation équipés de pistolets radars.

Ah, le coupé Bentley Continental GT... La meilleure voiture au monde, pensait Bond.

Il avait toujours aimé cette marque ; son père avait découpé des centaines de photos de journaux représentant les célèbres frères Bentley et leurs créations qui avaient battu à plate couture les Bugatti et les autres voitures concurrentes durant les 24 Heures du Mans entre 1920 et 1930. Bond lui-même avait assisté à la victoire de l'étonnante Bentley Speed 8 lors de la course de 2003, qui signait son retour dans la compétition après trois quarts de siècle. Il avait toujours rêvé de posséder un de ces superbes véhicules méchamment rapides et bien pensés. Si la Jaguar Type E qui se trouvait dans son garage était un héritage de son père, la GT en revanche était un legs indirect. Il avait acheté sa première Continental quelques années auparavant, dépensant ce qu'il lui restait de l'assurance-vie qu'il avait touchée à la mort de ses parents. Il l'avait récemment vendue pour acheter le dernier modèle.

Bond venait de quitter l'autoroute et se dirigeait à présent vers March, au cœur du Fens. Il connaissait mal cette région. Il avait entendu parler de la « Marche de March de mars », une randonnée créée par des étudiants, qui allait de March à Cambridge et qui se déroulait, comme son nom l'indique le troisième mois de l'année. Il y avait la prison de Whitemoor et des touristes venaient également visiter l'église Saint-Wendreda, qui d'après l'office du tourisme était spectaculaire ; Bond n'était pas entré dans une église, sinon pour des raisons professionnelles, depuis des années.

Devant lui se profilait l'ancienne base militaire. Il contourna l'édifice, qui était entouré d'une haie de fils barbelés ponctuée de panneaux « Défense d'entrer ». Il comprit pourquoi : la base militaire était en phase de démolition. C'était donc ça les travaux dont parlaient les archives. Une demi-douzaine de bâtiments avait déjà été rasée. Il n'en restait qu'un seul, à trois étages, en vieille brique rouge. Sur un panneau décoloré on pouvait lire : « Hôpital ».

Plusieurs camions se trouvaient sur le site, parmi des bulldozers et autres engins de chantier ; des caravanes, qui servaient probablement de quartier général à l'équipe de démolition, stationnaient sur une colline à une centaine de mètres environ du bâtiment. Une voiture noire était garée à côté de la plus grande des caravanes mais personne ne se trouvait dans les parages. Bizarre : ce n'était pourtant pas un jour férié.

Il se gara derrière un taillis afin qu'on ne le repère pas, sortit de son véhicule et examina les alentours : une rivière sinueuse, des champs de pommes de terre et de betteraves et des bosquets. Bond revêtit sa tenue militaire 5.11 déchirée au niveau de l'épaule par un éclat de grenade et qui sentait encore la fumée (celle de la voiture en feu dans laquelle il avait trouvé l'indice qui l'avait conduit jusqu'ici) avant de quitter ses chaussures de ville pour enfiler sa paire de bottes.

Il fixa son Walther et deux étuis porte-munitions à sa ceinture en toile.

Si vous rencontrez un problème, faites-le-moi savoir.

Il prit également son silencieux, une lampe torche, un kit d'outils et son couteau de poche.

Bond rentra en lui-même comme il le faisait avant chaque opération et se concentra sur le moindre détail de son environnement : les branches d'arbres qui pouvaient le faire repérer s'il marchait dessus, les buissons susceptibles de dissimuler le canon d'un fusil, la présence de fils barbelés, de caméras et autres détecteurs qui pouvaient signaler sa présence à l'ennemi.

C'était aussi une façon de se préparer à tuer, vite et efficacement, s'il y était contraint.

Il était d'autant plus prudent que cette mission comportait beaucoup de zones d'ombre.

Les intentions de l'ennemi vous dicteront la réponse appropriée.

Mais quel était le but de Noah ?

Et d'ailleurs, qui était-il ?

Pour rejoindre l'hôpital, Bond franchit une rangée d'arbres et traversa un champ parsemé de jeunes pousses de betteraves. Il contourna ensuite un marais odorant et enjamba avec précaution un enchevêtrement de ronces. Il arriva finalement vers le périmètre sécurisé par des rangées de fils barbelés et signalé par des panneaux d'avertissement. Eastern Demolition s'occupait des travaux, pouvait-on lire. Bond n'avait jamais entendu parler de cette entreprise, mais il lui semblait avoir déjà vu ces camions vert et jaune.

Bond promena son regard sur le champ recouvert de mauvaises herbes en face du bâtiment et sur le terrain de manœuvres qui se trouvait derrière. Personne en vue. Il se fraya un chemin à travers la haie de fils barbelés à l'aide de ses pinces coupantes. Ce bâtiment serait le lieu idéal pour organiser des réunions secrètes en rapport avec l'Incident Vingt ; l'endroit était en effet sur le point d'être rasé, ce qui voulait dire qu'il n'y aurait bientôt plus aucune preuve de son utilisation.

Aucun ouvrier n'était visible dans les parages, mais la présence de la voiture noire laissait supposer que quelqu'un se trouvait à l'intérieur du bâtiment. Il chercha du regard une porte ou une entrée discrète à l'arrière. Il en découvrit une quelques minutes plus tard : un affaissement de terrain, d'environ trois mètres de profondeur, sans doute provoqué par l'effondrement d'un ancien tunnel d'approvisionnement. Il descendit dans l'excavation et alluma sa torche. Le passage semblait mener jusqu'au sous-sol de l'hôpital, à une cinquantaine de mètres de là.

Tandis qu'il progressait dans le souterrain, notant des lézardes sur les murs et le plafond, deux briques se détachèrent et tombèrent par terre. Au sol, il y avait des rails étroits, rouillés et recouverts de boue par endroits.

À mi-chemin du lugubre passage, des cailloux et un filet d'eau lui tombèrent sur la tête. Il vit qu'à moins de deux mètres au-dessus de lui, le plafond du tunnel était entièrement fissuré. Il avait l'impression qu'un simple claquement de main pouvait le faire effondrer.

Pas un endroit merveilleux pour être enterré vivant, pensa Bond, avant de se demander s'il en existait un.

— Beau travail, dit Severan Hydt à Niall Dunne.

Ils se trouvaient dans la caravane de Hydt qui stationnait à une centaine de mètres du sinistre hôpital de l'armée, à l'extérieur de March. L'équipe Gehenna avait pour ordre de terminer le travail avant le lendemain ; par conséquent, Hydt et Dunne avaient interrompu au matin les travaux de démolition en s'assurant que les employés restent bien à l'écart. En effet, la plupart d'entre eux ne savaient rien du projet Gehenna, si bien que Hydt devait faire en sorte que les deux opérations ne se chevauchent pas.

— Ça m'a fait plaisir, répondit Dunne du même ton impassible qu'il utilisait quoi qu'on lui dise, que ce soit des louanges, une critique ou une simple observation.

L'équipe avait quitté les lieux avec l'engin une heure et demie auparavant ; elle l'avait assemblé grâce au matériel que Dunne avait fourni. L'engin demeurerait caché dans un lieu sûr jusqu'à vendredi.

Hydt avait passé du temps à se promener autour de l'hôpital, vieux de quatre-vingts ans, qui allait bientôt être rasé.

Eastern Demolition rapportait à Green Way énormément d'argent. L'entreprise prospérait en récupérant certains matériaux dans les décombres pour les revendre ensuite : poutres en bois et en acier, ferraille, aluminium et tuyaux en cuivre (du très beau cuivre, un rêve de ferrailleur). Mais ce qui intéressait Hydt dans la démolition dépassait l'aspect financier. Il étudiait à présent l'ancien bâtiment dans un état d'intense ravissement, comme un chasseur observe les derniers moments d'un animal avant de le tuer.

Il ne pouvait s'empêcher de penser aux anciens occupants de l'hôpital également : les morts et les mourants.

Hydt avait pris des douzaines de photos de la vieille bâtisse quand il s'était promené à travers les salles en décrépitude, dans les pièces moisies, particulièrement dans la morgue et dans les laboratoires d'autopsie, enregistrant des images de décomposition et de délabrement. Ses archives photographiques comprenaient autant des vues de bâtiments en ruine que de cadavres. Il en possédait plusieurs, certaines plutôt artistiques, d'endroits comme Northumberland Terrace, Palmers Green, la raffinerie Pura, à présent disparue, sur Bow Creek à Canning Town, le Royal Arsenal et le Royal Laboratory à Woolwich. Ses clichés du site de Lovell's Wharf à Greenwich, un témoignage de ce qu'un sévère manque d'entretien pouvait provoquer, ne cessaient de l'émouvoir.

Niall Dunne donnait des instructions par téléphone au chauffeur du camion qui venait juste de partir, et expliquait comment cacher au mieux l'engin. Les instructions, particulièrement méticuleuses, étaient à son image. Elles étaient indispensables au vu de la dangerosité atroce de l'arme.

Bien que l'Irlandais le mît mal à l'aise, Hydt se réjouissait que leurs chemins se soient croisés. Il n'aurait pas réussi à agir aussi rapidement et en toute sécurité sur le projet Gehenna sans son intervention. Hydt parlait de lui comme de « l'homme qui pense à tout », ce qui était bel et bien le cas. Severan Hydt s'était habitué à ses silences bizarres, à son regard froid, à cette mécanique étrange qu'était Niall Dunne. Les deux hommes avaient développé un partenariat efficace, même s'il semblait de nature ironique : un ingénieur dont la fonction était de construire, un éboueur dont la passion était la destruction.

Quelle chose curieuse qu'un homme. À jamais imprévisible, sauf dans la mort. Quant à sa fidélité, on pouvait difficilement y compter, se dit Hydt, avant de chasser cette idée de son esprit.

Juste après que Dunne eut raccroché, on frappa à la porte de la caravane : Eric Janssen, un agent de sécurité des entreprises Green Way qui les avait conduits jusqu'à March, se tenait sur le seuil, l'air troublé.

— Monsieur Hydt, monsieur Dunne, il y a quelqu'un à l'intérieur du bâtiment.

— Quoi ? aboya Hydt.

— Il s'est introduit dans le tunnel.

Dunne débita à toute allure plusieurs questions : l'homme agissait-il seul ? Était-il armé ? Janssen avait-il capté d'éventuelles transmissions ? Un véhicule était-il garé à proximité du bâtiment ? Y avait-il une circulation inhabituelle dans les environs ?

Les réponses de l'agent de sécurité suggéraient que l'individu agissait seul et ne travaillait pas pour Scotland Yard ou le MI5.

— Est-ce que tu as réussi à bien le voir ? demanda Dunne.

— Non, monsieur.

Hydt tapota ses ongles les uns contre les autres.

— Le type avec les Serbes ? L'inconnu de la nuit dernière ? demanda-t-il à Dunne.

— Ce n'est pas impossible, mais je ne sais pas comment il a réussi à nous retrouver jusqu'ici.

Dunne regarda fixement par la fenêtre sale de la caravane comme s'il n'arrivait pas à voir le bâtiment. Hydt savait que l'Irlandais était en train d'élaborer un plan dans sa tête. Ou peut-être examinait-il un de ceux qu'il avait déjà préparés en cas d'imprévu. Il resta immobile un long moment. Finalement, après avoir tiré son pistolet de sa poche, Dunne sortit de la caravane et fit signe à Janssen de le suivre.

13

Les odeurs de moisissure, de pourriture, de produits chimiques, d'huile et de pétrole étaient suffocantes. Bond se retenait pour ne pas tousser. Des larmes coulaient de ses yeux irrités. Y avait-il de la fumée également ?

Il n'y avait aucune fenêtre dans ce sous-sol ; rien qu'une faible lumière qui provenait de l'entrée du tunnel. Muni de sa torche, Bond examina les alentours. Il se trouvait à côté d'une plaque tournante, utilisée pour faire pivoter des charriots servant à transporter des provisions ou des patients.

Son Walther en main, Bond fouilla les lieux, attentif aux voix, aux pas, au clic du cran de sûreté d'une arme ou de son réarmement. Mais tout était désert.

Il avait pénétré dans le sous-sol du côté sud. Tandis qu'il progressait vers le nord et s'éloignait de la plaque tournante, il distingua un panneau sur lequel était inscrit : « Morgue ».

L'endroit se composait de trois grandes pièces sans fenêtre qui avaient récemment servi ; le sol avait été nettoyé et des paillasses visiblement neuves occupaient l'espace. L'odeur de fumée semblait provenir de l'une des pièces. Bond vit des câbles électriques, fixés sur le sol et au mur par du ruban adhésif, qui fournissaient vraisemblablement de l'électricité pour l'éclairage ou pour toute autre installation. Peut-être qu'un court-circuit avait produit les émanations.

En quittant la morgue, il déboucha dans un grand espace ouvert, avec une porte à double battant côté est, donnant sur le terrain de manœuvres. De la lumière filtrait au travers. Une sortie de secours à envisager, se dit-il, et il mémorisa son emplacement ainsi que celui de colonnes qui pourraient lui offrir une couverture s'il était contraint de s'enfuir sous des tirs.

D'anciennes tables en acier, sales et noircies, étaient vissées au sol, chacune pourvue de son propre tuyau d'écoulement. Pour des autopsies, bien sûr.

Bond avança jusqu'à l'extrémité nord du bâtiment qui se terminait par une série de petites pièces aux fenêtres équipées de barreaux. Un panneau en indiquait la raison : « Service psychiatrique ».

Il essaya d'ouvrir les portes qui menaient au rez-de-chaussée, en vain. Il fit demi-tour et retourna vers les trois pièces situées à proximité de la plaque tournante. Une recherche approfondie révéla d'où provenait cette odeur de brûlé. Sur le sol d'une des pièces, dans un angle, Bond découvrit un foyer improvisé. Il repéra des morceaux de papier calcinés sur lesquels des traces d'écriture étaient visibles ; il essaya d'en saisir un mais le papier calciné se désagrégea entre ses doigts.

Bond se dirigea vers un des câbles qui grimpait le long du mur. Il enleva plusieurs morceaux de l'adhésif qui maintenait le cordon et à l'aide de son couteau en coupa des bandes d'une quinzaine de centimètres. Il les pressa avec précaution contre les cendres, les glissa dans sa poche et continua ses recherches. Dans une deuxième pièce, un éclat argenté attira son regard. Dans un des angles il trouva de petits bouts de métal sur le sol. L'agent les ramassa grâce un autre morceau de ruban adhésif qu'il mit également dans sa poche.

Tout à coup Bond se figea. Le bâtiment avait vibré. Un instant plus tard le tremblement s'intensifia. Un bruit de moteur se fit entendre à proximité. Les ouvriers étaient sans doute partis déjeuner, ce qui expliquait que le site soit désert, mais ils étaient à présent de retour. Il ne pouvait pas atteindre le rez-de-chaussée ni les étages supérieurs sans ressortir et donc sans se faire repérer. Bond jugea qu'il était temps de partir.

Il se dirigea du côté de la plaque tournante non loin de la sortie.

Il s'en fallut de peu que son crâne ne soit réduit en bouillie.

Bond n'avait pas vu son adversaire et n'avait entendu ni sa respiration ni même le sifflement de l'arme, mais le bruit du moteur s'était tout à coup amenuisé comme si un corps à proximité avait fait écran et absorbé les décibels.

Instinctivement, il sauta en arrière et un tuyau en métal passa à quelques centimètres de sa tête.

Bond saisit fermement la main gauche de son assaillant qui trébucha, déséquilibré, trop surpris pour lâcher son arme. Le jeune homme blond était vêtu d'un costume sombre et d'une chemise blanche. Un uniforme d'agent de sécurité, pensa 007. Il ne portait pas de cravate ; il l'avait sans doute ôtée en prévision du combat. Décontenancé, le jeune homme chancela de nouveau, faillit tomber mais retrouva rapidement son équilibre et se précipita gauchement sur Bond. Ils roulèrent tous les deux sur le sol crasseux. Bond constata que son adversaire n'était pas l'Irlandais.

007 se releva d'un bond, fit un pas en avant en serrant les poings ; son intention était de faire reculer l'homme pour qu'il esquive le coup (la feinte fonctionna), ce qui lui permit de prendre son arme. Cependant, Bond ne tira pas : il avait besoin de lui vivant.

Sous la menace du pistolet, son adversaire s'immobilisa, mais tenta de glisser sa main à l'intérieur de sa veste.

— Laisse tomber, dit Bond froidement. Couche-toi par terre, les bras écartés.

Cependant, l'autre ne bougea pas ; il suait de nervosité, la main prête à empoigner son arme. Un Glock, devina Bond. Le téléphone de l'individu se mit à sonner. Il jeta un coup d'œil sur la poche de sa veste.

— Couche-toi, maintenant !

S'il tentait de prendre son arme, Bond essaierait de le blesser mais risquait aussi de le tuer.

La sonnerie du téléphone s'interrompit.

— Maintenant !

Bond pointa son arme sur le bras droit de son adversaire, près du coude.

L'homme semblait vouloir obtempérer. Ses épaules se relâchèrent. Dans son regard se lisaient la peur et le doute.

À ce moment précis, un bulldozer dut passer à proximité du bâtiment ; des briques et de la terre s'écroulèrent du plafond. Un gros morceau de pierre s'abattit sur Bond. Il grimaça de douleur et recula d'un pas, clignant des yeux à cause de la poussière. Si son adversaire avait été plus professionnel, ou moins paniqué, il aurait pris son arme et tiré. Mais il ne l'avait pas fait. Il s'était enfui en courant.

Bond adopta sa position préférée, celle de l'escrimeur, le pied gauche en avant et le droit en arrière, perpendiculaire au premier. Agrippant son arme à deux mains, il tira un unique coup de feu assourdissant qui toucha l'homme au mollet ; il s'effondra en hurlant à une dizaine de mètres de la sortie du tunnel.

Bond se précipita vers lui. Tandis qu'il courait, les vibrations s'intensifièrent et de nouvelles briques se détachèrent des murs. Une pluie de plâtre et de poussière tomba du plafond. Un morceau de béton de la taille d'une balle de cricket atterrit directement sur sa blessure à l'épaule. Il poussa un gémissement.

Cependant, Bond continua sa course le long du tunnel. Son agresseur se traînait vers la sortie où perçait la lumière du soleil.

Le bulldozer semblait se trouver au-dessus de leur tête à présent. Plus vite, nom de Dieu, se morigéna Bond. Les ouvriers s'apprêtaient sans doute à raser ce foutu hôpital. Comme il se rapprochait de l'homme blessé, le ronronnement du moteur augmenta de volume. D'autres briques s'écrasèrent sur le sol.

Pas un endroit merveilleux pour être enterré vivant…

Plus que dix mètres avant d'atteindre l'homme blessé, de lui faire un garrot, de l'évacuer du tunnel, de se mettre à l'abri… et de commencer à l'interroger.

Il y eut un fracas stupéfiant et la lumière du jour qui éclairait l'entrée du tunnel disparut ; à travers la poussière, deux yeux brillants firent leur apparition. Ils s'immobilisèrent puis, comme s'ils appartenaient à un lion repérant sa proie, bougèrent légèrement pour se fixer dans la direction de Bond. Avec une violente toux, un bulldozer progressa en poussant devant lui quantité de terre, de brique et d'autres débris.

Bond pointa son arme sur l'engin, mais ce n'était pas une cible comme une autre : la lame de la machine était en hauteur et offrait une protection au conducteur.

— Non ! cria l'homme à terre, tandis que le bulldozer se rapprochait implacablement.

Le conducteur ne le voyait pas ou, s'il le voyait, il se moquait complètement de son sort.

Dans un hurlement, l'adversaire de Bond disparut sous un déluge de pierres. Un instant plus tard, les chenilles de l'engin franchissaient l'endroit où l'homme était écrasé.

La lumière des phares s'amenuisa à cause de la poussière des décombres, puis ce fut le noir total. Bond alluma sa torche et retourna en courant jusqu'à la salle de la plaque tournante. En arrivant à l'entrée il trébucha et tomba violemment. Un amas de terre et de briques commença à s'amonceler sur ses chevilles puis sur ses mollets.

Un instant plus tard, ses jambes étaient complètement bloquées.

Derrière lui le bulldozer continuait d'avancer en poussant laborieusement les débris. Bond était à présent enserré jusqu'à la taille. Encore trente secondes et son visage aurait disparu sous les décombres.

Mais le poids de la montagne de débris s'avéra trop important pour le bulldozer, ou peut-être avait-il touché les fondations du bâtiment. Le monstre s'immobilisa. Avant que le conducteur ne réussisse à manœuvrer l'engin pour lui assurer une meilleure prise, Bond se libéra et s'enfuit au plus vite de la pièce. Ses yeux brûlaient, ses poumons le faisaient souffrir. Crachant de la poussière, il dirigea sa lampe derrière lui. Le tunnel était complètement bouché.

Il traversa en courant les trois pièces sans fenêtre où il avait ramassé les cendres et les morceaux de métal. Il s'arrêta derrière la porte qui menait à la salle d'autopsie. Avaient-ils bloqué la sortie de secours ? Est-ce que l'Irlandais et d'autres agents de sécurité l'attendaient derrière la porte ? Il fixa le silencieux sur son Walther.

Il respira profondément pendant quelques secondes puis ouvrit violemment la porte en se tenant, prêt à tirer, la torche dans la main gauche sur laquelle reposait sa main droite cramponnée au pistolet.

La grande salle était vide. Mais la porte à double battant qu'il avait repérée précédemment et d'où filtrait un brin de lumière était bloquée ; le bulldozer avait empilé des tonnes de débris derrière elle.

Pris au piège...

Il se précipita en direction des petites pièces du service psychiatrique. La porte de la plus grande d'entre elles, le bureau jugea-t-il, était fermée à clé. Bond se positionna dans un angle et tira quatre coups de feu dans la serrure en métal, puis quatre autres dans les gonds.

Sans résultat. Même renforcées de plomb, les balles n'étaient pas assez puissantes face à l'acier. Il rechargea son pistolet et glissa le chargeur vide dans sa poche gauche, comme à son habitude.

Il observait les barreaux de la fenêtre quand une voix le fit sursauter.

— Attention ! *Opgelet* ! *Grożba* ! *Nebezpeky* !

Il virevolta pour chercher sa cible.

Mais la voix provenait d'un haut-parleur sur le mur.

— Attention ! *Opgelet* ! *Grożba* ! *Nebezpeky* ! Compte à rebours de trois minutes !

L'enregistrement fut répété en néerlandais, en polonais et en ukrainien.

Un compte à rebours ?

— Évacuation immédiate ! Danger ! Les charges sont prêtes !

Bond éclaira la pièce dans tous les sens.

Les câbles ! Ils ne servaient pas à fournir de l'électricité : ils étaient reliés à des explosifs. Bond ne les avait pas remarqués parce que les charges étaient plaquées au sommet des colonnes en acier. L'ensemble du bâtiment avait été truffé de plastic.

Trois minutes...

La lumière de la torche révéla des douzaines de charges explosives ; assez pour réduire en poussière les murs de pierre et atomiser Bond. Et toutes les sorties avaient été obstruées. Le rythme de son cœur s'accéléra, de la sueur perla sur son front. Bond posa la lampe torche et son pistolet avant d'agripper un des barreaux de la fenêtre. Il tira de toutes ses forces, mais celui-ci ne bougea pas d'un pouce.

Dans la faible clarté prodiguée par la fenêtre, il regarda autour de lui avant de grimper sur une colonne à proximité. Il détacha une des charges et redescendit avec. Le plastic était un composé chimique RDX, à en juger par l'odeur. À l'aide de son couteau Bond en coupa un large morceau qu'il déposa contre la poignée et la serrure de la porte. Ce serait sans doute suffisant pour faire sauter la serrure sans risquer toutefois de se tuer.

Finissons-en !

Bond recula de plusieurs mètres, se concentra sur sa cible et tira. Il visa juste.

Mais, comme il l'avait redouté, rien ne se produisit si ce n'est que la matière explosive gris-jaune tomba tout simplement sur le sol en faisant ploc. La composition explosait seulement grâce à un détonateur et non par impact physique, même en tirant dessus une balle qui filait à la vitesse de 600 mètres par seconde. Il avait tenté sa chance, en vain.

Le compte à rebours de deux minutes résonna à travers la pièce.

Bond leva les yeux sur le détonateur qu'il avait séparé de la charge et qui pendouillait au plafond. La seule manière de l'activer nécessitait du courant électrique.

De l'électricité…

Les haut-parleurs ? Non, le voltage était trop insuffisant pour activer le détonateur. Il ne restait plus que la batterie de sa lampe torche.

L'annonce résonna de nouveau à travers la pièce : il ne restait plus qu'une minute …

Bond essuya la sueur qui coulait sur son front avec ses paumes avant d'éjecter une balle du chargeur de son pistolet. À l'aide de son couteau, il enleva la tête de la balle qu'il jeta sur le côté. Il pressa le chargeur, rempli de poudre à canon, sur la matière explosive, qu'il plaqua ensuite contre la porte.

Il recula, visa le petit disque du chargeur et appuya sur la détente. La déflagration fit voler la serrure en éclats.

Elle projeta également Bond au sol dans un nuage de débris et de fumée. Pendant quelques secondes, il fut sonné par le choc, puis se leva tant bien que mal et se dirigea en chancelant jusqu'à la porte qui s'était entrouverte d'une vingtaine de centimètres seulement. Il saisit la poignée et commença à tirer violemment sur le panneau de la porte.

— Attention ! *Opgelet* ! *Groźba* ! *Nebezpeky* !

14

Côte à côte à l'intérieur de la caravane, Severan Hydt et Niall Dunne observaient avec une certaine tension le vieil hôpital militaire. Hydt supposait que tout le monde, y compris l'impénétrable Dunne, apprécierait d'assister à la destruction contrôlée d'un bâtiment.

Comme Janssen n'avait pas répondu au téléphone et que Dunne avait entendu un coup de feu provenant de l'hôpital, ce dernier avait confié à Hydt qu'il était certain que l'agent de sécurité était mort. L'Irlandais avait donc bloqué les portes de l'hôpital avant de revenir vers la caravane en courant comme un drôle d'animal. Il avait prévenu Hydt qu'il allait faire exploser le bâtiment. La démolition était prévue pour le lendemain mais rien n'empêchait de commencer plus tôt.

Dunne avait activé le système avant d'appuyer simultanément sur deux boutons rouges pour enclencher le processus. Une clause de l'assurance exigeait qu'une alerte de 180 secondes soit diffusée à travers le bâtiment dans les langues parlées par la majorité des ouvriers ; outrepasser ces consignes de sécurité aurait nécessité plus de temps.

L'intrus était enterré sous les décombres dans le tunnel ou coincé dans la morgue. Dans tous les cas, il n'avait aucune chance de s'échapper à temps ; et si quelqu'un venait enquêter sur une disparition dans les jours à venir, Hydt pourrait répondre :

— Bien sûr, nous vérifierons... Quoi ? Oh, mon Dieu, nous n'en avions pas la moindre idée ! Nous avons suivi les consignes de sécurité à la lettre. Mais comment a-t-il pu ne pas faire attention aux messages d'alerte ? Nous sommes vraiment désolés, mais cela ne relève pas de notre responsabilité.

— Dans quinze secondes, fit Dunne.

Hydt articula en silence le compte à rebours.

Le minuteur sur le mur arriva à son terme et l'ordinateur activa la mise à feu des détonateurs.

Ils ne virent pas les premières explosions, qui se produisirent à l'intérieur du bâtiment au niveau des poutres principales. Mais quelques secondes plus tard, il y eut des éclats de lumières comme des flashs de paparazzis, puis des bruits de pétards et enfin de puissants grondements. Le bâtiment parut vibrer. Finalement, comme s'il s'agenouillait pour offrir son cou à la lame du bourreau, l'hôpital s'inclina lentement et s'écroula. Un nuage de fumée et de poussière s'éleva rapidement alentour.

— On a dû entendre le vacarme, dit Dunne un instant plus tard. Nous devrions partir.

Hydt était hypnotisé par les décombres, si différents de l'élégante construction qui s'élevait à leur place quelques minutes auparavant. Il ne restait plus rien de ce qui avait été un jour un hôpital.

— Severan ! insista Dunne.

Hydt était excité. Il pensait à Jessica Barnes, à ses cheveux blancs, à la pâleur de sa peau. Elle ne savait rien de Gehenna, il ne l'avait donc pas fait venir aujourd'hui, mais il regrettait qu'elle ne soit pas là. Il lui demanderait de le rejoindre dans son bureau avant de rentrer chez eux.

Il ressentit une sensation agréable dans le ventre. Une sensation décuplée par le souvenir du cadavre qu'il avait découvert à Green Way ce matin-là... et à l'idée de ce qui allait se produire le lendemain.

Une centaine de tués...

— Oui, oui, fit Hydt.

Il ramassa sa mallette avant de sortir de la caravane. Cependant, il ne monta pas immédiatement dans l'Audi A8. Il se retourna pour contempler encore une fois la poussière et la fumée qui flottaient au-dessus des décombres du bâtiment. La destruction avait été parfaitement mise au point. Il lui faudrait remercier l'équipe. L'installation de charges explosives est un art. Il ne s'agit pas simplement de faire sauter le bâtiment mais de détruire ce qui le fait tenir debout, et de laisser la gravité agir.

Cette tâche était une métaphore de son propre rôle sur terre, pensa Hydt.

15

Les rayons de soleil du début d'après-midi frappaient ici et là le champ de betteraves.

James Bond reposait sur le dos, les mains et les jambes écartées, comme un enfant qui regarderait les nuages et ne voudrait pas rentrer chez lui. Cerné par un océan de feuilles vertes, il se trouvait à une trentaine de mètres des décombres de ce qui avait été l'hôpital militaire…

Décombres sous lesquels il avait failli être enterré. La détonation l'avait momentanément privé de son ouïe. Il avait gardé les yeux fermés pour les protéger de la lumière aveuglante et des projections de débris, mais il avait dû utiliser ses deux mains pour réussir à s'échapper, en tirant violemment sur la porte du bureau situé dans l'aile psychiatrique, tandis que les charges principales explosaient et que le bâtiment s'écroulait derrière lui.

Il se leva doucement, les feuilles des betteraves procuraient une bien mince couverture en ce mois de mai, et vérifia autour de lui s'il y avait une quelconque menace.

Rien. Qui que fût le responsable de l'opération, l'Irlandais, Noah ou un complice, il n'était pas à sa recherche. Ils le croyaient sans doute mort dans l'effondrement.

Il sortit du champ de betteraves en chancelant et en respirant profondément pour nettoyer ses poumons de la poussière et des fumées toxiques.

Il retourna jusqu'à sa voiture où il se laissa tomber sur le siège avant. Il ramassa une bouteille d'eau à l'arrière, en but quelques gorgées, puis se pencha vers l'extérieur avant de se verser le reste sur les yeux.

Bond démarra le véhicule, soulagé d'entendre enfin le gargouillement du pot d'échappement. Afin d'éviter toute mauvaise rencontre, il emprunta une route différente, à la périphérie de March, et roula vers l'est.

Une fois sur l'A1, il prit la direction de Londres avec l'intention d'étudier les cendres qu'il avait récupérées en espérant y trouver un quelconque renseignement à propos de l'Incident Vingt.

Vers seize heures, Bond entra dans le parking souterrain de l'ODG.

Il avait envie de prendre une douche mais il n'avait pas de temps à perdre. Il se lava le visage et les mains et posa un sparadrap sur une entaille due à la chute d'une brique avant d'aller trouver Philly. Il lui tendit les cendres.

— Pouvez-vous les analyser ?

— Mais qu'est-ce qui vous est arrivé, James ?

Son pantalon et sa veste étaient en piteux état et de nouveaux hématomes avaient fait leur apparition sur sa peau.

— Juste une petite prise de bec avec un bulldozer et une embrouille avec des explosifs du genrc C4 ou Semtex… Mais sinon ça va. Essayez de me trouver quelque chose sur Eastern Demolition. J'aimerais savoir également qui est le propriétaire de l'ancienne base militaire à la sortie de March. Le ministère de la Défense ? Ou bien l'ont-ils vendue ?

— Je vais chercher ça.

Bond retourna dans son bureau. Il venait tout juste de s'asseoir quand il reçut un coup de fil de Mary Goodnight.

— James, il y a ce type sur la ligne deux, dit la secrétaire sur un ton qui évoquait clairement la personne dont elle voulait parler.

Bond appuya sur le bouton :

— Percy.

— Bonjour, James ! fit-il d'une voix mielleuse. Je quitte Cambridge. Je me disais que moi et vous, nous pourrions peut-être bavarder un peu et voir si nous avions trouvé de nouvelles pièces pour notre puzzle.

« Moi et vous »… Une tournure bien maladroite pour un ancien de Cambridge.

— Et à propos : votre excursion ?

— J'ai découvert, plutôt par hasard, que certaines personnes de Porton Down travaillaient dans les environs de Cambridge.

— Très intéressant, répondit Bond, amusé. Y a-t-il un lien entre les armes biologiques et Noah ou l'Incident Vingt ?

— Aucune idée. Leurs caméras de surveillance et les registres des visiteurs ne révèlent rien de particulier. Mais mon assistant continue de faire des recherches.

— Et au sujet du pub ?

— Le poulet au curry était bon. La serveuse ne se rappelle pas qui a commandé la tourte ni l'assiette de fromage avec les crackers à cette date-là et on peut difficilement lui en vouloir, n'est-ce pas ? Et de votre côté ? Qu'est-ce que ça a donné avec le message codé ?

Bond s'était préparé à cette question.

— J'ai tenté quelque chose. Je suis allé à March, sur Boots Road, et j'ai découvert une ancienne base militaire.

L'homme de la Division Trois se mit à rire d'une façon qui semblait dénuée d'humour.

— Vous vous étiez donc trompé sur la note ? Et le fameux chiffre 17 ? Fait-il référence à la date de demain, par hasard ?

Osborne-Smith n'était pas idiot.

— C'est possible. Quand je suis arrivé sur place, le site était sur le point d'être détruit, répondit Bond avant d'ajouter évasivement : le mystère s'épaissit, j'en ai peur. L'équipe scientifique examine un certain nombre d'indices. Je vous ferai parvenir leurs conclusions.

— Très bien, merci. Je vais vérifier à la loupe tous les machins islamistes du coin, les filières afghanes, et ce qui ressort du SIGINT, la totale. Ça devrait m'occuper pendant un moment.

Bond n'aurait pas proposé mieux à M. Percy Osborne-Smith, directeur adjoint aux Opérations intérieures.

Qu'il reste occupé…

Une fois leur conversation terminée, Bond passa un coup de fil à Bill Tanner pour l'informer des événements de March. D'un commun accord, ils décidèrent de ne rien faire pour le moment au sujet de l'homme qui avait attaqué Bond à l'intérieur de l'hôpital et qui était mort à présent : il était préférable de garder intacte la couverture de Bond.

Mary Goodnight fit une apparition.

— Philly a appelé quand vous étiez au téléphone. Elle a trouvé des choses pour vous. Je lui ai dit de monter.

Puis elle ajouta en faisant une moue :

— C'est moche ce qui arrive à Philly, non ?

— De quoi parlez-vous ?

— Je pensais que vous étiez au courant : Tim l'a quittée. Il l'a laissée tomber il y a quelques jours. Ils avaient déjà choisi une date pour le mariage et elle avait prévu de passer un week-end en Espagne avec des amies pour fêter son enterrement de vie de jeune fille. Je devais même y aller.

C'était donc ça qui manquait sur son bureau, comprit Bond : les photos de son fiancé. Sa bague de fiançailles avait sans doute disparu également.

— Qu'est-ce qu'il s'est passé ?

— Il y a sans doute plusieurs raisons, non ? Ça n'allait plus très bien entre eux : des disputes à propos de sa façon de conduire trop vite et de passer sa vie au travail. Elle a manqué aussi une réunion de famille avec ses parents. Et puis, on a proposé à Tim un poste à Singapour ou en Malaisie, qu'il a accepté. Ils étaient ensemble depuis trois ans, me semble-t-il.

— Dommage.

La discussion fut interrompue par l'arrivée de la personne en question.

Sans faire attention à l'atmosphère qui régnait dans la pièce, Philly sourit à Goodnight en passant à côté d'elle, entra à grandes enjambées dans le bureau de Bond et se laissa tomber sur un siège, l'air de bonne humeur. Son visage sensuel semblait aminci et ses yeux noisette brillaient avec la même intensité que ceux d'un chasseur ayant repéré une bonne piste. Cela la rendait même plus belle. Un enterrement de vie de jeune fille en Espagne ? Difficile à imaginer ; pas facile non plus de l'imaginer traîner jusqu'à chez elle des sacs de courses des supermarchés Waitrose pour préparer un chaleureux dîner à un homme qui s'appelait Tim et à leurs enfants, Matilda et Archie.

Ça suffit ! se reprit Bond, et il se concentra sur ce qu'elle lui disait.

— Nos spécialistes ont réussi à déchiffrer quelque chose sur un des bouts de papier calciné : les mots « le projet Gehenna » suivis de « vendredi 20 mai ».

— Gehenna ? Ça me dit quelque chose mais je n'arrive pas à mettre le doigt dessus.

— Il y a une référence dans la Bible. J'essaierai d'en savoir davantage. Pour l'instant j'ai seulement fait des recherches à propos d'un « projet Gehenna » dans les bases de données de nos différentes agences, mais sans résultat.

— Et l'autre ?

— Il était encore plus détérioré. Notre labo a réussi à lire les mots « terme » et « cinq millions de livres sterling ». Pour le reste, c'est au-delà de leur compétence. Ils l'ont envoyé aux spécialistes de Scotland Yard, sommés de rester discrets sur le sujet. Je devrais en savoir plus en fin de journée.

— « Terme »... L'un des termes d'un contrat, j'imagine. Le paiement ou un acompte de cinq millions pour l'attentat ou quoi que ce soit d'autre. Ce qui voudrait dire que Noah fait ça pour l'argent et non pour des motivations politiques ou idéologiques.

Elle opina.

— Quant à la Serbie : le stratagème que j'avais imaginé n'a pas marché. Les autorités de Belgrade ont l'air vraiment en colère contre vous, James. Je me suis donc fait passer pour quelqu'un de l'Union européenne : le chef de la Direction de la sécurité, des enquêtes et des transports.

— Qu'est-ce que c'est que cette fonction ?

— Je l'ai inventée. J'ai pris un accent franco-suisse qui était plutôt réussi. Les Serbes font tout ce qu'ils peuvent pour que l'Union européenne ne les regarde pas d'un mauvais œil ; ils se sont donc précipités pour m'en dire davantage sur les substances toxiques et sur Karic.

Philly était vraiment géniale.

111

— Les bureaux d'Eastern Demolition se trouvent à Slough. Ils étaient les soumissionnaires les moins chers pour le projet de destruction de l'ancienne base militaire de March.

— Est-ce qu'il s'agit d'une société à responsabilité limitée ?

— Elle est privée. Elle fait partie d'une holding, privée également : Green Way International. C'est un groupe plutôt important, présent dans une demi-douzaine de pays. Toutes les actions appartiennent à un seul homme : Severan Hydt.

— C'est vraiment son nom ?

Elle rit.

— Au début, je me suis demandé ce qui s'était passé dans la tête des parents. Mais apparemment c'est lui qui a changé de nom officiellement quand il avait une vingtaine d'années.

— Quel est le nom qui figure sur le registre d'état civil ?

— Maarten Holt.

— Holt… Hydt. Je ne vois pas trop ce que ça change ; les deux sont sobres. Mais pourquoi diable passer de Maarten à Severan ?

Elle haussa les épaules.

— Green Way est une énorme usine de recyclage des déchets. Vous avez sans doute déjà vu leurs camions. Je n'ai pas trouvé grand-chose car il ne s'agit pas d'une entreprise publique et ce Hydt reste à l'écart des médias. Un article du *Times* l'a sacré éboueur le plus riche du monde. *The Guardian* a brossé un portrait de lui plutôt élogieux il y a quelques années mais il leur a fourni très peu d'informations sur son compte. J'ai découvert qu'il était néerlandais de naissance et avait gardé la double nationalité pendant un certain temps avant d'opter définitivement pour la citoyenneté britannique.

À l'expression de son visage, Bond devina qu'elle n'avait pas tout dit.

— Quoi d'autre ?

Elle sourit.

— J'ai trouvé quelques références en ligne sur son passé d'étudiant à l'université de Bristol, où il s'en sortait plutôt bien, par ailleurs.

Elle expliqua que Hydt avait pratiqué beaucoup de sports nautiques pendant ces années et qu'il avait même été capitaine d'un bateau lors d'une compétition.

— Il avait non seulement participé à la course mais avait aussi conçu son propre bateau. Ce qui lui avait valu un surnom, ajouta-t-elle.

— Lequel ? demanda Bond en se doutant de la réponse.

— Noah, autrement dit Noé.

16

Il était 17 h 30 à présent. Comme il fallait compter plusieurs heures avant que Philly ne reçoive les renseignements attendus, Bond lui proposa de se retrouver pour dîner.

Elle accepta et retourna dans son bureau tandis que Bond envoyait un e-mail crypté à M et à Bill Tanner dans lequel l'agent révélait l'identité de Noah, présentait en quelques lignes Severan Hydt et résumait ce qui s'était passé à March. Il ajouta que Hydt parlait d'un « projet Gehenna » qui faisait sans aucun doute référence à l'Incident Vingt. Il en saurait bientôt davantage.

Bond reçut une réponse laconique :

007 -
Autorisé à continuer. Restez en contact avec les autorités intérieures.
M

Plus vraiment *carte blanche*...

Bond quitta son bureau, prit l'ascenseur et s'arrêta au deuxième étage. Il entra dans une large pièce avec davantage d'ordinateurs que n'en comptait un magasin de matériel informatique. Des hommes et des femmes travaillaient dessus, ainsi que sur des postes comme ceux que l'on trouve dans les laboratoires de recherche en chimie. Bond se dirigea vers un petit bureau aux murs vitrés à l'autre bout de la pièce et frappa à la porte.

Sanu Hirani, directeur de la Cellule Q de l'ODG, était un homme mince d'une quarantaine d'années. Il avait le teint cireux et sa luxuriante chevelure noire encadrait un visage suffisamment beau pour lui faire obtenir des rôles à Bollywood. Brillant joueur de cricket, réputé pour son rapide lancer de balle, il était également diplômé en chimie, en électrotechnique et en informatique et avait suivi les cursus des plus prestigieuses universités britanniques et américaines (où il avait tout réussi si ce n'est de rendre populaire le cricket auprès des Américains, qui n'arrivaient pas à comprendre les subtilités du jeu et ne supportaient pas la durée interminable des matchs internationaux).

La Cellule Q était le soutien technique de l'ODG et Hirani supervisait la conception de toutes les inventions utilisées en mission. Les « cerveaux » de la Cellule Q comme ceux du Département science et technologie de la CIA passaient leur temps à mettre au point de nouvelles technologies : des caméras miniatures, des armes improbables, des systèmes de camouflage, des outils de communication et de surveillance tels que la dernière invention d'Hirani : un microphone hypersensible et multidirectionnel greffé sur une mouche morte. (« Un mouchard dans une mouche », avait fait remarquer Bond avec ironie à son créateur, qui lui avait répliqué qu'il était la dix-huitième personne à plaisanter sur le sujet et qu'une mouche morte n'était plus vraiment une mouche strictement parlant.)

L'ODG étant une organisation très active, une grande partie du travail d'Hirani consistait à vérifier qu'il y ait toujours suffisamment de monoculaires, de jumelles, de matériel de camouflage, d'armes en tout genre, d'outils de communication et de surveillance à disposition. En somme, Hirani était une sorte de bibliothécaire qui devait contrôler que les livres soient en bon état et rapportés en temps et en heure.

Mais le génie particulier d'Hirani résidait dans sa capacité d'invention et d'improvisation qui se traduisait par des outils comme le QiPhone. L'ODG détenait, entre autres choses, des brevets d'une douzaine de ses inventions. Quand Bond ou un agent de la Cellule O était sur le terrain et se trouvait en position difficile, un simple coup de fil à Hirani et celui-ci proposait une solution. Lui ou ses assistants pouvaient mettre au point dans leur laboratoire un appareil qui était ensuite glissé dans la valise diplomatique et livré le lendemain. Cependant, comme le temps était généralement un facteur crucial, Hirani faisait souvent appel à un de ses contacts dans le monde pour construire, trouver ou modifier un outil sur le terrain.

Les deux hommes échangèrent une poignée de main.

— James. Tu as hérité de l'Incident Vingt d'après ce que j'ai entendu.

— Tout à fait.

Bond prit un siège et remarqua un livre sur le bureau d'Hirani : *La Guerre secrète* de Charles Fraser-Smith. Un de ses livres préférés sur l'histoire des innovations techniques dans l'espionnage.

— C'est une affaire grave ?

— Plutôt, répondit laconiquement Bond, sans lui dire qu'il avait déjà failli mourir deux fois au cours de sa mission sur laquelle il travaillait depuis moins de quarante-huit heures.

Assis sous des photos représentants les premiers ordinateurs IBM et des joueurs de crickets indiens, Hirani demanda :

— De quoi as-tu besoin ?

Bond parla à voix basse afin que la jeune femme concentrée sur sa tâche non loin d'eux ne puisse pas les entendre.

— Quel genre de micro espion avez-vous en stock que je puisse installer dans un espace fermé ? Je ne peux pas pirater l'ordinateur ni le portable de ma cible, mais je pourrais peut-être poser quelque chose dans son bureau, dans sa voiture ou chez lui. Quelque chose qui ne soit pas irremplaçable : je ne pourrai sans doute pas le récupérer.

— Ah, oui... fit Hirani l'air ennuyé.

— Un problème, Sanu ?

— Eh bien vois-tu, James, c'est qu'il y a une dizaine de minutes j'ai reçu un coup de téléphone d'en-haut.

— De Bill Tanner ?

— Non, encore plus haut.

Bon sang ! M, pensa Bond. Il voyait déjà le problème.

— Et il a dit, continua Hirani, que si quelqu'un de la Cellule O demandait à jeter un œil sur le matériel de surveillance, je devais le lui faire savoir immédiatement. Une drôle de coïncidence.

— Drôle, en effet, commenta Bond avec aigreur.

— Dois-je lui rapporter que quelqu'un de la Cellule O s'intéresse aux micros espions ?

— Peut-être pourrais-tu garder ça pour toi un petit moment ?

— Ça marche ! lança-t-il avec bonne humeur. J'ai des choses extraordinaires à te montrer parmi lesquelles tu pourras faire ton choix, ajouta Hirani à la façon d'un vendeur de voitures. Voici un microphone qui fonctionne par induction. Il suffit de le placer à côté d'un câble électrique, pas besoin de piles. Il enregistre les voix jusqu'à quinze mètres de distance et règle automatiquement le volume pour qu'il n'y ait pas d'altération. Oh, autre chose qui nous a valu beaucoup de succès : une pièce de monnaie commémorant le tricentenaire de la Banque d'Angleterre. Une pièce assez rare pour que la cible décide de la garder comme porte-bonheur. L'autonomie de la pile est de quatre mois.

Bond poussa un soupir de soulagement. Ces petits bijoux de technologie avaient l'air extra, en effet. Il remercia Hirani en lui promettant de rester en contact. Bond retourna dans son bureau où il trouva Mary Goodnight à sa place habituelle. Il n'avait plus besoin d'elle.

— Rentrez chez vous maintenant et passez une bonne soirée, Goodnight.

Elle jeta un coup d'œil sur les blessures de l'agent mais renonça à l'envie de le materner car elle savait d'expérience qu'il en profiterait. Elle opta pour un « Surveillez ça, James » avant d'attraper son manteau et son sac à main.

Une fois assis, Bond prit soudainement conscience de la puanteur de sa transpiration et de la crasse sous ses ongles. Il voulait rentrer chez lui, se doucher et boire un verre. Cependant, il y avait quelque chose qu'il devait d'abord régler.

Il se tourna vers son écran d'ordinateur et après avoir lancé une recherche dans le Golden Wire, il apprit où se trouvaient l'entreprise et le domicile de Severan Hydt ; bizarrement, celui-ci habitait à Canning Town, une banlieue sans attrait à l'est de Londres. Les locaux principaux de Green Way se situaient quant à eux au bord de la Tamise à Rainham et jouxtaient Wildspace Conservation Park.

Bond observa une image satellite du domicile de Hydt et des usines Green Way. Il était indispensable de placer l'homme sous surveillance. Mais il n'y avait aucune façon légale de le faire sans en référer à Osborne-Smith et aux agents de la Cellule A du MI5 ; et quand l'homme de la Division Trois apprendrait l'identité de Hydt, il interviendrait pour le faire arrêter ainsi que l'Irlandais. Bond réfléchit de nouveau au risque. Si on mettait ces deux-là en prison, des complices accéléreraient-ils l'opération ou bien frapperaient-ils plus tard, le mois ou l'année suivants ?

Le diable peut être extrêmement patient, savait Bond d'expérience.

Surveillance ou non ?

Ça se discutait. Après un instant d'hésitation, il décrocha le téléphone à contrecœur.

17

À 18 h 30, Bond rentra chez lui et rangea sa voiture au garage, derrière sa Jaguar verte. Il gravit l'escalier jusqu'au premier étage, déverrouilla la porte, éteignit l'alarme et s'assura grâce à une caméra de surveillance placée à l'entrée que seule May, sa gouvernante, avait pénétré dans les lieux. (Il lui avait expliqué non sans embarras que la caméra était une requête de son employeur. L'appartement devait être surveillé lorsqu'il partait en déplacement, même lorsqu'elle venait travailler. « Vu tout ce que vous faites pour le pays, comme vous êtes patriote et tout, y a pas de problème, m'sieur », avait répondu cette femme loyale.)

Il consulta son répondeur. Un seul message. Il provenait d'un ami qui vivait à Mayfair, Fouad Kharaz, un Jordanien haut en couleur qui gérait plusieurs affaires, presque toutes concernant des véhicules : voitures, avions et les yachts les plus incroyables que Bond ait jamais vus. Kharaz et lui étaient membres du même club de jeu, le Commodore, sur Berkeley Square.

À la différence de bien des clubs londoniens dont on pouvait devenir membre en vingt-quatre heures moyennant une cotisation de cinq cents livres sterling, le Commodore était un établissement qui se méritait et mettait à rude épreuve la patience des candidats. Une fois membre, on exigeait de vous le respect absolu de certaines règles comme celle de la tenue correcte ainsi qu'une attitude irréprochable aux tables de jeu. Le club possédait son propre bar et restaurant.

Kharaz avait téléphoné pour inviter Bond à dîner le soir même.

— Problème, James. J'ai hérité de deux superbes femmes originaires de Saint-Tropez. L'histoire serait trop longue et compliquée à raconter sur ton répondeur. Bref, je n'ai pas assez de charmes pour elles deux. Accepterais-tu de m'aider ?

Bond sourit et le rappela pour l'informer qu'il avait déjà pris des engagements. Ils convinrent d'un autre rendez-vous.

Il prit ensuite sa douche habituelle, bouillante puis glacée, avant de se sécher vigoureusement. Passant la main sur ses joues et son menton, il décida de résister à la tentation de se raser une deuxième fois dans la journée. Il se demanda aussitôt pourquoi il y avait même songé. Philly Maidenstone était belle, intelligente et elle conduisait une moto d'enfer… mais c'était une collègue. Rien de plus.

Il essaya tout de même de l'imaginer dans sa tenue de cuir.

Après avoir passé un peignoir de bain, Bond se rendit à la cuisine où il se versa deux doigts de bourbon, du Basil Hayden's, avec un glaçon, et but la moitié du verre, savourant cet arôme de noisette. La première gorgée de la journée était la meilleure, surtout quand, comme ce jour-là, il avait passé des heures à pourchasser un ennemi et s'apprêtait à retrouver une femme charmante.

Il se reprit de nouveau. Ça suffit.

Il s'assit au salon dans un vieux fauteuil en cuir. La pièce était meublée au minimum. La majorité des meubles avait appartenu à ses parents. Il en avait hérité à leur mort et les avait stockés dans le Kent, non loin de la maison de sa tante. Il avait acheté quelques objets, lampes, bureau et chaises, ainsi qu'une chaîne hi-fi Bose qu'il avait rarement l'occasion d'utiliser.

Sur la cheminée étaient disposées des photos de ses parents et grands-parents, écossais du côté paternel, suisses du côté maternel. Sur plusieurs d'entre elles on voyait le petit James en compagnie de sa tante Charmian. Quelques clichés étaient également accrochés au mur, pris par sa mère, photojournaliste free-lance. En noir et blanc pour la plupart, ils représentaient des manifestations politiques, des réunions syndicales, des compétitions sportives ou encore des panoramas de lieux exotiques.

Il y avait aussi un curieux objet d'art posé sur la cheminée : une cartouche. Elle n'avait rien à voir avec la carrière de Bond comme agent dans la section 00 de la Cellule O. Elle se rattachait à une autre époque de sa vie. Il avança et fit rouler la balle dans sa main avant de la remettre à sa place et d'aller se rassoir.

Malgré sa volonté de conserver avec Philly (ou plutôt devrait-il dire « avec l'agent Maidenstone ») des rapports strictement professionnels, il ne pouvait s'empêcher de la voir comme une femme.

Qui pis est, une femme désormais libre de toute attache.

Ce qu'il ressentait pour Philly dépassait le pur désir physique, il lui fallait bien le reconnaître. Se forma alors dans son esprit une question qu'il s'était déjà posée, à d'autres moments, à propos d'autres femmes : une relation sérieuse serait-elle possible entre eux ?

La vie amoureuse de Bond était plus compliquée que celle de la plupart des gens. Elle se heurtait aux barrières que représentaient ses voyages incessants, les exigences de sa fonction et le danger constant auquel il s'exposait. Mais fondamentalement, le problème était le suivant : ses missions pour la section 00 paraissaient en général détestables, voire rédhibitoires, aux yeux des femmes.

Il tentait bien de dissimuler sa véritable profession, mais on ne peut pas cacher éternellement sa véritable nature à un être proche. Les gens sont beaucoup plus intelligents et observateurs qu'on ne le pense et, entre deux amants, le secret de l'un reste caché uniquement parce que l'autre accepte qu'il en soit ainsi.

La désinformation fonctionnait pour Whitehall, mais pas dans la vie amoureuse.

Néanmoins, avec Philly Maidenstone, le problème ne se posait pas. Il n'aurait pas à confesser sa véritable identité un soir au dîner ou un matin sur l'oreiller. Elle connaissait son CV et ses responsabilités. Elle les connaissait intimement.

Philly avait proposé un restaurant à côté de chez elle...

Essayait-elle de lui transmettre un message ?

James Bond consulta sa montre. L'heure était venue d'en avoir le cœur net.

18

À 20 h 15, le taxi déposa Bond chez Antoine, dans Bloosm-bury, choix de Philly qu'il approuva immédiatement. Il détestait les restaurants ou les bars bondés et bruyants, ce qui lui avait valu plus d'une fois de claquer la porte d'établissements chic quand le volume sonore devenait insupportable. Les pubs supposés classe étaient plus infâmes que fameux, avait-il raillé un jour.

Antoine, en revanche, était calme et tamisé. Une sélection de vins impressionnante était présentée au fond de la salle dont les murs étaient décorés de portraits sobres datant du dix-neuvième siècle. Bond demanda un petit box proche de la collection de bouteilles. Il s'installa dans le fauteuil de cuir confortable, face à la salle comme à son habitude, et observa les clients, hommes et femmes d'affaires ou habitués.

— Quelque chose à boire ? s'enquit le serveur, un homme aimable d'une petite quarantaine d'années au crâne rasé et aux oreilles percées.

Bond opta pour un cocktail.

— Double Crown Royal avec glaçons, s'il vous plaît. Ajoutez une demi-mesure de triple sec, deux gouttes de bitter et un zeste d'orange.

— Bien, monsieur. Intéressant mélange.

— Inspiré de l'Old Fashioned. Une création personnelle, à vrai dire.

— Elle a un nom ?

— Pas encore. Je cherche celui qui lui correspondrait le mieux.

Il fut servi quelques instants plus tard et but une gorgée. Les proportions étaient parfaites, ce que Bond fit remarquer. Il venait de reposer son verre quand il vit Philly entrer, radieuse, souriante. Il lui sembla qu'elle accélérait le pas en le voyant.

Elle portait un jean noir près du corps et une veste en cuir marron sur un pull moulant vert foncé, de la même teinte que la Jaguar de Bond.

Il se leva pour l'accueillir quand elle le rejoignit. Elle s'assit à côté et non en face de lui. Elle avait apporté une mallette.

— Ça va ? lança-t-elle.

Il s'était attendu à quelque chose de plus personnel que cette question passe-partout. Il se le reprocha immédiatement.

Elle avait à peine enlevé sa veste quand elle croisa le regard du serveur, qui l'accueillit avec un sourire.

— Ophelia.

— Aaron. Je prendrai un verre de riesling.

— Tout de suite.

Quand sa boisson arriva, Bond dit à Aaron qu'ils allaient attendre pour commander. Ils levèrent leur verre l'un vers l'autre sans trinquer.

— Tout d'abord, dit Bond à voix basse en se rapprochant, Hydt. Dites-moi ce que vous savez sur lui.

— J'ai vérifié auprès du Yard, du MI6, d'Interpol, du NCIC, de la CIA et du AIVD aux Pays-Bas. J'ai discrètement posé quelques questions aux MI5 également... aucun casier judiciaire. Rien. Il serait plus conservateur que travailliste, mais ne s'intéresse pas trop à la politique. Il traite bien ses employés qui ne se sont jamais plaints de quoi que ce soit. Aucun problème avec le fisc ni avec la commission hygiène et sécurité. Apparemment, c'est un homme d'affaires aisé, rien de plus. Très aisé, devrais-je dire. Il a toujours travaillé dans le traitement et le recyclage des déchets.

L'éboueur le plus riche...

— Il a cinquante-six ans, il est célibataire. Ses deux parents, qui étaient néerlandais, sont morts. Son père possédait du capital et voyageait beaucoup pour ses affaires. Hydt est né à

Amsterdam puis il est venu vivre ici avec sa mère, à l'âge de douze ans. Elle a fait une dépression nerveuse et il a donc été élevé essentiellement par la femme de ménage, qui les avait accompagnés de Hollande. Après quoi son père a perdu une grande partie de sa fortune et a disparu de la vie de son fils. Comme elle n'était pas payée, la femme de ménage a alerté les services sociaux puis a claqué la porte, après avoir tout de même veillé sur l'enfant pendant huit ans, précisa Philly en secouant la tête, compréhensive. Il avait quatorze ans. Il a commencé à travailler comme éboueur à quinze ans. Ensuite, on perd sa trace jusqu'à son vingtième anniversaire. Il a surfé sur la vague écolo et fondé Green Way.

— Qu'est-ce qui s'est passé ? Il a hérité ?

— Non. C'est assez mystérieux. Il a commencé sans un sou, d'après ce que je sais. Plus tard, il s'est inscrit à l'université. Il a étudié l'histoire ancienne et l'archéologie.

— Et Green Way ?

— L'entreprise gère l'enlèvement des déchets (collecte des poubelles, déchets sur les chantiers de construction, ferraille), la démolition, le recyclage, la destruction de documents, l'enlèvement et le traitement des matériaux dangereux. D'après leur dossier de presse, ils sont implantés dans une dizaine de pays.

Philly sortit une brochure sur l'entreprise.

Bond fronça les sourcils en voyant le logo. On aurait dit un poignard vert posé sur un côté.

— Ce n'est pas un couteau ! dit Philly en riant. J'ai pensé la même chose. En fait, c'est une feuille. Réchauffement de la planète, pollution et énergie sont des sujets absolument incontournables pour tout mouvement écolo qui se respecte. Talonnés de près par le traitement des déchets respectueux de l'environnement et le recyclage. Green Way est l'une des entreprises les plus innovantes en la matière.

— Un lien avec la Serbie ?

— À travers l'une de ses filiales, il possède des parts dans une petite usine de Belgrade. Mais personne n'y a de casier judiciaire.

— Je ne comprends pas à quoi il joue. Il ne fait pas de politique et n'a aucun penchant terroriste. On dirait presque qu'on l'a embauché pour préparer cette attaque, ou quel que soit l'événement qui ait lieu vendredi. Mais il n'a pas besoin d'argent, réfléchit Bond en sirotant son cocktail. Bien, maintenant, inspecteur principal Maidenstone, venons-en aux preuves : cet autre fragment calciné trouvé à March. Le MI6 a pu déchiffrer « le projet Gehenna » et « vendredi 20 mai ». La police scientifique du Yard a-t-elle trouvé autre chose ?

Comme elle baissa la voix pour lui répondre, il dut se rapprocher davantage. Il sentit une odeur douce mais indéfinissable. Son pull en cachemire frôla le dos de la main de Bond.

— Oui. D'après eux, le reste du message serait : « Cours confirmé. La portée de l'explosion doit être de 30 mètres minimum. Dix heures trente est le meilleur moment. »

— Donc : un explosif. Vendredi dix heures trente (du soir, d'après ce qu'on avait intercepté plus tôt). Quant à « cours », c'est peut-être un cours d'eau…

— Alors maintenant, les morceaux de métal que vous avez trouvés : acier laminé et titane. Alliage unique. Personne au labo n'avait jamais vu ça. Les morceaux étaient des copeaux. Ils datent de quelques jours.

C'était ça que les employés de Hydt préparaient dans le sous-sol de l'hôpital désaffecté ? Ils construisaient une arme avec ce métal ?

— La propriété appartient toujours au ministère de la Défense, mais elle est à l'abandon depuis trois ans.

Il admira le profil merveilleux de la jeune femme, de son front jusqu'à ses seins, tandis qu'elle buvait une gorgée de vin.

— Quant aux Serbes, reprit-elle, je les ai presque menacés de leur faire adopter l'euro de force s'ils ne me donnaient pas un coup de main. Mais ils m'ont fourni des infos : celui qui travaillait avec l'Irlandais, Aldo Karic, était responsable du planning des cargaisons pour la compagnie ferroviaire.

— Il savait donc parfaitement quel wagon transportait les produits toxiques.

— Exactement. À ce propos, James, c'est bizarre. C'est un produit particulièrement dangereux, l'isocyanate de méthyle. C'est ce produit qui avait tué tous ces gens à Bhopal.

— Diable…

— Mais vous voyez, on a l'inventaire de la cargaison du train, ajouta-t-elle en lui montrant une liste traduite en anglais. Les conteneurs transportant le produit chimique sont résistants aux balles. Si on en lâche un d'un avion, en théorie, il ne se brise pas.

— Donc le déraillement n'aurait provoqué aucune fuite, termina Bond qui ne savait plus quoi penser.

— En tout cas, c'était très peu probable. Autre chose : le wagon transportant l'isocyanate de méthyle n'en contenait que trois cents kilos environ. C'est toxique, certes, mais à Bhopal, quarante-deux tonnes s'en étaient échappées. Même si quelques conteneurs s'étaient ouverts, les dommages auraient été négligeables.

Mais alors qu'est-ce qui intéressait l'Irlandais ? Bond parcourut la liste. À part le produit chimique, le chargement était inoffensif : chaudières, pièces détachées automobiles, huile de moteur, ferraille, poutres, bois de construction. Pas d'armes, pas de substances instables ni autres produits dangereux.

Peut-être le déraillement avait-il pour but de couvrir le meurtre du conducteur de la locomotive ou celui d'un habitant des environs. L'Irlandais prévoyait-il de maquiller cette mort en accident ? Ils ne trouveraient pas la réponse à cette question tant qu'ils n'auraient pas mis la main sur Noah. Bond n'avait plus qu'à espérer que la surveillance qu'il avait mise en place à contrecœur plus tôt dans la soirée allait porter ses fruits.

— Du nouveau sur Gehenna ? demanda-t-il.

— Des nouvelles d'enfer.

— Pardon ?

Le visage de sa jeune assistante s'éclaira d'un grand sourire.

— Gehenna est à l'origine du concept judéo-chrétien de l'enfer. Le mot est dérivé de Gehinnom, ou allée de Hinnom, une vallée près de Jérusalem. On pense qu'il s'agissait d'un endroit où, il y a bien longtemps de cela, on brûlait les déchets et où les rochers auraient pu produire du gaz naturel, si bien que le feu y brûlait en permanence. Selon la Bible, Gehenna est le lieu où pécheurs et mécréants seront punis. La seule autre référence intéressante (et qui date d'il y a cent cinquante ans) se trouve dans un poème de Rudyard Kipling : « En chemin vers le

Trône et Gehenna / Celui qui voyage seul en premier arrivera »,
récita-t-elle de mémoire.

Les vers lui plurent et il se les répéta pour lui-même.

— Venons-en à ma deuxième mission, reprit-elle.

Bond inspira profondément. Ce sujet le touchait plus person-
nellement.

— Je n'ai trouvé aucun lien entre le projet Gehenna et
Cartouche d'Acier.

— Non, en effet. Je ne crois pas que ces deux opérations
soient liées. C'est autre chose. Quelque chose qui date d'avant
mon arrivée à l'ODG.

Les yeux vert noisette de la jeune femme observèrent le visage
de Bond et s'appesantirent sur sa cicatrice.

— Vous étiez au DI, non ? Et avant cela, en Afghanistan,
dans la Royal Navy ?

— C'est exact.

— L'Afghanistan… les Russes y étaient, bien sûr, avant que
les Américains et nous ne décidions de nous inviter pour
prendre le thé. Est-ce que ça concerne vos missions là-bas ?

— C'est fort possible. Je n'en sais rien.

Philly se rendit compte qu'elle posait des questions auxquelles
il n'avait pas forcément envie de répondre.

— J'ai obtenu l'original, que notre Station R a piraté, et j'ai
parcouru les métadonnées. Cela m'a renvoyée à d'autres sources
et j'ai découvert que Cartouche d'Acier était le nom d'une opération d'assassinats ciblés, décidée au plus haut niveau. C'est ce
que sous-entendait l'expression « des victimes ». Je n'ai pas pu
savoir si elle émanait du KGB ou du SVR, donc on n'a pas
encore de date.

En 1991, le KGB, l'organe de surveillance et d'espionnage
soviétique, fut restructuré : le FSB s'occuperait de la sécurité
nationale et le SVR du renseignement extérieur. Dans les
milieux autorisés, tout le monde s'accordait pour dire que ce
changement était de pure apparence.

— Assassinats ciblés, réfléchit Bond à haute voix.

— Et l'un de nos agents infiltrés du MI6 y a été mêlé, mais je
n'ai pas plus de détails pour le moment : peut-être était-il aux prises

avec des agents du KGB… J'en saurai davantage bientôt. J'ai ouvert quelques pistes, attendons de voir ce que cela va donner.

Il s'aperçut qu'il fixait la nappe en fronçant les sourcils. Il lui adressa un bref sourire.

— Parfait, Philly, merci.

Sur son téléphone portable, Bond tapa un résumé des informations données par la jeune femme sur Hydt, l'Incident Vingt et Green Way International, omettant de mentionner l'opération Cartouche d'Acier. Il envoya le message à M et à Bill Tanner.

— Bien, finit-il par dire. Il est temps de nous sustenter après ce bon travail. Tout d'abord, le vin. Rouge ou blanc ?

— Je suis une fille qui ne respecte pas les règles, annonça-t-elle en marquant une pause, suggestive d'après Bond. J'aime bien les grands crus du Médoc, margaux ou saint-julien, en accompagnement d'un poisson comme la sole. Et un Pinot gris ou un albariño avec un bon steak saignant. Bref, ce qui vous fait envie, James. Ça me conviendra.

Elle beurra un morceau de pain qu'elle savoura avec un plaisir non dissimulé puis attrapa le menu et l'étudia comme une petite fille hésitant entre deux cadeaux de Noël. Bond était sous le charme.

Un instant plus tard, Aaron, le serveur, se présenta à leur table.

— Allez-y, dit Philly à Bond. J'ai besoin de sept secondes supplémentaires.

— Je commencerai par la terrine. Puis le turbot grillé.

Philly commanda une salade roquette, parmesan et poires suivie d'un homard poché avec haricots verts et pommes de terre nouvelles.

Bond choisit une bouteille de chardonnay californien, de Napa, vieilli en tonneau d'acier.

— Bien, approuva-t-elle. Les Américains possèdent les meilleures vignes de chardonnay après la Bourgogne, mais il faudrait vraiment qu'ils osent se débarrasser de leurs vieux fûts en chêne.

Bond pensait la même chose.

Le vin arriva, suivi des entrées qui se révélèrent excellentes. Il la complimenta sur son choix de restaurant.

Ils bavardèrent. Elle lui posa des questions sur sa vie à Londres, ses derniers voyages, les lieux où il avait grandi. Il lui donna automatiquement les quelques informations connues de tous : la mort de ses parents, son enfance avec sa tante Charmian dans le village idyllique de Pett Bottom, dans le Kent, son bref passage à Eton suivi de sa scolarité à l'école qu'avait fréquentée son père, Fettes, à Édimbourg.

— Oui, j'avais entendu dire que vous vous étiez attiré quelques ennuis à Eton. À cause d'une jeune fille… ? ajouta-t-elle avant de marquer une nouvelle pause. Enfin, on m'a raconté la version officielle : un tantinet scandaleuse. Mais il y a d'autres rumeurs. Selon lesquelles vous auriez défendu l'honneur de la demoiselle.

— Je crois que mes lèvres doivent demeurer closes à ce sujet, répondit-il avec un sourire. J'invoque le secret-défense. De façon officieuse.

— En tout cas si c'est vrai, vous étiez bien jeune pour jouer les preux chevaliers.

— Je crois que je venais de terminer la lecture de *Sire Gauvain*.

Il ne put s'empêcher de remarquer qu'elle avait mené sa petite enquête à son sujet.

Il lui posa à son tour des questions sur son enfance. Elle avait grandi dans le Devon puis fréquenté un pensionnat dans le Cambridgeshire où, adolescente, elle avait été bénévole pour des organisations de défense des droits de l'homme, avant d'étudier le droit à l'université de Londres. Elle adorait voyager et parla beaucoup de ses vacances. Elle évoqua avec ferveur sa moto BSA et son autre passion : le ski.

Intéressant, songea Bond. Voilà un nouveau point commun.

Leurs regards se croisèrent et ne se quittèrent pas avant cinq bonnes secondes.

Bond ressentit ce frisson familier le parcourir. Son genou frôla celui de Philly, pas complètement par accident. Elle passa la main dans sa chevelure rousse.

Philly se frotta les yeux du bout des doigts, avant de poser de nouveau son regard sur lui :

— Je dois dire, c'était une excellente idée, ce dîner. J'avais vraiment besoin de…

Elle s'interrompit, l'air amusé, comme si elle ne pouvait – ou ne voulait – en dire plus.

— Je ne suis pas sûre que je sois prête à m'arrêter là ce soir, reprit-elle. Il n'est que dix heures et demie !

Bond se pencha en avant. Leurs bras se touchèrent. Et cette fois, aucun des deux ne bougea.

— J'ai envie d'un dernier verre. Mais je ne sais pas trop ce qu'ils proposent ici.

Derrière les mots qu'elle venait de prononcer, il fallait comprendre en réalité qu'elle avait chez elle un bon porto ou du brandy, dans son appartement de l'autre côté de la rue, avec un canapé et même de la musique.

Et, très probablement, davantage encore.

Il aurait dû répondre :

— Moi aussi je prendrais bien un verre. Mais peut-être pas ici.

Toutefois, au moment de prononcer cette phrase, Bond remarqua quelque chose, un détail infime, presque invisible.

De sa main droite, Philly caressait doucement son annulaire gauche. Il nota une légère pâleur à cet endroit : la marque de bronzage laissée par la bague de fiançailles que Tim lui avait offerte.

Ses yeux verts brillants étaient toujours fixés sur Bond, son sourire intact. Il savait que oui, ils pouvaient régler l'addition et sortir bras dessus bras dessous, jusqu'à son appartement. Il savait que le bavardage bon enfant continuerait. Que leur nuit d'amour se révélerait torride. Il le devinait à la lueur de ses yeux, au timbre de sa voix, à sa façon de manger de bon cœur, à ses vêtements et à sa manière de les porter. À son rire.

Néanmoins, il savait aussi que cela ne serait pas bien. Pas maintenant. En ôtant la bague, elle avait également renoncé à une partie d'elle-même. Il ne doutait pas qu'elle soit en plein rétablissement ; une femme qui pouvait zigzaguer à toute vitesse en BSA sur les routes de Peak District ne se laissait pas abattre.

Mieux valait attendre, jugea-t-il.

Si Ophelia Maidenstone était destinée à prendre une place dans sa vie, tel serait encore le cas d'ici un ou deux mois.

— Je crois bien avoir vu un armagnac prometteur sur la carte des vins, dit-il. Je le goûterais volontiers.

Bond sut qu'il avait pris la bonne décision quand le visage de Philly s'adoucit, le soulagement et la gratitude l'emportant sur la déception, ne serait-ce que d'une once. Elle lui pinça le bras et se renfonça dans la banquette.

— Commandez pour moi, James. Je suis sûre que vous saurez me faire plaisir.

MARDI

Mort dans le sable

19

James Bond se réveilla en plein cauchemar, suant et haletant. Son cœur palpita d'autant plus quand il entendit retentir la sonnerie de son téléphone.

Le réveil posé sur sa table de nuit indiquait 05 h 01. Il attrapa son portable et vérifia l'écran, les yeux encore ensommeillés. Béni soit-il, songea Bond.

— *Bonjour mon ami*[1], lança-t-il en décrochant.

— *Bonjour à toi !* répondit une voix rauque et profonde. Notre conversation est codée, non ?

— *Oui.* Bien sûr.

— Comment faisions-nous avant l'époque de l'encodage ? demanda René Mathis, qui se trouvait sans doute dans son bureau du boulevard Mortier, dans le 20ᵉ *arrondissement* de Paris.

— Une telle époque n'a jamais existé, René. L'encodage est l'ancêtre de nos applications sur écran tactile.

— Bien dit, James, Tu devises *comme un philosophe*. Même à cette heure matinale.

Mathis, trente-cinq ans, était un agent de la Direction générale de la sécurité extérieure. Bond et lui avaient collaboré de temps en temps lors de missions conjointes de l'ODG et de la DGSE, et avaient récemment traqué Al-Qaïda en Europe et en Afrique du Nord. Ils avaient également bu ensemble des quantités non négligeables de Lillet et de Louis Roederer et passé des

---

1. Les passages en italiques sont en français dans le texte (*N.d.T.*)

soirées, disons, colorées, dans des villes comme Budapest, Tunis et Bari, cette cité peu orthodoxe de la côte adriatique italienne.

C'était René Mathis et non Osborne-Smith que Bond avait appelé la veille, pour lui demander de mettre Severan Hydt sous surveillance. Il avait décidé à contrecœur de prendre une décision risquée en contournant les instructions non seulement de la Division Trois, mais aussi de M lui-même. Il voulait suivre les mouvements de Hydt et de l'Irlandais tout en étant sûr et certain que ces derniers n'en auraient pas vent.

La France possédait bien sûr un service de renseignement extérieur, comme, entre autres, le GCHQ en Angleterre et le NSA aux États-Unis. La DGSE plaçait sur écoute et lisait les e-mails de nombreux citoyens étrangers, notamment britanniques. Les deux pays étaient certes alliés pour le moment, mais ils avaient connu des hauts et des bas par le passé.

Bond avait donc requis une faveur et demandé à René Mathis de traquer les signaux ELINT et SIGINT émis à Londres et relayés par un satellite espion français.

— J'ai quelque chose pour toi, James, annonça Mathis.

— Je m'habille. Je mets le haut-parleur.

Bond appuya sur le bouton en question et sauta du lit.

— Ça veut dire que la ravissante rouquine allongée près de toi va tout entendre ?

Bond fut amusé que le Français ait choisi précisément cette couleur de cheveux. Une image fugace lui traversa l'esprit : sa joue contre celle de Philly la veille, quand il lui avait fait la bise devant chez elle avant de regagner son appartement, et sa flamboyante chevelure rousse qui caressait son épaule.

— J'ai recherché des signaux évoquant « Severan Hydt » ou son surnom « Noah ». Et toute mention de Green Way International, du projet Gehenna, des déraillements en Serbie, ou des menaces liées à vendredi prochain, ajoutés à des noms à consonance irlandaise. Mais c'est très bizarre, James : le vecteur du satellite était dirigé pile sur les locaux de Green Way à l'est de Londres, mais il n'a relevé aucun SIGINT émanant de cet endroit. On dirait qu'il interdit à ses employés d'avoir un téléphone portable. Très curieux.

En effet, songea Bond qui continua de s'habiller en vitesse.

— On a tout de même pu capter quelques petites choses. Hydt est chez lui à l'heure où l'on parle, et doit quitter le pays ce matin. Bientôt, je pense. Pour aller où, je n'en sais rien. Mais ce qui est sûr, c'est qu'il va prendre l'avion. On a relevé des références à un aéroport et à des passeports. D'après ce qu'on sait il prendra un jet privé. Malheureusement, aucune idée de l'aéroport. Je sais qu'il y en a plusieurs à Londres. Nous les avons placés sous surveillance… simplement sous surveillance, pas d'ingérence !

Bond émit un petit rire.

— En revanche, James, rien sur le projet Gehenna. Mais il y a autre chose. Nous avons décrypté un bref coup de téléphone, il y a un quart d'heure, passé vers un endroit situé à une quinzaine de kilomètres à l'ouest de Green Way, en dehors de Londres.

— Sans doute le domicile de Hydt.

— Une voix d'homme a dit : « Severan, c'est moi. » Il avait un accent, mais nos algorithmes n'ont pas pu en déceler l'origine. Ils ont échangé quelques politesses et puis : « Nous confirmons pour dix-neuf heures ce soir. Le nombre de morts tournera autour de quatre-vingt-dix. N'arrivez pas après dix-huit heures quarante-cinq. »

Hydt allait donc participer à un meurtre à grande échelle.

— Qui sont les victimes ? Pourquoi vont-elles mourir ?

— Je ne sais pas, James. Mais le plus étonnant, ça a été la réaction de ton monsieur Hydt. Il avait la voix d'un *enfant* à qui on offre du chocolat. Il a dit : « Oh, quelle bonne nouvelle ! Merci beaucoup. » Je n'ai jamais entendu une telle joie à l'idée de tuer. Mais, encore plus étrange, il a demandé ensuite : « Est-ce que je pourrai m'approcher des corps ? »

— Il a vraiment dit ça ?

— Oui. Son interlocuteur lui a répondu qu'il pourrait s'approcher très près. Et Hydt a eu l'air ravi. Ensuite, les conversations téléphoniques ont cessé et n'ont pas repris depuis.

— Dix-neuf heures. Quelque part à l'étranger. Rien de plus ?

— Non, malheureusement.

— Merci pour tout ça. Je ferais mieux de ne pas perdre de temps.

— J'aurais bien aimé utiliser notre satellite plus longtemps, mais mes supérieurs me demandent déjà pourquoi je m'intéresse autant à ce trou perdu qu'on appelle Londres.

— La prochaine fois, c'est moi qui offre le Dom Pérignon, René.

— Mais bien entendu. Au revoir.

— À bientôt, et merci beaucoup.

Bond raccrocha.

Dans sa carrière de commandant à la Royal Navy et d'agent de l'ODG, il avait été confronté à des gens très peu recommandables : insurgés, terroristes, criminels psychopathes, traîtres sans morale vendant des armes nucléaires à des hommes assez fous pour les utiliser. Mais qu'est-ce que mijotait Hydt ?

Intention... réponse.

Enfin, même si le but de cet homme n'était pas clair, Bond n'avait qu'une seule réponse à sa disposition.

Dix minutes plus tard, il dévalait les marches, plongeant la main dans sa poche à la recherche de ses clés de voiture. Inutile de vérifier l'adresse de Severan Hydt. Il l'avait mémorisée la veille au soir.

20

Thames House, le siège du MI5, du Bureau pour l'Irlande du Nord et de quelques autres organisations de sécurité, est moins impressionnant que celui du MI6, non loin de là, de l'autre côté du fleuve, sur la rive sud. Le quartier général du MI6 est une bâtisse futuriste qu'on croirait tirée d'un film de Ridley Scott (d'ailleurs surnommée Babylone-sur-Tamise à cause de sa ressemblance avec une ziggourat, ou, moins affectueusement, Legoland).

Toutefois, bien que d'apparence plus discrète, l'architecture de Thames House s'avère beaucoup plus intimidante. Si ce monolithe centenaire abritait un poste de police soviétique ou est-allemand, ce serait typiquement le genre d'endroit où l'on serait tenté de répondre aux questions avant même qu'elles aient été posées. Néanmoins, le bâtiment contient quelques statues de valeur (*Britannia* ou *Saint George* de Charles Sargeant Jagger par exemple), et il n'est pas rare qu'un touriste de l'Arkansas ou de Tokyo franchisse l'entrée, persuadé qu'il s'agit de la Tate Britain, située à quelques encablures seulement.

C'est dans les entrailles sans fenêtre de Thames House que se trouvaient les bureaux de la Division Trois. Afin de demeurer secrète, cette organisation louait consciencieusement ses locaux et ses équipements au MI5, lequel était doté de matériel de pointe.

Au milieu de ce fief, une grande salle de contrôle aux murs verts écaillés et fissurés, au mobilier abîmé et à la moquette râpée par de trop nombreuses semelles, était tapissée des affiches officielles d'usage concernant les colis suspects, les alertes au feu et les réunions syndicales, en général posées là par des fonctionnaires qui n'avaient rien de mieux à faire.

PORTEZ

DES

LUNETTES

SI

NÉCESSAIRE

Les ordinateurs étaient voraces et la douzaine d'écrans plats gigantesques et lumineux. Percy Osborne-Smith, directeur adjoint aux Opérations intérieures, se tenait bras croisés devant le plus grand et le plus lumineux d'entre eux. En veste marron et pantalon dépareillé (il s'était levé à quatre heures et habillé à la demie), Osborne-Smith était accompagné par deux hommes : son assistant et un technicien ébouriffé penché au-dessus d'un clavier.

Osborne-Smith appuya sur un bouton et se repassa l'enregistrement qu'il venait d'obtenir. (Son déplacement à Cambridge s'était avéré infructueux et le poulet au curry qu'il avait avalé l'avait rendu malade toute la nuit. Comme personne n'avait pris la peine de l'informer de l'identité du suspect de l'Incident Vingt, il n'avait pas pu obtenir de résultat concluant, mais à l'aide de ses collaborateurs, avait toutefois réussi à installer un bon système d'écoute.) Sans en informer le MI5, son équipe avait donc posé des micros sur les fenêtres de l'un des cerveaux de cette conspiration : un certain James Bond, Section 00, Cellule O, ODG, ministère des Affaires étrangères et du Commonwealth.

Ainsi Osborne-Smith avait-il appris l'existence de Severan Hydt, surnommé Noah, directeur de Green Way International. Visiblement, Bond avait omis de l'informer que sa mission à Boots (la rue et non la chaîne de pharmacies, au passage) avait donné des résultats plutôt concluants.

— Connard, avait lancé l'assistant d'Osborne-Smith, un jeune homme mince doté d'une épaisse et agaçante chevelure châtain. Bond joue avec nos vies.

— Calme-toi, avait-il dit au jeune homme qu'il désignait souvent en son absence comme « le sous-adjoint ».

— C'est ce qu'il est. Un connard.

Pour sa part, Osborne-Smith était plutôt impressionné par les résultats que Bond avait obtenus auprès des services secrets français. Sans cela, personne n'aurait su que Hydt s'apprêtait à quitter le pays et à tuer un peu plus de quatre-vingt-dix personnes dans la soirée ou, du moins, qu'il assisterait à leur mort. Cette information renforçait la détermination d'Osborne-Smith à passer les menottes aux poignets de Severan Hydt alias « Noah », à le traîner jusqu'à Belmarsh ou la salle d'interrogatoire de la Division Trois (guère plus accueillante que celle de la prison) et à lui faire cracher le morceau.

— Trouve-moi le maximum d'infos sur Hydt, ordonna-t-il au sous-adjoint. Je veux savoir ses qualités et ses défauts, la marque de ses médicaments, s'il lit l'*Independent* ou le *Daily Sport*, s'il soutient Arsenal ou Chelsea, ses plats préférés, les films qui lui font peur ou le font pleurer, qui il drague et qui le drague. Et par quels moyens. Monte une équipe d'arrestation. Dis donc, on n'a jamais reçu l'autorisation de port d'armes de Bond, je me trompe ?

— Non.

Voilà qui froissait vraiment Osborne-Smith.

— Que nous raconte la caméra ? demanda-t-il au jeune technicien assis à sa console de jeux vidéo.

Ils avaient choisi l'option la plus facile pour déterminer la destination de Hydt. Puisque l'*espion*[1] parisien avait découvert que leur homme embarquerait à bord d'un avion privé, ils avaient épluché les registres de l'aviation civile en quête d'un appareil répertorié aux noms de Severan Hydt, Green Way ou l'une de ses filiales. En vain. Ils s'étaient donc rabattus sur l'espionnage à l'ancienne, si l'on pouvait qualifier ainsi l'utilisation d'un drone à trois millions de livres sterling.

— Attendez, attendez, dit le technicien. J'ai notre Œil qui regarde en ce moment.

Osborne-Smith scruta l'écran. La vue était parfaitement dégagée.

---

1. En français dans le texte.

— Tu es sûr que c'est la maison de Hydt ? Ça ne fait pas partie de l'usine ?

— Sûr et certain.

La propriété était située à Canning Town. Séparée des logements voisins, résidences HLM ou immeubles délabrés, par un mur imposant surmonté de fil barbelé, la maison était entourée d'un jardin fleuri et bien entretenu. La bâtisse était visiblement un ancien entrepôt d'usine rénové il y a peu. Quatre annexes et un garage étaient regroupés dans un coin.

Qu'est-ce que cela signifiait ? Pourquoi un homme si riche vivait-il à Canning Town, ce quartier pauvre, à la population bigarrée, une zone victime de la violence et des gangs, mais peuplée d'habitants passionnés et d'élus coriaces qui travaillaient extrêmement dur pour leurs concitoyens ? Des travaux impressionnants de rénovation étaient en cours en plus de ceux réalisés en vue des Jeux olympiques, dont certains contribuaient à déshumaniser le quartier. Le père d'Osborne-Smith avait vu The Police, Jeff Beck et Depeche Mode jouer dans un pub légendaire de Canning Town, il y avait plusieurs décennies de cela.

— Pourquoi est-ce que Hydt vit là-bas ? demanda-t-il à voix haute.

— On vient de m'informer que Bond a quitté son appartement, intervint son assistant, il se dirige vers l'est. Il a semé notre gars… Bond conduit comme Michael Schumacher.

— On sait bien où il va, répondit Osborne-Smith. Chez Hydt.

Il avait horreur d'expliquer ce qui tombait sous le sens.

Les minutes passaient sans aucun signe d'activité chez Hydt. Son assistant le tenait au courant : une équipe d'officiers armés avait été montée pour l'arrestation.

— Ils veulent savoir quels sont les ordres, chef.

— Qu'ils se tiennent prêts. Mais attendons de voir si Hydt a rendez-vous avec quelqu'un. Je veux les attraper tous d'un coup.

— Chef, on a du mouvement ! annonça l'assistant.

Se penchant sur l'écran, Osborne-Smith vit un type baraqué en costume (sans doute un garde du corps) tirer des valises depuis la maison jusqu'au garage.

— Chef, Bond vient d'arriver à Canning Town, déclara le jeune homme en élargissant le champ. Ici. C'est lui. C'est sa Bentley.

La voiture grise ralentit pour se ranger le long du trottoir.

— Une Continental GT ! remarqua l'assistant non sans admiration. Ça, c'est de la voiture. Je crois qu'ils l'ont testée dans *Top Gear*, l'émission. Vous la regardez parfois, Percy ?

— Malheureusement, je suis au travail en général.

Osborne-Smith lança un regard triste au sous-adjoint chevelu en se disant que si ce gamin n'arrivait pas à adopter une attitude un peu plus humble et respectueuse, sa carrière ne ferait pas long feu après la mission Incident Vingt.

La voiture de Bond était garée discrètement – si tant est que cela fût possible pour un véhicule à deux cent mille livres de passer inaperçu en plein Canning Town – à cinquante mètres de chez Hydt, dissimulée derrière plusieurs bennes.

— L'équipe d'arrestation est dans l'hélico, informa l'assistant.

— Qu'ils décollent. Dites-leur de rester en vol stationnaire au-dessus du Cornichon.

Le bâtiment de quarante étages abritant les bureaux de Swiss Re, en plein cœur de la City (et qui, aux yeux d'Osborne-Smith, ressemblait plus à une navette spatiale des années cinquante qu'à un condiment), constituait, du fait de sa position centrale, un bon point de départ.

— Alerte de sécurité à tous les aéroports : Heathrow, Gatwick, Luton, Stansted, London City, Southend et Biggin Hill.

— Très bien, chef.

— Ça bouge ! annonça le technicien.

Sur l'écran, trois personnes quittaient la maison. Un homme de haute taille, en costume, cheveux et barbe poivre et sel, marchait à côté d'un grand blond dégingandé à la drôle de démarche. Une femme mince en tailleur noir, cheveux blancs, les suivait.

— C'est Hydt, affirma le technicien. Celui qui a la barbe.

— Et la femme ?

— Je ne sais pas qui c'est.

— Et la grande perche ? demanda Osborne-Smith avec aigreur.

Il était vraiment vexé que Bond ait négligé de remplir son formulaire de port d'armes.

— Est-ce que c'est l'Irlandais dont tout le monde parle ? demanda-t-il. Imprimez une photo et diffusez-la. Vite.

Le trio se dirigea vers le garage. Un instant plus tard, une Audi A8 noire franchit le portail en trombe et s'élança sur la route.

— Total : trois personnes plus un garde du corps, tous dans la voiture, annonça le sous-adjoint.

— Restez sur eux. MASINT. Allez-y avec le laser pour une meilleure qualité.

— Je vais essayer.

— Y a intérêt.

Ils virent la Bentley de Bond s'insérer doucement dans la circulation avant de talonner l'Audi.

— Ne les lâchez pas ! ordonna Osborne-Smith avec son zézaiement habituel qu'il essayait toujours de camoufler, mais qui refaisait régulièrement surface.

La caméra du technicien zooma sur la voiture allemande.

— J'aime mieux ça ! le félicita Osborne-Smith.

L'Audi prenait de la vitesse. Bond suivait discrètement sans se laisser distancer. Aussi doué que soit le chauffeur de la voiture allemande, Bond était meilleur conducteur : il anticipait les feintes de l'Audi, les virages avortés ou les changements de file intempestifs. Les deux véhicules fonçaient, sans se soucier des feux de signalisation.

— Ils vont vers le nord. Prince Regent Lane.

— Donc on exclut l'aéroport de London City.

L'Audi bifurqua sur Newham Way.

— OK ! s'écria le sous-adjoint, cramponnant sa tignasse. C'est soit Stansted, soit Luton !

— Ils prennent l'A406 direction nord, annonça une autre technicienne, une blonde bien en chair qui venait de surgir de nulle part.

Puis les deux concurrents, Audi et Bentley, prirent la M25 en direction de l'ouest.

— C'est Luton ! cria l'assistant.

— Dites à l'hélico d'avancer, ordonna Osborne-Smith, impassible.

— Comme si c'était fait.

En silence ils suivirent la progression de l'Audi. Elle alla se garer au parking-minute de l'aéroport de Luton. Bond suivait de près. Il prit soin de stationner hors de la vue de Hydt.

— L'hélico atterrit sur l'aire d'urgence de l'aéroport. Nos gars vont se déployer en direction du parking.

Personne ne sortait de l'Audi. Osborne-Smith esquissa un sourire.

— Je le savais ! exulta-t-il. Hydt attend ses associés. On va les cueillir tous en même temps. Dites à nos gars de ne pas intervenir avant mon signal. Et connectez-nous aux caméras de Luton.

Ces dernières leur permettraient de surprendre en direct la réaction de Bond quand il verrait débarquer la Division Trois pour arrêter Hydt et l'Irlandais. Ce n'était pas le but premier d'Osborne-Smith en donnant cet ordre, bien entendu... mais cela ne gâterait rien.

21

Hans Groelle était assis derrière le volant de l'Audi A8 noire à la ligne épurée de Hydt. Blond et costaud, ce vétéran de l'armée néerlandaise qui avait pratiqué dans sa jeunesse le motocross et autres sports de course était ravi que M. Hydt lui ait demandé ce matin-là de démontrer ses talents de conducteur. Tout en se remémorant avec plaisir le trajet qu'il venait de parcourir entre Canning Town et l'aéroport de Luton, Groelle écoutait d'une oreille la conversation entre ses trois passagers.

Ils étaient tout excités à l'issue de la course. Le chauffeur de la Bentley était extrêmement compétent et intuitif. Comme il ignorait la destination de Groelle, il avait dû anticiper les bifurcations, prises pour la plupart au dernier moment. Cet homme semblait doté d'un sixième sens lui indiquant les moments où Groelle allait tourner, ralentir, accélérer.

Un conducteur-né.

Mais qui était-ce ?

Eh bien, ils ne tarderaient pas à le découvrir. Personne dans l'Audi n'avait pu voir le chauffeur (ce qui prouvait son talent) mais ils avaient réussi à relever son immatriculation. Groelle avait appelé un collègue au QG de Green Way qui allait à son tour contacter ses amis de l'agence d'immatriculation de Swansea afin de connaître le propriétaire du véhicule.

Quelle que soit la menace, Hans Groelle se tenait prêt. Un Colt 1911 .45 patientait bien au chaud sous son aisselle gauche.

Il jeta un nouveau coup d'œil à l'aile de la Bentley grise et annonça à l'homme assis à l'arrière :

— Ça a marché, Harry. On les a eus. Appelle M. Hydt.

Les deux personnes installées sur la banquette et l'homme assis à la place passager étaient des employés de Green Way travaillant sur Gehenna. Ils ressemblaient à M. Hydt, Mlle Barnes et Niall Dunne, lesquels faisaient actuellement route vers un autre aéroport, celui de Gatwick, où un jet privé les attendait.

C'était Niall Dunne qui avait eu l'idée de cette ruse. Il y avait eu des complications à March : quelqu'un avait tué Eric Janssen, l'un des vigiles qui travaillaient avec Groelle. Ce quelqu'un était mort sous les décombres, mais Dunne craignait qu'il n'ait des complices. Il avait donc trouvé trois employés leur ressemblant assez pour tromper l'ennemi. Ils étaient arrivés à Canning Town dans la nuit. Groelle avait ensuite mis les valises dans le coffre, suivi par M. Hydt, Mlle Barnes et l'Irlandais. Groelle et les trois employés, qui attendaient dans l'Audi, étaient partis pour Luton. Dix minutes plus tard, le véritable trio avait grimpé à l'arrière d'un camion de Green Way International qui les avait emmenés à Gatwick.

À présent, les trois passagers de l'Audi allaient y rester aussi longtemps qu'il fallait à M. Hydt et ses compagnons pour embarquer et sortir du pays.

— Va falloir attendre un peu, dit Groelle.

Il indiqua la radio et demanda :

— Quelle station ?

Ils votèrent pour Radio 2.

— Ah, merde, c'était un leurre, déclara Osborne-Smith d'une voix aussi calme que d'habitude. Mais le juron trahissait sa colère.

Une caméra de vidéosurveillance du parking de Luton diffusait sur l'écran géant de la Division Trois une image peu réjouissante. Malgré la piètre qualité de la transmission, il était clair que le couple à l'arrière de l'Audi n'était pas Severan Hydt et sa compagne. Quant au passager à l'avant, qu'ils avaient pris pour l'Irlandais, il ne s'agissait pas du blond qui s'était dirigé vers le garage le matin même.

Des leurres.

— Ils doivent bien aller dans un aéroport londonien, soupira le sous-adjoint. Séparons notre équipe.

— Sauf s'ils ont décidé de décoller de Manchester ou Leeds.

— Ah oui, c'est sûr.

— Envoyez à tous les Observateurs de la Cellule A la photo de Hydt. Sans tarder.

— Oui, chef.

Osborne-Smith scruta l'écran qui retransmettait l'image de la vidéosurveillance. Il aperçut l'aile de la Bentley de Bond garée à vingt-cinq mètres de l'Audi.

Il se consolait comme il pouvait : Bond, lui aussi, s'était laissé prendre au piège. Ajoutée à son refus de coopérer, son recours discutable aux services secrets français et son snobisme, cette erreur pourrait bien signer la fin de sa carrière.

22

Le camion loué au nom de Green Way International mais ne portant aucun logo se gara devant le terminal de Gatwick. Quand la porte s'ouvrit, Severan Hydt, une femme d'un certain âge et l'Irlandais en descendirent et récupérèrent leurs bagages.

À une dizaine de mètres de là, dans le parking, était garée une Mini Cooper noir et rouge dont la décoration intérieure comprenait une rose jaune dans un vase en plastique calée dans le support pour boissons. Derrière le volant, James Bond observait le trio. Comme il fallait s'y attendre, l'Irlandais inspectait les alentours avec méfiance. Il semblait en permanence sur le qui-vive.

— Que pensez-vous d'elle ? demanda Bond dans le micro du kit mains-libres connecté à son téléphone.

— « Elle » ?

— La Bentley.

— La Bentley ? Non, James, une voiture pareille a besoin d'un prénom, lui fit remarquer Philly Maidenstone.

Elle était assise dans sa Bentley Continental GT, à l'aéroport de Luton, après avoir pris en chasse l'Audi de Hydt depuis Canning Town.

— Je n'ai jamais donné de nom à mes voitures.

Pas plus qu'à mon arme, songea-t-il, les yeux toujours rivés sur les trois personnes qui évoluaient à quelques mètres de lui.

Bond savait qu'après les incidents en Serbie et à March, Hydt (ou l'Irlandais, plus vraisemblablement) s'attendait à être suivi à Londres. Il soupçonnait également Osborne-Smith de vouloir filer Bond lui-même. C'est pourquoi, après sa conversation avec René Mathis, il avait quitté son appartement pour se rendre dans un parking souterrain de la City où il avait retrouvé Philly afin qu'ils échangent leurs voitures. Elle prendrait en filature l'Audi de Hydt avec la Bentley, tandis que Bond, dans la Mini, attendrait le départ réel de leur homme.

À présent, Bond observait Hydt qui, tête baissée, passait un coup de téléphone. À ses côtés se tenait la femme. Âgée d'une petite soixantaine d'années, jugeait-il, elle ne manquait pas de charme malgré la maigreur et la pâleur de son visage, accentuées par son manteau noir. Du sommeil à rattraper, peut-être.

Sa maîtresse ? se demanda Bond. Ou une collaboratrice de longue date ? Les regards qu'elle adressait à Hydt le firent pencher pour la première solution.

Autre interrogation : l'Irlandais. Bond ne l'avait qu'entraperçu en Serbie mais c'était bel et bien lui, sans aucun doute. La démarche malaisée, les pieds en canard, le dos bossu, l'étrange frange blonde.

Bond supposait que c'était lui qui conduisait le bulldozer à March, celui qui avait écrasé le vigile sans la moindre pitié. Il se remémora les morts en Serbie, les agents, les chauffeurs du train et du camion, le propre associé du tueur, et sentit la rage monter en lui.

— Pour répondre à votre question, dit Philly, je l'ai beaucoup aimée. La plupart des voitures sont très puissantes de nos jours. Bon sang, on peut même conduire ses gamins en Mercedes AMG break ! Combien en a-t-elle sous le capot, la Bentley ? Je n'ai jamais ressenti un truc pareil.

— Cinq cent soixante chevaux et un couple de six cent cinquante N/m.

— Oh, mon Dieu, murmura Philly, impressionnée ou envieuse, peut-être les deux. Et je suis complètement folle des quatre roues motrices. Comment sont-elles distribuées ?

— Soixante/quarante de l'arrière à l'avant.

— Génial.

— La vôtre n'est pas mal non plus, rétorqua-t-il à propos de la Mini. Vous avez ajouté un compresseur.

— En effet.

— Quelle marque ?

— Autorotor. Marque suédoise. Ça a presque doublé la puissance en chevaux. Elle approche les trois cents maintenant.

— C'est bien ce qui me semblait, fit Bond, également impressionné. Il faudra me donner le nom de votre mécanicien. J'ai une Jaguar qui aurait besoin d'un petit coup de jeune.

— Oh, dites-moi que c'est une type E ! C'est la voiture la plus sexy de toute l'histoire de l'automobile !

Nouveau point commun entre eux. Bond mit rapidement cette pensée de côté.

— Je vais laisser planer le suspense. Attendez. Hydt se met en route.

Bond descendit de la Mini et cacha la clé de Philly dans le passage de roue. Il attrapa sa valise, sa sacoche d'ordinateur, enfila une nouvelle paire de lunettes de soleil à montures d'écaille et se mêla à la foule pour suivre Hydt, l'Irlandais et la femme jusqu'au terminal de Gatwick réservé aux jets privés.

— Vous êtes toujours là ? demanda-t-il à Philly.

— Oui.

— Qu'est-ce qui se passe de votre côté ?

— Ils ne sont pas sortis de l'Audi.

— Ils vont attendre que Hydt ait embarqué et quitté le territoire aérien britannique. Ensuite ils rentreront à Londres en vous baladant un peu, vous et Osborne-Smith.

— Vous pensez qu'Ozzy nous surveille ?

Bond ne put retenir un sourire.

— Je suis sûr que vous avez un drone à trois mille mètres au-dessus de vous. Ils entrent dans le terminal, je vous laisse, Philly.

— Je n'ai pas souvent l'occasion de quitter le bureau. Merci pour cette petite course, James.

— J'ai une idée, lança-t-il soudainement. On pourrait faire une virée dans la campagne un de ces jours, histoire de voir de quoi elle est capable.

— James ! s'offusqua-t-elle. Il se demanda s'il était allé trop loin. Vous ne pouvez pas continuer à la traiter comme ça ! Je vais me creuser la tête pour trouver un prénom digne de cette demoiselle. Et oui, une virée à la campagne serait délicieuse, à condition que vous me laissiez conduire une partie du trajet et que vous fassiez en sorte que nous passions incognito auprès des radars, parce que j'ai déjà perdu des points.

Ils raccrochèrent et Bond emboîta discrètement le pas à sa cible. Les trois comparses s'arrêtèrent au niveau de la porte d'embarquement pour présenter leurs passeports à un garde. Bond remarqua que celui de la femme était bleu. Américain ? L'homme en uniforme gribouilla un document avant de les laisser passer. Alors que Bond se dirigeait vers la porte, il les vit monter dans un grand jet blanc muni de sept hublots de chaque côté, lumières déjà allumées. La porte se referma sur eux.

Bond sortit son téléphone.

— Ici Flanagan. Ah, bonjour James.

— Maurice, dit-il au chef de la Cellule T, laquelle gérait toutes les questions relatives aux véhicules au sein de l'ODG. J'ai besoin du plan de vol d'un jet privé, qui quitte Gatwick à l'instant même.

Il énonça le numéro d'identification peint sur le moteur.

— Donne-moi une minute.

Le jet commença à rouler. Ralentis, lui intima-t-il, frustré. Il ne pouvait pas oublier que, si les informations de René Mathis s'avéraient exactes, Hydt était en route pour assassiner au moins quatre-vingt-dix personnes le soir même.

— Je l'ai, annonça Maurice Flanagan. Jolie machine : Grumman 550. À la pointe de la technologie, une petite fortune. Celui-ci appartient à une entreprise néerlandaise de traitement des déchets et recyclage.

L'une des filiales de Hydt, bien sûr.

— Sa destination est Dubaï.

Dubaï ? Il allait frapper là-bas ?

— Où va-t-il s'arrêter pour faire le plein ?

— Enfin, James ! fit son interlocuteur en riant. Son réservoir lui permet de parcourir plus de 6 500 kilomètres. Il avance à environ 900 km/h. Il n'a pas besoin d'escale.

Bond regarda l'avion avancer vers la piste. Dubaï se trouvait à environ 5 500 kilomètres de Londres. En tenant compte du décalage horaire, le jet atterrirait à quinze ou seize heures.

— Il faut que j'arrive à Dubaï avant lui, Maurice. Tu peux me trouver quelque chose ? J'ai des passeports, des cartes de crédit et trois mille livres sterling en liquide. Vois ce que tu peux faire. Oh, je suis également armé. Il va falloir prendre ça en compte.

Bond gardait les yeux fixés sur le jet, dont l'extrémité des ailes était relevée. Il ressemblait moins à un oiseau qu'à un dragon, impression sans doute due à ce qu'il savait des passagers.

Quatre-vingt-dix morts…

Plusieurs secondes s'écoulèrent durant lesquelles Bond, tendu, observa le jet s'orienter vers la piste de décollage.

— Désolé, James, reprit Flanagan. Le mieux que je puisse faire, c'est un avion de ligne au départ d'Heathrow d'ici quelques heures. Ça te fait arriver à Dubaï vers dix-huit heures trente.

— Impossible, Maurice. L'armée ? Le gouvernement ?

— Rien de disponible de ce côté-là.

Tout ce qui lui restait à faire, c'était appeler Philly Maidenstone ou Bill Tanner pour envoyer un agent du MI6 pister Hydt et l'Irlandais à leur arrivée à l'aéroport.

— Bon, réserve-moi une place dans cet avion, soupira-t-il.

— Ça marche. Désolé.

Bond consulta sa montre.

Les morts étaient prévues dans neuf heures…

Il pouvait toujours espérer que l'avion de Hydt serait retardé.

Au même moment, il vit le Grumman faire demi-tour sur la piste, accélérer et s'élever dans les airs jusqu'à n'être plus qu'un point minuscule dans le ciel.

Percy Osborne-Smith regardait le grand écran plat du moniteur, lequel était divisé en six. Vingt minutes plus tôt, une caméra de vidéosurveillance avait capté la plaque d'immatriculation d'un camion de Severan Hydt à la sortie de l'A23 menant à Gatwick. Lui et ses sous-fifres scrutaient désormais chaque écran à la recherche du véhicule en question.

L'assistante qui les avait rejoints finissait de s'attacher les cheveux quand elle pointa du doigt l'un des moniteurs.

— Là, c'est lui.

D'après l'heure indiquée par la caméra, le camion s'était garé quinze minutes plus tôt à proximité du terminal réservé aux avions privés et plusieurs personnes en étaient descendues. Il s'agissait bien du trio.

— Pourquoi on n'a pas repéré Hydt plus tôt ? On est capable de reconnaître des hooligans débarqués de Rio avant même qu'ils atteignent Old Trafford, mais on n'est pas foutus de mettre la main sur un tueur en série en plein jour ! Bon Dieu, ça en dit long sur les priorités de Whitehall, non ? N'allez pas répéter ça. Enfin, voyons la piste.

Le technicien manipula les manettes de contrôle. Une image apparut montrant Hydt et les autres en route vers un jet privé.

— Relevez le numéro, trouvez qui est le propriétaire.

Le sous-adjoint, zélé, s'en était déjà chargé.

— Il appartient à une entreprise de recyclage néerlandaise. Super, j'ai le plan de vol. Il est à destination de Dubaï. Ils ont déjà décollé.

— Où sont-ils maintenant ? Où ?

— Je vérifie… soupira l'assistant. Ils franchissent les frontières du territoire aérien britannique.

Mâchoires serrées, Osborne-Smith fixa des yeux l'image immobile sur l'écran.

— Je me demande s'il serait possible d'envoyer quelques avions de chasse pour forcer le jet à atterrir, songea-t-il à voix haute.

En levant la tête, il remarqua que tous les yeux étaient braqués sur lui.

— Je plaisantais…

Pas complètement, pourtant.

— Regardez ça, fit le technicien.

— Quoi donc ?

— Oui, regardez, quelqu'un d'autre les surveille ! renchérit le sous-adjoint.

L'écran montrait l'entrée du terminal de Gatwick. Près du grillage, un homme observait l'avion de Hydt.

Mon Dieu. C'était Bond.

Alors comme ça, cet incorrigible agent de l'ODG avec sa voiture de frimeur qui n'avait pas le droit de porter une arme sur le territoire britannique avait quand même pris Hydt en filature. Osborne-Smith se demanda qui était au volant de la Bentley. Cette ruse n'avait pas été seulement destinée à Hydt. Elle avait également eu pour but de piéger la Division Trois.

Ce fut avec une immense satisfaction qu'il vit Bond tourner les talons pour regagner le parking, tête baissée et en pleine conversation téléphonique, sans doute avec son patron qui devait lui passer un sacré savon pour avoir laissé s'échapper le suspect.

23

En général, on n'entend pas le son qui nous tire du sommeil, sauf lorsque celui-ci se répète, comme une alarme ou une voix insistante. Le plus souvent, un bruit nous réveille sans que notre conscience l'enregistre.

James Bond ne savait pas ce qui l'avait forcé à ouvrir les yeux. Il consulta sa montre.

Il était treize heures passées.

Un arôme délicieux parvint à ses narines, un mélange de fleurs (jasmin, d'après lui) et de champagne de grand cru. Au-dessus de lui, il aperçut la divine silhouette d'une femme ravissante originaire du Moyen-Orient, vêtue d'une jupe bordeaux satinée et d'un chemisier à manches longues couleur or qui épousait ses formes voluptueuses. Son col était retenu par une perle, différente des autres boutons du vêtement. Il trouvait cette petite sphère laiteuse particulièrement attirante. La femme avait les cheveux noir corbeau tirés en arrière, une mèche séduisante tombait sur un côté de son visage savamment maquillé.

— *Salam alaykoum*, lui dit-il.

— *Wa alaykoum salam*, répondit-elle.

Elle posa sur la table devant lui une coupe de cristal ainsi qu'une bouteille de Dom Pérignon.

— Je suis désolée, M. Bond, je vous ai réveillé. Le bouchon a fait plus de bruit que prévu en sautant ! Je n'avais pas l'intention de vous tirer du sommeil, j'allais laisser votre coupe à côté de vous sans vous déranger.

— *Shukran*, répondit-il en saisissant la coupe. Et ne vous inquiétez pas. S'éveiller au bruit d'un bouchon de champagne qui saute est l'une des choses les plus délicieuses.

— Je peux vous faire apporter à déjeuner, aussi, si vous le souhaitez.

— Cela serait adorable, si ça ne vous embête pas.

Elle retourna à la kitchenette.

Bond dégusta son champagne en jetant un œil par le grand hublot de son jet qu'un double moteur Rolls-Royce propulsait sans bruit vers Dubaï, à environ treize mille mètres d'altitude et près de mille kilomètres-heure. L'avion était un Grumman, comme celui de Severan Hydt, détail qui amusa Bond, mais un Grumman 650, modèle plus rapide et plus puissant que celui de l'éboueur.

Bond s'était mis en chasse quatre heures plus tôt, à la manière de ces inspecteurs qui, dans les vieux films policiers américains, sautent dans un taxi en hurlant : « Suivez ce véhicule ! » Estimant qu'un avion de ligne le ferait atterrir à Dubaï trop tard pour empêcher le massacre programmé, il avait passé un coup de fil à Fouad Kharaz, un ami du Commodore Club, qui avait immédiatement mis un jet privé à sa disposition.

— Mon ami, vous savez que je vous suis redevable, avait affirmé l'Arabe.

L'année précédente, celui-ci avait approché Bond, le soupçonnant de travailler pour la sécurité intérieure britannique. À l'école, le fils de Kharaz était devenu la cible d'une bande de voyous d'une vingtaine d'années qui affectaient une attitude antisociale. La police compatissait, mais n'avait pas le temps de s'occuper de l'affaire. Inquiet pour son fils, Kharaz avait demandé conseil à Bond. Dans un moment de faiblesse, le preux chevalier qui se cachait au fond de l'agent britannique avait pris le dessus et, un jour que les affaires étaient calmes à l'ODG, il avait raccompagné le garçon après l'école. Quand ses assaillants avaient sorti leurs griffes, Bond avait répliqué.

En quelques mouvements d'arts martiaux, il avait tranquillement allongé les deux premiers par terre puis acculé le troisième, le meneur, contre un mur. Il avait relevé leurs noms sur leurs permis de conduire et averti les voyous que la prochaine fois qu'ils attaqueraient le fils Kharaz, ils ne s'en tireraient pas à si bon compte. La bande de jeunes avait déguerpi et le garçon n'avait plus jamais été inquiété.

Voilà comment Bond était devenu « le meilleur ami des meilleurs amis » de Fouad Kharaz. Il avait donc décidé de le contacter afin qu'il lui retourne sa faveur en lui prêtant l'un de ses jets.

D'après la carte numérique affichée sur la cloison de l'appareil, sous les indicateurs d'altitude et de pression, ils survolaient l'Iran. Il leur restait deux heures avant d'atteindre Dubaï.

Juste après le décollage, Bond avait appelé Bill Tanner pour l'informer de sa destination et lui signaler qu'un attentat visant une centaine de personnes était prévu dans la soirée, sans doute aux alentours de dix-neuf heures, peut-être à Dubaï, mais qu'il pouvait survenir n'importe où dans les Émirats arabes.

— Pourquoi Hydt a-t-il l'intention de tuer ces gens ? demanda Tanner.

— Je ne suis pas sûr qu'il en ait l'intention, mais voici ce que je sais : des gens vont être tués et il assistera au massacre

— Je vais utiliser les voies diplomatiques, alerter les ambassades d'une éventuelle menace, mais nous n'avons rien de concret. Ils avertiront les forces de l'ordre de Dubaï également, de façon confidentielle.

— Ne divulgue pas le nom de Hydt. Il faut qu'il puisse pénétrer dans le pays sans problème. Évitons d'éveiller ses soupçons. Je dois découvrir ce qu'il mijote.

— Je suis d'accord. On va la jouer en finesse.

Il demanda à Bill Tanner de vérifier si Hydt avait des filiales aux Émirats, dans l'espoir de découvrir sa destination. Un instant plus tard, Tanner lui annonça :

— Aucun bureau, résidence ou entreprise dans la région. J'en ai profité pour élargir la recherche : aucune réservation d'hôtel à son nom non plus.

Bond n'était pas content. Dès qu'il poserait le pied sur le sol des Émirats, Hydt se fondrait dans les deux millions et demi d'habitants qui constituaient la population de ce pays. Il serait impossible de l'attraper avant la catastrophe.

Au moment où Bond raccrochait, la chef de cabine s'approcha de lui :

— Nous proposons un large choix de plats, mais comme je vous ai vu savourer le Dom Pérignon, j'en ai conclu que vous aimiez les bonnes choses et choisi de vous offrir ce que nous avons de meilleur. M. Kharaz nous a donné la consigne de vous traiter comme un roi.

Elle posa le plateau en argent sur la table à côté de sa flûte de champagne, qu'elle remplit au passage.

— Voici du caviar iranien (beluga, bien entendu), avec des toasts et non des blinis, de la crème fraîche et des câpres.

Les câpres en question étaient tellement grosses qu'elle les avait découpées.

— Les oignons émincés sont des Vidalia, en provenance d'Amérique, poursuivit-elle, les meilleurs du monde. Ils donnent même bonne haleine, on les appelle les « oignons des amants ». Ensuite, il y a de l'aspic de canard accompagné de yaourt à la menthe et de dattes. Je peux aussi vous préparer un steak.

— Non, non ! Ça suffira amplement ! répondit-il en riant.

Elle le laissa dîner. À la fin du repas, il but deux petites tasses de café arabe aromatisé à la cardamome, tout en parcourant le mémo que Philly Maidenstone lui avait préparé au sujet de Hydt et Green Way. Deux choses le frappèrent : la capacité de cet homme à rester en dehors de toute association criminelle et ses efforts pour étendre Green Way dans le monde entier. D'après les recherches de Philly, Hydt avait demandé une autorisation d'implantation en Corée du Sud, en Chine, en Inde, en Argentine et dans une demi-douzaine de pays plus petits. Il fut déçu de ne pas trouver le moindre indice concernant l'identité de l'Irlandais. Philly avait entré dans leurs logiciels la photo de l'Irlandais et de la femme d'un certain âge qui les accompagnait, sans résultat. Par ailleurs, Bill Tanner avait rapporté que les agents du MI5 et de la SOCA qui étaient intervenus à Gatwick étaient revenus bredouilles : malheureusement, les informations concernant les passagers du Grumman « avaient mystérieusement disparu ».

Ce fut alors qu'il reçut une autre nouvelle qui le troubla. Un e-mail codé de Philly. Apparemment, quelqu'un s'était renseigné auprès du MI6 afin d'en savoir un peu plus sur les allées et venues de Bond.

Ce « quelqu'un » devait être son cher Percy Osborne-Smith. Techniquement, à Dubaï, il se trouverait en dehors de la juridiction de la Division Trois, mais cela n'empêcherait pas son « ami » de tout mettre en œuvre pour lui barrer la route et mettre en péril sa couverture.

Bond n'avait aucun contact avec le MI6 à Dubaï. Osborne-Smith, lui, en avait peut-être. Ce qui voulait dire que Bond ne pouvait pas espérer un coup de main des autorités locales pour intercepter Hydt. Il ne pouvait compter que sur lui-même, sans même recourir à l'assistance d'autres Britanniques expatriés. Dommage, parce que le consul général de Dubaï, un homme intelligent et fin, était un ami James Bond. Il envoya un texto à Bill Tanner, le priant de ne pas le mettre en relation avec le MI6 pour le moment.

Par l'interphone, il demanda au pilote le statut du jet qu'ils poursuivaient. Il lui semblait que les contrôleurs aériens avaient ralenti leur appareil à eux mais pas celui de Hydt, qu'ils n'allaient pas être en mesure de rattraper. Ils atterriraient au moins une demi-heure après lui.

C'était rageant : ces trente minutes étaient une question de vie ou de mort pour au moins quatre-vingt-dix personnes. Tout en admirant le golfe Persique par le hublot, il sortit son téléphone et chercha un numéro dans son importante liste de contacts. *Je commence à me sentir un peu dans la peau de Lehman Brothers,* songea-t-il. *Mes dettes dépassent largement mon capital.*

Bond composa un numéro.

24

La limousine qui transportait Severan Hydt, Jessica Barnes et Niall Dunne se gara devant l'Intercontinental Hotel situé sur la vaste et paisible Dubaï Creek. Le chauffeur était un homme costaud au visage fermé qu'ils avaient déjà employé par le passé. À l'image de Hans Groelle en Angleterre, il faisait également office de garde du corps (voire plus si besoin).

Ils restèrent dans la voiture le temps que Dunne consulte ses messages. Quand celui-ci eut terminé, il leva la tête et annonça à Hydt :

— Hans a trouvé qui conduisait la Bentley. C'est intéressant.

Groelle avait demandé à un collègue de Green Way de vérifier l'immatriculation. Hydt tapota ses longs ongles les uns contre les autres.

Dunne évita de les regarder.

— Et il y a un lien avec March, ajouta-t-il.

— Tiens donc ?

Hydt tenta de lire dans les yeux de Dunne qui, comme d'habitude, demeuraient impénétrables.

L'Irlandais n'en dit pas davantage devant Jessica. Hydt hocha la tête :

— Prenons possession de notre chambre.

Hydt releva le col de son élégant costume et consulta sa montre. Plus que deux heures et demie.

Le nombre de morts tournera autour de quatre-vingt-dix.

Dunne sortit en premier et, toujours méfiant, inspecta les alentours.

— C'est bon, déclara-t-il avec son accent irlandais habituel. On peut y aller.

Hydt et Jessica descendirent du véhicule et se dirigèrent à pas rapides vers le hall climatisé de l'Intercontinental, décoré d'une étonnante composition florale de près de trois mètres de haut. Sur un mur étaient suspendus plusieurs portraits des familles s'étant succédé à la tête des Émirats arabes unis.

Jessica signa le registre, la chambre ayant été retenue à son nom, comme l'avait suggéré Dunne. Certes, ils n'avaient pas l'intention de s'éterniser (leur retour était prévu le soir même), mais il était plus commode de disposer d'un endroit où déposer leurs bagages et se reposer. Ils confièrent leurs valises au porteur.

Hydt laissa Jessica à côté de la composition florale et attira Dunne à l'écart.

— La Bentley ? C'était qui ? demanda-t-il.

— Une entreprise de Manchester. La même adresse que Midlands Disposals.

Midlands était rattachée à l'un des plus gros gangs de malfaiteurs, basé dans le Sud de Manchester. Aux États-Unis, la mafia était depuis toujours impliquée dans le traitement des déchets et à Naples, ville dominée par la Camorra, leur collecte était surnommée « la reine de tous les crimes ». Au Royaume-Uni, le crime organisé s'intéressait un peu moins à ce secteur, mais de temps à autre, un leader mafieux tentait sa chance comme dans un film de Guy Ritchie.

— Et ce matin, reprit Dunne, les flics sont venus à la base militaire pour montrer des photos d'un type qui traînait dans le coin hier. Il y a un mandat d'arrêt contre lui pour coups et blessures volontaires. Il travaillait pour Midlands. La police dit qu'il a disparu.

Ce qui arrive, pensa Hydt, lorsqu'un corps commence à se décomposer sous des tonnes de déchets hospitaliers.

— Qu'est-ce qu'il pouvait bien ficher là-bas ? demanda Hydt.

Dunne prit le temps de réfléchir avant de répondre.

— Il avait sans doute l'intention de saboter la démolition. Un incident se produit, ça vous fait une mauvaise publicité et Midlands récupère les clients.

— Alors celui qui conduisait la Bentley cherchait simplement à savoir ce qui était arrivé à son copain hier ?

— C'est ça.

Hydt était grandement soulagé. Cet incident n'avait aucun rapport avec Gehenna. Surtout, l'intrus n'appartenait pas à la police.

— Bien. On s'occupera de Midlands plus tard.

Hydt et Dunne retournèrent près de Jessica.

— Niall et moi avons quelques détails à régler. Je serai rentré pour dîner.

— Je vais aller me promener, annonça-t-elle.

— Par cette chaleur ? rétorqua Hydt. Ce n'est pas bon pour toi.

Il aimait bien la garder à l'œil. Non qu'il craigne qu'elle divulgue quoi que ce soit (il avait pris soin de ne jamais évoquer Gehenna en sa présence, quant à ses autres passions inavouables, elles n'étaient pas illégales, tout au plus embarrassantes), simplement, quand il la voulait près de lui, il n'aimait pas attendre. Sa foi en l'inévitable pouvoir de la décrépitude avait enseigné à Severan Hydt que la vie était trop courte et trop fragile pour qu'on se refuse quoi que ce soit.

— Je suis assez grande pour en décider, répondit-elle timidement.

— Bien sûr, bien sûr... mais une femme seule ? Tu connais les hommes...

— Tu veux dire : les Arabes ? On n'est pas à Téhéran ou Djeddah. Ils ne reluquent même pas les femmes ici. À Dubaï, ils sont plus respectueux qu'à Paris.

Hydt esquissa un sourire. C'était amusant. Et juste.

— Mais quand même... tu ne crois pas que ce serait préférable ? Enfin, l'hôtel a un spa magnifique. Parfait pour toi. Et la piscine est en partie en plexiglas. En regardant au fond, on peut voir le sol, à quelques dizaines de mètres plus bas. On a une vue exceptionnelle sur la Burj Khalifa.

— Je veux bien le croire.

C'est à ce moment-là que Hydt remarqua de nouvelles rides autour de ses yeux, tandis qu'elle contemplait l'arrangement de fleurs exotiques.

Il repensa au corps de la femme trouvée dans la benne de Green Way, dont la tombe était désormais marquée par un signe discret, selon Jack Dennison, le contremaître. Hydt sentit quelque chose se dénouer en lui, ses tensions s'apaiser.

— Tant que tu es heureuse, conclut-il en lui effleurant le visage d'un ongle, là où sa nouvelle ride se dessinait.

Elle avait cessé de le repousser depuis longtemps, même si cela n'avait jamais eu aucun effet sur lui.

Hydt sentit que Dunne l'observait. Ce dernier se crispa, très légèrement, puis se reprit et tourna la tête. Hydt en fut contrarié. Qu'il soit attiré par des choses inhabituelles, cela ne regardait que lui. Il se demanda une fois de plus si Dunne n'était pas tout simplement dégoûté par toute manifestation de désir. Depuis qu'il le connaissait, l'Irlandais n'avait jamais regardé une femme ou un homme avec convoitise.

Hydt baissa le bras et observa encore Jessica et les traits qui cerclaient ses yeux. Il pensa à leur emploi du temps. Ils allaient décoller dans la soirée, or le jet ne possédait pas de suite privée. Il ne pouvait pas imaginer lui faire l'amour avec Dunne à côté, même endormi.

Il se demanda s'il avait le temps d'emmener Jessica dans la chambre, de l'allonger sur le lit, les rideaux grands ouverts de façon à inonder son corps d'une lumière crue… et de la caresser du bout des ongles ?

Il savait que le sentiment qu'il ressentait à ce moment-là, cette obsession d'elle, ne durerait pas longtemps.

— Severan, dit Dunne d'un ton sec. On ne sait pas ce qu'al-Fulan nous réserve. Il faudrait peut-être y aller.

Hydt parut réfléchir, mais il avait déjà pris sa décision.

— Le voyage a été long. J'ai envie de me changer. Et tu as sans doute besoin d'une petite sieste, ma chérie, ajouta-t-il en se tournant vers Jessica.

Il l'emmena vers l'ascenseur d'un pas décidé.

25

Aux alentours de 16 h 45, le jet de Fouad Kharaz s'immobilisa sur la piste. James Bond défit sa ceinture avant de saisir son bagage. Il remercia les pilotes ainsi que la chef de cabine en lui serrant chaleureusement la main, tenté de l'embrasser sur la joue. Ils étaient arrivés au Moyen-Orient.

Le douanier tamponna son passeport machinalement. Bond emprunta la sortie destinée à ceux qui n'avaient « rien à déclarer » muni de sa valise qui contenait des articles de contrebande compromettants et, quelques minutes plus tard, il était dehors dans la chaleur étouffante, avec l'impression qu'on lui avait ôté un poids de la poitrine.

Une nouvelle fois, il se sentait dans son élément. Cette mission était à lui, rien qu'à lui, il était seul à prendre les décisions. Il se trouvait en terre étrangère et avait récupéré sa *carte blanche*.

Il parcourut en taxi la courte distance qui le séparait de sa destination, Festival City, en traversant un paysage tout à fait quelconque. Les routes qui desservent les aéroports se ressemblent toutes, que ce soit l'A4 à l'ouest de Londres ou celle à péage qui relie Dulles à Washington, DC, bien que celle de Dubaï s'accompagnât de sable et de poussière en grande quantité. Et, à l'image du reste de l'émirat, elle était d'une propreté impeccable.

En chemin, Bond admira cette ville tentaculaire, les yeux fixés au nord, vers le golfe Persique. En cette fin d'après-midi, dans la lumière vibrante de chaleur, le sommet de la Burj Khalifa scintillait au-dessus de l'horizon à la géométrie complexe formé par les immeubles de Sheikh Zayed Road. Il s'agissait de la plus haute construction du monde à ce jour. Elle ne semblait pas près de perdre ce titre très convoité.

Il remarqua une autre caractéristique de la ville : les grues de construction, omniprésentes, blanches, jaunes et orange. Où que l'on regardât, on en voyait qui s'activaient. Lors de son précédent séjour, il les avait déjà remarquées, mais elles étaient au repos, tels des jouets délaissés par un enfant qui n'a plus envie de s'amuser avec. L'émirat avait subi de plein fouet la récente crise économique. Pour des raisons professionnelles (sa couverture d'analyste financier), Bond devait se tenir au courant de l'actualité économique et il s'était agacé des critiques formulées par Londres ou New York à l'encontre de villes comme Dubaï. La City et Wall Street n'avaient-ils pas amplement contribué à cette vaste conspiration financière ?

Certes, l'excès avait été de mise ici, si bien que de nombreux projets ambitieux ne seraient jamais terminés, comme l'archipel artificiel en forme de planisphère, constitué d'une myriade de petites îles. Toutefois, cette réputation de ville de luxe ne collait pas exactement à la réalité de Dubaï, qui ne différait guère en réalité de villes comme Singapour, Monaco ou des centaines d'autres lieux fréquentés et habités par les riches. Aux yeux de Bond, Dubaï n'était pas synonyme de business effréné ou d'expansion immobilière, mais d'exotisme. Voilà un lieu où l'ancien et le moderne se rencontraient, où cohabitaient de nombreuses cultures et religions différentes. Il appréciait notamment la vaste étendue désertique de sable rouge, peuplée de chameaux et de Range Rover, qui contrastait complètement avec l'environnement familier du Kent où il avait grandi. Il se demanda si sa mission du jour le conduirait jusqu'au Quart Vide.

Ils continuaient leur route, dépassant des petits immeubles à un seul étage de couleur marron, blanche et jaune, dont les enseignes arabes étaient peintes en vert. Pas de panneau d'affichage racoleur, pas de néon, excepté pour les annonces lumineuses détaillant les événements à venir. Les minarets des mosquées s'élevaient dans le lointain au-dessus des résidences basses et des bureaux tels des représentants obstinés de la foi. Le désert faisait des incursions un peu partout et les dattiers, les margousiers et les eucalyptus constituaient de vaillants avant-postes face à l'interminable étendue aride.

Le chauffeur de taxi déposa Bond au centre commercial comme il lui avait demandé. Il lui tendit quelques billets de dix dirhams avant de descendre. À cette heure de la journée (entre l'*Asr* et le *Maghrib*, deux prières musulmanes), la galerie marchande était bondée d'autochtones et de touristes chargés de sacs de courses qui couraient les magasins, lesquels en profitaient pour se remplir le tiroir-caisse. Le pays était souvent surnommé « le paradis du shopping ».

Bond se perdit dans la foule en regardant aux alentours, comme s'il cherchait un ami avec qui il avait rendez-vous. En fait, il cherchait bien quelqu'un, mais il ne s'agissait pas d'un ami : il guettait celui qui l'avait suivi depuis l'aéroport certainement avec de mauvaises intentions. Par deux fois il avait remarqué un homme avec des lunettes de soleil et une veste (ou une chemise) bleue ; une première fois à l'aéroport, puis au volant d'une Toyota noire poussiéreuse derrière son taxi. Durant la course, cet individu avait enfilé une casquette noire mais, d'après la forme de sa tête et celle de ces lunettes, Bond pouvait affirmer qu'il s'agissait de celui qu'il avait vu en descendant de l'avion. La même Toyota venait maintenant de longer le centre commercial, lentement, avant de disparaître derrière un hôtel voisin. Ce n'était pas une coïncidence.

Bond avait envisagé de donner au taxi un itinéraire de rechange, mais il n'était pas très sûr de vouloir semer son poursuivant. La plupart du temps, mieux vaut piéger votre ennemi afin de savoir ce qu'il mijote.

Qui était-ce ? Avait-il attendu Bond à Dubaï ? Ou bien le suivait-il depuis Londres ? Ou peut-être ignorait-il complètement qui était Bond ?

Il acheta le journal. Malgré la chaleur extrême de cette journée, il délaissa la salle climatisée du café qu'il avait choisi pour se rabattre sur la terrasse d'où il pouvait observer toutes les allées et venues. Il eut beau ouvrir l'œil, aucune trace de son suspect.

Tandis qu'il était occupé à lire et envoyer plusieurs messages sur son téléphone, le serveur vint prendre sa commande. Après un coup d'œil au menu, Bond demanda un café turc et de l'eau pétillante. Le serveur s'en alla. Bond regarda sa montre : dix-sept heures.

Plus que deux heures avant le massacre de ces quatre-vingt-dix personnes, dans cette ville raffinée faite de sable et de soleil.

À quelques mètres du centre commercial, un costaud vêtu d'une veste bleue glissa quelques billets de cent dirhams à un agent de la circulation et lui indiqua en anglais qu'il n'en avait pas pour longtemps. Il serait reparti avant que la foule revienne de la prière du soir.

L'agent s'éloigna comme si le bref échange concernant la Toyota noire garée sur une place interdite n'avait jamais eu lieu.

Le conducteur, un dénommé Nick, alluma une cigarette et mit son sac à dos sur son épaule. Il s'évanouit dans l'ombre du centre commercial où sa cible dégustait tranquillement un expresso ou un café turc en lisant le journal, comme si tout allait pour le mieux dans le meilleur des mondes.

Voilà comment il désignait cet homme : une cible. Ni un salaud, ni un ennemi. Dans une mission comme celle-ci, Nick le savait, il fallait faire preuve du plus grand détachement, même si cela s'avérait parfois difficile. Cet homme n'était plus une personne, ni un animal.

C'était une cible.

Bien qu'il eût l'air intelligent, il n'avait pas pris beaucoup de précautions en quittant l'aéroport. Nick l'avait suivi sans problème. Cela lui donna confiance pour accomplir sa tâche.

Le visage dissimulé par la visière d'une casquette de base-ball et une paire de lunettes de soleil, Nick s'approcha de sa cible, en prenant garde de rester dans l'ombre. Ici, son déguisement n'attirait pas l'attention. À Dubaï, tout le monde portait chapeau et lunettes de soleil.

Ce qui le différenciait néanmoins, c'était sa veste bleue à manches longues, pas très typique des habitants de cette ville, vu la chaleur. Mais c'était son seul moyen de dissimuler le pistolet qu'il portait à la taille.

Sa boucle d'oreille en or risquait également d'attirer certains regards, mais dans cette partie de Dubaï Creek, au milieu des magasins, des salles de jeux et des touristes, les gens toléraient les excentricités des visiteurs du moment qu'ils ne s'embrassaient pas en public et ne buvaient pas d'alcool.

Il tira une longue bouffée de cigarette avant d'écraser son mégot. Il avançait toujours en direction de sa cible.

Un vendeur apparut soudain et lui demanda en anglais s'il voulait acheter des tapis.

— Pas cher, pas cher ! Beaucoup de nœuds ! Cent mille nœuds !

Nick le fit taire d'un seul regard.

Il pensa à sa stratégie. Il allait au-devant de problèmes logistiques, inévitables dans ce pays où tout le monde surveillait son voisin. Il fallait attirer la cible dans un endroit calme, au parking ou – mieux encore – au sous-sol de la galerie marchande, peut-être à l'heure de la prière, quand il y aurait moins de passage. L'approche la plus simple s'avérerait gagnante. Nick pouvait arriver derrière lui, pointer son arme dans son dos et l'« escorter » en bas.

Alors il sortirait son couteau.

La cible aurait beaucoup de choses à dire au moment où la lame commencerait à caresser lentement sa peau.

Passant la main sous sa veste, Nick ôta la sécurité de son pistolet tout en continuant sa lente progression.

26

Son café et son eau pétillante posés devant lui, James Bond lisait le *National*, journal publié à Abou Dhabi. Selon lui, c'était le meilleur quotidien de tout le Moyen-Orient. On y trouvait toutes sortes d'articles, du scandale concernant les uniformes inefficaces des pompiers de Bombay à un texte défendant les droits des femmes dans les pays arabes, en passant par une demi-page consacrée à un gangster chypriote qui avait dérobé le cadavre d'un ancien président de l'île dans sa tombe.

Leur section Formule Un était elle aussi excellente, un bon point aux yeux de Bond.

À ce moment-là cependant, il se souciait comme d'une guigne de ce journal qui lui servait simplement d'accessoire. Il n'avait pas poussé le cliché jusqu'à y découper un trou entre les publicités pour les supermarchés Lulu et les nouvelles locales. Non, il était plié devant lui et Bond baissait la tête. Mais ses yeux, eux, étaient dirigés vers la foule qui l'entourait.

Il entendit soudain un craquement de semelle derrière lui, indiquant que quelqu'un s'approchait rapidement.

Bond ne bougea pas d'un millimètre.

Puis une grosse main pâle couverte de taches de rousseur agrippa la chaise voisine et la tira en arrière.

Un homme s'y laissa tomber lourdement.

— Bien le bonjour James ! lança une voix à l'accent texan prononcé. Bienvenue à Dubaï.

Bond tourna la tête vers son ami en souriant. Ils échangèrent une poignée de main.

Âgé de quelques années de plus que Bond, Felix Leiter était grand et dégingandé. Il flottait dans son costume. Son teint pâle et sa tignasse blonde lui fermaient la porte de nombreuses missions d'infiltration au Moyen-Orient, à moins qu'il ne se fasse passer pour celui qu'il était exactement : un Américain sans vergogne venu en ville pour affaires et qui comptait bien en profiter pour se faire plaisir. Sa lenteur et sa bonhommie n'étaient qu'une couverture. Il savait réagir au quart de tour si besoin, comme Bond en avait été témoin par le passé.

Quand le pilote du jet de Fouad Kharaz avait annoncé qu'ils ne pourraient pas rattraper Hydt avant son arrivée à Dubaï, c'était Felix Leiter que Bond avait contacté pour lui demander une faveur. Si Bond n'était pas très à l'aise à l'idée d'utiliser les contacts du MI6 de peur qu'Osborne-Smith ne retrouve sa piste, il n'avait aucun scrupule à recourir à la CIA bien implantée dans les Émirats arabes unis. Demander un coup de main à Leiter, un membre chevronné du service clandestin de l'agence américaine, était politiquement risqué. Bond n'ayant pas consulté sa hiérarchie, cette décision pouvait engendrer de sérieuses répercussions diplomatiques, Bond le savait depuis son expérience avec René Mathis. Le moins que l'on puisse dire, c'est qu'il mettait à l'épreuve sa *carte blanche* nouvellement retrouvée.

Felix Leiter était ravi d'accueillir l'avion de Hydt et de suivre le trio jusqu'à leur destination, qui s'était avérée être l'Intercontinental Hotel, lequel était accolé au centre commercial où se trouvaient à présent les deux hommes.

Bond lui avait parlé de Hydt, de l'Irlandais et, dix minutes plus tôt, l'avait informé par texto de la présence du conducteur de la Toyota. Leiter s'était posté dans la galerie marchande pour surveiller Bond.

— Alors, est-ce que j'ai un nouvel ami dans les parages ? demanda l'agent anglais.

— Je l'ai aperçu qui approchait, à une quarantaine de mètres au sud, annonça Leiter en souriant, comme s'il parlait de la pluie et du beau temps. Il se tenait près de l'entrée. Mais ensuite il a disparu, le fils de pute.

— Je ne sais pas qui c'est, mais c'est un pro.

— T'as raison, fit Leiter en jetant un œil alentour. C'est incroyable le shopping ici, non ? Vous avez des centres commerciaux en Angleterre, James ?

— Oh oui. On a la télévision aussi. Et même l'eau courante. On espère avoir les ordinateurs, un jour.

— Ha ! Il faudra que je vienne faire un tour. Dès que vous aurez appris à réfrigérer la bière.

Leiter leva la main pour appeler un serveur et commanda un café.

— Je demanderais bien un « américain », souffla-t-il à Bond, mais les gens devineraient ma nationalité, ce qui grillerait carrément ma couverture !

Il se frotta l'oreille, sans doute un code, car immédiatement, un Arabe assez mince, habillé à l'orientale, apparut. Bond ne savait pas d'où il sortait. On aurait pu le prendre pour un chauffeur de taxi.

— Youssouf Nasad, dit Leiter en le présentant à Bond. Voici M. Smith.

Bond supposa que Nasad n'était pas non plus le vrai nom de l'Arabe. Il devait s'agir d'un contact de Leiter, c'est-à-dire, d'un homme extrêmement compétent. Felix Leiter était le meilleur dans son domaine. Il expliqua que Nasad l'avait aidé à pister Hydt depuis l'aéroport.

Nasad s'assit avec eux.

— Et notre ami ? lui demanda Leiter.

— Envolé. Il vous a vu, je pense.

— Je suis pas très discret ! s'exclama-t-il en riant. Je ne sais pas pourquoi Langley m'a envoyé ici. Si j'étais infiltré en Alabama, je passerais incognito.

— Je n'ai pas distingué grand-chose : cheveux bruns, chemise bleue, détailla Bond.

— Un dur, affirma Nasad dans un anglais qui, pour Bond, trahissait son apprentissage à travers la télévision américaine. Sportif. Cheveux coupés très courts. Boucle d'oreille en or. Pas de barbe. J'ai essayé de prendre une photo, mais il a filé avant.

— En plus, ajouta Leiter, tout ce qu'on a pour prendre des photos, c'est du matos de merde. Tu as toujours ton gars qui te file des petits joujoux dernier cri ? Comment il s'appelle déjà... Q quelque chose... Quentin ? Quigley ?

— « Q » désigne la Cellule, pas la personne. C'est l'initiale de « Quartier-maître ».

— Et c'est une veste qu'il porte, pas une chemise, précisa Nasad. Une sorte de coupe-vent.

— Par cette chaleur ? demanda Bond. Il porte donc une arme. Vous avez vu quel calibre ?

— Non.

— Une idée de son identité ?

— Il n'est pas arabe, c'est sûr. Peut-être *katsa*.

— Pourquoi un agent du Mossad pourrait bien s'intéresser à moi ?

— Tu es le seul à pouvoir y répondre, mon cher, répondit Leiter.

Bond secoua la tête.

— Non, c'est peut-être quelqu'un recruté par la police locale ici à Dubaï ?

— Bof, ça m'étonnerait, commenta l'Américain. L'Amn al-Dawla ne s'amuse pas à suivre les gens. Ils t'invitent dans leur hôtel quatre étoiles à Deira et là tu craches tout ce que tu sais. Absolument tout.

Nasad jeta un coup d'œil rapide aux alentours. Aucun danger apparent. Bond avait remarqué que l'Arabe restait aux aguets.

— Tu crois que c'est quelqu'un qui bosse pour Hydt ? demanda Leiter à Bond.

— C'est possible. Mais si c'est le cas, je doute qu'il connaisse mon identité.

Bond expliqua qu'avant de quitter Londres, il avait redouté d'éveiller les soupçons de Hydt et de l'Irlandais, surtout après l'affaire de la Serbie. Il avait demandé à la Cellule T de s'arranger pour que l'immatriculation de sa Bentley soit reliée à une usine de traitement des déchets basée à Manchester, avec si possible des contacts mafieux. Puis Bill Tanner avait envoyé des agents déguisés en officiers de Scotland Yard au site de démolition de March pour qu'ils racontent un bobard concernant un vigile de l'usine Midlands Disposals qui aurait disparu dans le coin.

— Hydt et l'Irlandais devraient donc arrêter de se méfier, conclut Bond, au moins pour quelques jours. Sinon, vous n'avez rien entendu d'intéressant, de votre côté ?

L'Américain, si jovial depuis le début de leur conversation, se renfrogna.

— Rien d'intéressant au niveau ELINT ou SIGINT. Mais je n'aime pas trop écouter aux portes, tu sais.

Ancien marine, Felix Leiter était un espion HUMINT. Il préférait largement qu'on lui confie la tâche de gérer les contacts comme Youssouf Nasad.

— J'ai demandé à tout le monde et interrogé mes meilleurs contacts. Je ne sais pas ce que fabriquent Hydt et ses collaborateurs de Dubaï, mais ils le tiennent bien secret. Je n'ai trouvé aucune piste. Personne n'a fait venir de cargaison suspecte. Personne ne conseille à son entourage d'éviter telle mosquée ou tel magasin à dix-neuf heures ce soir. À priori, on ne soupçonne rien non plus du côté du Golfe.

— Ça, c'est la faute de l'Irlandais, il gère tout. Je ne sais pas exactement ce qu'il fait pour Hydt, mais il est terriblement intelligent et ne néglige aucun détail. On dirait qu'il arrive à anticiper la moindre action de notre part et à trouver un moyen de la contrecarrer.

Ils gardèrent le silence un moment tout en observant la foule. Aucune trace du type à la veste bleue. Ni de Hydt ou de l'Irlandais.

— Tu es toujours journaliste ? demanda Bond à Leiter.

— Oui, confirma-t-il.

La couverture de Leiter était celle de journaliste et blogueur, spécialisé en musique et en particulier le blues, le R&B et la musique afro-caribéenne. Le journalisme est un métier souvent prisé des espions ; cela leur donne une excuse pour de fréquents voyages, en général vers des coins chauds de la planète. Leiter avait de la chance. Les meilleures couvertures étaient celles qui correspondaient le mieux à la personnalité de l'espion, puisqu'une mission pouvait demander des semaines voire des mois d'infiltration. Le réalisateur Alexander Korda (recruté par le célèbre dénicheur d'espions Sir Claude Dansey) utilisait ses lieux de repérages comme prétexte pour photographier des zones inaccessibles, à l'approche de la Seconde Guerre mondiale. La couverture officielle de Bond, son activité d'analyste financier pour l'ODG, le soumettait à des besognes terriblement ennuyeuses durant ses missions. Les mauvais jours, il rêvait d'une couverture officielle de professeur de ski ou de plongée.

Bond se redressa et Leiter suivit son regard. Ils virent deux hommes sortir de l'International Hotel et se diriger vers une voiture, une limousine Lincoln noire.

— C'est Hydt. Et l'Irlandais.

Leiter envoya Nasad chercher son véhicule puis indiqua à Bond une vieille Alfa Romeo garée non loin de là.

— Allons-y, lui souffla-t-il.

27

La Lincoln où Severan Hydt et Niall Dunne avaient pris place embraya vers l'est en suivant les énormes câbles à haute tension qui distribuaient l'électricité jusqu'aux confins de la ville-État. Non loin de là se déployait le golfe Persique, dont la couleur bleue pâlissait sous l'effet de la poussière de l'air et du soleil qui, même en cette fin d'après-midi, était toujours brûlant.

Ils traversaient Dubaï en effectuant de nombreux détours et passèrent devant le domaine skiable artificiel couvert, le très étonnant hôtel Burj Al-Arab qui ressemblait à un bateau et rivalisait presque de hauteur avec la tour Eiffel, et le luxueux Palm Jumeirah, cet amas en forme d'arbre exotique sculpté de boutiques, maisons et hôtels qui s'étendait loin dans le Golfe. Cette beauté clinquante dérangeait Severan Hydt : tout cela était neuf, intact. Il se sentit plus à l'aise une fois que le véhicule eut pénétré dans le quartier plus ancien de Satwa, peuplé de plusieurs milliers d'ouvriers, principalement des immigrés.

Il était bientôt dix-sept heures trente. Il restait une heure et demie avant l'événement. Cela devait se produire au moment du coucher de soleil.

Curieuse coïncidence, songea-t-il. Bon signe. Ses ancêtres (spirituels sinon biologiques) croyaient aux présages et Hydt s'autorisait à faire de même ; car sous sa personnalité d'homme d'affaires terre à terre et décidé se cachait un autre aspect de son caractère.

Il pensa une fois de plus à la soirée qui s'annonçait.

Ils continuaient de sillonner la ville en évitant les lignes droites. Le but de ce trajet en zigzag n'était pas touristique. Non, prendre le chemin le plus sinueux pour atteindre leur destination située à une dizaine de kilomètres de l'Intercontinental, c'était l'idée de Dunne. Mesure de sécurité.

Mais le chauffeur, un mercenaire qui avait travaillé en Afghanistan et en Syrie, annonça :

— Je crois qu'on a été suivis : une Alfa et peut-être aussi une Ford. Mais si c'était le cas, nous les avons semés, j'en suis sûr.

Dunne regarda derrière eux.

— Bien. Allons à l'usine.

Ils reprirent la direction du centre. Dix minutes plus tard, ils arrivaient à un complexe industriel de Deira, le quartier animé et coloré du centre blotti contre Dubaï Creek et le Golfe. Là aussi, Hydt se sentit immédiatement à son aise. Entrer dans ce quartier revenait à effectuer un voyage dans le temps : ses maisons bancales, ses marchés traditionnels et son port rustique le long de la crique, dont les docks grouillaient de boutres et d'embarcations plus modestes, auraient pu constituer la toile de fond d'un film d'aventures des années 1930. Les bateaux étaient surchargés de cargaisons, fermement arrimées. Le chauffeur les amena à destination, une usine de bonne taille pourvue d'un entrepôt et d'un immeuble de bureaux attenant, haut d'un étage, à la peinture beige écaillée. Du fil barbelé, précaution qu'on voyait rarement dans cette ville à faible taux de criminalité, surmontait le grillage fermé par une chaîne qui entourait la propriété. Le chauffeur s'arrêta à côté d'un interphone dans lequel il prononça quelques mots en arabe. Le portail s'ouvrit lentement. La voiture s'engagea dans le parking où elle se gara.

Les deux hommes en descendirent. En cette fin de journée, l'air se rafraîchissait, même si le sol diffusait encore la chaleur accumulée durant la journée.

Hydt entendit une voix, portée par le vent.

— Je vous en prie ! Entrez mon ami !

Un homme affublé d'une *dishdasha* blanche typique des habitants des Émirats lui fit un signe de la main. Il ne portait pas de chapeau. Hydt savait qu'il avait environ cinquante-cinq ans, toutefois, comme beaucoup d'Arabes, il paraissait plus jeune.

Visage studieux, lunettes coûteuses, chaussures occidentales. Ses cheveux mi-longs étaient coiffés en arrière.

Mahdi al-Fulan avança en foulant le sable rouge qui longeait le tarmac et s'entassait dans les rigoles, sur les bords des trottoirs et des immeubles. Ses yeux brillaient comme ceux d'un enfant prêt à dévoiler ses secrets. Ce qui n'était pas loin d'être vrai, se dit Hydt. Une barbe noire encadrait son sourire. Hydt avait appris avec amusement que, si les teintures pour cheveux ne faisaient pas recette dans ce pays où les habitants – hommes ou femmes – sortaient rarement tête nue, celles pour la barbe, en revanche, se vendaient comme des petits pains.

On échangea des poignées de main.

— Mon ami.

Hydt ne tenta pas de le saluer en arabe. N'ayant aucun talent pour les langues, il considérait comme une faiblesse de vouloir progresser dans un domaine pour lequel on n'était aucunement prédisposé.

Niall Dunne avança d'un pas, bras ballants comme à son habitude, et salua leur interlocuteur. Mais les yeux bleus de l'Irlandais étaient fixés sur quelque chose derrière l'Arabe. Pour une fois, il n'était pas à l'affût d'une menace. Fasciné, il observait le contenu de l'entrepôt qu'il parvenait à discerner par la porte ouverte. Une cinquantaine d'engins, de toutes les formes imaginables, faits d'acier brut ou peint, de fer, d'aluminium, de fibre de carbone... peut-être plus encore. On apercevait des tuyaux, des tableaux de contrôle, des ampoules, des interrupteurs, des glissières et des courroies. Si les robots rêvaient d'un paradis, ce devait être cet entrepôt.

Ils entrèrent dans le hangar où aucun ouvrier n'était présent. Dunne s'arrêta pour examiner, voire caresser, certaines machines.

Mahdi al-Fulan était designer industriel, diplômé de l'université du Massachusetts. Il avait tourné le dos à l'esprit d'entreprise qui aurait pu lui valoir les premières pages des magazines économiques (et également le mener au tribunal pour faillite) pour se consacrer plutôt au design d'équipements industriels fonctionnels et de systèmes de contrôle, domaines en pleine expansion. C'était l'un des principaux fournisseurs de Severan Hydt, qu'il avait rencontré lors d'une conférence sur l'équipement du recyclage. Quand Hydt avait apprit que l'Arabe voyageait souvent à l'étranger et vendait ses produits à des gens peu recommandables, il lui avait proposé de faire affaire. Al-Fulan était un scientifique intelligent, un ingénieur à l'esprit innovant, un homme dont les idées et les inventions comptaient pour Gehenna.

Il jouissait également d'un carnet d'adresses intéressant.

Quatre-vingt-dix morts...

À cette pensée, Hydt consulta machinalement sa montre. Presque dix-huit heures.

— Suivez-moi s'il vous plaît, Severan, Niall, dit al-Fulan qui avait intercepté le regard de Hydt.

L'Arabe les conduisit à travers les différentes salles, sombres et désertes. Dunne s'attardait çà et là pour examiner une machine ou un outil. Il hochait la tête ou fronçait les sourcils, tentant peut-être de comprendre comment fonctionnait tel ou tel système.

Ils délaissèrent les machines qui sentaient l'huile et la peinture (sans oublier cette odeur reconnaissable entre toutes, métallique, presque identique à celle du sang, des puissants systèmes électriques) pour entrer dans les bureaux. Au bout d'un couloir mal éclairé, al-Fulan tapota sur un clavier d'ordinateur afin de déverrouiller une porte et ils pénétrèrent dans la zone de travail où s'entassaient des milliers de feuilles de papier sur lesquelles étaient inscrits des notes, des graphiques ou des diagrammes, presque tous incompréhensibles pour Hydt.

L'atmosphère était surnaturelle, c'était le moins que l'on puisse dire, à cause de la semi-obscurité, de l'encombrement de la pièce... et de ce qui décorait les murs.

Des images d'yeux.

Des yeux de toutes les sortes : humains, canins, félins, de poissons, d'insectes, photographiés, conçus numériquement en 3D ou issus de dessins médicaux du dix-neuvième siècle. L'un d'eux, particulièrement troublant, montrait en détail un œil humain, comme si le Dr. Frankenstein avait utilisé les techniques actuelles pour construire son monstre.

Une jolie brune d'une petite trentaine d'années était assise devant une douzaine d'écrans d'ordinateur. Elle se leva et vint serrer vigoureusement la main de Hydt.

— Stella Kirkpatrick. Je suis l'assistante de Mahdi.

Elle salua Dunne.

Hydt était déjà venu plusieurs fois à Dubaï par le passé, mais c'était la première fois qu'il la rencontrait. Elle avait un accent américain. Hydt la supposait intelligente et déterminée, incarnation d'un phénomène typique de ce genre de régions, et qui durait depuis des centaines d'années : la fascination de l'Occidental pour la culture arabe.

— C'est Stella qui a résolu la plupart des algorithmes, précisa al-Fulan.

— Vraiment ? rétorqua Hydt.

Elle rougit devant le compliment de son mentor à qui elle jeta un rapide coup d'œil, en quête d'un signe d'assentiment, qu'al-Fulan lui fournit sous la forme d'un sourire séducteur. Hydt était resté en dehors de cet échange.

Comme le suggérait la décoration, la spécialité d'al-Fulan était l'optique. Son projet était de mettre au point un œil artificiel pour les aveugles, qui fonctionnerait aussi bien que « celui que nous a créé Allah, priez pour Lui ». Mais en attendant que cette invention voie le jour, il comptait bien s'enrichir en concevant des machines industrielles. Il avait créé la majorité des systèmes de sécurité, de contrôle et d'inspection dont étaient munis les trieuses et les destructeurs de papier de Green Way.

Hydt lui avait récemment commandé un nouveau dispositif dont il était venu ce jour-là tester le prototype avec Dunne.

— Une démonstration ? proposa l'Arabe.

— Volontiers, répliqua Hydt.

Ils retournèrent tous ensemble à l'entrepôt des machines. Al-Fulan les mena jusqu'à une machine compliquée, pesant plusieurs tonnes, posée dans la zone de livraison à côté de deux gros compacteurs de déchets.

Il appuya sur quelques boutons puis, dans un grognement, la machine se mit doucement en marche. Elle mesurait six mètres de long, un mètre quatre-vingts de haut et de large. À l'avant, un tapis roulant de métal menait à une ouverture d'environ un mètre carré. Dedans, c'était complètement sombre et Hydt ne discernait que des cylindres horizontaux surmontés de pics, comme une moissonneuse-batteuse. À l'arrière, une demi-douzaine de toboggans menait à des vide-ordures tapissés de plastique gris épais, dépourvus de couvercle de façon à recevoir tout ce qu'évacuait la machine.

Hydt l'étudia avec attention. Il gagnait beaucoup d'argent grâce à Green Way et son activité de destruction de documents, mais le monde évoluait. De nos jours, la plupart des données étaient sauvegardées sur ordinateur ou clé USB et cette tendance ne ferait que s'accentuer à l'avenir. Hydt avait choisi d'étendre son empire en proposant à ses clients une nouvelle façon de détruire les systèmes de sauvegarde dont étaient munis les ordinateurs.

Green Way n'était pas la seule entreprise à proposer ce genre de services, mais le projet de Hydt s'annonçait radicalement différent, grâce à l'invention d'al-Fulan. Actuellement, si l'on souhaitait détruire des données de façon efficace, il fallait démanteler l'ordinateur à la main afin d'effacer son disque dur à l'aide d'un magnétiseur, avant de le réduire en miettes. D'autres étapes étaient nécessaires afin de séparer les composants du vieil ordinateur, des étapes qui généraient de dangereux déchets électroniques.

Or cette machine, elle, s'occupait de tout. Il suffisait de placer l'ordinateur sur le tapis et l'engin se chargeait du travail, il le démantelait tandis que les systèmes optiques d'al-Fulan identifiaient les différents composants et les envoyait dans les vide-ordures appropriés. Les commerciaux de Hydt pouvaient assurer à leurs clients qu'avec cette machine, non seulement les informations secrètes sauvegardées sur le disque dur étaient détruites, mais les autres parties de l'ordinateur étaient identifiées et recyclées, le tout dans le plus grand respect de l'environnement.

Sur un hochement de tête de son patron, Stella saisit un vieil ordinateur portable qu'elle déposa sur le tapis roulant. Il disparut dans les tréfonds de l'engin.

Ils entendirent une série de coups secs suivis d'un bruit de broyeur assez fort. Al-Fulan mena ses invités vers l'arrière de la machine où, cinq à six minutes plus tard, ils purent observer le dispositif de triage à l'œuvre, séparant le métal, le plastique, les circuits imprimés, etc. Dans la poubelle marquée « stockage mémoire », ils découvrirent une fine pellicule de métal et de silicone, soit tout ce qui restait du disque dur. Ces déchets électroniques dangereux, au même titre que les piles et les métaux lourds, étaient entreposés dans un récipient couvert d'étiquettes signalant leur toxicité tandis que les composants bénins allaient dans les poubelles de recyclage.

Ensuite, al-Fulan emmena Hydt et Dunne devant un écran qui indiquait le degré d'avancement du processus.

Dunne, d'ordinaire si impassible, était presque excité à présent.

Hydt était satisfait, très satisfait. Il commença à formuler une question. Mais au même moment, il s'aperçut qu'il était dix-huit heures trente. Il n'avait plus de temps à consacrer à cette incroyable machine.

28

Dissimulés derrière une grande benne à quinze mètres de l'usine, James Bond, Felix Leiter et Youssouf Nasad observaient Hydt, l'Irlandais, un Arabe accoutré d'un vêtement traditionnel et une jolie brune à travers une fenêtre de la zone de chargement.

Bond et Leiter dans l'Alfa Romeo, Nasad dans sa Ford, ils avaient pris en chasse la Lincoln dès son départ de l'Intercontinental, mais les deux conducteurs avaient immédiatement compris que le chauffeur de la limousine n'était pas novice en matière de filature. Craignant d'avoir été repéré, Bond utilisa une application de son portable qui lui permit de créer un profil MASINT de la limousine, de prendre ses coordonnées avec un laser puis de transmettre les données au centre de pistage du GCHQ. Leiter avait levé le pied, laissant aux satellites le soin de suivre le véhicule et de communiquer les résultats directement sur le portable de Bond.

— Ah, je veux le même ! s'exclama Leiter en saisissant le téléphone de son ami.

Bond suivit la progression de la Lincoln sur sa carte et donna à Nasad la direction que prenait Hydt, une route pleine de détours. La limousine finit par se diriger vers Deira, le quartier historique. Quelques minutes plus tard, Bond, Leiter et son contact étaient arrivés. Ils garèrent les voitures dans une allée entre deux entrepôts et, après avoir pratiqué une ouverture dans le grillage de l'usine, s'y glissèrent afin de mieux voir ce que trafiquaient Hydt et l'Irlandais. Le chauffeur de la limousine, lui, était resté sur le parking.

Bond plaça un petit écouteur dans son oreille et dirigea la caméra de son téléphone vers le groupe, ce qui lui permit de suivre leur conversation grâce à un système d'écoute à distance mis au point par Sanu Hirani. Ce procédé reconstituait les conversations tenues de l'autre côté d'une fenêtre ou d'une porte vitrée en lisant les vibrations enregistrées par le verre ou n'importe quelle autre surface lisse. Il combinait les sons détectés avec les mouvements de la bouche, les expressions visuelles et corporelles capturés par la caméra. Dans des circonstances telles que celle-ci, il pouvait reconstruire une conversation à 85%.

Après avoir écouté la discussion, Bond annonça aux autres :

— Ils parlent de l'équipement des usines Green Way, son entreprise légale. Merde.

— Regardez-moi ce salaud, chuchota l'Américain. Il sait qu'une centaine de personnes vont mourir ce soir, et on dirait qu'il bavarde avec un vendeur de télés pour comparer les pixels des différents écrans plats.

Le téléphone de Nasad vibra. Il répondit à l'appel en arabe et Bond comprit en partie la conversation. Il s'agissait d'informations concernant l'usine. Après avoir raccroché, Nasad expliqua que celle-ci appartenait à un citoyen de Dubaï, Mahdi al-Fulan. Une photo confirma qu'il s'agissait bien de l'homme présent aux côtés de Hydt et de l'Irlandais. On ne le soupçonnait d'aucune complicité avec des terroristes, il n'était jamais allé en Afghanistan et, apparemment, se contentait de mener une carrière d'ingénieur et d'homme d'affaires. Néanmoins, il concevait et vendait des produits à des chefs de guerre et des trafiquants d'armes, entre autres. Il avait dernièrement développé un scanner optique sur mine antipersonnel, qui permettait de différencier les alliés des ennemis par leurs uniformes ou leurs insignes.

Bond se rappela les fragments qu'il avait trouvés à March : *Portée de l'explosion…*

Comme la conversation reprenait devant l'entrepôt, Bond baissa la tête et écouta de nouveau. Hydt disait à l'Irlandais :

— Il faut que j'aille… au rendez-vous. Mahdi et moi on va partir tout de suite.

Il se tourna vers l'Arabe, le regard avide :

— Ce n'est pas trop loin ?

— Non, on peut y aller à pied.

Hydt s'adressa ensuite à son associé irlandais :

— Peut-être que toi et Stella vous pouvez régler les détails techniques.

L'Irlandais alla rejoindre la jeune femme tandis que Hydt et al-Fulan rentraient dans l'entrepôt.

Bond déconnecta son système d'écoute et transmit à Leiter :

— Hydt et al-Fulan se rendent là où l'événement doit avoir lieu. À pied. Je vais les suivre. Essaie de trouver plus d'infos ici. La fille et l'Irlandais restent là. Rapproche-toi si tu peux. Je t'appelle dès que je sais ce qui se passe.

— Ça marche, répondit le Texan.

Bay'at...

Nasad hocha la tête.

Bond vérifia son Walther avant de le replacer dans son holster.

— Attends, James, l'arrêta Leiter. Tu sais, sauver tous ces gens... ça pourrait être dangereux pour toi. S'il pense que tu le poursuis, Hydt pourrait faire l'autruche, disparaître, et tu ne pourrais plus jamais lui remettre la main dessus, jusqu'à ce qu'il refasse surface avec un nouvel Incident Vingt. Et à ce moment-là, il prendra beaucoup plus de précautions pour garder le secret. Si tu le laisses faire ce soir, il ne saura pas tu que l'épies.

— Ça voudrait dire sacrifier ces gens, c'est ça ?

L'Américain soutenait le regard de Bond.

— C'est un risque. Je ne sais pas si je pourrai le faire, moi. Mais il faut y réfléchir.

— J'y ai déjà réfléchi. Et c'est non. Ces gens ne vont pas mourir.

Il aperçut les deux hommes qui s'apprêtaient à sortir de l'enceinte de l'usine.

Courbé en deux, Leiter courut vers le bâtiment et se hissa jusqu'à une petite fenêtre par laquelle il se glissa. Sa tête réapparut par l'encadrement et il fit un signe de la main. Nasad le rejoignit.

Bond ressortit par le trou du grillage et se mit en chasse. Après avoir dépassé plusieurs hangars, Hydt et al-Fulan pénétrèrent dans le marché couvert de Deira : des centaines d'étals en plein air et de magasins plus habituels où l'on pouvait acheter or, épices, chaussures, téléviseurs, CD, vidéos, barres de chocolat, souvenirs, jouets, vêtements orientaux ou occidentaux… à peu près tout ce que l'on pouvait imaginer. Seule une petite portion des gens qu'il croisait semblait originaire de Dubaï. Bond surprit des bribes de conversation en tamil, malayalam, ourdou et tagalog, mais relativement peu d'arabe. Le marché était bondé, des centaines de clients faisaient leurs courses, marchandant durement à chaque comptoir et chaque étalage. Les mains s'agitaient fiévreusement, les sourcils se fronçaient, de brèves paroles étaient échangées.

Le paradis du shopping…

Bond suivait à distance raisonnable, guettant le moindre signe de leur cible : les victimes qui allaient trouver la mort d'ici vingt-cinq minutes.

Qu'est-ce que pouvait bien mijoter l'éboueur ? Une répétition générale du carnage de vendredi, qui s'annonçait dix à vingt fois plus important ? Ou peut-être les deux événements n'avaient-ils rien à voir. Il était possible que Hydt utilise son rôle d'homme d'affaires international comme couverture. Et si l'Irlandais et lui étaient en réalité des assassins à la solde d'un patron ? Des tueurs à gages de haute volée ?

Bond jouait des coudes entre les marchands, les clients, les touristes et les dockers qui chargeaient les boutres de cargaison. La foule était très dense à présent, à quelques minutes du *Maghrib*, la prière du soir. L'attaque allait-elle viser le marché ?

Mais Hydt et al-Fulan quittèrent le souk et poursuivirent leur route sur quelques dizaines de mètres. Là, ils s'arrêtèrent pour admirer une structure moderne de trois étages dotée de larges fenêtres surplombant Dubaï Creek. Il s'agissait d'un bâtiment public où se pressait une foule nombreuse, hommes, femmes et enfants. En s'approchant, Bond déchiffra un panneau en arabe et anglais : « Le musée des Émirats ».

C'était donc la cible. Une cible sacrément bien choisie. Bond effectua un rapide calcul : une centaine de personnes allaient et venaient rien qu'au rez-de-chaussée, sans compter toutes celles qui devaient se trouver aux étages. Proche de la crique, l'immeuble était desservi par une route étroite, ce qui allait considérablement gêner l'arrivée des secours.

Al-Fulan jetait des regards inquiets autour de lui, mais Hydt poussa la porte. Ils se fondirent dans la foule.

Je ne vais pas laisser ces gens mourir. Bond inséra dans son oreille son petit écouteur et activa l'application d'écoute à distance. Il suivit les deux hommes à l'intérieur, paya un faible droit d'entrée, et s'approcha de ses cibles en se mêlant à un groupe de touristes occidentaux.

Il ne pouvait s'empêcher de penser à ce que lui avait dit Felix Leiter. Sauver ces gens allait effectivement alerter Hydt qu'on le surveillait.

Comment agirait M dans de telles circonstances ?

Le vieil homme déciderait sûrement de sacrifier quatre-vingt-dix personnes dans le but d'en sauver plusieurs milliers. Dans la Royal Navy, il avait été un amiral très actif. À ce niveau, les officiers étaient amenés à prendre des décisions difficiles comme celle-là tous les jours.

Bon sang ! s'exclama Bond intérieurement. Il faut que je fasse quelque chose.

Il voyait des enfants courir autour de lui, des hommes et des femmes admirer les œuvres d'art, bavarder, rire, écouter avec attention le guide qui leur faisait visiter l'exposition.

Hydt et al-Fulan s'enfoncèrent plus avant dans la salle. Qu'est-ce qu'ils fabriquaient ? Est-ce qu'ils avaient prévu de poser un engin explosif ? Voilà peut-être ce qu'ils construisaient dans ce sous-sol de March…

Ou alors, le designer industriel arabe avait réalisé quelque chose d'autre pour Hydt.

Bond parcourut le vaste hall au sol de marbre où étaient exposées des œuvres d'art et des antiquités arabes. Un énorme lustre en or dominait la pièce. L'air de rien, Bond pointa son micro vers les deux hommes. Il intercepta une dizaine de conversations hachées, mais rien qui puisse l'intéresser. Furieux contre lui-même, il ajusta son appareil et finit par capter la voix de Hydt :

— Cela fait longtemps que j'attends ce moment. Je dois vous remercier encore, c'est grâce à vous.

— Je suis heureux de pouvoir vous aider. C'est bien de faire affaire ensemble.

— Je voudrais prendre des photos des corps, murmura Hydt.

— Oui, oui, bien sûr, tout ce que vous voudrez, Severan.

Est-ce que je pourrai m'approcher des corps ?

— Il est bientôt sept heures, reprit Hydt. Est-ce qu'on est prêts ?

Qu'est-ce que je fais ? se demanda Bond, désespéré. Ces gens vont mourir.

Les intentions de l'ennemi vous dicteront la réponse appropriée...

Sur le mur, il avisa une alarme incendie. Il pouvait l'actionner et faire évacuer l'immeuble. Mais il apercevait également des caméras de surveillance et des vigiles. On l'identifierait immédiatement comme le déclencheur de l'alerte, les vigiles et la police allaient l'intercepter et trouveraient son arme. Hydt risquait de le voir. Il devinerait rapidement ce qui s'était passé. La mission tomberait à l'eau.

Existait-il une meilleure réponse ?

Incapable d'en trouver une autre, il se dirigea vers l'alarme.

18 h 45.

Hydt et al-Fulan se hâtèrent vers une porte située au fond de la salle. Bond, lui, était arrivé à côté de l'alarme. Trois caméras de surveillance étaient braquées sur lui.

L'un des vigiles était posté à quelques mètres à peine. Il avait remarqué Bond à présent et son attitude lui avait peut-être bien mis la puce à l'oreille : il n'agissait pas exactement comme le touriste occidental typique. Le vigile pencha la tête sur le côté pour prononcer quelques mots dans un talkie-walkie attaché à son épaule.

Devant Bond, une famille admirait un diorama représentant une course de chameaux. Le petit garçon et son père riaient en chœur devant cette image comique.

18 h 56.

Le vigile, bien bâti, se tourna vers Bond. Il était armé. Et avait ôté la pochette qui retenait son arme.

18 h 57.

Le vigile avança, une main posée sur son pistolet.

Hydt et al-Fulan n'étaient qu'à une dizaine de mètres de là, pourtant Bond décida de déclencher l'alarme incendie.

29

Au même moment, une annonce émise en arabe retentit dans la salle.

Bond suspendit son geste pour l'écouter. Il en comprit la majeure partie. La traduction anglaise qui suivit le confirma.

— Messieurs. Les spectateurs munis d'un ticket pour le spectacle de dix-neuf heures sont invités à se présenter à l'entrée de l'aile nord.

Hydt et al-Fulan se dirigeaient précisément vers cette porte, au fond du hall. Ils n'avaient aucune intention de quitter le musée. Si c'était bien là que devait avoir lieu l'attaque, pourquoi les deux hommes ne s'enfuyaient-ils pas ?

Bond s'éloigna de l'alarme et suivit le mouvement. Le vigile lui adressa un dernier regard avant de se détourner, refermant la pochette de son holster.

Hydt et son collègue se tenaient devant la porte de l'attraction proposée par le musée. Bond poussa un soupir de soulagement en voyant le titre du spectacle en question : « Mort dans le sable ». Une affiche expliquait que, à l'automne précédent, des archéologues avaient découvert un charnier vieux d'un millier d'années près de l'oasis de Liwa d'Abou Dhabi, à une centaine de kilomètres du golfe Persique. Une tribu entière de nomades arabes, quatre-vingt-douze au total, avait été massacrée. Juste après cette bataille, une tempête de sable avait recouvert les corps. Lorsque les archéologues avaient découvert le village l'année précédente, ils avaient trouvé les cadavres parfaitement conservés par le sable chaud.

L'exposition montrait les corps desséchés exactement tel qu'ils avaient été retrouvés, au milieu du village reconstitué pour l'occasion. On les avait simplement voilés afin de ne pas choquer le grand public. L'événement de ce soir-là cependant était réservé aux scientifiques, médecins et professeurs, exclusivement masculins. Les corps n'étaient pas voilés. Al-Fulan avait manifestement réussi à se procurer un ticket pour Hydt.

Bond faillit éclater de rire, de soulagement. Les quiproquos, voire les erreurs flagrantes, n'étaient pas rares dans le monde compliqué de l'espionnage où les agents devaient élaborer et mettre en œuvre des plans à l'aide d'informations parfois très parcellaires. En cas d'erreur, le résultat s'avérait souvent catastrophique. Bond ne pouvait pas se souvenir d'un cas où l'inverse fût vrai, comme ce soir-là : une tragédie imminente s'était transformée en une excursion culturelle inoffensive. Il pensa immédiatement au plaisir qu'il éprouverait en racontant cela à Philly Maidenstone.

Il se rembrunit, néanmoins, en songeant qu'il avait failli compromettre une mission pour sauver quatre-vingt-dix personnes mortes depuis un millénaire ou presque.

Puis sa bonne humeur disparut complètement quand, en jetant un œil à l'intérieur de la vaste salle d'exposition, il aperçut le paysage de la mort : les corps, dont certains étaient encore quasiment recouverts de peau, semblable à du cuir. D'autres étaient à l'état de squelette. Des mains brandies, peut-être dans un espoir ultime de miséricorde. Les silhouettes émaciées de mères blotties contre leurs enfants. Des orbites vides, des doigts fins comme des brindilles, des bouches distordues en horribles rictus par les ravages du temps et de la mort.

Bond observa le visage de Hydt penché sur les victimes. Il était fasciné, animé d'une avidité presque sexuelle. Même al-Fulan semblait troublé par le plaisir qui habitait son associé.

Je n'ai jamais entendu une telle joie à l'idée de tuer...

Hydt prenait quantité de photos, le flash répété de son téléphone portable inondant les corps de lumière, ce qui leur donnait un aspect encore plus surnaturel et morbide.

Quelle perte de temps, se dit Bond. Ce voyage ne lui avait rien appris sinon que Hydt avait acquis une nouvelle machine dernier cri pour ses activités de recyclage et qu'il nourrissait une passion répugnante pour les cadavres. Avaient-ils également mal interprété l'Incident Vingt ? Il repensa à la formulation du message original et conclut que l'événement prévu pour le vendredi suivant constituait une menace sérieuse.

Estimation des victimes, milliers, intérêts britanniques sévèrement touchés, transfert de l'argent comme prévu.

Ce message désignait clairement une attaque.

Hydt et al-Fulan avancèrent dans la salle d'exposition, or, sans ticket, Bond ne pouvait pas les suivre. Mais Hydt avait repris la parole. Bond ajusta son oreillette.

— Concernant votre petite employée, j'espère que vous comprenez. Comment s'appelle-t-elle déjà ?

— Stella, répondit l'autre. Non, nous n'avons pas le choix. Quand elle apprendra que je n'ai pas l'intention de quitter ma femme, elle va devenir une menace. Elle en sait trop. Et honnêtement… elle me casse les pieds depuis quelque temps.

— Mon associé s'en occupe. Il va l'emmener dans le désert, elle va disparaître. Quoi qu'il fasse, ce sera efficace. Il est assez incroyable, il prévoit tout.

Voilà pourquoi l'Irlandais était resté à l'usine.

S'il entendait tuer Stella, ce séjour ne se bornait donc pas à un simple voyage d'affaires. D'une façon ou d'une autre, il était lié à l'Incident Vingt. Bond se dépêcha de sortir du musée tout en appelant Leiter. Il fallait sauver cette femme et découvrir ce qu'elle savait.

Au bout de quatre sonneries, Bond tomba sur la messagerie. Il réessaya. Qu'est-ce que fichait Leiter ? Il était peut-être en train de sauver Stella à ce moment précis, peut-être que Nasad et lui étaient en pleine bagarre contre l'Irlandais.

Bond appela une troisième fois et tomba de nouveau sur la messagerie. Il s'élança en courant à travers le souk pendant que des voix appelant à la prière s'élevaient dans le ciel.

En sueur, hors d'haleine, il arriva à l'usine d'al-Fulan cinq minutes plus tard. La voiture de Hydt avait disparu. Bond se glissa à travers l'ouverture qu'ils avaient pratiquée dans le grillage. La fenêtre par laquelle Leiter s'était introduit était fermée à présent. Il courut vers l'entrepôt et força une porte à l'aide d'un crochet. Il s'introduisit à l'intérieur, dégainant son Walther.

L'endroit paraissait désert malgré le grondement sourd d'une machine non loin de là.

Aucune trace de la fille.

Où étaient Leiter et Nasad ?

Quelques secondes plus tard, Bond obtint la réponse à cette question, du moins en partie. Dans la pièce par laquelle s'était introduit Leiter, il aperçut des taches de sang sur le sol. Du sang frais. Il y avait des signes de lutte, quelques outils étaient jetés à terre, ainsi que l'arme et le téléphone de Leiter.

Bond imagina le scénario qui avait pu se dérouler. Leiter et Nasad s'étaient séparés et l'Américain s'était caché ici. Il devait être en train d'observer l'Irlandais et Stella quand le chauffeur s'était approché par-derrière et l'avait assommé avec un tuyau ou un outil quelconque. Est-ce qu'il avait hissé Leiter jusqu'au coffre de la voiture et filé vers le désert avec la fille ?

Pistolet à la main, Bond se dirigeait vers la porte quand il entendit une machine se mettre en route.

Ce qu'il vit le pétrifia sur place.

L'homme à la veste bleue qui le surveillait depuis son arrivée dans ce pays s'apprêtait à déposer le corps quasi inconscient de Felix Leiter dans l'un des énormes compacteurs de déchets. L'agent de la CIA était étendu, pieds en avant, sur le tapis roulant qui ne fonctionnait pas alors que la machine était allumée. Plus loin sur le tapis, deux plaques d'acier formaient une presse qui, quand elles se serraient, aplatissait n'importe quel déchet.

Les jambes de Leiter n'étaient qu'à un mètre d'elles.

L'homme en bleu leva la tête et aperçut l'intrus.

Bond pointa son arme et cria :

— Ne bouge plus !

Mais l'autre n'obéit pas : il bondit sur la droite et appuya sur un bouton de la machine avant de s'enfuir.

Le tapis roulant démarra, Leiter toujours allongé dessus. La presse en acier qui s'ouvrait et se fermait à intervalles réguliers afin de compacter les déchets ne se trouvait plus qu'à une cinquantaine de centimètres.

Bond s'élança vers la machine dont il écrasa le bouton rouge marqué « OFF » avant de prendre en chasse son adversaire. Mais le tapis roulant continuait d'avancer, transportant son ami vers la presse qui, inlassablement, continuait de compresser.

Non !

Bond rangea son Walther et fit demi-tour. Il agrippa Leiter et tenta de le tirer hors du tapis roulant. Mais ce dernier était agrémenté de petites dents pointues auxquelles les vêtements de Leiter étaient restés accrochés.

La tête penchée sur le côté, les yeux injectés de sang, il était inexorablement conduit vers la presse.

Quarante-cinq centimètres, quarante… plus que trente.

Bond sauta sur le tapis, et, calant un pied contre la structure de la machine, agrippa fermement la veste de Leiter puis le tira de toutes ses forces. Le tapis ralentit mais ne s'interrompit pas.

Leiter n'était plus qu'à une vingtaine de centimètres de la presse. D'ici quelques secondes, les plaques d'acier écraseraient ses membres.

Muscles tendus jusqu'à la douleur, Bond tira de nouveau en gémissant sous l'effort.

Dix centimètres…

Tout à coup, le tapis s'arrêta et la presse également.

Hors d'haleine, Bond détacha le pantalon de Leiter coincé dans les dents d'acier et porta son ami sur la terre ferme. Il se précipita vers la zone de livraison tout en dégainant son pistolet, mais l'homme à la veste bleue s'était envolé. Bond retourna près de son ami en surveillant les alentours. Leiter s'assit lentement avec l'aide de Bond, tandis qu'il retrouvait ses esprits.

— On peut pas te laisser tout seul cinq minutes, dis donc, plaisanta Bond pour masquer la terreur qu'il avait ressentie quelques minutes auparavant.

Il examina la blessure que Leiter avait au crâne et l'épongea avec un chiffon qui traînait.

L'Américain regarda la machine. Il secoua la tête. Puis son visage mince s'éclaira de son habituel grand sourire.

— Ah, satanés Anglais ! Vous arrivez toujours au mauvais moment. Je le tenais presque.

— Je t'emmène à l'hôpital ?

Le cœur de Bond palpitait encore après l'effort qu'il avait dû fournir.

— Non…

Les yeux rivés sur le chiffon ensanglanté, l'Américain paraissait furieux.

— Bon Dieu, James, on a raté notre mission ! Les quatre-vingt-dix morts ?

Bond lui expliqua ce qu'il avait vu au musée.

Leiter éclata d'un rire rauque.

— Ah, le fiasco ! Sur ce coup-là, on s'est vraiment plantés ! Alors ce qui l'excite, Hydt, c'est les morts. Et il voulait des photos ? Ma parole, ce type a développé un tout nouveau concept porno.

Bond ramassa le téléphone et l'arme de Leiter pour les lui rendre.

— Qu'est-ce qui s'est passé, Felix ?

Les yeux de Leiter fixèrent le vide.

— Le chauffeur de la Lincoln est entré dans l'usine juste après ton départ. Je le voyais parler à l'Irlandais en regardant la fille. Ça sentait le roussi pour elle, elle devait donc être au courant de certaines choses. J'avais prévu de la sauver d'une façon ou d'une autre. On allait se faire passer pour des inspecteurs du travail, un truc comme ça. Mais je n'ai pas eu le temps de bouger. Ils ont attrapé la fille, ils l'ont bâillonnée, et emmenée vers les bureaux. J'ai envoyé Youssouf de l'autre côté, mais j'avais pas fait deux mètres que l'autre salaud m'a attrapé, ton gars du centre commercial.

— Je sais. Je l'ai aperçu.

— Crois-moi, ce fils de pute s'y connaît en arts martiaux, je peux te le dire. Il m'a mis hors jeu vite fait, bien fait.

— Il a dit quelque chose ?

— Non, mais il grognait pas mal en me tabassant.

— Il travaillait pour l'Irlandais ou al-Fulan ?

— J'en sais rien. Il était seul quand je l'ai vu.

— Et la fille ? Il faut essayer de la retrouver.

— Ils sont sans doute en route pour le désert. Avec un peu de chance, ils n'ont pas réussi à semer Youssouf. Il a dû essayer de me joindre quand j'étais dans les vapes.

Bond aida Leiter à se relever. Ce dernier saisit son téléphone et composa le numéro de son contact.

Ils entendirent non loin de là la sonnerie étouffée d'un portable.

Les deux agents regardèrent autour d'eux.

Puis Leiter se tourna vers Bond.

— Oh non ! murmura-t-il en clignant des yeux.

Ils contournèrent à la hâte le compacteur de déchets. La sonnerie émanait d'un grand sac-poubelle que la machine avait automatiquement fermé avec une ficelle puis rejeté sur la plateforme de livraison pour être évacué.

Bond, lui aussi, avait compris.

— Je vais voir, annonça-t-il.

— Non, l'arrêta Leiter. C'est mon travail.

Il dénoua la ficelle, prit une profonde inspiration et regarda le contenu du sac. Bond l'imita.

Il y avait un bric-à-brac de morceaux de métal, de câbles, de boulons, d'écrous et de vis mêlé à des lambeaux de tissus ensanglantés, des morceaux d'organes humains et des débris d'os.

Les yeux figés de Youssouf Nasad fixaient les deux hommes, son visage écrasé et distordu.

Sans un mot, ils regagnèrent l'Alfa Romeo où ils consultèrent le système de surveillance satellite qui les informa que la limousine de Hydt était retournée à l'Intercontinental. Elle s'était arrêtée deux fois en route, sûrement pour transférer la fille dans une autre voiture afin de l'envoyer dans le désert pour toujours, puis pour aller récupérer Hydt au musée.

Quinze minutes plus tard, Bond dépassait l'hôtel au volant de l'Alfa Romeo, qu'il alla ranger dans le parking.

— Tu veux une chambre ? Pour t'arranger un peu ? demanda Bond en indiquant la blessure de Leiter à la tête.

— Non, j'ai besoin d'un remontant. Je vais juste me débarbouiller. Je te retrouve au bar.

Ils se garèrent et Bond ouvrit le coffre. Il en sortit son ordinateur portable et y laissa sa valise. Leiter hissa son sac sur son épaule et prit sa casquette qui portait le logo de l'équipe de football américain de l'université du Texas. Il la vissa sur sa tête. Ils empruntèrent une entrée secondaire.

Une fois à l'intérieur, Leiter alla se nettoyer tandis que Bond, s'assurant qu'aucun acolyte de Hydt n'était présent, traversait le hall et se postait devant l'entrée principale. Il vit un groupe de chauffeurs de limousines occupés à bavarder. Le conducteur de Hydt ne figurait pas parmi eux. Il fit un signe au plus petit qui s'avança vers lui.

— Vous avez une carte ? demanda Bond.

— Oui, monsieur.

Il la lui donna. Bond y jeta un œil avant de la ranger dans sa poche.

— Qu'est-ce qui vous ferait plaisir, monsieur ? Un tour dans les dunes ? Non, je sais : le marché d'or ! Pour votre dame. Vous lui ramènerez un cadeau de Dubaï et vous serez son héros.

— L'homme qui a loué cette limousine…

Bond indiqua d'un léger mouvement de tête la Lincoln de Hydt.

Le regard du chauffeur se figea. Bond ne se faisait aucun souci : il savait quand quelqu'un était à vendre. Il insista.

— Vous le connaissez, non ?

— Pas spécialement, monsieur.

— Enfin, entre chauffeurs, vous discutez. Vous êtes au courant de tout ce qui se passe ici. En particulier ce qui concerne un certain M. Hydt.

Il lui glissa cinq cents dirhams.

— Oui, monsieur… certainement, monsieur. J'ai peut-être entendu parler de quelque chose. Laissez-moi réfléchir. Oui, c'est possible.

— Mais encore ?

— Je crois que lui et ses amis sont allés au restaurant. Ils seront de retour dans deux heures environ. C'est un excellent restaurant. On y mange très bien.

— Vous savez ce qu'ils ont prévu ensuite ?

Il hocha la tête mais garda le silence

Bond lui donna cinq cents dirhams de plus.

Le chauffeur émit un petit rire cynique.

— Les gens ne font pas attention à nous. Nous ne servons qu'à transporter les autres. Comme les chameaux. Des bêtes de somme. Les gens croient qu'on n'existe pas, voilà ce que je veux dire. Du coup, ce qu'ils disent en notre présence, ils croient qu'on ne l'entend pas. Même les choses les plus secrètes, les plus importantes.

Bond lui montra encore quelques billets qu'il remit dans sa poche.

Le chauffeur y jeta un coup d'œil avant d'ajouter :

— Il prend l'avion pour Le Cap ce soir. Un jet privé qui décolle dans trois heures. Comme je l'ai dit, le restaurant du rez-de-chaussée est réputé pour ses mets somptueux. Mais d'après les questions que vous posez, je comprends que cela ne vous intéresse pas. Je comprends. Peut-être lors de votre prochaine visite à Dubaï.

Bond lui tendit le reste de l'argent. Puis il tira la carte de visite de l'homme et demanda :

— Mon associé, le type qui m'accompagne, vous l'avez vu ?

— Le type costaud ?

— C'est ça, le costaud. Je vais bientôt quitter Dubaï, mais lui, il reste ici. Il espère sincèrement que vos informations concernant M. Hydt sont fondées.

Le sourire du chauffeur s'envola comme du sable dans la brise.

— Oui, oui, monsieur, c'est entièrement fondé, je le jure sur Allah. Gloire à Lui.

30

Bond entra dans le bar et choisit une table en terrasse qui surplombait Dubaï Creek. La mer était calme et simplement parsemée d'une multitude de lumières colorées dont la douceur contrastait avec l'horrible découverte à l'usine d'al-Fulan.

Un serveur vint lui demander ce qu'il désirait. Le bourbon était l'alcool favori de Bond, mais il croyait aux vertus médicinales de la vodka servie frappée. Il commanda un double vodka-martini, demi-sec, bien secoué, ce qui rafraîchissait mieux le cocktail que si on se contentait simplement de le remuer et permettait également de l'aérer, et donc d'en faire ressortir tout l'arôme.

— Avec un zeste de citron uniquement.

Quand la boisson arriva, opaque (preuve qu'on l'avait correctement secouée), il en but la moitié d'une traite et en ressentit immédiatement les effets antinomiques : cette brûlure glacée qui monta de sa gorge jusqu'à son visage. Cela le consolait d'avoir été incapable de sauver la jeune femme et Youssouf Nasad.

En revanche, il ne pouvait effacer de sa mémoire le regard de Hydt lorsque celui-ci admirait les cadavres.

Il but une nouvelle gorgée, regardant sans le voir l'écran de télévision au-dessus du bar où Aklam la magnifique chanteuse de Bahreïn, tournoyait dans un clip aux rythmes saccadés comme le voulait la mode sur les chaînes arabes et indiennes. Sa voix suave résonnait dans les haut-parleurs.

Il termina son verre et appela Bill Tanner. Il lui expliqua que les morts prévus ce soir-là étaient une fausse alerte et ajouta que Hydt s'envolerait pour Le Cap ce soir même. Est-ce que la Cellule T pouvait se débrouiller pour lui trouver un avion ? Il ne pouvait plus emprunter le Grumman de son ami, qui était rentré à Londres.

— Je vais voir ce que je peux faire, James. Ce sera sans doute un avion grande ligne. Mais je ne peux pas garantir que tu arriveras avant Hydt.

— J'ai juste besoin que quelqu'un soit à l'aéroport pour le prendre en charge à son arrivée. Où en est le MI6, là-bas ?

— La Station Z a un agent infiltré au Cap. Gregory Lamb. Laisse-moi vérifier son statut... Voilà. Il est en Érythrée à l'heure actuelle ; ça chauffe à la frontière soudanaise. Mais James, on va laisser Lamb en dehors de tout ça, si possible. Ses états de service ne sont pas irréprochables. Il est devenu plus sud-africain que les gens du cru, comme dans un roman de Graham Greene. Je crois que le MI6 a voulu se séparer de lui mais finalement ils l'ont gardé. Je vais te trouver quelqu'un sur place. Je recommanderais le SAPS, la police sud-africaine, plutôt que les services secrets. Ils ont fait la une des journaux récemment, et pas pour de bonnes raisons. Je vais passer quelques coups de fils et je te tiens au courant.

— Merci Bill. Tu peux me passer la Cellule Q ?

— Oui, bonne chance.

Une voix pensive répondit bientôt au bout du fil :

— Cellule Q. Sanu Hirani.

— Sanu, c'est 007. Je suis à Dubaï. J'ai besoin de quelque chose rapidement.

Bond lui expliqua ses besoins. Hirani sembla déçu par la simplicité de sa requête.

— Où es-tu ?

— À l'Intercontinental. Festival City.

Bond l'entendit taper sur un clavier.

— Très bien. Dans trente minutes. N'oublie pas : les fleurs.

Ils raccrochèrent au moment où Leiter arrivait. Il s'assit et commanda un Jim Beam pur.

— Et quand je dis « pur », je veux dire sans glaçon, ni eau, ni salade de fruits, ni rien du tout, précisa l'Américain. En revanche un double, ça serait pas de refus. Voire un triple.

Bond demanda un autre vodka-martini. Une fois le serveur reparti, il demanda :

— Comment va ta tête ?

— Ça va, murmura Leiter.

Il n'avait pas l'air grièvement blessé. Bond savait qu'il se sentait responsable de la mort de Nasad.

— Tu as trouvé des infos sur Hydt ? demanda-t-il à Bond.

— Ils partent ce soir. Dans quelques heures. Direction Le Cap.

— Qu'est-ce qu'il y a là-bas ?

— Aucune idée. C'est ce que je vais devoir trouver.

En moins de trois jours, songea-t-il, si je veux sauver ces milliers de gens.

Ils se turent quand le serveur revint avec leurs boissons. Les deux agents sirotèrent en parcourant la pièce du regard. Aucun signe du brun à la boucle d'oreille, aucune personne paraissant suspecte, du moins pas suffisamment pour inquiéter les deux agents.

Ils ne trinquèrent pas à la mémoire de leur camarade qui venait de mourir. Aussi tentant que cela paraisse, personne ne le faisait jamais.

— Nasad ? demanda Bond. Son corps ?

L'idée qu'un ami puisse trouver la mort dans des conditions aussi terribles était dure à supporter.

Leiter serra les dents.

— Si Hydt et l'Irlandais sont impliqués et que je fais venir une équipe, ils sauront qu'on les a à l'œil. Je ne veux pas risquer de nous griller à ce niveau-là de la mission. Youssouf savait où il mettait les pieds.

Bond hocha la tête. C'était la bonne façon de gérer la situation, même si cela ne la rendait pas plus facile.

Leiter respira les effluves de son whisky avant d'avaler une nouvelle gorgée.

— Tu vois, dans ce boulot, c'est ce genre de décisions qui est difficile. Dégainer ton flingue et te prendre pour Butch Cassidy, c'est rien. Ça, on le fait sans même y réfléchir.

Le téléphone de Bond vibra. La Cellule T lui avait réservé un vol de nuit sur Air Emirates pour Le Cap. Il décollait dans trois heures. Bond était content de ce choix. Cette compagnie aérienne avait refusé de se plier aux exigences du marché pour continuer à offrir à ses passagers un service de qualité, caractéristique, supposait-il, de celui qu'on trouvait durant l'âge d'or du voyage aérien, il y avait cinquante ou soixante ans de cela. Il informa Leiter de son départ.

— Commandons quelque chose à manger, ajouta-t-il.

L'Américain héla un serveur et demanda une assiette de *mezze*.

— Et apportez-nous un poisson grillé. Sans l'arête, s'il vous plaît.

— Bien, monsieur.

Bond demanda une bouteille de premier cru de Chablis qui arriva un instant plus tard. Ils dégustèrent le vin frais jusqu'à ce que le premier plat arrive : *kofta*, olives, houmous, fromage, aubergines, noix et le meilleur pain plat que Bond ait jamais mangé. Les deux hommes mangèrent avec appétit. Une fois que le serveur eut débarrassé leurs assiettes, il apporta le plat principal. Le poisson blanc reposait simplement sur un lit de lentilles. Il était délicieux, au goût délicat teinté d'un léger arôme de viande. Bond n'en avait avalé que quelques bouchées quand son portable sonna de nouveau. L'écran montrait seulement que le numéro émanait d'un bureau du gouvernement britannique. Pensant qu'il s'agissait de Philly qui l'appelait d'un autre poste, il décrocha.

Il le regretta immédiatement.

31

— James ! James ! James ! Devinez qui c'est ? Percy à l'appareil ! Ça fait un bail !

Le cœur de Bond se serra.

Leiter fronça les sourcils en voyant la tête que faisait son ami.

— Percy… oui.

— Vous allez bien ? Pas de petits bobos, j'espère ?

— Tout va bien.

— Je suis ravi de l'entendre. Alors, les choses avancent ici. Votre patron a mis tout le monde au courant du projet Gehenna. Mais vous deviez être trop occupé à fuir le pays pour prendre des nouvelles, ajouta-t-il avant de se taire un instant. Ah ah, je vous taquine, James. En fait, je vous appelle pour plusieurs raisons. La première, c'est pour m'excuser.

— Vraiment ? demanda Bond, sceptique.

Son interlocuteur retrouva son sérieux.

— À Londres ce matin, j'avoue que j'avais une équipe prête à intervenir et à embarquer Hydt pour une petite discussion autour d'une tasse de thé. Mais il s'est avéré que vous aviez raison. Les Observateurs ont intercepté un morceau de texte qu'ils ont pu décrypter. Attendez… je vous le retrouve. Voilà : quelque chose d'illisible puis « Severan a trois principaux associés… ils peuvent tous appuyer sur le bouton si lui n'est pas disponible. » Alors vous voyez, James, une arrestation aurait provoqué un véritable désastre, comme vous l'aviez dit. Les autres se seraient terrés comme des lapins et on aurait perdu tout espoir d'en apprendre plus sur Gehenna. J'étais légèrement bougon quand on s'est vus et je voulais m'en excuser. Je veux collaborer avec vous sur cette affaire, James. Excuses acceptées ? On fait table rase du passé d'un coup de baguette magique ?

Bond avait appris que dans le monde de l'espionnage, vos alliés vous demandaient pardon à peu près aussi souvent que vos ennemis. Il soupçonnait Osborne-Smith de faire acte de contrition en partie pour pouvoir rester dans la course et participer à la victoire, mais cela ne gênait pas Bond. Tout ce qui l'intéressait, c'était obtenir des informations au sujet de Gehenna et éviter plusieurs milliers de victimes.

— D'accord…

— Bien ! Alors, votre patron nous a signalé vos découvertes de March. Je remonte la piste. La « portée de l'explosion » est assez transparente : c'est un EEI (engin explosif improvisé), donc on guette les rapports qui mentionneraient des explosifs. Et on sait que l'un des « termes » du contrat implique cinq millions de livres sterling. J'ai demandé à la Bank of England de surveiller ça aussi.

Bond avait lui aussi appelé la même institution afin qu'ils les préviennent de toute transaction suspecte. Mais de nos jours, cinq millions de livres sterling représentaient une somme tellement dérisoire qu'ils allaient avoir beaucoup de comptes à éplucher. Cependant, l'intervention d'Osborne-Smith ne pouvait qu'être utile.

— Quant à la référence au « cours », reprit l'agent de la Division Trois, on ne sait pas encore quoi surveiller à l'heure qu'il est. J'ai quand même alerté les gars de l'aviation et de la section portuaire pour pouvoir réagir vite en cas de besoin.

— Bien, répondit Bond sans préciser qu'il avait demandé à Bill Tanner à peu près la même chose. Je viens d'apprendre que Hydt, sa compagne et l'Irlandais sont en route pour Le Cap.

— Le Cap ? Ce n'est pas anodin. J'ai étudié les lieux de villégiature de Hydt, si on peut dire.

Bond supposa que Percy essayait de faire de l'humour.

— Green Way a implanté de grosses usines en Afrique du Sud. C'est la deuxième patrie de Hydt. Je suis sûr que Gehenna a un lien avec ce pays. Et c'est pas les intérêts britanniques qui manquent, là-bas.

Bond lui parla d'al-Fulan et évoqua la mort de la jeune fille.

— On sait maintenant que Hydt est excité par les cadavres. Et l'entreprise de l'Arabe a sûrement quelque chose à voir avec Gehenna. Il a fourni de l'équipement à des trafiquants d'armes et des chefs de guerre par le passé.

— Ah oui ? C'est intéressant. Ça me fait penser : jetez un œil à la photo que je suis en train de vous envoyer. Vous devriez l'avoir reçue.

Bond réduisit la taille de l'écran d'appel sur son téléphone pour ouvrir la pièce jointe sécurisée. C'était la photo de l'Irlandais.

— C'est bien lui, confirma-t-il à Osborne-Smith.

— Je m'en doutais. Il s'appelle Niall Dunne.

Il épela le nom.

— Comment l'avez-vous trouvé ?

— Grâce aux caméras de surveillance de Gatwick. Il n'est pas fiché, mais mon équipe hors pair a comparé la photo avec celles prises par des caméras de télésurveillance dans les rues de Londres. Ils ont trouvé plusieurs gros plans d'un homme avec la même frange bizarre occupé à inspecter les tunnels que construit Green Way vers Victoria Embankment. C'est la dernière nouveauté : la collecte souterraine des déchets. Les rues restent propres et les touristes sont contents. Quelques-uns de nos gars se sont fait passer pour des types des travaux publics, ils ont pris sa photo et dégotté son nom. J'ai envoyé le dossier au MI5, à Scotland Yard et à votre patron.

— Son passé ? demanda Bond.

Devant lui, le poisson était en train de refroidir, mais il ne s'en souciait plus.

— C'est curieux. Il est né à Belfast, il a étudié l'architecture et l'ingénierie, il est sorti premier. Ensuite il a fait l'armée, dans le génie.

Le génie militaire recrutait des ingénieurs-soldats affectés à la construction de ponts, d'aéroports et d'abris antiatomiques pour les troupes. Ils étaient aussi chargés d'installer et de désinstaller des champs de mines. Ils étaient réputés pour leur capacité d'improvisation qui leur permettait de construire des engins offensifs et défensifs ainsi que des remparts à partir de n'importe quel matériau disponible et ce dans des conditions extrêmes.

Bill Tanner, le lieutenant-colonel de l'ODG, avait fait partie du génie, or cet amateur de golf à la voix douce était l'un des hommes les plus intelligents et les plus dangereux que Bond ait jamais rencontrés.

— Après le service, il est devenu ingénieur-inspecteur indépendant. Je ne savais pas que ça existait comme métier, mais en fait, quand on construit un immeuble, un bateau ou un avion, le projet doit être inspecté à chaque étape. C'était donc le travail de Dunne de vérifier et de dire oui ou non. Apparemment, c'était le meilleur dans sa branche, il voyait des défauts là où les autres ne trouvaient rien à redire. Mais du jour au lendemain, il a démissionné pour devenir consultant, selon les archives des impôts. Il gagne très bien sa vie, il se fait environ deux cent mille livres sterling par an...

Depuis qu'Osborne-Smith s'était excusé, Bond le trouvait moins désagréable.

— Ils ont dû se rencontrer comme ça : Dunne a inspecté quelque chose pour Green Way et Hydt l'a engagé. Selon nos infos, Dunne a effectué plusieurs voyages au Cap ces quatre dernières années. Il a un appartement là-bas en plus de celui de Londres, qu'on a fouillé, d'ailleurs, sans rien trouver d'intéressant. Il s'est aussi rendu en Inde, en Indonésie, dans les Caraïbes et dans quelques autres pays pas très stables. Sûrement pour faire des repérages au nom de Green Way. Whitehall est toujours concentré sur l'Afghanistan, mais je me fiche de leurs théories. Je suis sûr que vous êtes sur la bonne piste, James.

— Merci, Percy. Tout ce que vous me dites est très utile.

— Ravi de rendre service.

Ces paroles, que Bond auraient pu trouver condescendantes la veille, lui paraissaient désormais sincères.

Une fois qu'il eut raccroché, Bond résuma à Felix Leiter le contenu de sa conversation avec Osborne-Smith.

— Alors cet épouvantail irlandais est ingénieur ? En Amérique, c'est ce qu'on appelle un *geek*.

Un vendeur de roses était entré dans le restaurant et passait de table en table pour proposer des bouquets.

Leiter vit que Bond ne le quittait pas des yeux.

— Écoute, James, le dîner était merveilleux, mais si tu espères me conquérir avec un bouquet, tu te fourres le doigt dans l'œil…

Bond sourit.

Le vendeur s'arrêta à la table voisine où se trouvait un jeune couple.

— Je vous en prie, dit-il au jeune homme. Je l'offre à la demoiselle, avec mes compliments.

Il poursuivit son chemin.

Quelques instants plus tard, Bond souleva sa serviette et ouvrit l'enveloppe qu'il avait négligemment subtilisée dans la poche du vendeur en un tour de passe-passe parfaitement maîtrisé.

N'oublie pas : les fleurs…

Il examina discrètement l'impeccable faux permis d'armes sud-africain, dûment tamponné et signé.

— Il faut y aller, annonça-t-il en regardant l'heure.

Il n'avait pas envie de tomber sur Hydt, Dunne et la femme au moment où ils quittaient l'hôtel.

— On met ça sur la note de l'oncle Sam, dit Leiter en réglant l'addition.

Ils sortirent par une porte secondaire en direction du parking.

Une demi-heure plus tard, ils étaient à l'aéroport.

Les deux hommes échangèrent une poignée de main et Leiter lui confia à voix basse :

— Youssouf était un super contact. Mais c'était surtout un ami. Si tu recroises ce fils de pute avec sa veste bleue et que tu peux le buter, James, n'hésite pas.

MERCREDI

LES CHAMPS DE LA MORT

32

Quand le Boeing d'Air Emirates ralentit doucement sur le tarmac en direction de l'aéroport du Cap, James Bond s'étira puis enfila ses chaussures. Peu après le décollage de Dubaï, il s'était accordé deux Jim Beam accompagnés d'un peu d'eau. La boisson avait fait merveille : Bond avait dormi presque sept heures d'affilée. Il lut les messages envoyés par Bill Tanner.

Contact : Capt. Jordaan, Enquête et Lutte contre la criminalité, police sud-africaine. Jordaan te retrouvera à l'aéroport. Surveillance active sur Hydt.

Un deuxième suivait :

Gregory Lamb, MI6, apparemment toujours en Érythrée. À éviter si possible.

Et un dernier :

Content de savoir que tu t'es rabiboché avec Osborne-Smith. Le mariage est prévu pour quand ?

Bond ne put réprimer un sourire.

L'avion s'arrêta et le chef de cabine récita le message rituel de l'atterrissage que Bond ne connaissait que trop bien : « Personnel de cabine aux portes, désarmement des toboggans, vérification de la porte opposée. Mesdames et messieurs, prenez garde à une éventuelle chute d'objets lors de l'ouverture des coffres à bagages. »

Béni sois-tu, mon enfant, car le destin a décidé de te ramener à terre sain et sauf... au moins pour cette fois.

Sa sacoche d'ordinateur portable à la main (il avait enregistré en soute sa valise qui contenait son arme), Bond traversa le hall encombré en direction des services de l'Immigration. Un employé léthargique tamponna son passeport. Puis il se présenta à la douane. Il tendit à un officier costaud au visage sérieux son permis de port d'armes afin de pouvoir récupérer sa valise. Le douanier le regarda attentivement. Tendu, Bond se demanda s'il allait pouvoir passer sans difficulté.

— Très bien, très bien, fit l'officier manifestement fier de détenir un peu de pouvoir. Maintenant, dites-moi la vérité.

— La vérité ? répéta Bond calmement.

— Oui. Comment arrivez-vous à approcher d'aussi près une antilope ou une gazelle pour la chasser au pistolet ?

— C'est précisément là qu'est le défi, répliqua Bond.

— Je dois admettre que c'est un sacré challenge !

— Mais je ne chasse jamais la gazelle.

— Non ? Ça fait pourtant un excellent *biltong*.

— Peut-être, mais chasser la gazelle Springbok porterait malchance à l'Angleterre sur un terrain de rugby.

Le douanier éclata de rire, serra la main de Bond et lui indiqua la sortie.

Le hall des arrivées était bondé. La plupart des gens était vêtue à l'occidentale, mais certains portaient des habits typiquement africains : *dashikis* et brocart pour les hommes, caftans et foulard sur la tête pour les femmes, le tout dans des couleurs vives. Il y avait également quelques robes et écharpes musulmanes, ainsi que des saris.

En traversant l'aéroport, Bond distingua diverses langues et de nombreux dialectes. Il avait toujours été fasciné par le clic des langues africaines : dans certains mots, ce son remplaçait la consonne. Le khoisan, la langue des populations indigènes d'Afrique, l'utilisait beaucoup, le zoulou et le xhosa aussi. Bond avait eu beau essayer, il n'avait jamais réussi à reproduire la sonorité.

Comme son contact, le capitaine Jordaan, n'était pas là, il s'assit au comptoir d'un café pour commander un double expresso. Après l'avoir bu, il paya et patienta à l'extérieur, admirant une magnifique femme d'affaires. Elle devait avoir dans les trente-cinq ans et ses pommettes étaient hautes. Sa chevelure épaisse et ondulée contenait quelques mèches blanches avant l'heure, ce qui ajoutait à son charme. Son tailleur rouge foncé et sa chemise noire étaient bien ajustés, révélant une silhouette plantureuse mais tonique.

L'Afrique du Sud va me plaire, s'enthousiasma Bond qui lui sourit en lui cédant le passage quand elle avança vers la sortie. Comme la plupart des belles femmes croisées dans un aéroport, elle ne lui prêta aucune attention.

Il patienta un moment dans le hall des arrivées avant de se dire que Jordaan attendait peut-être qu'il se manifeste. Par texto, il demanda à Tanner de lui transmettre sa photo. Mais juste au moment où il appuyait sur « envoyer », il aperçut le policier : un grand rouquin barbu affublé d'un costume beige, un vrai ours, qui jeta un œil à Bond puis, sans réagir, tourna rapidement sur lui-même pour aller acheter des cigarettes au kiosque.

Dans l'espionnage, il faut savoir lire entre les lignes, démasquer les fausses identités, repérer des mots codés au milieu de conversations parfaitement banales et des objets innocents destinés à dissimuler ou à tuer.

La diversion soudaine de Jordaan était un message. Il n'avait pas accueilli Bond parce que des ennemis rôdaient.

En jetant un œil derrière lui, il ne remarqua rien de particulièrement louche. Instinctivement, il suivit la procédure recommandée dans ce genre de situations. Quand un agent agit de la sorte, il convient de s'éloigner de la zone rapidement mais avec la plus grande nonchalance, puis de contacter un tiers chargé d'organiser un nouveau rendez-vous dans un lieu plus sûr. Bill Tanner s'en occuperait.

Bond avança vers la sortie.

Trop tard.

Au moment où il voyait Jordaan pousser la porte des toilettes, empochant un paquet de cigarettes qu'il ne fumerait sans doute jamais, il entendit une voix ordonner derrière lui :

— Ne vous retournez pas.

L'accent était sud-africain. Il sentait que l'homme était mince et de grande taille. Du coin de l'œil, il apercevait son complice, plus petit mais costaud. Ce dernier s'avança et empoigna sa sacoche et sa valise, laquelle contenait son Walther, désormais inutilisable.

Le premier annonça :

— Sortez du hall, maintenant.

Contraint d'obéir, il s'exécuta et s'engagea dans un couloir désert.

Bond jaugea la situation. Au bruit de leurs pas il devinait que le plus petit des deux était trop loin pour que Bond puisse le frapper en même temps que son complice. Le petit devrait se débarrasser des affaires de Bond, ce qui donnerait à ce dernier quelques secondes pour se retourner, mais il risquait de se faire voler son arme. Cet homme pouvait être neutralisé, mais il aurait le temps de tirer quelques coups de feu.

Non, décida Bond. Trop dangereux. Mieux valait attendre d'être dehors.

— À gauche après la porte, et n'essayez pas de vous retourner.

Ils sortirent en plein soleil. Ici, c'était l'automne, il faisait frais et le ciel était bleu. Comme ils approchaient d'un terrain vague, une Range Rover noire débula et pila à leur hauteur.

Des renforts, mais qui restaient pour l'instant tapis dans le véhicule.

Intention... réponse.

Ils avaient l'intention de le kidnapper. Il leur donnerait la réponse appropriée à ce genre de cas : déstabiliser puis attaquer. Discrètement, il glissa sa Rolex le long de ses doigts afin de l'utiliser comme arme de poing, puis fit tout à coup volte-face et gratifia ses adversaires d'un sourire dédaigneux. Ils étaient jeunes et terriblement sérieux, leur peau contrastant avec leurs tee-shirts blancs. Ils portaient des costumes (beige pour le premier, bleu marine pour le second) et d'étroites cravates sombres. Bien qu'ils fussent probablement armés, ils n'avaient pas dégainé, peut-être par excès d'assurance.

Quand la portière de la Range Rover s'ouvrit, Bond fit un pas de côté afin de ne pas être pris par surprise et pouvoir anticiper ses mouvements. Il envisagea de casser la mâchoire du plus grand puis de l'utiliser comme bouclier en le poussant contre son collègue. Il le regarda dans les yeux et déclara calmement :

— Je crois qu'il va falloir que je porte plainte à l'office du tourisme. On m'avait vanté la cordialité des Sud-Africains. Je m'attendais à un autre accueil.

Alors qu'il s'apprêtait à sauter sur son adversaire, une voix de femme s'éleva à l'intérieur de la voiture :

— Et nous vous l'aurions offert si vous ne vous étiez pas mis si stupidement en danger en sirotant votre petit café, au vu et au su de tous, alors qu'un ennemi rôdait dans l'aéroport.

Bond desserra le poing et se retourna. Quand il regarda dans le véhicule, il tenta vainement de cacher sa surprise. La belle femme qu'il avait aperçue quelques instants plus tôt dans le hall des arrivées était assise sur le siège arrière.

— Je suis le capitaine Bheka Jordaan, SAPS, Département d'Enquête et de Lutte contre la criminalité.

— Ah.

Bond admira ses lèvres dénuées de rouge et ses yeux. Elle ne souriait pas.

Son téléphone vibra. L'écran annonça qu'il avait reçu un message de Bill Tanner accompagné, bien entendu, d'une photo représentant la femme qu'il avait sous les yeux.

Le grand kidnappeur se présenta :

— Commandant Bond, je suis le lieutenant Kwalene Nkosi, du SAPS.

Il tendit la main et les deux hommes échangèrent un salut à la sud-africaine : une poignée de main comme les Occidentaux suivie d'une tape à la verticale et retour à la position de départ. Bond savait que retirer sa main trop tôt était jugé impoli. Visiblement, il avait réussi son coup : Nkosi sourit chaleureusement, puis adressa un signe de tête à son compagnon qui porta les bagages de Bond dans le coffre de la Range Rover.

— Et voici le sergent Mbalula.

Le petit costaud hocha la tête sans sourire puis, après avoir rangé les affaires de Bond, disparut, sans doute pour regagner sa propre voiture.

— Vous pardonnerez notre brusquerie, commandant, s'excusa Nkosi. Nous avons jugé qu'il valait mieux vous sortir de l'aéroport au plus vite plutôt que de prendre la peine d'expliquer.

— Ne perdons pas plus de temps en politesses, lieutenant, marmonna Bheka Jordaan.

Bond s'installa à l'arrière avec elle. Nkosi, lui, prit la place du passager à l'avant. Une seconde plus tard, la berline noire du sergent Mbalula, également banalisée, se gara derrière eux.

— Allons-y ! aboya Jordaan. Vite.

La Range Rover démarra et s'inséra rapidement dans la circulation – ce qui valut au chauffeur une série de coups de klaxon et de jurons silencieux – puis accéléra jusqu'à quatre-vingt-dix kilomètres-heure dans une zone limitée à quarante.

Bond sortit son portable et, après avoir tapoté sur le clavier, lut les réponses qu'il obtenait.

— Lieutenant ? demanda Jordaan. Rien ?

Les yeux rivés sur le rétroviseur latéral, il répondit en zoulou ou xhosa. Même si Bond ne comprenait ni l'un ni l'autre, le ton de leurs voix et la réponse du capitaine suggéraient qu'ils n'étaient pas suivis. Une fois sortie de l'enceinte de l'aéroport, la voiture ralentit un peu. À l'horizon se dessinait une chaîne de montagnes basses mais impressionnantes.

Jordaan tendit la main. Bond s'apprêtait à la serrer en souriant mais s'interrompit : elle ne lui offrait pas un salut, mais un téléphone portable.

— Si ça ne vous dérange pas, dit-elle. Touchez l'écran, là.

Quelle diplomatie, songea-t-il.

Il prit le téléphone, appuya le pouce au centre de l'écran puis le rendit à sa propriétaire. Elle lut le message qui s'affichait :

— James Bond. ODG, ministère des Affaires étrangères et du Commonwealth. Maintenant, vous allez me demander de confirmer mon identité, ajouta-t-elle en déployant ses doigts. Vous avez une application qui vous permet de prendre mes empreintes, je présume.

— Inutile.

— Pourquoi ? demanda-t-elle sèchement. Parce qu'à vos yeux je suis une belle femme, vous ne jugez pas bon de vérifier ? Je pourrais être un assassin. Un kamikaze d'Al-Qaïda qui transporte une bombe.

Il avait suffisamment bien observé sa silhouette tout à l'heure pour savoir qu'elle ne portait pas d'explosifs mais préféra garder cette remarque pour lui.

— Je n'ai pas besoin de relever vos empreintes car, en plus de la photo que mon organisation vient de m'envoyer, mon portable a lu votre iris il y a quelques minutes et confirmé que vous étiez bien la capitaine Bheka Jordaan du Département d'Enquête et de Lutte contre la criminalité, police sud-africaine. Vous y travaillez depuis huit ans. Vous habitez Leeuwen Street, au Cap. L'année dernière, vous avez reçu une Médaille du courage. Félicitations.

Il avait également appris son âge (trente-deux ans), son salaire, et savait qu'elle était divorcée.

Le lieutenant Nkosi se retourna puis, jetant un œil au portable, gratifia Bond d'un grand sourire.

— Commandant Bond, voici un joli jouet ! Pas de doute là-dessus.

— Kwalene ! le sermonna Jordaan.

Le sourire du jeune homme s'évanouit. Il reprit sa surveillance au rétroviseur.

Elle observa l'appareil de Bond non sans dédain.

— Nous allons au commissariat. Là-bas nous envisagerons la meilleure façon d'aborder Severan Hydt. J'ai travaillé avec votre lieutenant-colonel Tanner quand il était au MI6 ; c'est pourquoi j'ai accepté de vous aider. Il est intelligent et entièrement dévoué à son travail. C'est également un vrai gentleman.

Sous-entendu : Bond, lui, n'en était pas un. Il était fâché qu'elle se soit vexée à ce point du sourire innocent – relativement innocent – qu'il lui avait adressé dans le hall des arrivées. Elle était séduisante et il n'était sûrement pas le premier homme à flirter avec elle.

— Hydt est à son bureau ? demanda-t-il.

— Tout à fait, répondit Nkosi. Lui et Niall Dunne sont tous les deux au Cap. Le sergent Mbalula les a pris en filature à l'aéroport. Il y avait également une femme avec eux.

— Vous avez installé un dispositif de surveillance sur eux ?

— Oui. Le Cap s'est inspiré de Londres pour installer ses caméras de surveillance, si bien qu'il y en a partout. Il est à son bureau, dans le centre. Nous pouvons le suivre où qu'il aille. Nous avons nos petits jouets à nous, commandant.

Bond lui sourit puis dit à Jordaan :

— Vous avez évoqué un ennemi qui rôdait à l'aéroport.

— Le service de l'Immigration nous a informés qu'un homme était entré dans le pays en provenance d'Abou Dhabi à peu près en même temps que vous. Il voyageait avec un passeport britannique. Nous l'avons appris seulement une fois qu'il a eu passé la Douane. Il a disparu.

Le barbu qu'il avait pris pour le capitaine du SAPS ? Ou le type à la veste bleue du centre commercial ? Il les décrivit à Jordaan.

— Je ne sais pas, répondit-elle impatiemment. Comme je l'ai dit, nous n'avons pas plus d'informations. Mais, ne sachant pas qui il était, j'ai préféré ne pas vous accueillir en personne dans le hall des arrivées. J'ai envoyé mes officiers à ma place.

Elle se pencha en avant et demanda à Nkosi :

— Toujours rien ?

— Non, capitaine, personne ne nous suit.

— Vous paraissez inquiète, remarqua Bond.

— L'Afrique du Sud ressemble un peu à la Russie. L'ancien régime est tombé pour faire place à un nouveau monde. Cela attire des gens qui cherchent à gagner de l'argent et à s'immiscer dans la politique et dans toutes sortes d'affaires. Parfois légales, parfois non.

— On a un dicton, intervint Nkosi : « De nombreuses possibilités ouvrent la voie à de nombreux espions. » On garde toujours cette phrase en tête au SAPS et on surveille nos arrières. Il serait sage que vous adoptiez cette attitude, commandant. Pas de doute là-dessus.

33

Le commissariat central de Buitenkant Street, au centre du Cap, s'apparentait plus à un hôtel agréable qu'à un bâtiment du gouvernement. Haut de deux étages, avec murs en brique rouge surmontés d'un toit de tuiles, il dominait l'avenue large et dégagée parsemée de palmiers et de jacarandas.

Le chauffeur les déposa devant l'entrée. Une fois descendus sur le trottoir, Jordaan et Nkosi inspectèrent les alentours. Comme rien ne leur semblait suspect, le lieutenant fit signe à Bond qu'il pouvait sortir. Celui-ci récupéra son ordinateur et sa valise dans le coffre avant d'emboîter le pas aux officiers.

En pénétrant dans l'immeuble, Bond fut surpris de voir une plaque annoncer « Servamus et Servimus », la devise du SAPS certainement. « Nous protégeons et nous servons ».

Ce qui l'interpellait, c'était que ces deux mots latins rappelaient étrangement – ironiquement – le prénom de Hydt, Severan.

Sans attendre l'ascenseur, Jordaan prit l'escalier jusqu'au premier étage. Son bureau, modeste, était tapissé de livres, de revues spécialisées, de plans du Cap et du Cap-Occidental, et orné d'une carte vieille de cent vingt ans représentant la côte est de l'Afrique du Sud, montrant la région du Natal avec le port de Durban et la ville de Ladysmith mystérieusement cerclées d'encre rouge pâlie. Le Zoulouland et le Swaziland étaient représentés au nord.

Sur le bureau de Jordaan étaient disposés des photos. Sur l'une d'entre elles, un homme blond et une Africaine se tenaient par la main. Ils apparaissaient encore sur d'autres clichés. La femme ressemblait vaguement à Jordaan ; Bond supposa qu'il s'agissait de sa mère. D'autres photos représentaient une vieille femme vêtue à l'africaine ou des enfants. Pas les siens, se dit Bond. Sur aucune photo on ne la voyait accompagnée.

Divorcée, se rappela-t-il.

Sur son bureau était posée une cinquantaine de dossiers. Tout comme celui de l'espionnage, le monde des forces de l'ordre implique beaucoup plus de paperasse que d'armes et de gadgets.

Bien qu'en Afrique du Sud, ce fût la fin de l'automne, le climat était tempéré et il faisait bon dans son bureau. Après un moment d'hésitation, Jordaan retira sa veste rouge et la suspendit à un cintre. Sa chemise noire à manches courtes révélait une large trace de maquillage sur son avant-bras droit. Elle ne semblait pas du genre à aimer les tatouages, mais peut-être tentait-elle d'en dissimuler un. Puis il se ravisa : non, le maquillage cachait une longue cicatrice.

Médaille du courage…

Bond prit place en face d'elle à côté de Nkosi qui déboutonna sa veste et demeura bien droit sur sa chaise.

— Est-ce que le colonel Tanner vous a expliqué le but de ma mission ici ? leur demanda-t-il.

— Il nous a simplement dit que vous enquêtiez sur Severan Hydt dans une affaire de sécurité nationale.

Bond les mit au parfum de l'Incident Vingt (également connu sous le nom de Gehenna) sans oublier de mentionner les victimes prévues pour le vendredi suivant.

Nkosi plissa le front. Jordaan, elle, écouta sans ciller. Elle joignit les mains. Ses deux majeurs portaient une bague toute simple.

— Je vois. Et les preuves sont concluantes ?

— Oui. Cela vous surprend ?

— Severan Hydt ne correspond pas au profil type du criminel. Nous savons qui c'est, bien sûr. Il a ouvert sa première usine ici il y a deux ans et s'occupe du traitement et du recyclage des déchets des grandes villes d'Afrique du Sud : Pretoria, Durban, Port Elizabeth, Johannesburg, sans oublier l'ouest, ici.

Il a beaucoup apporté à notre pays. Nous sommes une nation en pleine transition, vous le savez, et, par le passé, nous n'avons pas toujours respecté l'environnement : les exploitations minières d'or et d'argent, la pauvreté et le manque d'infrastructures ont fait des dégâts. La collecte des déchets constituait un sérieux problème dans les *townships* et les bidonvilles. Afin de faire oublier la loi d'habitation séparée édictée pendant l'apartheid, le gouvernement a bâti des résidences (on les appelle des *lokasies*) pour remplacer les cabanes dans lesquelles vivaient les pauvres. Mais même là, la population était tellement nombreuse que la collecte des déchets fonctionnait mal, voire pas du tout. Cela engendrait des maladies. Severan Hydt a remédié à ça, en grande partie. Il soutient également des organisations qui luttent contre le SIDA et la famine.

Les entreprises criminelles les plus sérieuses disposent de spécialistes en relations publiques, songea Bond. Ce n'est pas parce que Hydt ne « correspondait pas au profil type du criminel » qu'il fallait lui épargner une enquête.

Jordaan sembla remarquer son scepticisme.

— Tout ce que je dis, c'est qu'il n'a pas grand-chose d'un terroriste ou d'un criminel. Si toutefois c'était le cas, mon service se tient à votre entière disposition.

— Merci. Est-ce que vous savez quelque chose sur son associé, Niall Dunne ?

— Je n'avais jamais entendu parler de lui avant ce matin. J'ai effectué quelques recherches. Il vient régulièrement en Afrique du Sud avec un passeport anglais, depuis plusieurs années. Il n'a jamais posé problème à personne.

— Que savez-vous de la femme qui les accompagne ?

Nkosi consulta un fichier.

— Passeport américain. Jessica Barnes. Un mystère pour nous, je dois dire. Pas de casier. Pas d'activité criminelle. Rien. On a quelques photos, exposa le lieutenant.

— Ce n'est pas elle, fit Bond en regardant une série d'images représentant une jeune femme blonde d'une grande beauté.

— Ah, désolé, j'ai pas précisé : de vieilles photos. Je les ai trouvées sur internet, ajouta Nkosi en retournant la photographie. Ça date de 1970. Elle a été Miss Massachusetts et concouru pour le titre de Miss Amérique. Elle a aujourd'hui soixante-quatre ans.

Maintenant qu'il le savait, Bond voyait la ressemblance.

— Où se trouve le bureau de Green Way ? demanda-t-il ensuite.

— Ils en ont deux, répondit Nkosi. Un pas loin d'ici et un autre à vingt-cinq kilomètres au nord, dans la grande usine de traitement et de recyclage de Hydt.

— J'ai besoin de m'y introduire pour découvrir ce qu'ils préparent.

— Bien entendu, répondit Jordaan avant de s'interrompre un long moment. Mais vous voulez dire par des moyens légaux ? reprit-elle.

— Des moyens légaux ?

— Vous pouvez le prendre en filature, le surveiller en public. Mais je ne pourrai pas vous obtenir de mandat pour placer son domicile ou son bureau sur écoute. Je le répète : Severan Hydt n'a commis aucun crime ici.

Bond réprima un sourire.

— Dans mon travail, je demande rarement de mandat, répondit-il.

— Eh bien moi, si. Cela va de soi.

— Capitaine, cet homme a tenté de me tuer à deux reprises, une première fois en Serbie puis en Angleterre. Hier, il a commandité le meurtre d'une jeune fille et failli assassiner un agent de la CIA à Dubaï.

Elle fronça les sourcils, manifestement désolée.

— C'est fâcheux. Mais ces crimes n'ont pas été perpétrés sur le sol sud-africain. Si on me présente un ordre d'extradition émanant de ces juridictions, approuvé par un magistrat, je serais ravie de l'honorer. Mais sans cela…

Elle montra ses paumes.

— On ne veut pas l'arrêter ! s'exclama Bond. Nous voulons des preuves en vue d'un procès. Si je suis ici, c'est pour découvrir ce qu'il a prévu vendredi et l'en empêcher. Et c'est bien ce que je compte faire.

— Et vous le pourrez, tant que vous respectez la loi. Si vous envisagez de vous introduire chez lui ou dans son bureau, cela serait synonyme d'effraction et c'est vous qui vous exposeriez à une plainte.

Elle le fixa de ses yeux noirs et Bond ne douta pas une seule seconde qu'elle prendrait un malin plaisir à lui passer les menottes aux poignets.

34

— Il faut qu'il meure.

Assis dans le bureau de Green Way International situé dans le centre du Cap, Severan Hydt serrait son téléphone en écoutant les mauvaises nouvelles apportées par Niall Dunne. Non, se dit-il, il n'apportait ni bonne ni mauvaise nouvelle. Il se contentait d'énoncer froidement un fait.

Ce qui était effrayant, d'une certaine façon.

— Expliquez-vous, demanda Hydt tout en traçant un triangle sur son bureau du bout de son ongle jaunâtre.

Dunne venait de lui apprendre qu'un employé de Green Way avait probablement découvert quelque chose au sujet de Gehenna. Il travaillait à l'usine située au nord du Cap et faisait partie de ceux qui ignoraient totalement les activités clandestines de Hydt. Il avait pénétré accidentellement dans une zone à accès réservé et était sans doute tombé sur des e-mails mentionnant le projet.

— Il n'y comprendra rien à ce stade, mais quand l'incident fera la une des journaux en fin de semaine – et on peut s'y attendre –, il est capable de faire le lien avec nous et d'alerter la police.

— Que suggérez-vous ?

— Je réfléchis à une solution.

— Mais si vous le tuez, la police va poser des questions, non ? Puisqu'il travaille ici.

— Je m'occuperai de lui dans son quartier. Il vit dans un bidonville. Il n'y aura pas beaucoup de policiers, voire aucun. Ils interrogeront les chauffeurs de taxis, mais ça ne nous posera pas de problème.

Dans les *townships*, les bidonvilles et même les nouvelles *lokasies*, les compagnies de taxis-minibus ne se contentaient pas de leur rôle de transports collectifs. Elles avaient adopté celui de juges et jurys autoproclamés, tenaient des audiences, poursuivaient et punissaient les criminels.

— D'accord, mais il faut agir vite.

— Ce soir, quand il rentrera du travail.

Dunne raccrocha et Hydt retourna à sa tâche. Il avait passé toute la matinée depuis leur arrivée à commander ces nouvelles machines, destinées à détruire les disques durs, inventées par Mahdi al-Fulan, et à ordonner aux commerciaux de Green Way de démarcher les clients dès à présent.

Mais il n'était pas concentré et ne cessait de penser au corps de la jeune femme, Stella, reposant désormais dans une tombe quelque part sous les sables du Quart Vide, au sud de Dubaï. Si, de son vivant, sa beauté ne l'avait pas touché, l'imaginer d'ici quelques mois ou années l'excitait. Et dans mille ans, elle ressemblerait aux cadavres qu'il avait vus au musée la veille au soir.

Il se leva, enleva sa veste qu'il suspendit à un cintre puis se rassit à son bureau. Il prit et passa un certain nombre de coups de téléphone qui concernaient tous les activités légales de Green Way. Rien de très palpitant… jusqu'au moment où le responsable des ventes pour l'Afrique du Sud, qui travaillait à l'étage inférieur, le contacta.

— Severan, j'ai un Afrikaner de Durban en ligne. Il voudrait vous soumettre un projet d'enlèvement de déchets.

— Envoyez-lui un catalogue et dites-lui que je suis indisponible toute cette semaine.

La priorité, c'était Gehenna, et Hydt n'était pas intéressé par de nouveaux clients pour le moment.

— Il ne veut pas nous engager. Il a évoqué un arrangement entre son entreprise et Green Way.

— Un partenariat ? demanda-t-il non sans cynisme.

Quand vous commenciez à avoir du succès et une bonne presse, les propositions surgissaient de tous les côtés.

— Non, je suis trop occupé, reprit Hydt. Ça ne m'intéresse pas. Remerciez-le quand même.

— D'accord. Oh, attendez, il m'a demandé de préciser quelque chose, un détail assez bizarre. Il a précisé que le problème qu'il rencontrait était le même qu'à Isandlwana dans les années 1870.

Hydt leva les yeux des documents étalés sur son bureau. Un instant plus tard, il se rendit compte qu'il serrait très fort le combiné du téléphone.

— C'est ce qu'il a dit, vous en êtes sûr ?

— Oui. « Le même problème qu'à Isandlwana. » Aucune idée de ce qu'il entend par là.

— Il est à Durban ?

— Le siège de son entreprise se trouve là-bas. Il est dans son bureau du Cap pour la journée.

— Voyez s'il peut se libérer aujourd'hui.

— À quel moment ? demanda le responsable des ventes.

— Maintenant, répondit Hydt après une seconde d'hésitation.

En janvier 1879, la guerre entre la Grande-Bretagne et le royaume zoulou s'ouvrit sur une cuisante défaite des Anglais. À Isandlwana, la force écrasante des Zoulous (vingt mille soldats contre un peu moins de deux mille du côté des troupes coloniales) ajoutée à de mauvais choix tactiques entraînèrent une déroute totale. C'est en cette occasion que les Zoulous réussirent à briser le « carré anglais », fameuse formation militaire où une première ligne de soldats tirait pendant que, juste derrière, une deuxième rechargeait ses armes, offrant ainsi à l'ennemi un feu ininterrompu de balles (tirées, en l'occurrence, par les fusils à culasse de la marque Martini-Henry, terriblement dangereux).

Mais la stratégie n'avait pas fonctionné : mille trois cents soldats anglais et alliés étaient tombés.

Le problème d'« enlèvement » qu'avait mentionné l'Afrikaner ne pouvait se référer qu'à une seule chose. La bataille s'était déroulée en janvier, période caniculaire dans cette région aujourd'hui connue sous le nom de KwaZulu-Natal ; se débarrasser des corps au plus vite s'avérait nécessaire… et constituait un sérieux problème logistique.

La gestion des cadavres représentait également l'un des aspects les plus épineux de Gehenna, une question que Hydt et Dunne n'avaient cessé d'aborder depuis un mois.

Pourquoi diable un homme d'affaires de Durban avait-il besoin de Hydt précisément pour ce type de difficulté ? Dix minutes plus tard, sa secrétaire se présenta dans l'encadrement de la porte.

— Un certain M. Theron est là, monsieur. De Durban.

— Bien, bien. Faites-le entrer, s'il vous plaît.

Elle disparut et revint un instant plus tard accompagnée d'un type à l'air endurci et nerveux qui parcourut le bureau de Hydt d'un regard méfiant non dénué de défi. Il portait le costume typique des hommes d'affaires sud-africains : costume et chemise élégante, mais pas de cravate. Quel que soit son métier, il devait avoir réussi : il arborait au poignet droit un lourd bracelet en or et sa montre était une Breitling tape-à-l'œil. Il avait également une bague en or gravée à ses initiales, ce que Hydt trouvait légèrement mauvais goût.

— Bonjour, fit l'homme en lui serrant la main.

Celui-ci remarqua les longs ongles jaunes de Hydt mais n'en parut pas dégoûté comme cela arrivait souvent.

— Gene Theron, ajouta-t-il.

— Severan Hydt.

Ils échangèrent leurs cartes de visite.

EUGENE J. THERON
PRÉSIDENT, EJT SERVICES, S.A.
DURBAN, LE CAP ET KINSHASA

Un bureau dans la capitale du Congo, remarqua Hydt. L'une des villes les plus dangereuses de toute l'Afrique. Intéressant.

L'homme jeta un œil à la porte ouverte. Hydt se leva pour la fermer puis retourna à son bureau.

— Vous venez de Durban, monsieur Theron ?

— Oui, c'est là que se trouve mon bureau principal. Mais je voyage beaucoup. Et vous ?

Son léger accent était mélodieux.

— Moi aussi, entre Londres, les Pays-Bas et ici. Je vais parfois en Extrême-Orient et en Inde, aussi. Là où les affaires m'appellent. « Theron », un nom huguenot, si je ne m'abuse ?

— C'est exact.

— Nous oublions que les Afrikaners ne sont pas nécessairement néerlandais.

Theron leva un sourcil, comme s'il entendait ce genre de commentaires depuis son enfance et s'en était lassé.

Le téléphone de Hydt sonna. Il regarda l'écran : Niall Dunne.

— Excusez-moi un instant, fit-il à Theron qui hocha la tête. Oui ?

— Theron est fiable. Passeport sud-africain. Il vit à Durban où se trouve le siège de l'entreprise de sécurité qu'il dirige. Il a des filiales ici et à Kinshasa. Père afrikaner, mère anglaise. A grandi essentiellement au Kenya. On l'a soupçonné d'avoir fourni des troupes et des armes en Afrique, en Asie du Sud-Est et au Pakistan. Pas d'enquête active. Les Cambodgiens l'ont mis en garde à vue dans le cadre d'une enquête de trafic d'êtres humains et de mercenariat à cause de ses agissements dans l'État Shan en Birmanie, mais ils l'ont relâché. Rien à Interpol. Et il a bien réussi, d'après mes informations.

Hydt était parvenu à la même conclusion. La Breitling de cet homme devait coûter dans les cinq mille livres.

— Je viens de vous envoyer une photo par texto, ajouta Dunne.

Sur l'écran de Hydt apparut le visage de l'homme assis en face de lui.

— Mais…, reprit Dunne, quoi qu'il vous propose, vous êtes sûr que c'est le moment d'y penser ?

Hydt crut déceler une pointe de jalousie dans ce commentaire ; peut-être le mercenaire allait-il proposer un projet susceptible de contrecarrer les objectifs de Dunne avec Gehenna.

— Ces chiffres de ventes sont plus élevés que je ne pensais, répliqua Hydt à voix haute. Merci.

Il raccrocha et revint à Theron.

— Comment avez-vous entendu parler de moi ? voulut-il savoir.

Bien qu'ils fussent seuls, Theron baissa la voix en braquant ses yeux impitoyables sur Hydt.

— Le Cambodge. Je travaillais là-bas. On m'a parlé de vous.

Ah. Hydt comprenait à présent, et cela lui donna des frissons. L'année précédente, il avait profité d'un voyage d'affaires en Asie pour visiter plusieurs sites de charniers situés dans les tristement célèbres « champs de la mort », où les Khmers rouges avaient massacré des millions de Cambodgiens dans les années 1970. Au mémorial de Choeung Ek, où près de neuf mille corps étaient enterrés, Hydt avait parlé de ce massacre avec plusieurs vétérans et pris des centaines de photos pour sa collection. Quelqu'un avait dû mentionner son nom à Theron.

— Vos affaires vous appelaient là-bas, dites-vous ? demanda Hydt en pensant aux informations que venait de lui donner Dunne.

— Dans la région, répondit Theron, avec juste ce qu'il fallait d'approximation.

Malgré la curiosité qui le dévorait, Hydt s'efforça de masquer son enthousiasme, en homme d'affaires expérimenté qu'il était.

— Et quel est le rapport entre Isandlwana, le Cambodge et moi ?

— Ce sont des lieux où beaucoup de gens ont trouvé la mort. De nombreux corps ont été enterrés après être tombés au combat.

Choeung Ek était un génocide, pas un combat, mais Hydt ne le corrigea pas.

— Ces zones sont devenues sacrées. Et tant mieux, sans doute. Sauf que... Je vais vous parler d'un problème qui m'est apparu, reprit l'Afrikaner après un silence, et d'une solution à laquelle j'ai pensé. Ensuite vous me direz si vous jugez qu'une telle solution est envisageable et si cela vous intéresse de m'assister.

— Allez-y.

— J'ai beaucoup de contacts parmi les gouvernements et les entreprises, dans différentes parties de l'Afrique. Au Darfour, au Congo, en République centrafricaine, au Mozambique, au Zimbabwe, et dans quelques autres pays encore.

Des régions en guerre, décrypta Hydt.

— Ces pays s'inquiètent des conséquences engendrées par les catastrophes naturelles (comme la sécheresse, les cyclones, même la famine). Tout comme de nombreux autres pays qui ont enregistré des pertes importantes et où des quantités de corps ont été enterrées. Comme au Cambodge ou à Isandlwana.

— Oui, il y a beaucoup de répercussions en matière de santé publique : contamination de l'eau, maladies, etc., commenta Hydt innocemment.

— Je ne parle pas de cela, répliqua Theron sans détour. Je parle de superstition.

— De superstition ?

— Admettons par exemple que, par manque de moyens et de ressources, on ait jeté ces corps dans des fosses communes. Une honte, mais cela arrive.

— C'est vrai.

— Eh bien, si un gouvernement ou une organisation caritative désire construire sur ces fosses une structure dans le but d'améliorer le sort des populations (un hôpital, des logements sociaux, une route, peu importe), ils se heurtent à un problème. Le terrain est parfaitement constructible, ils ont l'argent pour bâtir et une main-d'œuvre disposée à travailler, mais ils savent que les habitants refuseront de se faire soigner dans cet hôpital ou d'habiter dans ces logements par peur des fantômes et des esprits. À mes yeux (et aux vôtres également j'en suis sûr), c'est absurde. C'est pourtant comme ça que réagissent beaucoup de gens. C'est triste pour les habitants : leur santé et leur sécurité pâtissent de ces idées stupides.

Hydt était très intéressé. Il tapotait des ongles sur le bureau, geste qu'il s'efforça de maîtriser.

— Voici donc mon idée : offrir à ces agences gouvernementales mes services pour évacuer les corps. Cela permettrait la construction d'usines, d'hôpitaux, de routes, de fermes, d'écoles et aiderait les pauvres et les misérables.

— Oui, fit Hydt. Déplacer les corps et les enterrer de nouveau ailleurs.

Theron posa les mains sur le bureau. Sa bague en or scintilla au soleil.

— C'est une possibilité. Mais qui coûterait cher. Et le même problème pourrait se poser à l'endroit où on les enterrerait de nouveau.

— C'est vrai. Mais quelles sont les autres options ? demanda Hydt.

— Votre spécialité.

— C'est-à-dire ?

— Peut-être… les recycler, murmura Theron.

Hydt imaginait déjà le scénario. Gene Theron, mercenaire manifestement brillant, avait fourni des troupes et des armes à des chefs de guerre dans toute l'Afrique, des hommes qui massacraient des milliers de gens qu'ils enfouissaient ensuite dans des fosses communes. Et voilà qu'ils s'inquiétaient que des gouvernements, des forces de maintien de la paix, les médias ou les groupes de défense des droits de l'homme découvrent ces corps.

Theron s'était déjà enrichi en fournissant les moyens de la destruction. À présent il voulait encore gagner de l'argent en effaçant toute trace de leur utilisation.

— Cela m'a semblé une solution intéressante, poursuivit Theron. Mais je ne saurais pas comment m'y prendre. Votre… intérêt pour le Cambodge et l'entreprise de recyclage que vous avez développée ici me font dire que peut-être, vous aussi, vous y aviez songé. Ou que vous seriez disposé à le faire. Je pensais à du béton ou du plâtre. Peut-être un fertilisant ?

Transformer ces corps en un matériau qui empêcherait qu'on y décèle les débris humains ! Hydt contenait sa joie avec grande difficulté. C'était tout simplement génial. Enfin, il devait y avoir des centaines de possibilités à travers le monde : en Somalie, en ex-Yougoslavie, en Amérique latine… quant à l'Afrique, elle débordait de charniers. Par milliers. Son cœur battait la chamade.

— Voilà mon idée. Un partenariat cinquante-cinquante. Je fournis les déchets et vous les recyclez.

Theron semblait trouver tout cela plutôt amusant.

— Je crois que nous allons pouvoir faire affaire, conclut Hydt en serrant la main de l'Afrikaner.

35

Ce que risquait le plus James Bond en revêtant l'identité d'emprunt de Gene Theron, c'était de se faire reconnaître par Niall Dunne qui l'avait peut-être vu en Serbie, ou à la base militaire de March, ou même entendu parler de lui à Dubaï, si le type à la veste bleue travaillait pour Hydt.

Dans ce cas-là, au moment où Bond, téméraire, entrerait dans les bureaux de Green Way afin de proposer à Hydt un marché impliquant le recyclage de cadavres enfouis dans des charniers aux quatre coins de l'Afrique, Dunne le tuerait sur-le-champ ou bien le ferait disparaître dans l'un de leurs charniers privés après l'avoir descendu de sang-froid.

Mais à présent qu'il serrerait la main de Severan Hydt dont la curiosité grandissait, Bond pensait que sa couverture tenait la route. Jusque-là. Hydt avait d'abord eu quelques soupçons, c'était normal, mais il avait choisi d'accorder à Theron le bénéfice du doute. Pourquoi ça ? Parce que Bond l'avait attiré à l'aide d'un appât auquel il ne pouvait résister : la mort et la décrépitude.

Ce matin-là, depuis le QG du SAPS, Bond avait contacté Philly Maidenstone et Osborne-Smith – son nouvel allié – avec qui il avait épluché les relevés bancaires de Hydt et Green Way. Ils avaient appris qu'il n'avait pas seulement visité les champs de la mort cambodgiens, mais aussi ceux de Cracovie, et qu'il s'était rendu plusieurs fois à Auschwitz. Parmi ses dépenses de l'époque figuraient l'achat de piles et d'un flash pour appareil photo.

Ce type a développé un tout nouveau concept porno...

Si Bond voulait entrer dans la vie de Hydt, il lui fallait satisfaire ce désir : lui offrir un accès à des charniers secrets en Afrique et la possibilité de recycler des cadavres humains.

Bond avait passé les trois heures suivantes à endosser tant bien que mal la personnalité d'un mercenaire afrikaner de Durban, sous la tutelle de Bheka Jordaan. Gene Theron aurait un parcours légèrement atypique : ses ancêtres étaient huguenots plutôt que néerlandais et ses parents avaient privilégié l'usage de l'anglais et du français à la maison, ce qui expliquait qu'il parle peu l'afrikaans. Une éducation britannique au Kenya justifierait son accent. Jordaan avait tout de même enseigné à Bond quelques mots de dialecte ; si Leonardo DiCaprio et Matt Damon (des Américains, de surcroît !) avaient réussi à maîtriser l'intonation sud-africaine à l'occasion de films récents, elle ne voyait pas pourquoi lui ne pouvait pas faire de même.

Tandis qu'elle lui inculquait les faits que tout mercenaire sud-africain devait connaître, le sergent Mbalula était allé chercher dans leur stock de pièces à conviction une Breitling tape-à-l'œil ayant appartenu à un dealer pour remplacer l'élégante Rolex de Bond, ainsi qu'un bracelet en or. Ensuite, il s'était rendu au centre commercial de Mil Street où il avait acheté une bague qu'il avait fait graver aux initiales EJT.

Pendant ce temps, le lieutenant Kwlaene Nkosi avait travaillé d'arrache-pied avec la Cellule I de l'ODG à Londres afin de fabriquer l'identité fictive de Gene Theron en mettant sur internet des informations biographiques concernant ce mercenaire endurci, accompagnées de photos retravaillées par Photoshop et d'informations au sujet de sa supposée entreprise.

Des conférences sur l'infiltration qu'il avait suivies à Fort Monckton, Bond avait retenu ce principe, énoncé par l'un de ses formateurs : « Si vous n'êtes pas présent sur internet, vous n'êtes pas réel. »

Nkosi avait ensuite imprimé des cartes de visite au nom d'EJT Services, S.A., puis le MI6 avait usé de ses contacts à Pretoria pour faire figurer l'entreprise dans le registre du commerce en antidatant les documents. Jordaan voyait d'un mauvais œil cette pratique (qui constituait, pour elle, une offense à la loi), mais dans la mesure où ni elle ni le SAPS n'étaient impliqués, elle les laissa faire. La Cellule I avait également créé une fausse enquête criminelle émanant de la police cambodgienne concernant l'attitude douteuse de Theron en Birmanie, laquelle mentionnait quelques activités peu reluisantes dans d'autres pays.

Le faux Afrikaner avait franchi la première étape. La seconde, autrement plus dangereuse, était proche. Hydt avait décroché son téléphone pour inviter Niall Dunne à venir rencontrer « un homme d'affaires de Durban ».

Après avoir raccroché, Hydt demanda :

— Disposeriez-vous de quelques photos de ces charniers ? Des fosses communes ?

— Je peux vous trouver ça, répondit Bond.

— Bien.

Hydt souriait comme un gamin. Il se frotta la barbe du dos de la main.

Bond entendit la porte s'ouvrir derrière lui.

— Ah, voici mon associé, Niall Dunne… Niall, je vous présente Gene Theron, de Durban.

Le moment était arrivé. Allait-il se faire descendre ? Bond se leva, se retourna et, regardant droit devant lui, avança vers l'Irlandais qu'il gratifia du sourire poli que présente un homme d'affaires à un confrère lors d'une première rencontre. Tandis qu'ils se serraient la main, Dunne l'observa de son regard perçant.

Toutefois, pas la moindre trace de soupçon dans ses yeux. Bond en était certain : Dunne ne l'avait pas démasqué.

Après avoir refermé la porte derrière lui, l'Irlandais lança un regard interrogateur à son patron qui lui tendit la carte de visite d'EJT Services. Les trois hommes prirent un siège.

— M. Theron a une proposition ! annonça Hydt, enthousiaste.

Il expliqua le projet dans ses grandes lignes.

Dunne était manifestement intrigué lui aussi.

— Oui, ça pourrait être une bonne idée, reconnut-il. Des petits détails logistiques à régler, bien sûr.

— M. Theron va nous montrer quelques photos des lieux. Pour qu'on se fasse une idée plus précise de ce que cela représente.

Dunne le regarda de nouveau ; il ne semblait pas méfiant, plutôt dégoûté par cette idée.

— On doit être à l'usine à quinze heures trente, rappela-t-il à Hydt. Pour la réunion. Votre bureau est au coin de la rue, non ? dit-il s'adressant cette fois à Bond. Pourquoi n'allez-vous pas les chercher maintenant, ces photos ?

Il avait mémorisé l'adresse après un seul coup d'œil, nota Bond.

— Eh bien... oui, pourquoi pas ? répondit ce dernier en essayant de gagner du temps.

— Parfait, répondit Dunne.

Quand il ouvrit la porte pour Bond, sa veste révéla un pistolet Beretta coincé dans sa ceinture, sans doute celui qu'il avait utilisé pour assassiner les Serbes.

S'agissait-il d'un message ? D'un avertissement ?

Bond fit comme s'il n'avait rien vu. Il adressa un signe de tête aux deux hommes.

— Je reviens dans trente minutes.

Mais Gene Theron était parti depuis cinq minutes seulement quand Dunne annonça :

— Allons-y.

— Où ? demanda Hydt.

— Au bureau de Theron. Tout de suite.

Hydt remarqua sur le visage de son associé une expression de défi.

Encore cette drôle de jalousie. Que se passait-il dans la tête de Dunne ?

— Pourquoi ? Vous ne lui faites pas confiance ?

— Ce n'est pas une mauvaise idée, ceci dit, répondit Dunne comme s'il n'avait rien entendu. On a déjà évoqué ensemble la destruction des corps. Mais ça n'entre pas en ligne de compte pour vendredi. Je trouve ça un peu étrange qu'il sorte de nulle part pile à ce moment-là, c'est tout. Ça me rend nerveux.

Mais l'ex-soldat se gardait bien de le montrer.

Hydt se radoucit : il avait besoin de quelqu'un qui garde les pieds sur terre, et il devait admettre que la proposition de Theron lui avait tourné la tête.

— Vous avez raison.

Ils enfilèrent leur veste, quittèrent le bureau et remontèrent la rue en direction de l'adresse mentionnée sur la carte.

Hydt priait pour que Theron ne soit pas un imposteur. Les cadavres, des hectares de squelettes... Il voulait les voir à tout prix, respirer l'air qui les entourait. Et admirer les photos, évidemment.

Ils arrivèrent à l'immeuble qui abritait les bureaux de la filiale de Gene Theron au Cap, un bâtiment typique du quartier des affaires, mélange fonctionnel de métal et de pierre, en partie inoccupé semblait-il. Il n'y avait pas de gardien à l'entrée, ce qui était inhabituel. Les deux hommes prirent l'ascenseur jusqu'au quatrième étage et trouvèrent le bureau 403.

— Il n'y a pas de nom d'entreprise, observa Hydt. Juste le numéro du bureau. C'est bizarre.

— Ça ne me dit rien qui vaille, renchérit Dunne. Et je n'entends rien, ajouta-t-il après avoir collé son oreille à la porte.

— Essayez de l'ouvrir, proposa Hydt.

Il s'exécuta.

— Fermée à clé.

Terriblement déçu, Hydt se demanda s'il ne s'était pas trahi devant Theron en lui révélant quoi que ce soit de compromettant. Il ne le pensait pas.

— On devrait réunir notre personnel de sécurité. Quand Theron reviendra, s'il revient, on l'emmène au sous-sol. J'arriverai bien à découvrir ce qu'il fabrique.

Ils s'apprêtaient à repartir quand Hydt, désireux de croire qu'on pouvait compter sur Theron, fit à Dunne :

— Frappez, on verra si quelqu'un répond.

Après un moment d'hésitation, Dunne ouvrit sa veste afin de pouvoir empoigner son Beretta à tout instant. Il frappa à la porte.

Rien.

Ils retournèrent vers l'ascenseur.

Au même moment, la porte du bureau s'ouvrit.

Gene Theron ne cacha pas sa surprise :

— Hydt... Dunne. Que faites-vous ici ?

36

Après un instant d'hésitation, l'Afrikaner fit entrer les deux hommes. S'il n'y avait aucune pancarte sur la porte, une modeste plaque était accrochée au mur : « EJT Services, S.A., Durban, Le Cap, Kinshasa ».

Dans le petit bureau travaillaient trois employés, leurs bureaux couverts de dossiers et de documents, caractéristique commune à tous les bureaux, quel que soit le genre d'activités qu'ils abritent.

— On s'est dit qu'on allait vous épargner le voyage, expliqua Dunne.

— Tiens donc, répondit Theron.

Hydt comprit que le mercenaire voyait clair dans leur jeu. Néanmoins, Theron travaillant dans une branche où la confiance pouvait s'avérer aussi dangereuse qu'un explosif, il n'était pas complètement surpris. Après tout, lui-même avait dû faire la même chose et vérifier la fiabilité de Hydt auprès des Cambodgiens, entre autres, avant de venir lui proposer son projet. C'était la loi du genre.

Les murs fissurés et les petites fenêtres donnant sur une cour sans attrait rappelèrent à Hydt que même les activités illégales comme celles de Theron n'étaient pas forcément aussi lucratives que l'image qu'en donnaient les films et les médias. Le plus grand bureau, celui de Theron, au fond, demeurait modeste.

L'un des employés, un Africain grand et maigre, parcourait un catalogue d'armes automatiques en ligne. Certains articles étaient accompagnés d'étoiles clignotantes, ce qui indiquait une réduction de dix pour cent. Un autre employé tapait frénétiquement sur le clavier d'un ordinateur, n'utilisant que ses index. Les deux hommes portaient chemise blanche et cravate étroite.

Une secrétaire était assise à l'entrée du bureau de Theron. Hydt vit qu'elle était belle mais jeune, donc sans attrait à ses yeux.

— Ma secrétaire était justement en train de vous imprimer les dossiers dont je vous ai parlé, annonça Theron.

Un instant plus tard, des images de charniers commencèrent à sortir de l'imprimante couleur.

Oui, c'est bien, songea Hydt en les examinant. Très bien, même. Les premières photographies avaient été prises peu de temps après les massacres. Des hommes, des femmes et des enfants tués par balle ou à la hache. Certains avaient été amputés des mains voire des avant-bras de leur vivant, une technique prisée par les chefs de guerre et les dictateurs africains pour punir et contrôler le peuple. Une quarantaine de corps reposaient dans la fosse. Le décor était subsaharien, toutefois il était impossible de localiser exactement les lieux. Sierra Leone, Liberia, Côte d'Ivoire, République centrafricaine. Ce continent troublé offrait tant de possibilités.

D'autres photos suivirent, montrant les corps à différents stades de décomposition. Hydt les observa avec une attention particulière.

— LRA ? demanda Dunne avec cynisme.

Ce fut le grand maigre qui répondit :

— M. Theron ne collabore pas avec l'Armée de résistance du Seigneur !

Ce groupe rebelle qui opérait en Ouganda, en République centrafricaine et dans certaines régions du Congo et du Soudan, plaçait au cœur de sa philosophie (si l'on pouvait la désigner ainsi) un extrémisme religieux et mystique. Il s'agissait ni plus ni moins d'une milice chrétienne violente. Elle avait commis des atrocités innombrables et était réputée, entre autres, pour recruter des enfants soldats.

— On n'est pas obligé de travailler pour eux, renchérit Theron.

Ce sens de la moralité amusa Hydt.

Une demi-douzaine de photos sortit de l'imprimante. Les dernières représentaient une grande fosse d'où dépassaient des os et des morceaux de corps à la peau desséchée.

Hydt les montra à Dunne.

— Qu'en pensez-vous ? lui demanda-t-il.

Puis, se tournant vers Theron, il précisa :

— Niall est ingénieur.

L'Irlandais les étudia pendant quelques minutes.

— Les fosses ont l'air peu profondes. Facile d'extraire les corps. Le problème, c'est comment dissimuler leur présence. Selon le temps qu'ils ont passé là, une fois qu'on enlèvera les corps, il y aura un grand écart de température dans le sol. Pendant plusieurs mois. C'est possible de le détecter si on a l'équipement approprié.

— Plusieurs mois ? fit Theron en fronçant les sourcils. Je l'ignorais.

Puis il se tourna vers Hydt.

— Il est bon, jugea-t-il en indiquant l'Irlandais.

— Oui, je le surnomme « l'homme qui pense à tout ».

— On pourrait recouvrir avec de la végétation qui pousse rapidement, proposa Dunne, pensif. Et il existe des vaporisateurs qui éliminent les résidus d'ADN. Il y aurait beaucoup de détails à régler, mais rien qui semble insurmontable.

Les problèmes techniques mis de côté, Hydt se concentra de nouveau sur les photos.

— Est-ce que je peux les garder ?

— Bien sûr. Est-ce que vous voulez des copies scannées ? Elles seront plus précises.

— Volontiers, répondit Hydt en souriant.

Theron les téléchargea sur une clé USB qu'il donna à Hydt.

— J'aimerais bien qu'on rediscute de tout cela, dit ce dernier. Vous seriez disponible plus tard dans la journée ?

— Je peux m'arranger.

— Vous êtes en réunion cet après-midi, lui rappela Dunne et il y a la soirée caritative ce soir...

— L'une des organisations à qui je fais des donations organise une soirée, expliqua Hydt. Je dois y être. Mais... si vous n'avez rien de prévu, pourquoi ne pas me rejoindre là-bas ?

— Est-ce que je devrai donner de l'argent ? demanda Theron.

Hydt ne parvenait pas à savoir s'il plaisantait ou non.

— Pas nécessairement. Vous devrez écouter quelques discours et boire du vin.

— D'accord. Où ça ?

Hydt jeta un œil à Dunne qui répondit pour lui :

— Au Lodge Club. À dix-neuf heures.

— Mettez une veste, mais pas besoin de s'embarrasser avec une cravate, lui recommanda Hydt.

— Très bien, à ce soir, alors.

Theron leur serra la main.

Ils quittèrent son bureau et sortirent de l'immeuble.

— Il est fiable, affirma Hydt, sans réellement s'adresser à Dunne.

Ils étaient en route vers les bureaux de Green Way quand Dunne répondit à son téléphone. Au bout de quelques minutes, il raccrocha et annonça :

— C'était au sujet de Stephan Dlamini.

— Qui ça ?

— L'employé qu'il faut éliminer, au service d'entretien. Celui qu'on soupçonne d'avoir lu des e-mails concernant vendredi prochain.

— Ah, oui.

— Nos gars ont trouvé son adresse à Primrose Gardens, à l'est de la ville.

— Comment va-t-on s'y prendre ?

— Apparemment, sa fille a eu des embrouilles avec un dealer du coin. Il a menacé de la tuer. On s'arrangera pour qu'il ait l'air d'avoir manigancé tout ça. Il a déjà attaqué des gens à la bombe incendiaire.

— Ce Dlamini a donc une famille.

— Une femme et cinq enfants. Il faudra les tuer aussi. Il a pu parler à sa femme de ce qu'il a vu. Et s'ils vivent dans un bidonville, il y a des chances qu'ils s'entassent tous dans une ou deux pièces, donc tout le monde peut être au courant. On utilisera des grenades et des bombes incendiaires. À mon avis, le meilleur moment, c'est à l'heure du dîner. Tout le monde sera réuni. Ils ne souffriront pas trop.

— Je ne me faisais pas de soucis pour ça.

— Moi non plus. Ce que je veux dire, c'est que c'est le meilleur moyen de les avoir tous d'un coup. Rapide. Efficace.

Après le départ des deux hommes, le lieutenant Kwalene Nkosi se leva du bureau où il avait fait mine de passer en revue un catalogue d'armes automatiques et pointa l'écran du doigt :

— C'est fou tout ce qu'on peut acheter sur internet, vous ne trouvez pas, commandant Bond ?

— Oui.

— Si on achète neuf mitraillettes, la dixième est gratuite ! lança-t-il au sergent Mbalula, celui qui tapait frénétiquement avec seulement deux doigts.

— Merci pour votre réponse du tac au tac au sujet de la LRA, lieutenant, fit Bond.

Il n'avait pas reconnu l'abréviation anglaise de l'Armée de résistance du Seigneur, un groupe que tout bon mercenaire africain ne pouvait ignorer. Sans l'intervention du policier, l'affaire aurait pu tourner court.

La « secrétaire » de Bond, Bheka Jordaan, jeta un œil par la fenêtre.

— Ils s'éloignent. Je ne vois personne d'autre avec eux.

— On les a eus, je crois, dit le sergent Mbalula.

La ruse semblait effectivement avoir fonctionné. Bond avait prévu que l'un des deux hommes (le très réactif Dunne, à coup sûr) allait vouloir vérifier son bureau du Cap. Il craignait qu'un lieu trop prestigieux rende Hydt méfiant.

Pendant que Bond avait téléphoné à Hydt pour présenter son projet concernant les charniers, Jordaan avait trouvé un petit bureau appartenant au ministère de la Culture, inoccupé pour le moment. Nkosi avait imprimé quelques cartes de visite mentionnant l'adresse, et avant que Bond ne parte rencontrer Hydt, les officiers du SAPS avaient pris possession des lieux.

— Vous serez ma collaboratrice, avait dit Bond à Jordaan en souriant. Ça fera bon effet pour moi d'avoir une belle et intelligente associée.

— Pour être crédible, un bureau comme celui-ci a besoin d'une secrétaire, et ce doit être une femme, avait-elle répondu sèchement.

— Si vous préférez.

— Ce n'est pas une question de préférence. C'est comme ça.

Si Bond avait prévu la visite des deux hommes, il n'avait pas imaginé en revanche que Hydt puisse demander à voir les photos des charniers. Il aurait dû s'en douter. Dès qu'il avait quitté le bureau de Hydt, il avait appelé Jordaan en lui demandant de trouver des photos de charniers africains dans les archives militaires et policières. Malheureusement, cela n'était que trop facile et le temps que Bond revienne, elle en avait déjà téléchargé une dizaine.

— Est-ce que vous pouvez garder le bureau un jour ou deux ? Au cas où Dunne revienne ? demanda Bond.

— Je peux laisser un officier ici. Sergent Mbalula, vous monterez la garde.

— Bien, capitaine.

— J'expliquerai la situation à un agent qui viendra vous remplacer.

Puis, se tournant vers Bond, elle demanda :

— Vous pensez que Dunne va revenir ?

— C'est possible. C'est Hydt le patron, mais il est distrait. Dunne est très concentré et méfiant. À mon avis, ça le rend plus dangereux.

— Commandant, intervint Nkosi en ouvrant un vieil attaché-case. C'est arrivé pour vous au commissariat.

Il lui remit une épaisse enveloppe. Bond l'ouvrit. Il y trouva dix mille rands en billets usagés, un faux passeport sud-africain, des cartes de crédit, une carte de retrait, toutes au nom d'Eugene J. Theron. La Cellule I avait une nouvelle fois fait des miracles.

Il trouva également un message : « Réservation pour séjour illimité au Table Mountain Hotel, vue sur mer ».

Bond fourra le tout dans sa poche.

— Bien, maintenant, le Lodge Club, c'est là que je retrouve Hydt ce soir. Ça ressemble à quoi ?

— Trop cher pour moi, commenta Nkosi.

— C'est un restaurant et une salle de réception pour différents événements, l'informa Jordaan. Je n'y suis jamais allée non plus. Avant, c'était un club de chasse privé. Réservé aux hommes blancs. Et puis, après les élections de 94, quand le

Congrès national africain est arrivé au pouvoir, les propriétaires ont préféré fermer le club et vendre le bâtiment plutôt que d'accepter des Noirs. Les membres, eux, n'y voyaient pas d'inconvénient mais refusaient d'intégrer les femmes. Je suis sûre que chez vous, ce genre de clubs n'existe pas, James ?

Il ne voulait pas admettre que si.

— Dans mon club préféré de Londres, vous verrez la quintessence de la démocratie à l'œuvre. Tout le monde est libre d'adhérer… et de perdre de l'argent aux tables de jeu. Comme moi. Avec une certaine régularité, ajouterais-je.

Nkosi éclata de rire.

— Si jamais vous venez à Londres, je serais ravi de vous y emmener, dit-il à Jordaan.

Elle ne releva pas cette remarque qui devait s'apparenter à ses yeux à de la drague éhontée.

— Je vais vous conduire à votre hôtel, proposa le jeune officier qui avait retrouvé son sérieux. Je vais peut-être démissionner du SAPS si vous me trouvez un boulot en Angleterre, commandant.

Pour travailler à l'ODG ou au MI6, il fallait être citoyen britannique et avoir au moins un parent anglais ou jouissant de liens étroits avec ce pays. Il fallait également habiter sur place.

— Après mon impressionnante performance de tout à l'heure, déclara Nkosi en brandissant le bras, je me sens prêt à devenir acteur. Je vais déménager à Londres pour travailler dans le West End. C'est là que se trouvent tous les grands théâtres, non ?

— Oui, c'est vrai, confirma Bond qui n'y avait pas mis les pieds depuis des lustres.

— Je suis sûr que j'aurai du succès, renchérit le jeune homme. Je suis fan de Shakespeare. Et de David Mamet. Pas de doute là-dessus.

Bond supposa qu'en travaillant pour Bheka Jordaan, le jeune homme avait rarement l'occasion de plaisanter.

37

L'hôtel était situé près de la baie de la Table, à Green Point, un quartier à la mode du Cap. C'était un bâtiment ancien de six étages au style classique qui dissimulait mal son passé colonial (non qu'il tentât réellement de le faire). Celui-ci apparaissait clairement dans la minutie avec laquelle les employés entretenaient les jardins, les affiches rappelant poliment la tenue correcte exigée au restaurant, les uniformes blancs du personnel discret mais disponible, le mobilier en rotin de la vaste véranda surplombant la baie.

Un autre détail trahissait ce passé : on proposa à M. Theron un majordome personnel pour la durée de son séjour. Il déclina.

Le Table Mountain Hotel, dont les initiales, TM, ornaient le sol de marbre tout comme les serviettes de la salle à manger, constituait le point de chute idéal pour un riche homme d'affaires afrikaner de Durban, qu'il soit un honnête représentant en produits informatiques ou un mercenaire cherchant à dissimuler dix mille cadavres.

Après avoir obtenu les clés de sa chambre, Bond se dirigeait vers l'ascenseur quand quelque chose attira son regard. Il bifurqua vers la boutique de souvenirs où il acheta de la mousse à raser dont il n'avait nul besoin. Puis il revint vers la réception pour se servir un grand verre de jus de fruits mis à la disposition des clients dans une carafe bordée de fleurs de jacaranda violettes et de roses rouges et blanches.

Il avait le sentiment qu'on le surveillait, sans toutefois en être certain. Quand il fit brusquement volte-face, son verre à la main, il aperçut une ombre disparaître aussitôt.

De nombreuses possibilités ouvrent la voie à de nombreux espions...

Bond attendit un moment, mais l'ombre ne réapparut pas.

Bien entendu, un espion vit toujours dans la paranoïa, or parfois un passant n'est rien d'autre qu'un passant et un regard curieux témoigne tout bonnement d'un esprit curieux. Par ailleurs, dans ce métier, on ne peut jamais se prémunir de tous les risques : si quelqu'un veut vraiment votre peau, il parviendra à ses fins. Bond décida de laisser tomber et prit l'ascenseur jusqu'au premier étage, où les chambres donnaient sur une galerie ouverte surplombant le hall de l'hôtel. Il pénétra dans sa chambre, ferma la porte et passa la chaîne.

Il lança sa valise sur l'un des lits avant de tirer le rideau. Il glissa tout ce qui pouvait révéler sa véritable identité dans une enveloppe de plastique à fibre de carbone qu'il scella par clé électronique. D'un coup d'épaule, il souleva une commode puis glissa l'enveloppe dessous. On pouvait la trouver et la voler, certes, mais si quiconque tentait de l'ouvrir sans son empreinte sur la clé, la puce électronique transmettrait un message crypté à la Cellule C de l'ODG puis Bill Tanner enverrait un texto de « rapport d'incident » afin d'avertir Bond que sa couverture était révélée.

Il commanda au room-service un sandwich club accompagné d'une bière Gilroy. Ensuite, il prit une douche. Le temps d'enfiler un pantalon gris et un polo noir, sa commande était arrivée. Il passa un coup de peigne dans ses cheveux mouillés et après avoir jeté un regard à l'œilleton, ouvrit la porte au serveur.

Ce dernier déposa sur la table basse le plateau et l'addition signée E.J. Theron par la main de Bond. L'écriture était la seule chose qu'on ne pouvait travestir, quelle que soit la couverture qu'on endossait. Le serveur empocha son pourboire sans cacher son contentement. Quand Bond raccompagna le jeune homme à la porte pour replacer la chaîne derrière lui, il parcourut automatiquement des yeux la galerie ainsi que le hall, à l'étage inférieur.

Son regard se figea et il referma la porte en vitesse.

Merde.

Il délaissa à regret son sandwich (et surtout sa bière) pour enfiler ses chaussures et ouvrir sa valise. Il vissa le silencieux Gremtech sur le canon de son Walther et, même s'il l'avait déjà vérifié peu de temps auparavant au QG du SAPS, fit glisser le canon de son pistolet de quelques millimètres pour s'assurer que la chambre contenait un chargeur.

Il plaça l'arme dans un exemplaire du *Cape Times* plié en deux qu'il déposa entre le sandwich et la bière, sur le plateau. Il souleva ce dernier d'une main et le porta au-dessus de son épaule puis quitta la chambre, le visage dissimulé derrière le plateau. Bien qu'il ne portât pas de tenue de serveur, il avançait d'un pas vif, tête baissée, si bien que, de prime abord, on aurait pu le prendre pour un employé concentré sur sa tâche.

Au bout du couloir, il franchit les portes pare-feu donnant sur l'escalier, déposa le plateau par terre et saisit le journal ainsi que son dangereux contenu. Puis il descendit sans un bruit la volée de marches qui menait au rez-de-chaussée.

Par le hublot de la porte battante il aperçut sa cible, assise sur le fauteuil d'un coin reculé du hall, dans l'ombre, quasi invisible. Lui tournant presque le dos, il fixait la galerie du premier étage par-dessus son journal. Manifestement, il n'avait pas remarqué la sortie de Bond.

L'agent secret mesura les distances et les angles, le nombre de clients, leur position, le personnel, sans oublier les vigiles. Il laissa passer un porteur poussant un chariot de valises, un serveur qui apportait à un client posté à l'autre extrémité une cafetière en argent sur un plateau, ainsi qu'un groupe de touristes qui se dirigeaient en masse vers la porte, attirant l'attention de sa cible.

Maintenant, décida Bond.

Il poussa la porte et avança rapidement jusqu'au fauteuil d'où dépassait la tête de son homme. Après l'avoir contourné, il se laissa tomber dans le siège d'à côté avec un grand sourire, comme s'il venait de retrouver un vieil ami. Il avait l'index sur la détente de son Walther, que le caporal-chef Menzies avait réglée à un degré de sensibilité extrême.

L'autre leva son visage rougeaud couvert de taches de rousseur. Il écarquilla les yeux, surpris d'avoir été roulé. Ce regard signifiait également que Bond ne s'était pas trompé : ce type l'avait bel et bien suivi.

C'était lui que Bond avait croisé à l'aéroport ce matin-là et qu'il avait pris pour le capitaine Jordaan.

— Ravi de vous voir ici ! lança-t-il joyeusement pour dissiper les soupçons d'un éventuel espion assistant à la scène.

Il souleva le journal plié de sorte que son silencieux soit pointé vers la poitrine de son interlocuteur.

Curieusement, la surprise de celui-ci céda la place non à la peur ou à l'exaspération, mais à l'amusement.

— Ah, M... Theron, non ? C'est bien votre nom, en ce moment ?

Il avait l'accent de Manchester. Il posa ses mains grassouillettes bien en vue, paumes vers le ciel.

Bond pencha la tête d'un côté.

— Ces munitions sont presque subsoniques. Avec le silencieux, vous serez mort et moi envolé avant que quiconque s'en aperçoive.

— Oh, vous n'allez pas me tuer. Cela vous serait terriblement préjudiciable.

Bond avait entendu quantité de monologues pareils au moment où il visait un adversaire. En général, les bons mots servaient à gagner du temps ou à détourner son attention afin que la cible puisse tenter une contre-attaque de dernière minute. Bond savait faire la sourde oreille à ce genre de discours pour se concentrer sur les mains et le langage corporel de son adversaire.

Toutefois, il ne put manquer d'entendre ce que le rondouillard ajouta :

— Après tout, comment M réagirait-il en apprenant que vous avez descendu l'un des meilleurs agents de la Couronne ? Qui plus est, dans un décor aussi somptueux.

38

Il s'appelait Gregory Lamb, ce que confirma l'application de reconnaissance par l'iris et l'empreinte de Bond. C'était l'agent du MI6 basé au Cap que Bill Tanner lui avait conseillé d'éviter.

Ils se trouvaient dans la chambre de Bond, sans bière ni sandwich. À sa grande déception, un employé zélé avait déjà emporté le plateau déposé au bas des escaliers au moment où Lamb et lui regagnaient le premier étage.

— J'aurais pu vous tuer, marmonna Bond.

— Oh, je ne craignais pas grand-chose ! Vos patrons ne confient pas ce genre de calibre à des petits fous de la gâchette… Allons, allons, mon ami, ne soyez pas si contrarié ! Certains d'entre nous savent bien de quoi votre organisation est vraiment capable.

— Comment avez-vous su que j'étais au Cap ?

— Disons que j'ai fait fonctionner mes méninges. J'ai eu vent de certaines manigances et j'ai contacté quelques amis à Lambeth.

L'inconvénient d'avoir recours au MI6 ou au DI était que beaucoup trop de gens pouvaient suivre vos activités.

— Pourquoi ne pas m'avoir contacté par un moyen sécurisé, tout simplement ? demanda Bond d'un ton sec.

— C'était bien mon intention, mais en arrivant ici, j'ai remarqué qu'on vous suivait, figurez-vous.

Cela éveilla la curiosité de Bond.

— Un homme mince avec une veste bleue et une boucle d'oreille en or ?

— Eh bien, pour la boucle d'oreille, je ne sais pas, j'ai la vue qui a baissé. Pour le reste, ça lui ressemble, en effet. Il a traîné un moment avant de s'envoler comme la nappe au lever du soleil. Vous savez, la célèbre nappe de brume de la Montagne de la Table !

Bond n'était pas d'humeur à écouter des anecdotes locales. Bon sang, l'homme qui avait tué Youssouf Nasad et failli réserver le même sort à Felix Leiter avait découvert qu'il était là. Il s'agissait sans doute de l'homme mentionné par Jordaan, celui qui s'était introduit dans le pays le matin même en provenance d'Abou Dhabi avec un faux passeport britannique.

De qui pouvait-il bien s'agir ?

— Vous avez pris une photo ?

— Diantre, non ! Il était plus rapide que son ombre.

— Est-ce que vous avez identifié autre chose ? Sa marque de téléphone portable, son arme, son véhicule ?

— Rien. Volatilisé. Plus rapide que son ombre.

Il haussa ses larges épaules, que Bond devinait couvertes de taches de rousseur elles aussi.

— Vous étiez à l'aéroport à mon arrivée. Pourquoi n'êtes-vous pas venu me trouver ?

— J'ai aperçu le capitaine Jordaan. Elle a jamais pu me sentir, allez savoir pourquoi. Peut-être qu'elle me voit comme un chasseur colonial prêt à reconquérir son pays. Elle m'a passé un sacré savon il y a quelques mois, vous savez ?

— Mon chef de section m'a dit que vous étiez en Érythrée.

— En effet, j'étais là-bas, puis à la frontière soudanaise la semaine dernière. On dirait qu'ils se sont lancés dans la guerre, alors je me suis carapaté, pour pas risquer de griller ma couverture. Je me suis débrouillé pour revenir ici et puis j'ai entendu parler d'une opération de l'ODG. Bizarre qu'on ne m'ait pas prévenu...

— Ils ont pensé que vous étiez déjà engagé dans une affaire délicate, répondit Bond judicieusement.

— Ah, fit l'autre qui sembla y croire. Enfin bref, je me suis dit qu'il valait mieux faire un saut pour donner un coup de main. Le Cap est une drôle de ville, voyez-vous. On dirait une jolie cité bien propre et touristique, mais il ne faut pas s'y laisser prendre. Sans vouloir me vanter, mon ami, il vous faut quelqu'un comme moi pour pénétrer sous la surface et décrypter ce qui se passe. J'ai des contacts. Vous connaissez d'autres agents du MI6 qui ont resquillé de l'argent au Programme national de développement sud-africain afin de financer leurs activités d'espionnage ? Grâce à moi, la Couronne a réalisé un joli profit l'année dernière.

— Qui est parti entièrement dans les coffres de la Trésorerie, évidemment ?

Lamb haussa les épaules.

— J'ai un rôle à jouer, non ? Aux yeux du monde, je suis un homme d'affaires qui réussit. Si vous ne jouez pas votre rôle à fond, eh bien, un grain de sable pénètre les rouages et en moins de temps qu'il n'en faut pour le dire, vous avez le mot « espion » tatoué sur le front... Dites, ça vous embête si je me sers dans votre minibar ?

Bond fit un vague geste de la main.

— Je vous en prie.

Lamb saisit une mignonnette de gin Bombay Sapphire, puis une deuxième. Il les versa dans un verre.

— Pas de glaçons ? Dommage. Enfin, c'est pas grave.

Il ajouta un peu de Schweppes.

— En quoi consiste votre couverture, exactement ?

— En gros, je m'occupe des contrats d'affrètement de cargos. Une idée géniale, si je peux me permettre. Ça me donne l'occasion de rencontrer les voyous des docks. Je cherche aussi un peu d'or et d'aluminium, et je suis impliqué dans la construction de routes et d'infrastructures.

— Et il vous reste du temps pour espionner ?

— Ah, elle est bien bonne, mon ami !

Sans raison, Lamb entreprit de raconter sa vie à Bond. Il était citoyen britannique, comme sa mère, tandis que son père était sud-africain. Il s'était installé ici avec ses parents et s'y plaisait plus qu'à Manchester. Après sa formation à Fort Monckton, il avait demandé à y être renvoyé. La Station Z était la seule pour qui il ait jamais travaillé. Il passait le plus clair de son temps au Cap-Occidental, toutefois ses activités nécessitaient souvent des voyages dans toute l'Afrique.

Quand il s'aperçut que Bond n'écoutait pas, il but une longue gorgée et demanda :

— Alors, vous travaillez sur quoi, exactement ? Quelque chose en lien avec ce Severan Hydt ? Voilà un nom qui en jette. Comme « Incident Vingt ». Ça me plaît. On dirait plutôt une invention de la DI 55, vous savez, ceux qui cherchent les ovnis dans les Midlands.

— J'ai travaillé pour la DI, rétorqua Bond, exaspéré. La Division 55 s'occupait des missiles et des avions violant l'espace aérien britannique, pas des ovnis.

— Ah oui, oui, je n'en doute pas… en tout cas, c'est ce qu'ils faisaient croire au grand public, sûrement, non ?

Bond était à deux doigts de le mettre dehors. Toutefois, il pouvait peut-être lui fournir quelques renseignements utiles.

— Vous avez donc entendu parler de l'Incident Vingt. Une idée sur le lien qu'il pourrait avoir avec l'Afrique du Sud ?

— J'ai reçu le message, concéda Lamb, mais je n'y ai pas vraiment prêté attention, dans la mesure où l'attaque était censée avoir lieu sur le sol britannique.

Bond lui rappela la formulation exacte, qui ne précisait aucun lieu mais se contentait de mentionner que les intérêts britanniques seraient « sévèrement touchés ».

— Ça pourrait donc se passer n'importe où, je n'y avais pas pensé.

Ou vous n'avez pas lu assez attentivement.

— Et maintenant, le cyclone arrive jusqu'à moi. Le destin frappe de façon étrange, non ?

L'application sur le téléphone de Bond qui avait vérifié l'identité de Lamb avait également indiqué son niveau de sécurité, plus élevé qu'il n'aurait cru. Désormais, il se sentait plutôt à l'aise pour discuter avec lui du plan Gehenna, de Hydt et de Dunne.

— Alors, est-ce que vous avez une idée des contacts qu'ils pourraient avoir ici ? répéta-t-il. Des milliers de personnes en danger, des intérêts britanniques menacés, le plan s'est tramé dans le bureau de Hydt.

— La vérité, c'est que je ne vois pas quel genre d'attaque pourrait avoir lieu ici, répondit Lamb les yeux baissés sur son verre. Il y a beaucoup d'expats britanniques, des touristes, des intérêts économiques en lien avec Londres. Mais tuer autant de gens d'un seul coup ? Ce serait la guerre civile. Et je ne vois pas comment cela pourrait se produire en Afrique du Sud. On a nos problèmes, c'est sûr, les demandeurs d'asile en provenance du Zimbabwe, les affrontements entre syndicats, la corruption, le sida, etc. mais on reste tout de même le pays le plus stable du continent.

Pour une fois, son interlocuteur venait d'offrir à Bond une remarque digne d'intérêt, si maigre fût-elle. Cela le conforta dans l'idée que, même s'il était piloté depuis l'Afrique du Sud, l'attentat de vendredi pouvait survenir n'importe où.

Lamb avait presque fini son gin.

— Vous ne buvez rien ?

Comme Bond ne répondait pas, il ajouta :

— Le bon vieux temps, ça nous manque, n'est-ce pas mon ami ?

Bond ne savait pas à quoi correspondait ce bon vieux temps et songea que, quel qu'il soit, il y avait peu de chances qu'il lui manque. Il se dit également qu'il n'aimait pas trop ce « mon ami ».

— Vous avez dit que vous ne vous entendiez pas avec Bheka Jordaan ?

Lamb grogna.

— Que savez-vous à son sujet ?

— Elle est très compétente, je le reconnais. C'est elle qui a enquêté sur le NIA, l'agence de renseignements sud-africaine, lorsque celle-ci a espionné illégalement certains hommes politiques, expliqua-t-il en gloussant légèrement. Non que ça ne pourrait pas arriver chez nous, ceci dit.

Bond se rappela que Bill Tanner avait choisi de faire appel à un agent du SAPS et non du NIA.

— Ils lui ont confié la mission, persuadés qu'elle irait droit dans le mur. Mais non, pas elle, oh, ça non ! Impossible ! ajouta-t-il d'un air pervers. Elle est allée droit au but et tous les dirigeants ont commencé à avoir peur. Son patron du SAPS lui a demandé de fermer les yeux sur les preuves incriminant les agents du NIA.

— Et elle l'a arrêté ?

— Lui et son supérieur ! s'exclama Lamb avant de terminer sa boisson. Ça lui a valu une belle récompense.

La Médaille du courage ?

— Est-ce qu'elle a été blessée durant l'enquête ?

— Blessée ?

Il mentionna la cicatrice sur son bras.

— Si on veut. Ensuite, elle a eu une promotion. C'était forcé... du point de vue politique. Vous savez ce que c'est. Enfin, bref, certains types du SAPS qu'elle a doublés n'ont pas vraiment apprécié. Elle a reçu des menaces comme quoi les femmes ne devaient pas voler les postes des hommes, ce genre de choses. Quelqu'un a lancé un cocktail Molotov sous sa voiture de fonction. Elle n'était pas à l'intérieur, mais il y avait un prisonnier allongé à l'arrière, cuvant son vin. Ils ne l'ont pas vu. Elle a réussi à le sauver, mais a récolté une belle brûlure. Ils n'ont jamais retrouvé les coupables, qui étaient masqués. Enfin, ce n'est un secret pour personne, il s'agissait de collègues à elle. Qui travaillent peut-être encore avec elle.

— Mon Dieu.

Bond comprenait mieux l'attitude de Jordaan envers lui : elle pouvait avoir mal interprété son flirt à l'aéroport et pensé que lui non plus ne la trouvait pas taillée pour ce poste.

Il exposa à Lamb sa prochaine étape, à savoir la rencontre avec Hydt le soir même.

— Oh, le Lodge Club. C'est pas mal. C'était très select par le passé, mais aujourd'hui ils acceptent tout le monde... Hé, ne me regardez pas comme ça, ce n'est pas ce que vous pensez ! J'ai peu d'estime pour la populace, c'est tout. Je fais plus souvent affaire avec les Noirs et les mulâtres qu'avec les Blancs... Mais arrêtez de me regarder comme ça, nom d'un chien !

— Les « mulâtres » ? répéta Bond d'un air dégoûté.

— Ça veut simplement dire les gens d'origines ethniques croisées. C'est accepté ici, ça ne choque personne.

Bond savait par expérience que ceux qui utilisaient ce genre de termes étaient rarement susceptibles d'en être choqués. Mais il n'allait pas discuter politique avec Gregory Lamb. Il jeta un œil à la Breitling.

— Merci pour vos remarques, dit-il sans enthousiasme. J'ai du travail avant de retrouver Hydt.

Jordaan lui avait envoyé des documents sur les Afrikaners, la culture sud-africaine et les régions de conflits où Theron aurait pu agir.

Lamb se leva en chancelant.

— Eh bien, je suis là si vous avez besoin de moi. À votre service. Vraiment, s'il y a quoi que ce soit.

Il semblait terriblement sincère.

— Merci.

Bond ressentit l'envie absurde de lui donner vingt rands.

Avant de partir, l'autre revint vers le minibar où il sélectionna deux mignonnettes de vodka.

— Ça ne vous fait rien, hein ? M a un budget absolument démesuré, c'est bien connu.

Bond le raccompagna vers la sortie.

Bon débarras, pensa-t-il en fermant la porte. À côté de ce type, Percy Osborne-Smith était un véritable gentleman.

39

Une fois installé au bureau luxueux de sa suite, Bond alluma son ordinateur, s'identifia par son iris et son empreinte digitale et parcourut les documents téléchargés par Bheka Jordaan. Il avançait laborieusement dans sa lecture quand il reçut un e-mail codé.

James :
Pour vos yeux uniquement
Ai confirmation que Cartouche d'Acier était une des mesures phares décidées par le KGB/SVR pour assassiner des agents clandestins du MI6 et de la CIA ainsi que des contacts locaux afin de tenir secrète l'étendue de l'infiltration russe, dans le but de soutenir la Détente durant la chute de l'Union soviétique et d'améliorer les relations avec l'Ouest.
Les derniers assassinats perpétrés dans le cadre de Cartouche d'Acier remontent à la fin des années 1980 ou début des années 1990. Ai trouvé seulement une bavure pour l'instant : la victime était un entrepreneur privé employé par le MI6. Infiltré. Pas d'autres détails, sinon que les agents russes ont maquillé son assassinat en accident. Ils laissaient parfois des cartouches d'acier sur les lieux pour faire comprendre aux autres agents de garder le silence.
Continue mes recherches,
Vos autres yeux,
Philly

Bond s'appuya au dossier de la chaise, pensif. Bon, qu'est-ce que je fais de tout ça ? se demanda-t-il.

Après avoir relu le message, il envoya un bref e-mail de remerciement à Philly. Il se balança sur sa chaise et croisa son reflet dans le miroir posté à l'autre bout de la pièce. Il avait le regard froid et déterminé d'un prédateur.

Il réfléchit : un agent du KGB avait descendu un envoyé du MI6 à la fin des années 1980 ou au début des années 1990.

Le père de James Bond avait trouvé la mort à cette époque-là.

Cela s'était passé en décembre, peu après son onzième anniversaire. Andrew et Monique Bond avaient déposé le petit James chez sa tante Charmian à Pett Bottom, dans le Kent, promettant de revenir largement à temps pour les fêtes de Noël. Ils avaient embarqué pour la Suisse puis gagné le mont Blanc en voiture pour cinq jours de ski et d'escalade des glaciers.

Ils n'avaient pas tenu leur promesse : deux jours plus tard, ils étaient morts, à la suite d'une chute depuis l'une des falaises des Aiguilles Rouges, belles à couper le souffle, près de Chamonix.

Magnifique montagne, oui, impressionnante… mais pas si dangereuse, du moins à l'endroit qu'ils gravissaient. Une fois adulte, Bond avait enquêté sur les circonstances de l'accident. Il découvrit que l'à-pic en question n'exigeait pas de techniques d'escalade avancées. Par ailleurs, aucun accident, encore moins mortel, n'était jamais survenu à cet endroit. Mais la montagne est capricieuse et Bond avait toujours pris pour argent comptant la version racontée à sa tante par la gendarmerie : la chute de ses parents était due à une corde qui avait cédé en même temps qu'un gros rocher s'était détaché.

« *Madame, je suis désolé de vous dire*[1]… »

Enfant, James Bond aimait accompagner ses parents à l'étranger, là où l'entreprise de son père l'envoyait. Il appréciait les suites d'hôtel. Il prenait plaisir à goûter aux plats locaux, bien différents de ce qu'on pouvait manger dans les pubs et restaurants d'Angleterre ou d'Écosse. Les cultures exotiques le fascinaient, leurs costumes, leur musique, leurs langues.

Il aimait aussi passer du temps avec son père. Quand sa mère devait effectuer un nouveau reportage photo, elle confiait son fils à des baby-sitters ou des amis, tandis que son père, lui, l'emmenait parfois avec lui pour ses rendez-vous d'affaires dans des restaurants ou des hôtels. Le garçon se posait dans un coin

---

1. En français dans le texte.

avec un volume de Tolkien ou un polar américain pendant que son père discutait avec des hommes sérieux prénommés Sam, Micah ou Juan.

James se sentait heureux de ne pas être exclu. Quel fils n'aime pas suivre son père ? Toutefois, il s'était souvent demandé pourquoi Andrew le laissait tantôt l'accompagner, tantôt refusait catégoriquement.

Bond n'y avait plus pensé… jusqu'à ce qu'il suive la formation de Fort Monckton.

Là, durant l'une des leçons concernant les opérations clandestines, l'un des instructeurs avait dit quelque chose qui avait retenu son attention. Le rondouillard à lunettes chargé de la section « Formation aux techniques d'espionnage » du MI6 avait déclaré :

— La plupart du temps, il n'est pas recommandé à un agent secret ou un contact d'être marié ou d'avoir des enfants. Si c'est le cas, il vaut mieux que la famille ne sache rien de ses activités parallèles. Cependant, il y a un cas dans lequel une situation de famille « traditionnelle » peut s'avérer avantageuse. Il s'agit d'agents infiltrés envoyés sur des missions extrêmement délicates, où les informations à recueillir sont fondamentales. Il est important pour eux d'avoir une vie de famille afin de détourner les soupçons de l'ennemi. En général, ils travaillent officiellement pour une entreprise ou une organisation qui intéresse l'ennemi : infrastructure, renseignement, armement, industrie aérospatiale ou l'État. Ils sont mutés tous les deux ou trois ans et leurs familles les suivent.

Le père de James Bond était employé par une entreprise d'armement britannique. Il avait été muté dans plusieurs pays. Sa femme et son fils l'avaient accompagné.

L'instructeur avait poursuivi :

— Et, dans certaines circonstances, lors des missions les plus dangereuses (échange de documents ou face-à-face), il peut être utile à un agent d'emmener un enfant avec lui. Rien ne vous innocente plus que la compagnie d'un petit. En voyant cela, l'ennemi croira presque toujours que vous êtes quelqu'un de confiance : aucun parent ne mettrait sa progéniture en danger.

Il avait parcouru du regard l'assistance qui réagissait à ses propos avec divers degrés d'émotion.

— Combattre le mal implique parfois qu'on renie les valeurs communément acceptées.

Son père, un espion ? Impossible, avait jugé Bond. Absurde.

Après avoir quitté Fort Monckton, il avait néanmoins fouillé le passé de son père sans trouver aucune preuve d'une double vie. Tout ce qu'il avait découvert, c'était une série de virements bancaires à l'intention de sa tante et de lui-même dont le montant dépassait l'indemnité de la police d'assurance de ses parents. Ils avaient été versés tous les ans jusqu'au dix-huitième anniversaire de James par une compagnie qui devait avoir un partenariat avec celle d'Andrew, bien qu'il n'ait jamais pu connaître son lieu d'implantation ni la nature de ces virements.

Il avait fini par se convaincre que tout cela ne rimait à rien et qu'il valait mieux laisser tomber.

Jusqu'au jour où il avait pris connaissance des rapports russes traitant de l'opération Cartouche d'Acier.

Car on avait occulté un aspect important de la mort de ses parents.

Le rapport des gendarmes mentionnait la présence d'une cartouche 7.62 mm à côté du corps de son père.

Le jeune James l'avait reçue parmi les effets personnels de ses parents et, puisque Andrew travaillait pour une entreprise d'armement, on en avait conclu que la balle était un échantillon destiné à des clients.

Le lundi précédent, deux jours tôt, quand Bond prit connaissance du rapport russe, il consulta les archives en ligne de l'entreprise de son père. Il apprit que celle-ci ne produisait pas de munitions. Et elle ne vendait aucune arme nécessitant une cartouche de 7.62 mm.

C'était la balle qui trônait désormais ostensiblement sur la cheminée de son appartement londonien.

Un chasseur l'avait-il laissée tomber par mégarde ? Ou bien déposée intentionnellement ?

L'évocation par le KGB de l'opération Cartouche d'Acier avait réveillé chez Bond le désir d'en savoir plus sur le passé de son père. C'était impératif. Son père lui avait menti. Certes, tous les parents déçoivent leurs enfants. Dans la majorité des cas, cependant, c'est par manque de temps, par négligence ou inconscience. Son père à lui avait menti parce qu'il était tenu au secret professionnel.

Si Bond souhaitait connaître la vérité, ce n'était pas pour revivre le deuil du père de façon plus authentique, comme l'aurait suggéré un psychiatre de plateau télévisé.

Non, s'il voulait la vérité, c'était pour une raison beaucoup plus simple : celui qui avait tué son père était peut-être toujours en vie, à profiter du soleil, d'un bon repas, voire en train de comploter un nouvel assassinat. Si tel était le cas, Bond devait s'assurer que le meurtrier de ses parents connaisse le même sort qu'eux. Il mènerait à bien cette tâche, sous couvert de ses fonctions officielles, par tous les moyens possibles.

40

Un peu avant dix-sept heures ce mercredi-là, le portable de Bond émit la sonnerie réservée aux messages urgents. Il sortit en hâte de la salle de bains où il venait de se doucher et lut l'e-mail codé. Il émanait du GCHQ et l'informait que sa tentative de placer Severan Hydt sur écoute avait réussi. Le capitaine Bheka l'ignorait, mais la clé USB contenant les photos des charniers en Afrique que Bond avait donnée à Hydt était pourvue d'un petit micro et d'un transmetteur. Sa faible résolution audio et sa batterie limitée étaient compensées par sa large portée. Un satellite avait capté le signal, l'avait amplifié puis répercuté à l'une des énormes antennes de Menwith Hill, au plein cœur du Yorkshire.

L'appareil avait transmis les bribes d'une conversation entre Hydt et Dunne juste après leur départ des bureaux d'EJT Services, au Cap. Un expert venait de les décrypter et, les jugeant importantes, les avait envoyées à Bond.

Il lut le message dont il analysa le contenu. Apparemment, Dunne prévoyait de tuer l'un des employés de Hydt, un certain Stephan Dlamini, ainsi que sa famille, parce que celui-ci avait découvert, dans un bureau de Green Way placé sous haute surveillance, quelque chose qu'il n'aurait pas dû voir, une information concernant peut-être Gehenna. Le but de Bond était clair : sauver cet homme à tout prix.

Intention… réponse.

L'homme en question vivait aux abords du Cap. Le meurtre devait ressembler à une attaque de gangs. Ils utiliseraient des grenades et des bombes incendiaires. L'attaque aurait lieu à l'heure du dîner.

Après quoi la batterie s'était déchargée et la clé avait cessé de transmettre.

Au dîner. Peut-être d'un moment à l'autre.

Bond n'avait pas réussi à sauver la femme de Dubaï. Il n'allait pas laisser cette famille mourir maintenant. Il fallait qu'il découvre ce que savait Dlamini.

Toutefois, il ne pouvait pas contacter Bheka Jordaan pour lui faire part de ce qu'il venait d'apprendre par des moyens illégaux. Il décrocha le combiné et appela la réception.

— Oui, monsieur ?

— J'ai une question, dit Bond sur un ton anodin. J'ai eu un problème de voiture aujourd'hui et quelqu'un m'a donné un coup de main. Je n'avais pas de liquide sur moi, or je voudrais remercier cette personne de m'avoir rendu service. Comment puis-je la trouver ? Je connais son nom et le quartier où il habite, mais rien de plus.

— De quel quartier s'agit-il ?

— Primrose Gardens.

Il y eut un silence, puis le réceptionniste répondit :

— C'est un *township*.

Un bidonville, d'après ce que Bond avait lu sur les documents transmis par Bheka Jordaan. Les cabanes disposaient rarement d'une adresse postale.

— Eh bien, est-ce que je peux m'y rendre et demander si quelqu'un le connaît ?

L'autre fit une nouvelle pause.

— Ce serait assez dangereux, monsieur.

— Ça ne m'inquiète pas trop.

— Ça risque de ne pas être très pratique non plus.

— Pourquoi donc ?

— Il y a environ cinquante mille habitants à Primrose Gardens.

À 17 h 30, alors que la nuit tombait en ce soir d'automne, Niall Dunne observait Severan Hydt quitter les bureaux de Green Way au Cap pour rejoindre sa limousine d'un pas élégant.

Il ne marchait pas en canard, lui, il n'était pas bossu, et ne balançait pas les bras de droite à gauche. (« Oh, regarde ce drôle de type, t'as vu comme il marche ! »)

Hydt rentrait chez lui où il se changerait avant d'emmener Jessica à la soirée caritative du Lodge Club.

Dunne était debout dans le hall de Green Way, devant la fenêtre. Il vit Hydt disparaître au coin de la rue, escorté par l'un des vigiles de la société.

En le voyant partir ainsi, en route pour retrouver sa maison et sa compagne, Dunne eut un pincement au cœur.

Ne sois pas ridicule, se dit-il. Concentre-toi sur ton boulot. Le ciel va leur tomber sur la tête vendredi, et ce sera ta faute si l'engrenage s'enraie.

Concentre-toi.

Il s'y efforça.

Il quitta Green Way, récupéra sa voiture et s'éloigna du centre du Cap en direction de Primrose Gardens. Il devait retrouver un agent de sécurité de l'entreprise avant de mettre son plan à exécution : le chronométrage, l'approche, le nombre de grenades, la bombe incendiaire, la fuite.

Il passa chaque étape en revue avec précision et patience. Comme toujours.

Voici Niall. Il est brillant. C'est mon ingénieur.

Mais d'autres pensées vinrent parasiter ce souvenir et ses épaules s'avachirent un peu plus quand il imagina son patron assister au gala de charité plus tard dans la soirée. Il eut un nouveau pincement au cœur.

Les gens devaient sans doute se demander pourquoi il vivait seul, pourquoi il n'avait pas de compagne. Ils s'imaginaient qu'il n'avait pas de cœur. Qu'il était une machine. Ce qu'ils ne comprenaient pas, c'est que, d'après le concept de la mécanique classique, les humains étaient de simples machines, à la fois simples (comme les tournevis, les leviers, les poulies), et complexes comme les moteurs qui, par définition, transformaient l'énergie en mouvement.

Eh bien, raisonnait-il avec logique, les humains transformaient les calories en énergie afin de mettre leur corps en mouvement. Donc, en effet, il était bien une machine. Mais nous l'étions tous, chaque créature de l'univers. Cela n'excluait pas la capacité d'aimer.

En réalité, la raison de cette solitude était beaucoup plus simple : l'objet de son désir ne le désirait pas.

Une situation commune, tellement banale qu'elle en était embarrassante.

Et terriblement injuste, bien entendu. Bon Dieu ce que c'était injuste. Aucun dessinateur ne créerait une machine où les deux composantes nécessaires au mouvement ne fonctionneraient pas parfaitement, créant un besoin et une satisfaction réciproques. Pourtant, telle était la situation dans laquelle il se trouvait : son patron et lui incarnaient deux composantes mal assorties.

Par ailleurs, songea-t-il non sans amertume, les lois de l'attraction s'avéraient bien plus risquées que celles de la mécanique. Les rapports humains étaient compliqués, dangereux et toujours sujets au gâchis ; alors qu'on pouvait faire tourner un moteur pendant des centaines de milliers d'heures, l'amour entre deux êtres crachotait puis se grippait juste après avoir démarré.

L'amour vous trahissait aussi, bien plus souvent que la machine.

Quelles conneries ! commenta-t-il pour lui-même avec ce qui, chez lui, ressemblait à de la colère. Laisse tomber tout ça. Ce soir, tu as un boulot à faire. Pour la énième fois, il se repassa mentalement les étapes de son plan.

La circulation devenait moins dense alors qu'il se dirigeait vers l'est de la ville, en direction du bidonville, empruntant des rues obscures, sableuses et humides comme les docks.

Il se gara dans le parking du centre commercial puis coupa le moteur. Un instant plus tard, une vieille camionnette se rangea derrière lui. Dunne sortit de sa voiture pour grimper dans la camionnette en saluant le vigile, un homme très costaud vêtu d'une tenue militaire. Ils démarrèrent immédiatement sans échanger la moindre parole et, dix minutes plus tard, parcouraient les rues anonymes de Primrose Gardens. Dunne se cacha à l'arrière du véhicule, où il n'y avait pas de fenêtre. Il ne passerait pas inaperçu ici, vu sa taille et sa couleur de cheveux. Surtout, il était blanc et se ferait immédiatement repérer dans un bidonville sud-africain à une heure pareille. Il était possible que le dealer qui menaçait la fille de Dlamini soit blanc ou emploie des Blancs. Toutefois, il préférait rester caché, au moins jusqu'au moment de lancer les grenades et la bombe incendiaire par la fenêtre de la cabane.

Ils sillonnèrent les chemins interminables qui faisaient office de rues, doublant des groupes d'enfants qui couraient, des chiens rachitiques, des hommes assis sur le seuil des abris.

— Pas besoin de GPS, dit le vigile.

Il n'avait prononcé aucun mot jusqu'alors. Comme il ne souriait pas, Dunne ne parvint pas à savoir s'il blaguait ou non. L'homme avait passé deux heures cet après-midi-là à chercher l'adresse de Dlamini.

— C'est ici.

Ils se garèrent de l'autre côté de la voie. L'endroit était minuscule, à l'image des autres baraques du quartier. Constitués de panneaux de contreplaqué récupérés et de métal rouillé, les murs étaient peints en rouge, bleu ou jaune vif, comme pour défier la misère. Sur le côté, un fil à linge pendait, orné d'habits appartenant aux adultes comme aux enfants.

C'était un bon emplacement pour tuer. La cabane jouxtait un carré de terrain vague, ce qui limiterait les témoins. Cela ne constituait pas un problème de toute façon : la camionnette n'était pas immatriculée et les véhicules blancs de ce type étaient monnaie courante dans la région.

Ils restèrent assis en silence pendant dix minutes. Puis le vigile déclara :

— Le voilà.

Grand, mince, les cheveux grisonnants, Stephan Dlamini avançait dans la rue poussiéreuse, affublé d'une veste usée, d'un tee-shirt orange et d'un jean marron. Un de ses fils marchait à côté de lui. Âgé d'environ onze ans, le garçon tenait dans ses mains un ballon de football boueux et portait un maillot des Springboks sans veste, en dépit de la fraîcheur automnale.

Dlamini et son fils s'arrêtèrent devant la porte pour s'adonner à quelques passes avant de rentrer chez eux. Dunne adressa un signe de tête au vigile. Ils enfilèrent leurs cagoules. Dunne ne quittait pas la cabane des yeux. Elle était plus grande que la majorité des autres, mais la quantité d'explosifs et de bombes incendiaires était suffisante. Derrière le tissu de mauvaise qualité qui servait de rideau, on voyait de la lumière.

Sans savoir pourquoi, Dunne se surprit à songer de nouveau à son patron, à la soirée à laquelle il assistait. Il s'efforça de ne plus y penser.

Il se donnait encore cinq minutes, le temps que Dlamini sorte des toilettes (s'il y en avait) et se mette à table avec sa famille.

— Allons-y, ordonna Dunne.

Le vigile hocha la tête. Ils sortirent de la camionnette, une grenade chacun à la main, remplie de balles de cuivre. La rue était complètement déserte.

Une famille de sept personnes, pensa Dunne.

— Maintenant, murmura-t-il.

Ils dégoupillèrent leurs grenades et en lancèrent une par chaque fenêtre. Durant les cinq secondes de silence qui s'ensuivirent, Dunne empoigna la bombe incendiaire (un bidon d'essence muni d'un petit détonateur). Quand les explosions firent trembler le sol et exploser les vitres restantes, il la balança par la fenêtre puis se rua jusqu'à la camionnette avec son acolyte. Ce dernier démarra et ils déguerpirent.

Quelques secondes plus tard, des flammes jaillirent de la fenêtre et une spectaculaire langue de feu s'éleva dans le ciel, rappelant à Dunne les feux d'artifice de son enfance à Belfast.

41

— *Hayi ! Hayi !*

Dans la nuit retentirent les hurlements d'une femme qui gardait les yeux rivés sur la cabane en feu, sa maison, la vue brouillée par les larmes.

Ses cinq enfants et elle étaient groupés derrière le brasier. Par la porte ouverte sur le jardin ils assistaient au ravage des flammes dévorant tout ce qui leur avait appartenu. Elle voulut se précipiter à l'intérieur pour sauver ce qu'elle pouvait, mais son mari, Stephan Dlamini, l'en empêcha. Il lui parla dans une langue que James Bond prit pour du xhosa.

Une foule nombreuse s'était amassée autour d'une équipe de pompiers improvisée qui se passaient des seaux d'eau avec le vain espoir d'éteindre l'incendie.

— Il faut partir, annonça Bond à l'homme qui se tenait à ses côtés, près de la camionnette banalisée du SAPS.

— Pas de doute là-dessus, répondit Kwalene Nkosi.

Ce que Bond voulait dire, c'est qu'il fallait sortir cette famille du bidonville avant que Dunne comprenne qu'elle était toujours en vie.

Mais Nkosi avait une autre raison de s'inquiéter : le lieutenant scrutait la foule grandissante qui ne le quittait pas des yeux. Les regards qu'on lui adressait n'étaient pas amicaux.

— Montrez-leur votre insigne, conseilla Bond.

— Non, non, chef, répliqua l'autre en écarquillant les yeux, ce n'est pas une bonne idée. Allons-y. Maintenant.

266

Ils escortèrent Stephan Dlamini et sa famille jusqu'à la camionnette. Bond grimpa à l'arrière avec eux tandis que Nkosi passait derrière le volant. Il démarra et ils s'éloignèrent dans la nuit.

Ils laissaient derrière eux une foule inquiète, en colère, et une maison en feu… mais pas une seule victime.

Sauver cette famille s'était avéré une véritable course contre la montre.

Après avoir appris que Dunne visait Dlamini, lequel vivait dans un bidonville peuplé d'anonymes, Bond avait tenté par tous les moyens de le localiser. Le GCHQ et le MI6 n'avaient trouvé aucun téléphone portable enregistré à son nom, ni aucune trace de lui dans les recensements ou les archives des syndicats. En dernier recours, il avait contacté Kwalene Nkosi.

— Je vais vous dire quelque chose, lieutenant, qu'il va falloir garder pour vous, et vous seul. J'espère que je peux vous faire confiance.

Après un instant de réflexion, le jeune homme répondit prudemment :

— Allez-y.

Bond lui exposa le problème, en précisant qu'il avait agi dans l'illégalité.

— La liaison n'est pas bonne, chef. Je n'ai pas compris la fin.

Bond éclata de rire.

— Quoi qu'il en soit, il faut mettre la main sur ce Stephan Dlamini. Maintenant.

— Ça va être difficile, soupira Nkosi. Primrose Gardens, c'est immense. Mais j'ai une idée.

Manifestement, l'entreprise de taxis-minibus connaissait bien mieux les *townships* et les banlieues que le gouvernement lui-même. Le lieutenant commença par là. Puis il retrouva Bond et ils se rendirent ensemble à Primrose Gardens, tandis que Nkosi poursuivait ses recherches grâce à son téléphone portable. Vers dix-huit heures, ils parcouraient les rues du bidonville quand un chauffeur de taxi les contacta : il savait où vivait Dlamini. Il avait donné toutes les indications nécessaires à Bond et Nkosi.

En approchant, ils remarquèrent la camionnette blanche garée devant la cabane. Un Blanc passait la tête par la vitre.

— Dunne, dit Nkosi.

Bond et lui contournèrent la baraque. Quand ils pénétrèrent par la porte de derrière, la famille paniqua, mais Nkosi leur expliqua dans leur langue qu'ils étaient venus les sauver. Il fallait qu'ils sortent de là immédiatement. Stephan Dlamini devait rentrer d'une minute à l'autre.

Quelques instants plus tard, il franchit le seuil accompagné de son fils, et, sachant que l'attaque était imminente, Bond dégaina son arme pour les forcer à sortir dans le jardin. Nkosi terminait à peine d'expliquer la situation à la famille quand les grenades explosèrent, suivies de la bombe incendiaire.

Désormais ils se dirigeaient vers l'ouest, sur la N1. Dlamini saisit la main de Bond et la serra. Puis il se pencha vers le siège passager pour le prendre dans ses bras. Il avait les larmes aux yeux. Méfiante, sa femme était recroquevillée au fond avec leurs enfants, les yeux braqués sur James Bond, qui expliqua qui avait tramé cette attaque.

— M. Hydt ? s'étonna Dlamini. Mais comment c'est possible ? C'est le meilleur des patrons. Il nous traite bien. Très bien. Je ne comprends pas.

Bond précisa : Dlamini aurait mis la main sur des activités illégales dans lesquelles trempaient Hydt et Dunne.

— Je vois de quoi vous voulez parler, répondit-il en hochant la tête.

Il expliqua à Bond qu'il s'occupait de l'entretien de l'usine Green Way, au nord de la ville. Un matin, la porte du bureau Recherche et Développement était restée ouverte pour une livraison. Les deux employés qui y travaillaient se trouvaient au fond de la pièce. Dlamini avait remarqué une poubelle pleine à l'intérieur. Les déchets du bureau étaient normalement traités par quelqu'un d'autre, mais il avait décidé de s'en occuper.

— J'essayais simplement de rendre service, c'est tout, poursuivit-il en secouant la tête. J'entre dans le bureau et je commence à vider la poubelle quand l'un des employés me voit et se met à me hurler dessus. Il voulait savoir ce que je regardais. J'ai répondu « rien » et il m'a mis dehors.

— Est-ce que vous avez effectivement vu quelque chose qui aurait pu justifier cette colère ?

— Je ne crois pas. Sur l'ordinateur à côté de la poubelle, il y avait un message, un e-mail, je crois. J'ai lu « Serbie », en anglais. Mais je n'y ai pas fait attention.

— Rien d'autre ?

— Non, monsieur.

La Serbie…

Certains secrets de Gehenna étaient donc cachés derrière la porte du bureau Recherche et Développement.

Bond s'adressa à Nkosi :

— Il faut éloigner la famille. Si je leur donne de l'argent, est-ce qu'ils pourront séjourner dans un hôtel jusqu'au week-end ?

— Je peux leur trouver une chambre quelque part.

Bond leur offrit mille cinq cents rands. L'homme fixa la somme en clignant des yeux. Nkosi lui expliqua qu'il allait devoir se cacher quelque temps.

— Et dites-lui d'appeler ses proches et ses amis. Qu'il les rassure en leur expliquant qu'ils doivent se cacher pendant quelques jours. Est-ce que vous pouvez concocter un scénario pour les médias ?

— Je pense que oui, répondit le lieutenant d'un ton peu assuré. Mais je me demande si…

— Cela restera entre nous. Inutile d'en informer le capitaine Jordaan.

— Oui, c'est préférable. Pas de doute là-dessus.

Comme le magnifique panorama du Cap se dévoilait devant leurs yeux, Bond consulta sa montre. Il était temps pour lui de remplir sa deuxième mission de la soirée, laquelle allait nécessiter des talents d'espion bien différents de ceux qui consistaient à éviter bombes et grenades, mais qui ne s'avérait pas moins difficile.

42

Bond ne fut pas impressionné par le Lodge Club.

À l'époque, quand il s'agissait d'une enclave pour chasseurs de fauves en jodhpurs et vestes ornées de boucles où pendaient leurs munitions, peut-être l'endroit possédait-il plus de classe, mais désormais il ressemblait plutôt à une salle des fêtes. Bond ne savait même pas si la tête de buffle, près de la porte d'entrée, était une vraie ou une copie fabriquée en Chine.

Il se présenta sous le nom de Gene Theron à l'une des ravissantes jeunes femmes postées à la réception. Blonde, voluptueuse, elle était vêtue d'une robe rouge ajustée au décolleté généreux. Tout aussi séduisante, la deuxième hôtesse, d'origine zouloue ou xhosa, portait la même tenue. Manifestement, celui qui dirigeait cette organisation caritative savait comment attirer les donateurs, essentiellement masculins, toutes ethnies confondues.

— Invité de M. Hydt, ajouta-t-il.

— Ah oui, répondit la blonde qui le fit entrer dans la pièce tamisée où une cinquantaine de personnes bavardait.

On servait du vin, du champagne et des boissons sans alcool. Bond opta pour le champagne.

Suivant les conseils vestimentaires de Hydt, le mercenaire de Durban avait enfilé un pantalon gris léger, une veste de sport noire ainsi qu'une chemise bleu pâle, sans cravate.

Flûte de champagne à la main, il parcourut du regard la somptueuse salle de réception. La soirée était à l'initiative de l'International Organization Against Hunger. Des photos de bénévoles tendant de larges sacs de nourriture à des femmes, d'avions que l'on déchargeait, de bateaux chargés de sacs de riz ou de blé étaient exposées sur des chevalets. On ne voyait aucune image d'enfant affamé. Judicieux compromis : les donateurs devaient se sentir légèrement mal à l'aise, mais pas outre mesure. Le secteur caritatif nécessitait autant d'habileté que celui de la politique, songea Bond.

Au plafond, des enceintes diffusaient des mélodies de Lady Smith Mambazo et des morceaux de Verity, la chanteuse du Cap, accompagnant la soirée d'un agréable fond sonore.

Il s'agissait d'une vente aux enchères silencieuse. Sur les tables étaient disposés toutes sortes d'articles fournis par les partisans de la cause : un ballon de football signé par les Bafana Bafana, l'équipe nationale d'Afrique du Sud, une croisière pour observer les baleines, un week-end à Stellenbosch, une sculpture zouloue, une paire de boucles d'oreilles en argent et bien d'autres objets encore. Les convives devaient circuler dans la salle et noter les prix sur un papier. À la fin des enchères, celui qui aurait proposé le montant le plus élevé remporterait l'article. Severan Hydt avait offert à la vente un dîner pour quatre personnes d'une valeur de huit mille rands (soit environ sept cents livres sterling, calcula Bond), dans un restaurant gastronomique.

Le vin coulait à flots et les serveurs sillonnaient la salle en portant des plateaux garnis de canapés sophistiqués.

Bond était là depuis dix minutes quand Hydt apparut, sa compagne au bras. Aucun signe de Niall Dunne. Il adressa un signe de tête à Hydt qui portait un costume bleu marine bien coupé, sans doute américain à en croire les épaulettes tombantes. La femme, Jessica Barnes s'il se souvenait bien, était vêtue d'une robe noire toute simple et arborait beaucoup de bijoux, en diamant ou platine. Ses bas étaient blancs. Elle n'avait pas la moindre touche de couleur sur elle, pas même de rouge à lèvres. Sa première impression se confirma : en dépit de sa silhouette et de son visage séduisants, elle paraissait austère. Cette froideur la vieillissait considérablement et lui donnait l'air d'un fantôme. Bond était intrigué ; à l'évidence, toutes les autres femmes présentes ce soir-là avaient passé des heures à se pomponner.

— Ah, Theron ! s'exclama Hydt en s'avançant vers lui, laissant Jessica lui emboîter le pas.

Tandis que les deux hommes échangeaient une poignée de main, Jessica regardait Bond avec un sourire absent. Il se tourna vers elle. Être espion nécessite des efforts constants, souvent épuisants. Quand vous rencontrez pour la première fois quelqu'un que vous avez suivi durant des semaines, il vous faut feindre la curiosité. Une petite erreur peut vous coûter la vie : « Ah, ravi de vous revoir », risquez-vous d'annoncer à une personne que vous n'avez, officiellement, jamais vue.

Bond resta impassible quand Hydt la présenta :

— Voici Jessica. Jessica, Gene Theron, nous travaillons ensemble.

Elle hocha la tête et, sans le quitter des yeux, lui serra timidement la main. Signe s'inquiétude, en déduisit Bond. Comme en témoignait également sa façon de tenir son sac à main fermement contre elle.

Bond et Jessica bavardèrent de tout et de rien, l'agent récitant des bribes d'informations fournies par Jordaan au sujet du pays, s'efforçant d'être exact. À voix basse, il lui confia que le gouvernement sud-africain avait mieux à faire que de rebaptiser Pretoria du nom de Tshwane. Il se félicitait de l'apaisement des tensions syndicales. Oui, il appréciait de vivre sur la côte est. Les plages près de chez lui, à Durban, étaient d'une grande beauté, surtout maintenant que l'on avait retiré les filets à requins. Ils discutèrent de la faune et la flore. Jessica avait visité pour la deuxième fois le parc national Kruger où elle avait vu deux jeunes éléphants saccager des arbres et des arbustes. Cela lui avait fait penser aux gangs de Somerville, dans le Massachusetts, au nord de Boston, là où les jeunes vandalisent les jardins publics.

— Vous êtes déjà allé aux États-Unis, monsieur Theron ?

— Appelez-moi Gene, je vous en prie, dit Bond en faisant mentalement défiler la biographie rédigée par Bheka Jordaan et la Cellule I. Non, jamais, mais j'espère bien visiter un jour ce pays.

Bond observa Hydt. Son attitude avait changé : il montrait des signes d'impatience. Il jeta un rapide coup d'œil à Jessica, signifiant qu'elle devait les laisser seuls. Bond songea au traitement que les collègues de Bheka Jordaan avaient infligé à celle-ci. La même chose se déroulait sous ses yeux, à un moindre degré. Un instant plus tard, Jessica se retira pour aller se « repoudrer le nez », expression que Bond n'avait pas entendue depuis des années. D'autant plus bizarre, pensa-t-il, qu'elle ne portait pas de maquillage.

Une fois seuls, Hydt lui confia :

— J'ai réfléchi à votre proposition et j'aimerais que nous fassions affaire.

— Parfait.

Une jeune et séduisante Afrikaner leur resservit du champagne. Bond eut le réflexe de la gratifier d'un « Dankie » en se rappelant toutefois de ne pas surjouer son rôle.

Les deux hommes se retirèrent dans un coin de la salle, Hydt saluant et serrant des mains au passage. Une fois seuls, postés sous une tête de gazelle ou d'antilope empaillée, Hydt enchaîna les questions : nombre de charniers, surface, pays. Il voulut également savoir si les autorités étaient susceptibles de découvrir leur existence. Tout en improvisant des réponses, Bond était impressionné par le perfectionnisme de son interlocuteur. Il semblait avoir planché sur le sujet durant l'après-midi. Bond s'efforça de se rappeler les détails qu'il donnait à Hydt afin de pouvoir les consigner par écrit et éviter de se contredire à l'avenir.

Une quinzaine de minutes plus tard, Bond annonça :

— Maintenant, à moi de vous poser quelques questions. Premièrement, j'aimerais visiter votre usine.

— Très bonne idée.

— Demain ? proposa Bond.

— Ça risque d'être difficile, j'ai un projet important vendredi.

— Certains de mes clients sont très réactifs. Vous êtes mon premier choix, mais s'il y a du retard, je serai dans l'obligation de…

— Non, non, je vous en prie. Demain, c'est parfait.

Bond s'apprêtait à le sonder plus avant quand les lumières s'éteignirent et une femme monta sur scène.

— Bonsoir, dit-elle d'une voix grave, avec un accent sud-africain. Bienvenue à tous et merci d'être là ce soir.

C'était la responsable de l'organisation caritative, Felicity Willing.

Aux yeux de Bond, sans être d'une beauté aussi sculpturale que Philly Maidenstone, son visage, parfaitement maquillé avait un côté félin qui le fascinait, accentué par ses yeux d'un vert profond comme celui des feuilles sous un soleil de fin d'été. Ses cheveux blond vénitien, tirés en un chignon sévère, soulignaient la détermination de son nez et de son menton. Elle portait une robe de soirée bleu marine près du corps, décolletée devant et encore plus largement dans le dos. Ses chaussures pailletées étaient pourvues d'une fine bride et de talons hauts. Des perles aux reflets rosés ornaient son cou tandis qu'à son index elle avait passé une bague, une perle également. Ses ongles étaient courts et sans vernis.

Elle parcourut l'assemblée d'un regard pénétrant, presque provocateur, et annonça :

— Je dois vous mettre en garde… À l'université, on me surnommait « Felicity l'entêtée », sobriquet bien mérité comme vous aurez l'occasion de le constater quand je passerai parmi vous. Je vous conseille à tous, pour votre sécurité, de préparer vos chéquiers.

Un sourire illumina son visage.

Quand l'assemblée retrouva son calme, Felicity évoqua la question de la famine.

— L'Afrique doit importer vingt-cinq pour cent de ses denrées alimentaires… La population s'est multipliée et pourtant, les récoltes ne sont pas plus importantes qu'en 1980. Dans des pays comme le Centrafrique, près d'un tiers des foyers se situe sous le seuil de sécurité alimentaire. Sur notre continent, la carence en iode constitue le premier facteur de troubles cérébraux, la carence en vitamine A la première cause de cécité. Près de trois cents millions d'Africains ne mangent pas à leur faim. Ce chiffre correspond à la population totale des États-Unis.

L'Afrique n'était pas la seule dans ce cas, poursuivit-elle, et son organisation s'attaquait au mal sous toutes ses formes. Grâce à la générosité des donateurs, dont beaucoup étaient présents, l'organisation sud-africaine avait récemment acquis une envergure internationale et ouvert des filiales à Djakarta, Port-au-Prince ou Bombay, et ne comptait pas s'en tenir là.

Par ailleurs, ajouta-t-elle, Le Cap s'apprêtait à recevoir la plus grosse cargaison de maïs, sorgho, lait en poudre et autres produits de première nécessité de l'histoire de l'Afrique, un arrivage qui serait redistribué dans tout le continent.

Felicity remercia le public pour ses applaudissements. Puis son sourire s'évanouit et elle scruta de nouveau la foule en évoquant d'une voix basse, presque menaçante, le besoin d'émancipation des pays les plus pauvres vis-à-vis des « agropoles » occidentales. Elle accusa l'Amérique et l'Europe de vouloir imposer des multinationales agro-alimentaires étrangères aux pays du tiers-monde, massacrant ainsi les paysans locaux les plus à même de savoir cultiver leur terre. Ces entreprises utilisaient l'Afrique comme un laboratoire d'expérimentation pour tester de nouvelles méthodes et de nouveaux produits comme les fertilisants chimiques et les graines génétiquement modifiées.

— La grande majorité des entreprises agro-alimentaires travaille pour générer du profit, pas pour soulager les populations qui ont faim. Et cela est tout bonnement inacceptable.

Ayant lancé son assaut, Felicity sourit à nouveau et conclut en nommant les donateurs, parmi lesquels Hydt. Il répondit aux applaudissements par un signe de la main. Il souriait lui aussi, mais murmura à Bond :

— Si vous voulez qu'on vous adule, distribuez de l'argent. Plus ils en ont besoin, plus ils vous aiment.

Il n'éprouvait aucun plaisir à se trouver là, c'était évident.

Felicity descendit de l'estrade pour circuler parmi les convives qui continuaient d'estimer les articles à bulletin secret.

— Je ne sais pas si vous avez des engagements, mais que diriez-vous d'aller dîner ? proposa Bond. Je vous invite.

— Désolé, Theron, mais j'ai rendez-vous avec l'un de mes associés qui vient juste d'arriver au Cap pour ce projet dont je vous ai parlé.

Gehenna... Bond aurait fait n'importe quoi pour rencontrer l'associé en question.

— Il est le bienvenu.

— Ça ne va pas être possible ce soir, malheureusement, répondit Hydt machinalement en sortant son iPhone pour consulter ses messages et appels manqués. Il leva la tête et aperçut Jessica seule devant une table où plusieurs articles étaient exposés. Quand leurs regards se croisèrent, il lui signifia de le rejoindre d'un geste impatient.

Bond cherchait un autre moyen d'inviter Hydt, mais il décida de s'en tenir là de peur d'éveiller ses soupçons. L'espionnage s'apparente à la séduction amoureuse : il vaut mieux laisser l'objet de votre désir venir à vous. Rien n'est plus dommageable qu'une cour assidue.

— Demain, alors, conclut Bond d'un ton nonchalant, les yeux rivés lui aussi sur son téléphone.

— Oui, parfait. Felicity !

La directrice de l'ONG se détacha en souriant d'un homme corpulent à la calvitie avancée affublé d'un smoking fatigué. Leur poignée de main avait duré bien plus longtemps que le dictait la politesse. Elle s'approcha de Hydt, Jessica et Bond.

— Severan, Jessica.

Ils s'embrassèrent.

— Je vous présente Gene Theron, un collaborateur de Durban. Il est ici pour quelques jours.

Felicity serra la main de Bond. Il posa quelques questions générales sur son organisation et les cargaisons de nourriture attendues en espérant que Hydt reconsidère son invitation.

Mais après un dernier coup d'œil à son iPhone, celui-ci annonça :

— Nous allons devoir y aller, malheureusement.

— Severan, l'interpella Felicity, je n'ai pas souligné à quel point nous vous sommes reconnaissants. Vous nous avez présenté d'importants donateurs. Je ne sais comment vous remercier.

La remarque n'échappa pas à Bond. Elle connaissait donc le nom de certains contacts de Hydt. Il se demanda comment exploiter au mieux cette information.

— Je suis ravi de pouvoir aider, répliqua Hydt. J'ai eu de la chance dans la vie, je veux la partager.

Il se tourna vers Bond et ajouta :

— À demain, Theron. Vers midi, si cela vous convient. Mettez des vêtements et des chaussures qui ne craignent rien : vous aurez droit à une visite guidée de l'enfer !

Après le départ de Hydt et Jessica, Bond se tourna vers Felicity Willing.

— Ces statistiques ne m'ont pas laissé indifférent. Il se peut que je sois intéressé par une contribution.

Il sentait son parfum aux fragrances musquées.

— Ah oui ?

Il acquiesça.

Le sourire de Felicity se crispa.

— Eh bien, monsieur Theron, sachez que pour chaque donateur effectif, il y en a deux qui se disent « intéressés » sans jamais offrir le moindre rand. Je préférerais qu'on me dise franchement : « Je ne vous donnerai rien », sans me faire perdre mon temps. Pardonnez mon franc-parler, mais c'est une guerre que je mène ici.

— Et vous ne faites pas de prisonniers.

— Non, en effet, répondit-elle en souriant, sincèrement cette fois.

Felicity l'entêtée...

— Dans ce cas, je m'engage à apporter ma contribution, déclara Bond en imaginant la réaction de la Cellule A quand elle examinerait les transactions de son compte en banque. Mais je crains de ne pas pouvoir égaler la générosité de Severan.

— Chaque rand compte.

Après un silence calculé, il ajouta :

— Je pense à quelque chose : Severan et Jessica n'étaient pas libres pour le dîner et je suis seul en ville. Que diriez-vous de m'accompagner après la vente ?

— Pourquoi pas, répondit-elle après un moment de réflexion. Vous avez l'air suffisamment costaud.

Sur ce, elle tourna les talons, telle une lionne prête à fondre sur un troupeau de gazelles.

43

À la fin de la soirée, qui avait permis de récolter près de trente mille livres sterling parmi lesquelles une modeste donation de Gene Theron, Bond et Felicity Willing se dirigèrent vers le parking situé derrière le Lodge Club.

Une douzaine de cartons étaient posés à côté d'une fourgonnette. Felicity souleva le bas de sa robe, se baissa telle un docker et chargea un des cartons par la porte latérale du véhicule.

Bond comprit soudain pourquoi elle l'avait qualifié de costaud.

— Laissez-moi faire, proposa-t-il.

— Donnez-moi un coup de main.

Ils entassèrent dans la fourgonnette les cartons qui dégageaient une odeur de nourriture.

— Les restes, en déduit-il.

— Vous n'avez pas trouvé cela un peu ironique qu'on serve des amuse-gueule gastronomiques lors d'une soirée caritative de lutte contre la faim ?

— Si, en effet.

— Si je leur avais proposé des biscuits secs et du fromage industriel, ils les auraient engloutis. Mais la nourriture plus raffinée (j'ai persuadé un restaurant trois étoiles de nous la fournir), ils n'ont pas osé se jeter dessus. J'ai fait en sorte qu'il y ait beaucoup de restes.

— Où allons-nous les déposer ?

— Dans une banque alimentaire toute proche. C'est l'un des établissements avec qui nous travaillons.

Une fois la cargaison chargée, ils grimpèrent dans le véhicule. Felicity passa derrière le volant, ôtant ses chaussures afin de conduire pieds nus. Ils s'éloignèrent dans la nuit à vive allure sur la route remplie de nids-de-poule, Felicity torturant le levier de vitesses.

Quinze minutes plus tard, ils arrivaient à la Banque Alimentaire Interconfessionnelle du Cap. Rechaussée, Felicity fit coulisser la porte de la fourgonnette et, avec l'aide de Bond, déchargea les beignets de langoustines, les cakes au crabe, et les mini-poulets à la jamaïcaine, que les employés transportèrent à l'intérieur.

Sa tâche accomplie, Felicity héla un grand type affublé d'un pantalon kaki et d'un tee-shirt, indifférent à la fraîcheur de cette soirée printanière. Après un moment d'hésitation, il s'approcha sans quitter Bond des yeux.

— Oui, mademoiselle *Willing* ? Merci, mademoiselle *Willing*. Beaucoup de nourriture pour tout le monde, ce soir. Vous avez vu ? C'est bondé à l'intérieur.

Elle ne prit pas la peine de répondre à ces questions, pur bavardage de politesse selon Bond.

— Joso, la semaine dernière, une livraison a disparu. Cinquante kilos. Qui l'a volée ?

— Je n'ai rien entendu…

— Ce n'est pas ma question. Je vous demande : qui l'a volée ?

Il tenta de rester impassible, en vain.

— Pourquoi vous me posez la question ? J'ai rien fait.

— Joso, est-ce que vous savez combien de personnes on peut nourrir avec cinquante kilos de riz ?

— Je…

— Dites-moi. Combien ?

Il avait beau mesurer une bonne tête de plus qu'elle, il ne l'impressionnait pas. Bond se demanda si c'était pour cette raison qu'elle voulait quelqu'un de costaud : en renfort, au besoin. Toutefois, elle agissait comme s'il n'était pas là. L'affaire concernait Felicity et un resquilleur qui avait volé le pain de la bouche de ceux qu'elle défendait, et elle s'avérait parfaitement capable de gérer cela seule. Dans son regard, il reconnut la même lueur que lorsque lui-même se retrouvait face à un ennemi.

— Combien de personnes ? répéta-t-elle.

Ils poursuivirent en zoulou ou en xhosa.

— Non, le corrigea-t-elle, on peut nourrir plus de gens, beaucoup plus de gens avec ça.

— C'était un accident, se défendit l'autre. J'ai oublié de fermer la porte. Il était tard. Je travaillais…

— Ce n'était pas un accident. Quelqu'un vous a vu ouvrir la porte avant de partir. Qui est le responsable ?

— Non, vous devez me croire.

— Qui ? insista-t-elle.

Joso capitula.

— Un gars des Flats. Il est dans un gang. Oh, s'il vous plaît, si vous avertissez la police, il va savoir que je l'ai dénoncé. Il va se venger contre moi et ma famille.

Felicity serra les dents et Bond trouva de nouveau qu'elle ressemblait à un félin, prêt à l'attaque. Elle répondit d'une voix dénuée de compassion :

— Je ne dirai rien à la police. Pas cette fois. Mais vous allez tout avouer au directeur. Il décidera s'il vous garde ou non.

— C'est mon seul travail, protesta-t-il. J'ai une famille. C'est mon seul travail !

— Et vous avez pris le risque de le perdre. Allez parler au révérend van Groot. S'il vous garde et qu'un autre incident se produit, alors j'irai tout raconter à la police.

— Ça n'arrivera plus, mademoiselle Willing.

Il disparut à l'intérieur.

Bond était impressionné par le calme et l'efficacité avec lesquels elle avait géré l'incident. À ses yeux, elle n'en devenait que plus attirante.

Elle croisa le regard de Bond et se radoucit.

— La guerre que je mène ? Parfois on ne sait plus qui est l'ennemi. Il peut même se trouver dans votre camp.

Je suis bien placé pour le savoir, songea Bond.

De retour à la fourgonnette, Felicity se baissa pour se déchausser, mais Bond l'interrompit :

— Je vais conduire, ça vous évitera de vous mettre pieds nus.

Elle éclata de rire. Ils prirent place et démarrèrent.

— Dîner ? demanda-t-elle.

280

Il se sentait presque coupable, après tous ces discours sur la famine.

— Si ça vous tente toujours.

— Et comment !

En chemin, Bond lui demanda :

— Est-ce qu'il risquait réellement sa vie si vous étiez allée le dénoncer ?

— Non, le SAPS m'aurait ri au nez : ils n'enquêteraient pas sur la disparition de cinquante kilos de nourriture. Mais les Cape Flats sont bel et bien dangereux, ça c'est vrai, et si quiconque pensait que Joso l'avait trahi, il le descendrait, sans aucun doute. Espérons que cela lui servira de leçon. L'indulgence peut vous valoir des amis. Elle peut aussi devenir une arme, ajouta-t-elle avec froideur.

Elle lui indiqua la route pour revenir à Green Point. Puisque le restaurant qu'elle avait proposé était proche du Table Moutain Hotel, il gara la fourgonnette là-bas et ils terminèrent à pied. Elle jeta un œil derrière elle à plusieurs reprises, l'air aux abois, tendue. La rue était déserte. Que redoutait-elle ?

Elle se détendit une fois parvenue dans le restaurant qui était décoré de tapisseries ornées de bois sombre et de cuivre. Les baies vitrées donnaient sur la mer qui scintillait. Le restaurant était éclairé par des centaines de bougies. En se dirigeant vers leur table, Bond remarqua que la robe moulante et chatoyante de Felicity semblait changer de couleur à chaque pas, tantôt bleu marine, tantôt azur ou céruléenne. Elle était rayonnante.

Le serveur l'accueillit par son nom et sourit à Bond. Elle commanda un Cosmopolitan, et Bond, se sentant d'humeur pour un cocktail, demanda le même que celui qu'il avait bu avec Philly Maidenstone.

— Whiskey Crown Royal, double, avec glaçons. Une demi-mesure de triple sec, deux gouttes d'Angostura. Un zeste d'orange, pas une tranche.

Une fois le serveur parti, Felicity commenta :

— Je ne connais pas ce cocktail.

— Je l'ai inventé.

— Vous lui avez donné un nom ?

Bond sourit : c'était la question que lui avait posée le barman, chez Antoine, à Londres.

— Pas encore.

Il repensa tout à coup à la conversation qu'il avait eue avec M quelques jours plus tôt.

— Mais je crois que j'ai trouvé, ajouta-t-il. Je vais l'appeler *Carte Blanche*. En votre honneur.

— Pourquoi ? demanda-t-elle en fronçant les sourcils.

— Parce que si vos donateurs en boivent suffisamment, ils vous donneront *carte blanche* sur leur compte en banque.

Elle rit en lui pinçant le bras avant de s'emparer du menu.

Maintenant qu'il la voyait de plus près, Bond remarqua à quel point son maquillage était délicat, accentuant ses yeux de chat et soulignant ses joues et sa mâchoire. Philly Maidenstone jouissait peut-être d'une beauté plus classique, songea-t-il, mais passive. Celle de Felicity était plus déterminée, vigoureuse.

Il s'en voulut d'établir une telle comparaison, ouvrit le menu qu'il se mit à parcourir. Il découvrit que le restaurant, Celsius, était renommé pour ses grillades.

— Vous commanderez pour nous, déclara Felicity. N'importe quelle entrée, et un steak pour moi ensuite. Rien ne vaut la viande grillée du Celsius. Mon Dieu, Gene, vous n'êtes pas végétarien au moins ?

— Pas vraiment.

Bond commanda des sardines grillées suivies d'une entrecôte pour deux. Il demanda si le chef pouvait la préparer avec l'os.

Le serveur précisa que la viande était accompagnée de sauces exotiques typiques : chimichurri argentin, café indonésien, poivre de Madagascar, madère espagnol ou anticuchos du Pérou. Bond déclina. D'après lui, une bonne viande n'avait pas besoin d'accompagnement, si ce n'est de sel et de poivre.

Felicity partageait son avis.

Bond opta pour une bouteille de rouge sud-africain, le cabernet Rustenberg Peter Barlow 2005.

Le vin s'avéra à la hauteur de ses espérances. Ils trinquèrent avant d'en boire une gorgée.

Ils entamèrent l'entrée qu'on venait de leur servir. Privé de déjeuner à cause de Gregory Lamb, Bond mourait de faim.

— Que faites-vous dans la vie, Gene ? Severan ne me l'a pas dit.

— Je travaille dans la sécurité.

— Ah.

Il y eut un silence : une femme d'expérience comme Felicity se doutait bien qu'il s'agissait là d'un euphémisme. Elle comprenait qu'il devait avoir un lien quelconque avec certains conflits africains. La guerre constituait l'une des premières causes de famine, avait-elle rappelé lors de son discours.

— Je m'occupe de fournir des systèmes de sécurité et des vigiles, précisa-t-il.

Elle sembla y croire, du moins en partie.

— Je suis née en Afrique du Sud et j'y vis maintenant depuis quatre ou cinq ans. J'ai vu le pays changer. La criminalité a diminué, mais on a encore besoin de personnel de sécurité. Nous en employons un certain nombre, dans mon organisation. On est obligés. L'action caritative ne nous immunise pas contre le danger. Je distribue volontiers de la nourriture, mais je ne voudrais pas qu'on vienne la voler.

Afin d'éviter de parler de lui, Bond lui posa des questions sur sa vie.

Fille unique, elle était née dans le bush, dans la région du Cap-Occidental. Son père dirigeait une exploitation minière. La famille était partie s'installer à Londres quand elle avait treize ans. En pension, elle refusait de rentrer dans le rang.

— Je me serais mieux intégrée si je ne m'étais vantée de savoir éviscérer une gazelle… surtout à la cantine.

Elle avait ensuite intégré la London Business School puis une grande banque d'investissement de la City, où elle s'était « pas mal débrouillée ». Cette fausse modestie suggérait qu'elle avait extrêmement bien réussi.

Mais en définitive, son travail ne la satisfaisait pas.

— C'était trop facile pour moi, Gene. Il n'y avait pas de défi. Il me fallait quelque chose de plus ambitieux. Il y a quatre ou cinq ans, j'ai décidé de faire le point sur ma vie. J'ai pris un mois de vacances et je suis revenue le passer ici. J'ai vu les ravages causés par la famine et j'ai décidé de changer les choses.

Tout le monde m'a conseillé de laisser tomber en disant que ça ne servirait à rien de toute façon. Ça m'a d'autant plus motivée.

— Felicity l'entêtée.

Elle esquissa un sourire.

— Voilà comment je suis arrivée là. Aujourd'hui je harcèle les donateurs et je cause du souci aux industries américaines et européennes.

— Les « agropoles », bien trouvé comme nom.

— C'est moi qui l'ai inventé. Ils détruisent le continent et je ne vais pas les laisser faire ! dit-elle avec conviction.

Ils interrompirent leur discussion au moment où le serveur arriva avec le steak. Il était grillé à l'extérieur et moelleux à l'intérieur. Ils dégustèrent en silence. À un moment, Bond coupa un petit morceau croustillant qu'il laissa reposer dans son assiette le temps de boire une gorgée de vin. Quand il reprit sa fourchette, le morceau avait disparu et Felicity mâchonnait avec délice.

— Désolée, j'ai tendance à ne pas réprimer mes envies.

— Bien joué ! Voler sous le nez d'un expert en systèmes de sécurité !

Il commanda une deuxième bouteille de cabernet au sommelier tout en orientant la conversation vers Severan Hydt.

À sa grande déception, elle ne semblait pas en savoir beaucoup sur son compte. Elle évoqua plusieurs associés de Hydt devenus donateurs de son organisation et il mémorisa leurs noms. Bien qu'elle n'ait jamais rencontré Niall Dunne, elle savait qu'il s'agissait du petit génie employé par Hydt qui réalisait toutes sortes de prouesses techniques.

— Je viens de m'apercevoir que vous êtes aussi dans le coup, en fait, dit-elle en levant un sourcil.

— Pardon ?

— Vous avez contribué à mettre en place le système de sécurité de son usine, au nord de la ville. Je n'y suis jamais allée, mais l'un de mes collaborateurs a récupéré une donation là-bas, une fois. Il paraît qu'on n'y introduirait pas un trombone, et surtout pas un portable. Ils vous fouillent entièrement à l'entrée. C'est comme dans les westerns : on laisse son fusil à l'entrée du saloon !

— Il a fait appel à une autre entreprise pour sécuriser son usine. Moi, je m'occupe d'autres aspects.

Toutes ces précautions inquiétaient Bond. Il comptait pénétrer chez Green Way muni d'instruments bien plus compromettants qu'un trombone ou un portable, malgré le mépris de Bheka Jordaan pour l'espionnage. Il allait devoir réfléchir à la question.

Une fois terminé leur repas et bu leur vin, il ne restait plus qu'eux dans le restaurant. Bond régla l'addition.

— Ma deuxième donation, précisa-t-il.

Ils gagnèrent la sortie, où il saisit le manteau noir de Felicity pour le poser sur ses épaules. Ils s'engagèrent sur le trottoir, ses talons claquant contre le béton. De nouveau, elle surveilla les alentours. Puis elle se détendit et passa son bras sous celui de Bond avec assurance. Il sentait son parfum et était conscient de la pression de ses seins contre son bras.

En approchant de l'hôtel, Bond prit les clés de la fourgonnette dans sa poche. Felicity ralentit le pas. Au-dessus de leurs têtes, le ciel était parsemé d'étoiles.

— Ce fut une très belle soirée, commenta-t-elle. Et merci de m'avoir aidé à livrer les restes. Vous êtes encore plus costaud que je ne le pensais.

— Un dernier verre ? proposa Bond.

Elle leva vers lui ses yeux verts.

— Et vous ?

— Avec plaisir.

Dix minutes plus tard, ils étaient dans sa chambre, installés sur le canapé qu'ils avaient poussé près de la fenêtre, verre de pinotage Stellenbosch à la main.

Ils admiraient les lumières jaunes et blanches qui s'agitaient au-dehors comme de petits insectes.

Felicity se tourna vers lui, peut-être pour lui dire quelque chose, ou non, et Bond déposa sur ses lèvres un doux baiser. Il se redressa pour guetter sa réaction, puis récidiva avec plus de fougue, s'abandonnant à sa saveur, son odeur, sa chaleur. Elle l'enlaça, l'embrassa dans le cou, caressa son épaule ferme du bout des lèvres avant de le mordiller. Elle passa sa langue sur une cicatrice qui courait le long de son bras.

Bond effleura sa nuque puis passa la main dans ses cheveux pour l'attirer à lui. Il succomba à son parfum âcre aux notes musquées.

On pourrait comparer cet instant à l'art de la glisse, au moment où l'on s'arrête au sommet d'une magnifique mais périlleuse descente. Vous avez le choix : y aller ou non. Vous pouvez encore déchausser vos skis et continuer à pied. En réalité, pour Bond, un tel choix ne se présentait jamais. Une fois arrivé au bord, il était impossible de ne pas céder à la tentation du vide et de la vitesse. Ensuite, il ne lui restait plus qu'à contrôler son allure.

C'était la même chose ici.

D'un geste il lui ôta sa robe, laissant le tissu vaporeux tomber par terre en douceur. Felicity le serra contre elle dans le canapé, s'allongeant sous lui. Elle lui mordillait la lèvre inférieure tout en pétrissant vigoureusement le bas de son dos. Quand elle frissonna, le souffle court, Bond comprit qu'elle prenait plaisir à le toucher à cet endroit-là. Il comprit aussi qu'elle voulait sentir ses mains fermes sur sa taille. Le langage des amants se passe de paroles. Il caressa longuement sa fragile colonne vertébrale.

Le corps de Felicity tout entier lui plaisait : ses lèvres gourmandes, ses cuisses puissantes, ses seins fermes recouverts de soie noire, son cou délicat, le bruit de sa respiration, les cheveux épais qui encadraient son visage, la douceur de sa peau.

Ils s'embrassèrent longuement puis elle recula la tête et le regarda droit dans les yeux, paupières mi-closes. Reddition mutuelle, victoire mutuelle.

Bond la souleva sans difficulté. Ils s'embrassèrent encore une fois, brièvement, puis il la porta jusqu'au lit.

JEUDI

LE SECTEUR DE LA DISPARITION

44

Il se réveilla en sursaut d'un cauchemar qu'il ne parvenait pas à se rappeler. Bizarrement, la première pensée de James Bond fut pour Philly Maidenstone. Il avait l'impression absurde de l'avoir trompée, alors que leur intimité se limitait à un frôlement de joues.

Il se retourna. Il était seul dans le lit. L'horloge indiquait 7 h 30. Le parfum de Felicity imprégnait encore les draps et les oreillers.

La soirée précédente, qui avait commencé comme un exercice de reconnaissance du terrain ennemi, avait pris une toute autre direction. Il avait éprouvé de l'empathie pour Felicity Willing, une femme qui ne se laissait pas marcher sur les pieds et, après avoir conquis la City, se consacrait désormais à une cause plus noble. Ils étaient tous les deux des chevaliers errants, chacun à sa manière.

Il avait envie de la revoir.

Mais ce n'était pas le plus urgent. Il sortit du lit et enfila un peignoir. Il hésita une seconde, mais il lui fallait en passer par là, il le savait.

Il se dirigea vers le côté salon où se trouvait son ordinateur portable. La Cellule Q avait doté la machine d'une caméra à détecteur de mouvement fonctionnant même en cas de faible luminosité. Bond l'alluma pour visionner l'enregistrement. La caméra avait seulement filmé la porte d'entrée et le fauteuil, là où Bond avait jeté sa veste et son pantalon contenant son portefeuille, son passeport et son téléphone. À cinq heures trente, d'après la caméra, Felicity s'était habillée sans accorder le moindre intérêt aux affaires de Bond ou à son ordinateur. Elle s'était arrêtée pour jeter un œil en direction du lit. Souriait-elle ? Il le croyait, mais n'en était pas sûr. Elle avait posé quelque chose sur la table près de la porte avant de sortir.

Il se leva pour voir de quoi il s'agissait. Sa carte de visite était posée à côté de la lampe. Sous les coordonnées de son organisation, elle avait ajouté à la main son numéro de portable. Il glissa la carte dans son portefeuille.

Il se brossa les dents, se doucha et se rasa avant d'enfiler un jean et une ample chemise Izod noire, choisie pour dissimuler son Walther. Enfin, il mit le bracelet, la montre tapageuse et passa à son doigt la bague gravée des initiales EJT.

En vérifiant ses messages et e-mails, il en trouva un de Percy Osborne-Smith. Fidèle à ses nouvelles résolutions, celui-ci lui transmettait un rapide compte rendu de l'enquête en Angleterre, qui n'avait pas beaucoup avancé. Il concluait :

Nos amis du Parlement sont complètement obsédés par l'Afghanistan. Moi je dis : tant mieux pour nous, James. J'ai hâte de partager une médaille avec vous le jour où on aura mis Hydt sous les verrous.

Tout en prenant son petit-déjeuner dans sa chambre, il réfléchit à ce qui l'attendait à l'usine Green Way, hautement sécurisée d'après les informations récoltées la veille au soir. Quand il eut terminé, il contacta Sanu Hirani, à la Cellule Q. Comme il entendait des voix d'enfants en fond sonore, il supposa que ce dernier avait fait rediriger ses appels chez lui. Hirani avait six enfants. Ils jouaient tous au cricket et sa fille aînée était une vraie pro de la batte.

Bond l'informa de ses besoins en matière d'outils de communication et d'armes. Hirani avait quelques idées, mais n'était pas sûr de pouvoir les mettre en œuvre rapidement.

— Ton délai, James ?

— Deux heures.

À l'autre du bout du fil, à plus de dix mille kilomètres de là, Hirani poussa un long soupir.

— Il va me falloir un intermédiaire au Cap. Quelqu'un de fiable et qui connaisse bien le coin. Tu aurais ça sous la main ?

— Je crois bien que oui.

À dix heures trente, vêtu d'un anorak gris, Bond se dirigea vers le commissariat central où on lui indiqua les bureaux de la section criminelle.

— Bonjour, commandant, lança Kwalene Nkosi avec un sourire.

— Lieutenant, salua Bond.

Ils échangèrent un regard de conspirateur.

— Vous avez lu le journal ce matin ? soupira Nkosi en montrant la dernière édition du *Cape Times*. Une tragédie. Une famille a été tuée lors d'un incendie criminel dans le bidonville de Primrose Gardens hier soir.

Il fronça ostensiblement les sourcils.

— Quelle horreur, commenta Bond.

En dépit de ses aspirations théâtrales, Nkosi n'était pas très bon comédien.

— Pas de doute là-dessus.

Bond jeta un œil dans le bureau de Bheka Jordaan qui lui fit signe d'entrer.

— Bonjour, dit-il.

Il aperçut une paire de baskets usées qu'il n'avait pas remarquée la veille.

— Vous courez souvent ?

— De temps en temps, répondit-elle. C'est important de garder la forme, dans ce travail.

À Londres, Bond passait au moins une heure par jour à s'entraîner et à courir, dans la salle de gym de l'ODG et sur les chemins de Regent's Park.

— Moi aussi j'aime bien courir. Si nous avons un peu de temps, vous pourrez peut-être me montrer quelques parcours de course. Il doit y avoir des endroits superbes en ville.

— Je suis sûre que vous trouverez une carte à l'hôtel, répliqua-t-elle sèchement. Est-ce que votre rendez-vous au Lodge Club a porté ses fruits ?

Bond lui exposa les événements de la soirée.

— Et ensuite ? Mlle Willing s'est-elle avérée… utile aussi ?

— Je croyais que vous ne cautionniez pas l'espionnage, rétorqua Bond en levant un sourcil.

— Assurer la sécurité des citoyens dans la rue et les lieux publics, cela n'a rien d'illégal. Le lieutenant Nkosi vous a bien dit que le centre-ville était équipé de caméras de vidéosurveillance.

— Eh bien, pour répondre à votre question, oui, elle s'est avérée utile. Elle m'a donné des informations concernant le niveau de sécurité élevé de l'usine Green Way, ajouta-t-il d'un ton tranchant. Heureusement pour moi. Personne d'autre ne semblait être au courant. Sans ça, ma visite d'aujourd'hui aurait bien pu virer à la catastrophe.

— Tant mieux, alors.

Bond lui donna les noms des trois donateurs que Felicity avait mentionnés la veille et qu'elle avait rencontrés par l'intermédiaire de Hydt.

Jordaan connaissait deux d'entre eux, d'honnêtes hommes d'affaires. Après une brève recherche, Nkosi découvrit qu'aucun des trois n'avait de casier judiciaire. De toute façon, aucun d'entre eux ne se trouvait actuellement au Cap. Bond en conclut qu'ils ne pourraient pas leur servir à grand-chose dans l'immédiat.

— Vous n'aimez pas Felicity Willing ? demanda Bond à Jordaan.

— Vous croyez que je suis jalouse ?

Son regard semblait dire : voilà une conception typiquement masculine.

Nkosi se détourna. Bond lui lança un coup d'œil, mais le lieutenant ne montrait aucun signe d'allégeance à la Couronne britannique dans ce conflit diplomatique naissant.

— Loin de moi cette idée, se défendit Bond. Je l'ai lu dans vos yeux. Pourquoi vous ne l'appréciez pas ?

— Je ne l'ai jamais rencontrée. C'est sans doute une femme tout à fait sympathique, mais je n'aime pas ce qu'elle représente.

— C'est-à-dire ?

— Une étrangère qui vient ici nous caresser la tête et dispenser ses bienfaits. C'est de l'impérialisme du vingt-et-unième siècle. Auparavant, les gens exploitaient l'Afrique pour ses diamants et ses esclaves. Aujourd'hui, l'Afrique sert à décharger de leur culpabilité les Occidentaux fortunés.

— Il me semble, répondit calmement Bond, qu'on ne peut pas avancer si on meurt de faim. Peu importe d'où vient la nourriture, non ?

— La charité nous amoindrit. Il faut se battre contre l'oppression et les privations. Nous pouvons faire cela nous-mêmes. Peut-être plus lentement, mais nous en sommes capables.

— Vous n'avez aucun problème avec la Grande-Bretagne ou les États-Unis quand ils imposent des embargos sur les armes des chefs militaires. La famine est aussi dangereuse que les lance-roquettes ou les mines antipersonnel. Pourquoi ne pourrions-nous pas vous aider aussi dans ce domaine ?

— C'est différent. De toute évidence.

— Je ne vois pas en quoi, répondit-il froidement. Par ailleurs, il se peut bien que Felicity soit une alliée, plus que vous ne l'imaginez. Elle s'est fait pas mal d'ennemis parmi les grandes entreprises européennes, américaines ou asiatiques. Selon elle, ces gens-là se mêlent trop des affaires africaines et devraient laisser les citoyens s'en occuper.

Il se rappela à quel point elle était peu rassurée en allant au restaurant la veille.

— À mon avis, reprit-il, elle s'est exposée à certains dangers en tenant ce genre de discours. Au cas où vous cela vous intéresserait.

Manifestement, cela n'intéressait pas Bheka Jordaan. Cette femme était horripilante.

Bond jeta un œil à sa Breitling.

— Je vais devoir y aller bientôt. J'ai besoin d'une voiture. Est-ce qu'on peut m'en louer une au nom de Gene Theron ?

— Bien sûr ! répondit Nkosi avec enthousiasme. Vous aimez bien conduire, commandant.

— En effet. Comment le savez-vous ?

— Hier en revenant de l'aéroport, vous avez admiré une Maserati, une moto Guzzi et une Mustang américaine.

— Vous avez l'œil, lieutenant.

— J'essaie. Cette Mustang, c'était un très joli modèle. Un jour, j'aurai une Jaguar. C'est mon rêve.

À ce moment-là, une voix forte leur parvint depuis le couloir.

— Bonjour, bonjour !

Bond ne fut pas surpris de voir arriver Gregory Lamb. L'agent du MI6 entra en saluant tout le monde. Visiblement, Bheka Jordaan ne l'appréciait pas, comme Lamb le lui avait confié lui-même la veille. En revanche, il semblait bien s'entendre avec Nkosi. Ils échangèrent quelques mots au sujet d'un récent match de football.

Après un coup d'œil prudent à Jordaan, Lamb se tourna vers Bond.

— C'est arrivé pour vous, mon ami. Vauxhall Cross m'a ordonné de vous filer un coup de main.

Lamb était l'intermédiaire que Bond avait mentionné à Hirani le matin même. Il ne voyait pas qui d'autre aurait pu se rendre disponible aussi rapidement. Et Lamb était fiable, de surcroît.

— J'ai pas perdu une seconde, même pas eu le temps de déjeuner, mon ami ! J'ai parlé à un gars de la Cellule Q. Il est toujours d'aussi bonne humeur à une heure pareille ?

— Oui, toujours.

— On a bavardé. J'ai des problèmes de navigation avec mon fret. De pirates brouillent les signaux. Fini le temps des bandeaux sur l'œil et des jambes de bois, hein ? Eh bien, d'après Hirani, il existe des appareils pour embrouiller les pirates. Mais il a pas voulu m'en envoyer. Vous croyez que vous pourriez lui en toucher un mot ?

— Vous savez qu'officiellement, notre organisation n'existe pas, Lamb.

— On fait tous partie de la même équipe ! J'ai une grosse cargaison qui arrive dans un jour ou deux. Énorme.

Aider Lamb dans les affaires lucratives qui lui servaient de couverture était bien le cadet des soucis de Bond.

— Et votre mission d'aujourd'hui ? rappela ce dernier sérieusement.

— Ah oui.

Lamb remit à Bond le petit sac noir qu'il tenait contre lui comme s'il contenait les joyaux de la Couronne.

— En toute modestie, je dois dire que je me suis surpassé, ce matin. Un franc succès ! J'ai couru dans tous les sens. Ça m'a coûté une petite fortune. Dites, vous allez me rembourser, hein ?

— J'y veillerai.

Bond ouvrit le sac pour en examiner le contenu. Il inspecta l'un des articles, un petit tube en plastique étiqueté : « Respire. Pour les troubles de la respiration liés à l'asthme ».

Hirani était un génie.

— Un inhalateur. Vous souffrez des bronches ? demanda Nkosi. Mon frère aussi. Il travaille dans les mines d'or.

— Pas vraiment, répondit Bond en empochant l'objet.

Nkosi répondit au téléphone.

— Je vous ai trouvé une jolie voiture, commandant, déclara-t-il en raccrochant. Une Subaru. Quatre roues motrices.

Une Subaru break, songea Bond, sceptique. Mais comme Nkosi souriait jusqu'aux oreilles, il répondit :

— Merci, lieutenant. J'ai hâte de la conduire.

— Et elle consomme peu ! s'exclama joyeusement Nkosi.

— Encore mieux.

Il se dirigea vers la porte.

— Bond ! l'interpella Lamb. Parfois je ne suis pas sûr qu'à Londres, les têtes pensantes me prennent au sérieux. J'exagérais un peu hier, quand je vous parlais du Cap. Au pire, on voit débarquer un chef militaire congolais dans les eaux sud-africaines ou un type du Hamas en transit à l'aéroport. Enfin, je voulais simplement vous remercier de m'avoir mis dans le coup, mon ami. Je...

— Il n'y a pas de quoi, Lamb, et partons du principe que je suis votre ami, d'accord ? l'interrompit Bond. Comme ça vous n'aurez plus besoin de le répéter à chaque fois. Qu'en pensez-vous ?

— Ça marche, mon... Ça marche !

Son visage grassouillet s'illumina d'un sourire.

Sur ce, Bond franchit le seuil. Prochain arrêt : l'Enfer.

45

James Bond apprécia la petite plaisanterie de Kwalene Nkosi.

Certes, la voiture que celui-ci avait mise à la disposition de l'agent était d'importation japonaise. Toutefois, on était loin de la berline familiale ordinaire ; il s'agissait d'une Subaru Impreza WRX bleu métallisé modèle STI, dotée d'un moteur turbo 305 chevaux, de six vitesses et d'un becquet. Ce joli petit bolide aurait paru moins incongru sur une piste de rallye et, après s'être installé derrière le volant, Bond se fit plaisir : il démarra sur les chapeaux de roues et dévala en trombe Buitenkant Street pour rejoindre l'autoroute.

Une demi-heure plus tard, le GPS l'avait mené au nord du Cap, et la Subaru quitta la N7 pour une route de moins en moins fréquentée qui longeait d'interminables carrières, puis sillonna un paysage déprimant de petites collines tantôt vertes tantôt teintées des couleurs de l'automne. Des plantations d'arbres clairsemées brisaient cette monotonie.

Le ciel de mai était nuageux et malgré l'humidité de l'air, la route dégageait de la poussière, soulevée par les camions Green Way qui charriaient leurs déchets vers l'usine où se dirigeait Bond. Outre les bennes à ordures habituelles, il y avait des véhicules beaucoup plus imposants portant le logo distinctif de Green Way, la feuille (ou le poignard) vert. Des panneaux sur le côté indiquaient qu'ils provenaient de tout le pays. Bond constata avec surprise que l'un d'eux venait de Pretoria, la capitale administrative de l'Afrique du Sud, à des centaines de kilomètres de là. Pourquoi Hydt dépensait-il autant d'argent à faire venir les déchets jusqu'ici alors qu'il lui suffisait d'ouvrir un entrepôt là où le besoin s'en faisait ressentir ?

Bond rétrograda et doubla le convoi. Il appréciait beaucoup cette petite voiture nerveuse. Il faudrait qu'il en parle à Philly Maidenstone.

Il passa devant une grande pancarte où était écrit :

GEVAAR !!!
DANGER !!!

PRIVAAT-EIENSKAP
PROPRIÉTÉ PRIVÉE

Au bout de quelques kilomètres, il y eut un embranchement. Les camions prenaient à droite et Bond, quant à lui, bifurqua à gauche, là où un écriteau indiquait :

KORPORATIEWE KANTOOR
BUREAU PRINCIPAL

Après avoir traversé un bosquet dense dont les arbres semblaient assez jeunes, il parvint en haut d'une petite butte qu'il dévala à toute allure, indifférent au panneau préconisant une vitesse de 40 km/h, freinant seulement à l'approche de l'entrepôt Green Way International. Il pila, non pas à cause d'un obstacle ou d'un virage, mais parce que le panorama qui s'offrait à lui était spectaculaire.

L'usine de recyclage s'étendait à perte de vue pour disparaître au loin dans la brume. À plus d'un kilomètre de là, on apercevait le feu rougeoyant d'un incinérateur.

L'Enfer, sans aucun doute.

Devant lui, à côté d'un parking bondé, s'élevait le bâtiment principal. Il paraissait lui aussi irréel, à sa façon. Bien que plutôt petit, il était austère et imposant. Ce bunker en béton brut d'un étage n'était percé que de quelques fenêtres étroites, visiblement condamnées. L'enceinte était entièrement protégée par une double rangée d'un grillage haut de plus de trois mètres surmonté de fil barbelé. Les deux clôtures étaient séparées par une dizaine de mètres, configuration qui lui rappelait le périmètre militaire entourant la prison nord-coréenne d'où il était parvenu à faire échapper un contact du MI6 l'année précédente.

En voyant la disposition des lieux, Bond déchanta. Une partie de son plan venait de tomber à l'eau. Sachant grâce à Felicity que le bâtiment comportait un système de sécurité renforcé, il s'était douté que celui-ci incluait une clôture. Mais il pensait qu'il s'agirait d'un grillage simple. Il avait prévu de glisser l'équipement fourni par Hirani (un système de transmission miniature waterproof ainsi qu'une arme) à travers la grille et de le récupérer une fois entré dans l'enceinte. Cela ne fonctionnerait pas vu la distance qui séparait les deux remparts.

En approchant davantage, il vit que l'entrée était barrée par un grand portail d'acier surmonté d'un panneau :

RÉDUIRE, RÉUTILISER, RECYCLER

Ce slogan fit frémir Bond. Pas tant les mots que leur agencement : des lettres en métal noir disposées en demi-lune. Cela lui rappela le leitmotiv qui, à l'entrée du camp d'extermination d'Auschwitz, promettait la liberté aux prisonniers par cette affirmation à l'ironie glaçante : ARBEIT MACHT FREI, le travail rend libre.

Bond se gara. Il sortit de la voiture en gardant sur lui son téléphone portable ainsi que son Walther, afin de déterminer à quel point ce système de sécurité fonctionnait. Il avait également dans la poche le petit inhalateur pour asthmatiques conçu par Hirani. Il l'avait transporté sous le siège passager avec d'autres objets que Lamb lui avait remis un peu plus tôt : l'arme et le système de transmission.

Il avança vers la cabine du gardien située au niveau de la première grille. Un homme de grande taille, en uniforme, l'accueillit par un hochement de tête. Bond déclina son identité. Le gardien passa un coup de fil et, quelques minutes plus tard, un homme tout aussi peu avenant portant un costume sombre fit son apparition.

— Monsieur Theron, par ici je vous en prie.

Bond traversa à sa suite le *no man's land* qui séparait les deux grillages. Puis ils pénétrèrent dans le bâtiment où étaient assis trois gardes armés occupés à regarder un match de football. Ils bondirent sur leurs pieds.

Le responsable de la sécurité s'adressa à Bond.

— Monsieur Theron, notre politique en matière de sécurité est très stricte. C'est ici même que M. Hydt et ses collaborateurs conduisent leurs recherches et leurs projets. Nous gardons jalousement nos secrets de fabrication. Nous n'autorisons ni téléphone mobile, ni radio, appareil photo ou bipeur. Il faut nous les confier.

Bond avisa un grand tableau semblable à celui qu'on trouve dans les hôtels démodés. Il contenait des centaines de casiers, quasiment tous pourvus d'un téléphone portable.

— La règle s'applique également aux employés, précisa le gardien qui intercepta le regard de Bond.

René Mathis l'avait prévenu que l'entrepôt de Hydt basé à Londres procédait de la sorte. On ne pouvait y introduire aucun SIGINT.

— Dans ce cas, j'espère que je pourrai utiliser votre ligne téléphonique. Je vais avoir besoin de consulter mes messages.

— Toutes nos lignes sont contrôlées par le service de sécurité. Un gardien pourra passer un appel à votre place, mais ce ne sera pas très intime. En général, nos visiteurs effectuent leurs appels une fois sortis de l'usine. Même chose pour les e-mails et l'accès internet. Si vous souhaitez garder des objets métalliques sur vous, il faut les passer aux rayons X.

— Je vous préviens : je suis armé.

— Très bien, répondit-il comme si tous les visiteurs l'étaient. Bien entendu...

— ... je dois également vous remettre mon arme.

— Exactement.

Bond remercia silencieusement Felicity Willing de ses informations au sujet du système de sécurité de Hydt. Sans quoi, on l'aurait surpris en possession d'une caméra de la Cellule Q ou d'un mini-appareil photo dissimulé dans un stylo ou un bouton de veste, ce qui aurait anéanti sa crédibilité et sans doute donné lieu à un sérieux affrontement.

Jouant à fond son rôle de mercenaire endurci, Bond soupira ostensiblement face à un tel désagrément, mais sortit son arme et son téléphone, programmé pour ne révéler que les informations concernant Gene Theron, au cas où on essaierait de l'inspecter. Puis il retira sa ceinture et sa montre qu'il plaça, avec ses clés, dans la boîte destinée aux rayons X.

Il franchit rapidement les antennes et reprit ses affaires après que le gardien se fut assuré qu'elles ne contenaient ni armes ni systèmes d'enregistrement vidéo ou audio.

— Veuillez attendre là, s'il vous plaît, monsieur, le pria le gardien.

Bond s'assit sur le siège indiqué par le vigile.

L'inhalateur était toujours dans sa poche. Si on avait fouillé Bond, on aurait découvert qu'en fait d'inhalateur, il s'agissait d'un appareil photographique sensible construit sans un seul morceau de métal. L'un des contacts de Hirani au Cap avait mis au point ce dispositif le matin même. L'obturateur était en fibre de carbone, tout comme les ressorts qui l'actionnaient.

Le mécanisme de stockage des images était intéressant, voire unique : il s'agissait d'un vieux microfilm, comme ceux qu'utilisaient les espions durant la Guerre froide. L'appareil possédait une lentille fixe. Bond pouvait prendre une photo en appuyant sur la base du tube puis remonter le mécanisme en tournant. Il disposait d'une trentaine de photos. À l'heure du numérique, les techniques du passé pouvaient parfois présenter certains avantages.

Bond chercha un panneau qui indiquerait le bureau Recherche et Développement, où étaient censées se trouver, d'après Stephan Dlamini, certaines informations au sujet de Gehenna. En vain. Il patienta cinq minutes avant l'arrivée de Hydt, reconnaissable à sa chevelure frisée et son costume bien taillé. Il s'arrêta sur le seuil de la pièce, regardant Bond droit dans les yeux.

— Theron.

Ils échangèrent une poignée de main. Le contact des longs ongles de Hydt contre sa paume procura à Bond une sensation désagréable.

— Suivez-moi.

Le bâtiment s'avérait moins austère de l'intérieur. Il était même plutôt bien aménagé avec du mobilier coûteux, garni d'œuvres d'art, d'antiquités et offrant d'agréables espaces de travail pour les employés. L'entreprise de taille moyenne par excellence. Le hall d'entrée était, comme il se doit, pourvu de canapés et de fauteuils, d'une table basse couverte de magazines professionnels et d'un exemplaire du journal local. Sur les murs, on voyait des images de forêts, de champs de blé et de fleurs, de cours d'eau et d'océans.

Sans oublier le logo omniprésent : cette étrange feuille qui ressemblait à un poignard.

Tout en parcourant le couloir, Bond ouvrait l'œil, à la recherche du bureau Recherche et Développement. Enfin, une fois parvenus au bout du bâtiment, il vit un panneau qui l'indiquait et le mémorisa.

Mais Hydt l'emmena dans la direction opposée.

— Par ici. C'est la visite à cinquante rands !

On remit à Bond et Hydt un casque en plastique vert. Ils poussèrent une porte qui donnait sur l'extérieur et derrière laquelle, à la grande surprise de Bond, se trouvait un nouveau poste de sécurité. Curieusement, les employés venant du hangar à déchets et regagnant le bâtiment étaient fouillés. Hydt et Bond sortirent et arrivèrent à une terrasse surplombant des dizaines de petits hangars bas. Camions et chariots élévateurs allaient et venaient en tous sens, comme des abeilles dans une ruche. Il y avait une multitude d'employés en casque vert et uniforme.

Les entrepôts, soigneusement alignés comme des baraquements, lui évoquèrent une nouvelle fois un camp de concentration.

ARBEIT MACHT FREI...

— Par ici, annonça Hydt d'une voix forte.

Ils avancèrent au milieu des outils, bennes, bidons d'huile, palettes chargées de papier et de carton. Un bourdonnement se faisait entendre, accompagné d'un léger tremblement, comme si d'énormes machines et fourneaux étaient en marche. Poussant des cris aigus, les mouettes descendaient en piqué dans les bennes des camions afin de récupérer des morceaux de carton.

— Je vais vous donner une petite leçon de recyclage, entama Hydt.

— Je vous en prie.

— Il existe quatre façons de se débarrasser des déchets : les abandonner, en général dans des décharges, quoique l'océan soit encore assez prisé. Vous saviez que le Pacifique contient quatre fois plus de plastique que de zooplancton ? La plus grande décharge du monde, c'est la plaque de déchets du Pacifique nord, entre le Japon et l'Amérique du Nord. Elle est au moins deux fois plus grande que le Texas, et certains soupçonnent qu'elle atteindrait la taille des États-Unis. Personne ne sait exactement. Mais une chose est sûre : elle est en expansion.

La deuxième option est l'incinération, qui coûte très cher et peut produire des fumées toxiques. La troisième solution est le recyclage, notre domaine. Enfin, il y a la réduction, qui consiste à s'assurer que la production de matières biodégradables est en constante diminution. Vous avez déjà vu une bouteille en plastique ?

— Bien sûr.

— Elles sont beaucoup plus fines aujourd'hui qu'auparavant.

Bond le crut sur parole.

— On appelle ça « l'allègement ». C'est bien plus facile à compresser ensuite. Voyez-vous, en général, ce ne sont pas les produits eux-mêmes qui posent des problèmes de recyclage, mais les emballages. Par le passé, on s'accommodait des déchets, mais avec la société de consommation est arrivée la production de masse. Comment livrer les produits aux consommateurs ? On les entoure de polystyrène, on les range dans des cartons et ensuite, mon Dieu, on les transporte jusqu'à chez soi dans des sacs en pastique ! Et s'il s'agit d'un cadeau, allez, on rajoute un petit papier et un ruban ! Noël, c'est un ouragan de déchets.

Debout face à son empire, Hydt poursuivit :

— La plupart des entrepôts de recyclage s'étendent de cinquante à soixante-quinze hectares. Le nôtre dépasse les cent hectares. J'en possède trois autres en Afrique du Sud ainsi que des dizaines de stations de transfert où les bennes (celles que vous avez vues en route) viennent chercher les déchets afin de les compresser avant de les envoyer à l'usine de traitement. J'ai été le premier à installer des stations de transfert dans les camps de squatters, ici en Afrique du Sud. En six mois, la campagne a été débarrassée de soixante à soixante-dix pour cent de ses déchets. Avant, on disait que les sacs plastique étaient « la fleur emblématique de l'Afrique du Sud ». C'est fini. J'ai réglé ce problème.

— J'ai remarqué des camions qui transportaient des ordures depuis Pretoria et Port Elizabeth, pourquoi viennent-ils de si loin ?

— Oh, du matériel spécialisé, répondit-il évasivement.

S'agissait-il de substances particulièrement dangereuses ? se demanda Bond.

— Mais vous devez revoir votre vocabulaire, Theron, reprit son hôte. Nous appelons « ordures » tout ce qui concerne les déchets alimentaires. Les « détritus », ce sont les matériaux secs comme le carton, la poussière, les conserves. Ce que les éboueurs ramassent devant les immeubles et les bureaux, c'est le « rebut ». Il faut ajouter les débris de matériaux de construction et les résidus industriels et commerciaux. Le terme général est « déchets ».

Il indiqua la partie de l'usine située à l'est.

— Tout ce qui n'est pas recyclable est envoyé là-bas, dans la décharge, où les déchets sont enterrés par couches séparées de plastique afin d'éviter que les bactéries et la pollution ne se propagent dans le sol. Vous pouvez la localiser grâce aux oiseaux.

Bond suivit son regard en direction des mouettes.

— On surnomme la décharge « le Secteur de la disparition ».

Hydt conduisit Bond à l'entrée d'un long bâtiment. À la différence des autres hangars de l'usine, celui-ci était doté de grandes portes fermées à clé. Bond jeta un œil par la fenêtre. Des employés mettaient en pièces des ordinateurs, des disques durs, des téléviseurs, des radios, des bipeurs, des téléphones portables et des imprimantes. Les poubelles débordaient de batteries, d'ampoules, de circuits imprimés, de fils de fer et de microplaquettes. Les ouvriers portaient des tenues intégrales munies de respirateurs, de gants épais et de masques.

— Notre service « déchets électroniques ». Plus de dix pour cent des substances mortelles sur terre sont imputables aux déchets de ce type. Des métaux lourds, comme le lithium des piles. Prenez les ordinateurs ou les téléphones portables. Ils ont une durée de vie de deux ou trois ans maximum, après quoi les gens les jettent. Est-ce que vous avez déjà lu le livret d'information sur le recyclage qui accompagne votre ordinateur ou votre portable ?

— Pas vraiment.

— Bien sûr, comme tout le monde. Or, proportionnellement, ces machines sont les plus polluantes de la planète. En Chine, ils se contentent de les brûler ou de les enfouir dans le sol. En faisant ça, ils tuent leur population. J'ai une nouvelle méthode pour remédier à ce problème : démonter les ordinateurs directement chez mes clients afin de les recycler le mieux possible. D'ici quelques années, ce sera devenu l'aspect le plus rentable de mon activité, précisa-t-il en souriant.

Bond se rappela le mécanisme qu'il avait vu à l'œuvre chez al-Fulan, ce compresseur qui avait coûté la vie à Youssouf Nasad.

— Au bout de ce bâtiment se trouve le secteur de recyclage des matériaux dangereux. L'un de nos services les plus rentables. On traite aussi bien la peinture que l'huile de moteur, l'arsenic ou le polonium.

— Le polonium ? fit Bond, étonné.

Il s'agissait de la substance radioactive qui avait servi à assassiner quelques années plus tôt l'espion russe Alexandre Litvinenko, expatrié à Londres. C'était l'un des produits les plus toxiques au monde.

— Les gens le jettent aux ordures ? demanda-t-il. C'est illégal, non ?

— Ah, voilà tout le problème du traitement des déchets, Theron. Les gens se débarrassent d'une machine toute bête… qui se révèle pleine de polonium. Mais personne n'en a conscience.

Ils gagnèrent un parking où étaient garés plusieurs poids lourds de plus de cinq mètres de long. Ils portaient le nom et le logo de la compagnie, accompagnés de la mention « Services de destruction de documents ».

Voyant ce que regardait Bond, Hydt expliqua :

— Une autre de nos spécialités : nous louons des destructeurs de documents à des entreprises ou à l'État, mais les plus petites structures préfèrent que nous nous en chargions nous-mêmes. Vous saviez que les étudiants iraniens qui avaient envahi l'ambassade américaine dans les années 1970 ont réussi à rassembler des documents secrets de la CIA alors mêmes qu'ils avaient été détruits ? Ils ont découvert les identités de nombreux agents infiltrés. Ce sont des tisserands qui ont recousu les morceaux.

L'anecdote était connue de tous les services secrets, mais Bond feignit l'ignorance.

— Chez Green Way, nous utilisons les machines les plus performantes. En gros, elles réduisent tout document en poussière. Nous travaillons même pour les services secrets.

Il mena Bond vers un entrepôt plus vaste, haut de trois étages et long de deux cents mètres. Une file continue de camions y entrait et en ressortait par l'autre extrémité.

— Voici le principal hangar de recyclage. Nous le surnommons « le Secteur de la résurrection ».

Ils pénétrèrent à l'intérieur. Trois énormes machines broyaient papier, carton, bouteilles en plastique, polystyrène, ferraille, bois et matériaux en tout genre.

— Les trieuses ! cria Hydt.

Le bruit était assourdissant. À l'autre bout, les matériaux, une fois triés, étaient chargés sur les poids lourds afin d'être traités.

— Le recyclage, c'est un drôle de métier, hurla Hydt. Seuls quelques matériaux (les métaux et le verre, essentiellement), peuvent être réutilisés à l'infini. Tout le reste finit par se désagréger et les restes doivent être brûlés ou enfouis. L'aluminium est la seule ressource rentable à recycler. La plupart des produits coûtent moins cher et sont plus hygiéniques lorsqu'ils sont fabriqués à partir de matériaux non recyclés. Le transport des matériaux recyclés et le processus de recyclage en lui-même ajoutent à la pollution de l'énergie fossile. Quant à la transformation, elle demande plus d'énergie que la fabrication d'origine, et pour ça il faut puiser dans les ressources. Mais comme le recyclage est politiquement correct… beaucoup de gens font appel à moi !

Bond suivit son guide à l'extérieur et vit Niall Dunne approcher à grands pas mal assurés. Sa frange blonde dissimulait partiellement ses yeux bleus, fixés droit devant lui. Mettant de côté le souvenir du traitement cruel infligé par Dunne aux Serbes et le meurtre de l'assistant d'al-Fulan à Dubaï, Bond lui serra la main avec un sourire aimable.

— Theron, répondit-il en hochant la tête.

L'air impatient, il s'adressa à Hydt :

— Il faudrait y aller.

Hydt fit monter Bond sur le siège passager d'une Range Rover garée près d'eux. Il sentait chez les deux hommes une sorte de précipitation, comme s'ils avaient comploté un plan prêt à être mis en œuvre. Son sixième sens l'alerta : quelque chose clochait. Avaient-ils découvert son identité ? Un détail l'avait-il trahi ?

Tandis que Nial Dunne prenait place derrière le volant, Bond se dit que s'il existait bien un endroit où se débarrasser d'un corps en toute tranquillité, c'était ici.

Le Secteur de la disparition…

46

La Range Rover s'élança vers l'est sur une route poussiéreuse, doublant des poids lourds qui transportaient des conteneurs remplis de déchets. Ils longèrent un gouffre d'environ vingt-cinq mètres.

Bond y jeta un œil. Les camions déchargeaient leur cargaison, que les bulldozers compressaient contre la paroi de la décharge. Le sol était tapissé de bâches épaisses. Hydt n'avait pas menti : les mouettes envahissaient le lieu, par milliers. Cette multitude d'oiseaux hurlant et volant en tous sens fit frémir Bond.

Plus loin, Hydt pointa le doigt vers l'incinérateur que Bond avait aperçu en arrivant. Vues de près, les flammes paraissaient gigantesques. Bond sentait la chaleur qu'elles dégageaient.

— La décharge produit du méthane, expliqua Hydt. On l'extrait pour alimenter les générateurs, mais nous devons brûler le surplus. Sinon, il risquerait de faire tout sauter. C'est arrivé aux États-Unis il n'y a pas si longtemps. Il y a eu des milliers de blessés.

Un quart d'heure plus tard, ils traversèrent un bosquet assez dense puis franchirent un portail. Bond n'en croyait pas ses yeux : l'étendue de déchets avait disparu. Ils étaient désormais entourés d'arbres, de fleurs, de rochers, de chemins, d'étangs, de forêts. Ce paysage splendide s'étendait sur plusieurs kilomètres à la ronde.

— On l'appelle « l'Éden », le paradis après notre séjour en enfer. Pourtant il s'agit encore d'une décharge. Sous nos pieds s'entassent des déchets sur des centaines de mètres. Nous avons défriché cette terre. Dans un an ou deux, j'ouvrirai le parc au public, en guise de cadeau aux Sud-Africains. La pourriture ressuscitée en beauté.

Bien que Bond ne soit pas très connaisseur en botanique (sa réaction première, quand débutait le grand Salon de la fleur à Chelsea, était l'irritation face aux engorgements que causait l'événement), il ne pouvait que se rendre à l'évidence : ce jardin était impressionnant. Il remarqua les racines des arbres.

Suivant son regard, Hydt demanda :

— Elles vous semblent un peu bizarres ?

Ces racines étaient faites de tubes de métal peints de façon à imiter le bois.

— Ces tubes transportent le méthane généré sous (la) terre afin qu'il soit brûlé ou réutilisé comme énergie pour alimenter l'usine.

Bond supposa que ce détail avait été mis au point par Dunne, le petit génie de Hydt.

Ils allèrent se garer sous un bosquet. Une grue aux plumes bleues, emblème du pays, était posée sur une seule patte au milieu d'un étang, l'air parfaitement à l'aise.

— Venez Theron, il est l'heure de parler affaires.

Pourquoi ici ? s'interrogea Bond tout en suivant Hydt le long d'un chemin bordé de plantes dont les noms étaient inscrits sur des petites pancartes. Il se demanda une nouvelle fois quel sort lui réservaient les deux hommes et chercha du regard, assez vainement, d'éventuelles armes ou voies de secours.

Hydt s'arrêta et se retourna. Quand Bond l'imita, il eut un coup de panique. Dunne approchait, un fusil à la main.

Bond s'efforça d'afficher un air calme. (« Votre identité d'emprunt vous suivra jusqu'à la tombe », lui avait-on enseigné à Fort Monckton.)

— Vous savez vous en servir ? demanda Dunne en montrant l'arme, un fusil de chasse avec son manche en plastique et son barillet en acier poli.

— Oui.

Capitaine de l'équipe de tir à Fettes, Bond avait remporté des championnats en petit et gros calibre. Dans la marine, ses qualités de tireur lui avait valu une Queen's Medal, la seule médaille de tir que l'on soit autorisé à porter sur un uniforme. Il examina l'arme de Dunne.

— Un Winchester .270, commenta-t-il.

— Un bon fusil, non ?

— En effet. Je le préfère au calibre .30-06. La trajectoire est plus plate.

— Vous chassez le gibier, Theron ? demanda Hydt.

— Je n'en ai jamais vraiment eu l'occasion.

— Moi non plus je ne chasse pas, répliqua l'autre. À l'exception d'un type d'animal... Niall et moi, on a parlé de vous.

— Ah ? fit Bond s'efforçant de rester impassible.

— Nous avons décidé que vous pourriez constituer un apport intéressant pour un autre projet sur lequel nous travaillons. Mais il nous faut un gage de confiance.

— De l'argent ?

Bond cherchait à gagner du temps. Il croyait savoir où son ennemi voulait en venir et devait trouver une solution. Sans attendre.

— Non, répondit Hydt. Ce n'est pas exactement ce que j'avais en tête.

Dunne fit un pas en avant, fusil en main, gueule vers le ciel.

— Allez, amenez-le.

Deux employés en uniforme sortirent d'un buisson de jacaranda en traînant un homme maigrichon vêtu d'un tee-shirt et d'un vieux pantalon kaki. Il semblait terrorisé.

Hydt l'observa avec mépris.

— Ce type s'est introduit chez nous pour voler des téléphones portables dans le hangar des déchets électroniques. Quand on l'a surpris en flagrant délit, il a sorti une arme et tiré sur un gardien. Il a manqué sa cible et on l'a neutralisé. J'ai vérifié son casier : il s'est échappé de prison. On l'a enfermé pour viol et meurtre. J'aurais pu le dénoncer aux autorités, mais sa venue ici aujourd'hui constitue – pour vous comme pour moi – une bonne occasion.

— De quoi parlez-vous ?

— L'occasion de tuer votre première proie. Si vous abattez cet homme...

— Non ! hurla le prisonnier.

— Si vous le faites, l'affaire est conclue. Nous participerons à votre projet et vous collaborerez avec nous à l'avenir. Si vous choisissez de lui laisser la vie sauve, ce que je comprendrais aisément, Niall vous raccompagne à la sortie et nos chemins se séparent pour toujours. Je devrais renoncer à prendre en charge le nettoyage des charniers, aussi prometteuse que s'annonce cette perspective.

— Tuer un homme de sang-froid ?

— C'est vous qui décidez, intervint Dunne. Ne tirez pas. Partez.

Son accent irlandais semblait plus prononcé.

Mais quelle chance inespérée de pénétrer dans le sanctuaire de Severan Hydt ! Il pouvait apprendre tous les détails de Gehenna. Une vie contre des milliers d'autres.

Peut-être bien davantage, même, dans la mesure où l'événement de vendredi s'annonçait comme le premier d'une longue série.

Il regarda le criminel, son visage décomposé, ses yeux éperdus, ses mains tremblantes.

Bond se tourna vers Dunne et lui prit le fusil des mains.

— Non, je vous en prie ! supplia l'homme.

Les gardiens le forcèrent à s'agenouiller avant de disparaître. Il avait les yeux rivés sur Bond, qui comprit alors pourquoi, lors des exécutions, le condamné portait un bandeau : pas pour son confort personnel, mais pour celui de son bourreau qui n'avait pas ainsi à soutenir le regard du prisonnier.

— Je vous en prie, monsieur, non !

— Il est chargé, précisa Dunne. La sécurité est mise.

L'avaient-ils chargé à blanc, pour le tester ? L'avaient-ils chargé tout court ? En tout cas, le prisonnier ne portait pas de gilet pare-balles sous son tee-shirt. Bond souleva le fusil, qui n'était pas télescopique. Il visa le voleur, à une bonne dizaine de mètres de lui. Ce dernier se couvrit le visage.

— Non ! Pitié !

— Vous voulez vous rapprocher ? demanda Hydt.

— Non. Mais je n'ai pas envie qu'il souffre, répondit Bond sans émotion. Est-ce que le fusil tire plutôt haut ou bas, à cette distance ?

— Je n'en ai aucune idée, répondit Dunne.

Bond visa une feuille à droite du prisonnier. Il appuya sur la détente. On entendit un craquement sec puis un trou apparut au centre de la feuille, exactement là où il avait visé. Bond ouvrit la culasse, éjecta la cartouche et rechargea l'arme. Toutefois, il hésitait.

— Alors, Theron ? souffla Hydt.

Bond épaula le fusil et visa une nouvelle fois la victime.

Un instant s'écoula. Il appuya sur la détente. Après une deuxième déflagration, une tache rouge souilla le tee-shirt de l'homme qui s'affala par terre.

47

— Alors, fit Bond avec humeur en cassant l'arme avant de la tendre à Dunne, vous êtes contents ?

Toujours impassible, l'Irlandais saisit le fusil sans répondre.

Hydt, quant à lui, semblait satisfait.

— Bien, maintenant, retournons à mon bureau trinquer à notre nouvelle collaboration... histoire de me faire pardonner.

— Pour m'avoir forcé à tuer un homme.

— Non, pour vous avoir fait croire que c'était le cas.

— Pardon ?

— William !

L'homme que Bond croyait avoir abattu bondit sur ses pieds, sourire aux lèvres.

Bond se tourna vivement vers Hydt.

— Je...

— Des balles de cire, expliqua Dunne. La police en utilise lors des entraînements et les cinéastes sur les tournages.

— C'était un test ? !

— Mis au point par notre cher Niall. Une épreuve bien pensée, que vous avez réussie.

— Vous me prenez pour un gamin ? Allez vous faire voir ! tonna Bond en prenant la direction du portail.

— Attendez, lui lança Hydt sur ses talons. Quand on gère une affaire, c'est comme ça qu'on procède. Il faut pouvoir faire confiance à son interlocuteur.

Bond lâcha un juron tout en continuant sa route, les poings serrés.

— Vous pouvez évidemment choisir de vous en aller, ajouta Hydt. Mais sachez, Theron, que vous tournerez alors le dos à un million de dollars, qui sera à vous demain si vous restez. Et cela ne s'arrêtera pas là.

Bond s'arrêta et lui fit face.

— Retournons discuter à l'intérieur. Comportons-nous en professionnels.

Bond jeta un œil à l'homme sur qui il avait tiré, toujours souriant. Puis il s'adressa à Hydt :

— Un million ?

— Dès demain.

L'espace d'un instant, Bond demeura immobile, les yeux fixés sur le jardin qui était réellement somptueux. Puis il s'approcha de Hydt en lançant un regard froid à Niall Dunne, occupé à décharger et nettoyer soigneusement le fusil.

Bond s'efforçait d'afficher un air outré, jouant les vexés.

Il s'agissait bien d'un jeu, car il avait deviné que les balles étaient en cire. Quiconque a déjà utilisé une arme normalement chargée, avec balle et poudre, sait reconnaître une balle de cire, qui génère beaucoup moins de recul qu'un vrai coup. (D'ailleurs, il est absurde de donner aux soldats des balles à blanc ; dès qu'ils tirent, ils savent à quoi s'en tenir.) Bond avait compris la feinte au moment où le prisonnier s'était couvert les yeux. Quand on va être fusillé, on ne réagit pas ainsi. Il en avait donc déduit que l'homme qui se tenait en face de lui craignait de devenir aveugle. Et donc, que l'arme devait être chargée à blanc ou avec des balles en cire.

Il avait tiré sur l'arbuste afin d'évaluer le recul et comprit alors qu'il s'agissait de balles sans danger.

Celui qui avait joué le rôle du prisonnier allait sans doute être grassement dédommagé. Quoi qu'on puisse penser de Hydt, il prenait soin de ses employés. Cet épisode le confirmait. Hydt sortit quelques billets qu'il tendit à William, lequel vint serrer la main de Bond.

— Hé, monsieur ! Vous êtes un bon tireur. Vous avez touché pile au bon endroit, regardez ! dit-il joyeusement en se frappant la poitrine. Un jour, un type m'a touché plus bas, vous imaginez où. Quel connard. Oh, j'ai eu mal pendant des jours et des jours. Et ma copine, elle était pas contente.

De retour dans la Range Rover, les trois hommes regagnèrent l'usine en silence, traversant d'abord le jardin puis le Secteur de la disparition, empli de fumée et de cris de mouettes.

Gehenna…

Dunne se gara devant le bâtiment principal puis, après un hochement de tête à l'intention de Bond, lança à Hydt :

— Je vais aller chercher nos associés à l'aéroport. Ils arrivent vers 19h. Je les installe et je reviens.

Dunne et Hydt avaient donc prévu de travailler tard. Était-ce plutôt bon ou mauvais signe ? Une chose était sûre : Bond devait trouver le bureau Recherche et Développement sans tarder.

Dunne s'éloigna tandis que Hydt et Bond se dirigeaient à l'intérieur.

— Est-ce que je vais avoir droit à une visite du bâtiment ? Il fait meilleur et il y a moins de mouettes.

Hydt éclata de rire.

— Il n'y a pas grand-chose à voir. On va aller directement à mon bureau.

Il n'épargna cependant pas à son nouveau collaborateur les formalités de sécurité. Une fois de plus, les gardiens ne remarquèrent pas l'inhalateur. Parvenu dans le couloir, Bond revit la pancarte indiquant le service qui l'intéressait.

— Eh bien, en tout cas, j'aurais besoin d'une petite visite aux toilettes… fit-il en baissant la voix.

— Par là, indiqua Hydt qui en profita pour passer un coup de fil.

Bond s'élança d'un pas rapide. Il entra et prit une grosse poignée de papier toilette qu'il jeta dans l'une des cuvettes, qui se boucha quand il tira la chasse. Il ressortit. Tête baissée, Hydt se concentrait sur sa conversation téléphonique. Après s'être assuré qu'il n'y avait pas de caméra de surveillance, Bond poursuivit son chemin dans le couloir, élaborant une excuse dans sa tête.

Oh, l'une des toilettes était occupée et l'autre bouchée, alors je suis allé en chercher d'autres. Comme vous étiez au téléphone, je n'ai pas voulu vous déranger.

L'art de la désinformation...

Il se hâta vers sa destination.

RECHERCHE ET DÉVELOPPEMENT – ACCÈS RÉSERVÉ

La porte sécurisée en métal était contrôlée par un code doublé d'un lecteur de carte. Bond saisit son inhalateur et prit plusieurs photos, notamment des gros plans du digicode.

Il espérait que, de l'autre côté, l'un des employés sorte pour faire une pause ou boire un café.

Mais personne ne coopéra. La porte demeura close et Bond ne pouvait pas s'attarder. Il tourna les talons et parcourut le couloir en sens inverse. Heureusement, Hydt était toujours au téléphone. Il leva les yeux au moment même où Bond passait devant la porte des toilettes, ne remarquant rien d'anormal.

Il termina son appel.

— Par ici, Theron.

Il mena Bond jusqu'à une vaste pièce qui semblait faire office de bureau et de pièce à vivre. Une énorme table était posée face à la fenêtre, avec vue sur l'empire de Hydt. Il y avait également une chambre. Bond remarqua que le lit était défait. Hydt ferma la porte. Il lui fit signe de s'installer sur le canapé, dans l'angle, près de la table basse.

— Vous buvez quelque chose ?

— Whisky. Scotch. Pas de *blend*.

— Auchentoshan ?

Bond connaissait cette distillerie des environs de Glasgow.

— Ça me convient très bien. Avec un peu d'eau.

Hydt versa une généreuse quantité d'alcool, ajouta l'eau et lui tendit la boisson. Il se servit un verre de Constantia, un vin d'Afrique du Sud dont Bond connaissait l'arôme sucré. Une version remise au goût du jour de la boisson préférée de Napoléon. Lors de son exil à Sainte-Hélène, il en avait consommé des centaines de litres, et ce jusque dans son lit de mort.

La pièce sombre était remplie d'antiquités. Mary Goodnight ne manquait jamais de détailler à Bond les affaires qu'elle avait réalisées au marché aux puces de Portobello, à Londres, mais les objets de Hydt paraissaient sans valeur. Ils étaient éraflés, usés, bancals. De vieilles photos, des peintures et des bas-reliefs ornaient les murs. Des blocs de pierre polie représentaient des images de divinités romaines ou grecques que Bond était incapable d'identifier.

Hydt s'assit et ils trinquèrent. Il parcourut les murs d'un regard plein d'affection.

— La plupart de ces objets proviennent d'immeubles que ma compagnie a détruits. Pour moi, ce sont comme des reliques de saints. Sujet qui m'intéresse aussi, par ailleurs. J'en possède quelques-unes, détail dont personne à Rome n'est au courant. Tout ce qui est vieux et mis au rebut me réconforte, allez savoir pourquoi. Je trouve que les gens passent bien trop de temps à se demander pourquoi ils sont tels qu'ils sont. Que chacun accepte sa nature et la satisfasse. Moi, j'aime ce qui pourrit, ce qui vieillit, tout ce dont les autres se débarrassent. Vous voulez savoir comment j'ai commencé dans le métier ? C'est une histoire qui vaut le détour.

— Avec plaisir.

— J'ai traversé des moments difficiles dans ma jeunesse, comme tout le monde, non ? Mais j'ai dû commencer à travailler jeune, comme éboueur, à Londres. Un jour, je faisais une pause avec un collègue quand le chauffeur du camion-poubelle a montré du doigt un appartement de l'autre côté de la rue : « C'est là qu'habite un des gars de Clerkenwell. »

Clerkenwell, sans doute l'un des groupes de malfaiteurs les mieux organisés et les plus puissants de l'histoire britannique. Désormais largement démantelé, il avait fait régner la terreur dans le quartier d'Islington pendant une vingtaine d'années. On leur attribuait au moins vingt-cinq meurtres.

— Ça m'intriguait, poursuivit Hydt, les yeux brillants. Après la pause, nous avons continué notre tournée, mais, à l'insu de mes collègues, j'ai dissimulé la poubelle de cet appartement-là. La nuit, je suis allé la récupérer, je l'ai ramenée chez moi et j'ai examiné son contenu. J'ai continué comme ça pendant plusieurs mois. J'ai passé en revue chaque lettre, chaque boîte de conserve, chaque facture, chaque emballage de préservatif. Sans grand résultat. J'ai trouvé une chose intéressante quand même, un message contenant une adresse dans East London. Le message disait simplement : « là ». Je me doutais de ce que cela signifiait. À l'époque, j'arrondissais mes fins de mois en faisant de la détection de métaux. Vous savez, comme les types qui parcourent les plages de Brighton ou d'Eastbourne à la recherche de pièces ou de bagues, en fin de journée. Je possédais un bon détecteur de métaux, et le week-end suivant, je me suis rendu à l'adresse indiquée dans le message. Comme je m'y attendais, c'était un terrain abandonné. Il m'a fallu dix minutes pour trouver le pistolet, enterré. J'ai acheté un nécessaire à empreintes et sans être expert, il m'a semblé que les empreintes de l'arme et du message coïncidaient. Je ne savais pas exactement à quoi avait servi le pistolet, mais…

— Vous vous êtes dit : si on ne l'a pas utilisé pour tuer quelqu'un, pourquoi l'enterrer ?

— Exactement. Je suis allé voir le chef de la bande de Clerkenwell. Je lui ai dit que mon avocat avait en sa possession le message et l'arme, c'était faux, bien entendu, mais j'ai réussi à le bluffer. Si mon avocat n'avait pas de mes nouvelles d'ici une heure, il préviendrait la police. C'était un pari, certes, mais un pari calculé. Le type a pris peur et m'a immédiatement demandé ce que je voulais. J'ai énoncé un chiffre. Il a payé en liquide. Avec cet argent, j'ai monté mon entreprise, qui a fini par devenir Green Way.

— Voilà qui donne un tout autre sens au verbe « recycler ».

— C'est juste, répliqua Hydt, visiblement amusé par ce commentaire. Saviez-vous qu'il existe trois sites bâtis par la main de l'homme visibles depuis l'espace ? La grande muraille de Chine, les Pyramides… et la décharge de Fresh Kills, dans le New Jersey.

Bond l'ignorait.

— À mes yeux, les déchets représentent plus qu'une activité professionnelle. Ils ouvrent une fenêtre sur notre société et sur nos âmes. Voyez-vous, parfois on acquiert quelque chose, sans en avoir eu l'intention (suite à un cadeau, une négligence, un héritage, un hasard, une erreur, la cupidité, la paresse), mais quand on jette quelque chose, c'est presque toujours intentionnellement.

Il savoura une nouvelle gorgée de vin.

— Theron, savez-vous ce que signifie le mot « entropie » ?

— Non.

— L'entropie est la vérité essentielle de la nature, la tendance à la déchéance et au désordre ; en physique, en art, dans le monde du vivant… dans tous les domaines. Le chemin vers l'anarchie. Cela peut paraître pessimiste, mais il ne faut pas s'y tromper. C'est la plus belle chose au monde. Quand on embrasse la vérité, on ne peut jamais se tromper. Et l'entropie, c'est la vérité. J'ai changé de nom, vous savez.

— Ah oui ? répondit Bond en pensant : Maarten Holt.

— Oui, parce que mon nom de famille, comme mon prénom, me venaient de mon père. Je voulais rompre tout lien avec lui. J'ai choisi « Hydt » en référence au côté obscur du héros de *Dr Jekyll et M. Hyde*, que j'ai lu et aimé quand j'étais à l'école. Voyez-vous, je crois que tout homme a sa part d'ombre. Comme l'illustre le roman.

— Et « Severan » ? C'est peu courant.

— Vous ne diriez pas cela si vous aviez vécu dans la Rome antique des deuxième et troisième siècles après Jésus-Christ.

— Vraiment ?

— J'ai étudié l'histoire et l'archéologie à l'université. Dites « Rome antique », Theron, et les gens pensent à qui ? À la dynastie julio-claudienne : Auguste, Tibère, Caligula, Claude et Néron. En tout cas, s'ils ont lu *Moi, Claude, empereur* ou vu l'interprétation géniale de Derek Jacobi sur la BBC. En réalité, cette dynastie a régné très peu de temps, à peine plus d'un siècle. Oui, oui, *mare nostrum*, la garde prétorienne, les péplums avec Russell Crowe… tout cela est terriblement décadent et dramatique. Mais pour moi, le vrai visage de Rome s'est révélé bien plus tard, à travers une autre lignée, les empereurs Sévères, dynastie fondée par Septime Sévère, plusieurs années après le suicide de Néron. Vous comprenez, ils ont présidé au déclin de l'Empire. Leur règne a culminé durant la période que les historiens appellent la période d'anarchie militaire.

— L'entropie.

— Exactement ! J'ai vu une statue de Septime Sévère à qui je ressemble un peu, alors je me suis inspiré de son patronyme. Est-ce que vous vous sentez mal à l'aise, Theron ? Ne vous inquiétez pas. Vous n'avez pas signé avec Achab. Je ne suis pas fou.

— Ce n'était pas ce que je pensais ! rétorqua Bond en riant. Honnêtement. Je pensais au million de dollars que vous m'avez promis.

— Oui. Demain. L'un de mes projets, le premier d'une longue série, va voir le jour. Mes principaux collaborateurs y assisteront. Vous serez des nôtres. Vous verrez sur quoi nous travaillons.

— Qu'attendez-vous de moi en échange d'un million ? Que j'abatte un homme à balles réelles ?

Hydt caressa de nouveau sa barbe. Il ressemblait effectivement à un empereur romain.

— Vous n'aurez pas besoin de faire quoi que ce soit demain. Le projet dont je parle est terminé. On se contentera d'en observer les résultats. Et de fêter ça, j'espère. Disons que votre million constitue une prime à la signature. Vous n'aurez pas le temps de chômer, après ça.

Bond se força à sourire.

— Je suis heureux de participer à cette aventure.

Sur ce, le portable de Hydt sonna. Il jeta un œil au numéro puis se leva pour prendre l'appel. Il semblait y avoir un problème. Hydt n'était pas en colère, mais ses silences en disaient long. Il raccrocha.

— Excusez-moi. Un problème à Paris. Des inspecteurs du travail, des syndicats. Rien à voir avec notre petit événement de demain.

Soucieux de ne pas éveiller les soupçons de son interlocuteur, Bond décida de ne pas pousser plus avant.

— Très bien. À quelle heure souhaitez-vous que je vienne ?

— Dix heures.

D'après le message décrypté par le GCHQ et les preuves qu'il avait découvertes à March, Bond savait qu'il disposerait d'environ douze heures pour découvrir en quoi consistait Gehenna et l'empêcher de se réaliser.

Une silhouette apparut à la porte : Jessica Barnes, vêtue de ce qui semblait être son accoutrement habituel, jupe noire et chemise blanche toute simple. Bond n'avait jamais aimé les femmes excessivement maquillées, toutefois il se demandait pourquoi celle-ci n'utilisait pas le moindre cosmétique.

— Jessica, voici Gene Theron, dit Hydt d'un air absent.

Il avait oublié qu'ils s'étaient rencontrés la veille au soir.

Elle ne le lui fit pas remarquer.

Bond lui serra la main. Elle hocha la tête timidement.

— Les épreuves des publicités ne sont pas arrivées. On ne les aura pas avant demain, annonça-t-elle.

— Tu pourras les relire à ce moment-là, non ?

— Oui, mais j'ai terminé pour aujourd'hui. Je pensais retourner en ville.

— Moi j'ai un empêchement. J'en aurai pour quelques heures. Tu peux attendre…

Les yeux de Hydt se dirigèrent vers la pièce où Bond avait aperçu un lit.

— D'accord, soupira-t-elle après une seconde d'hésitation.

— Je rentre en ville, intervint Bond. Je peux vous déposer si vous le souhaitez.

— C'est vrai ? Ça ne pose pas de problème ?

Sa question était en réalité adressée à Hydt, non à Bond.

Celui-ci consultait son téléphone portable. Il leva la tête.

— C'est gentil de votre part, Theron. À demain.

Ils échangèrent une poignée de main.

— *Totsiens*, répondit Bond en afrikaans.

— Tu rentres à quelle heure, Severan ? demanda Jessica.

— Quand j'aurai fini, fit-il, les yeux toujours rivés sur son portable.

Cinq minutes plus tard, Jessica et Bond se tenaient devant le portail de sécurité, où Bond dut de nouveau passer au détecteur de métaux. Avant de récupérer son arme et son téléphone, l'un des gardiens se leva et lui demanda :

— Qu'est-ce que vous avez là, monsieur ? Dans votre poche ?

L'inhalateur. Comment avait-il bien pu remarquer la petite bosse qu'il formait dans la poche de son manteau ?

— Rien.

— Montrez-moi, s'il vous plaît.

— Je n'ai rien volé, si c'est ce que vous pensez, répliqua-t-il brusquement.

— Nos règles sont claires, monsieur, ajouta l'autre patiemment. Montrez-moi ce que vous avez dans la poche ou je serai contraint d'appeler M. Hydt et M. Dunne.

Votre identité d'emprunt vous suivra jusqu'à la tombe...

D'un geste assuré, Bond plongea la main dans sa poche et en ressortit le tube.

— C'est un médicament.

— Je vais vérifier ça.

Le gardien le saisit et l'examina attentivement. La lentille de l'appareil avait beau être dissimulée, elle paraissait, aux yeux de Bond, très voyante. Le gardien s'apprêtait à lui redonner le tube quand il se ravisa. Il souleva le capuchon et appliqua le pouce sur le petit vaporisateur.

Bond jeta un œil à son Walther, posé dans l'un des casiers. Plusieurs mètres et deux gardiens armés le séparaient de son pistolet.

Le garde appuya sur le vaporisateur... qui laissa s'échapper une fine brume d'alcool dénaturé à quelques centimètres de son visage.

Sanu Hirani avait pensé à tout. Il s'agissait d'un véritable spray, même si le produit qu'il contenait ne l'était pas. L'appareil photo se situait à la base du tube. L'odeur d'alcool était forte. Les larmes aux yeux, le gardien retroussa le nez tout en rendant l'inhalateur à Bond.

— Merci, monsieur. J'espère pour vous que vous n'avez pas à prendre ce médicament trop souvent, c'est assez désagréable.

Bond l'empocha en silence puis récupéra ses affaires.

Il se dirigea vers la porte d'entrée. Il l'avait presque atteinte quand une alarme se mit à hurler et plusieurs lumières à clignoter.

48

Bond faillit faire volte-face, dégainer son arme et adopter une position d'attaque.

Mais l'instinct lui dicta d'attendre.

Il eut raison. Les gardiens ne prêtaient aucune attention à lui, ils étaient retournés s'asseoir devant la télévision.

Bond jeta un coup d'œil autour lui, comme si de rien n'était. L'alarme s'était déclenchée parce que Jessica, que l'on ne fouillait pas, avait franchi le portail de sécurité avec son sac à main et ses bijoux. Un gardien appuya sur un bouton afin de stopper la sonnerie.

Retrouvant son calme, Bond franchit la porte accompagné de Jessica puis le poste de sécurité suivant, avant d'atteindre le parking, couvert de feuilles mortes. Bond lui ouvrit la porte passager puis passa derrière le volant et démarra. Ils empruntèrent la route poussiéreuse qui menait à la N7, doublant les camions Green Way, omniprésents.

Bond demeura silencieux un moment avant de passer à l'attaque. Il commença par des questions inoffensives afin d'instaurer un climat de confiance. Aimait-elle voyager ? Quels étaient ses restaurants préférés ? Que faisait-elle exactement à Green Way ?

Enfin, il demanda :

— Simple curiosité : comment vous êtes-vous rencontrés, tous les deux ?

— Vous tenez vraiment à le savoir ?

— Dites-moi.

— Je faisais des concours de beauté quand j'étais jeune.

— C'est vrai ? C'est la première fois que je rencontre une ex top-modèle.

— Je me débrouillais pas trop mal. J'ai figuré dans un défilé de Miss Amérique une fois. Mais ce qui a vraiment... non, c'est ridicule.

— Si, si, allez-y.

— Eh bien, je passais un concours à New York, au Waldorf Astoria. C'était avant le défilé, et nous étions nombreuses dans le hall de l'hôtel. Jackie Kennedy est arrivée, elle est venue vers moi et m'a dit qu'elle me trouvait très jolie, expliqua-t-elle avec une fierté qu'il ne lui avait encore jamais vue. Ça a été l'un des grands moments de ma vie. C'était mon idole quand j'étais petite. Vous n'avez pas vraiment envie d'entendre cette histoire, hein ?

— C'est moi qui ai insisté.

— On ne peut pas continuer éternellement dans ce monde-là. Quand j'ai arrêté les concours de beauté, j'ai tourné quelques pubs et des publireportages. Et puis, bon, j'ai arrêté ça aussi. Quelques années plus tard, j'ai perdu ma mère dont j'étais très proche, et j'ai traversé une mauvaise passe. J'ai décroché un boulot de serveuse dans un restaurant de New York. Severan travaillait aux alentours et venait souvent pour rencontrer ses clients. On a fait connaissance. Il me fascinait. Il adore l'histoire et il a beaucoup voyagé. On parlait de plein de choses. On avait beaucoup de points communs, c'était très... rafraîchissant. Dans les défilés, je disais toujours pour plaisanter que les gens ne s'arrêtent pas seulement aux apparences, mais au maquillage ! Au maquillage et aux vêtements. Mais Severan, lui, voyait celle que j'étais réellement. On s'entendait bien. Il m'avait demandé mon numéro et m'appelait sans arrêt. Je n'étais pas complètement stupide. J'avais cinquante-sept ans, pas de famille, très peu d'argent. Et voilà que je rencontrais un bel homme, un homme... indispensable.

Le GPS commanda à Bond de quitter l'autoroute. Il bifurqua avec prudence sur une route encombrée. Les taxis-minibus envahissaient la chaussée. Des dépanneuses patientaient aux intersections, prêtes à intervenir au plus vite en cas d'accident. Des vendeurs proposaient des boissons sur le trottoir. Des affaires se concluaient à l'arrière des camions et des fourgonnettes, on vendait notamment des batteries et on réparait les alternateurs. Pour une raison que Bond ignorait, les véhicules sud-africains étaient particulièrement touchés par ces pannes.

Maintenant que la glace était brisée, Bond posa à tout hasard une question au sujet du rendez-vous du lendemain, mais elle n'en savait rien et il la crut. Il était frustré de constater que Hydt tenait Jessica à l'écart de Gehenna et de ses autres activités illégales auxquelles participaient également Dunne et toute son entreprise.

D'après le GPS, ils se trouvaient à cinq minutes de leur destination quand Bond déclara :

— Je dois vous l'avouer : je trouve cela étrange.

— Quoi donc ?

— La façon qu'il a de s'entourer de toutes ces choses.

— Quelles choses ?

— Les déchets, la destruction.

— C'est son métier.

— Je ne pensais pas à son rôle chez Green Way, ça, je le comprends. Plutôt à son intérêt personnel pour tout ce qui est usagé, les vieilleries, le rebut.

Jessica garda le silence un moment. Elle indiqua une vaste maison en bois entourée d'un mur imposant.

— C'est là, cette maison. C'est...

Sa voix se perdit et elle éclata en sanglots.

Bond se gara sur le côté.

— Jessica, qu'est-ce qui se passe ?

— Je... entama-t-elle, à bout de souffle.

— Vous vous sentez bien ?

Il tira une manette sous son siège de façon à reculer et mieux la voir.

— C'est rien, ça va... Je suis très gênée.

Bond saisit son sac à main et y trouva un mouchoir qu'il lui tendit.

— Merci.

Elle essaya de parler, mais fondit de nouveau en larmes. Une fois calmée, elle tourna le rétroviseur vers elle.

— Il ne me laisse pas porter du maquillage... au moins, mon mascara ne risque pas de couler.

— Comment ça, il ne vous laisse pas le faire ?

La confession mourut sur ses lèvres.

— Non, rien.

— J'ai dit quelque chose qui vous a perturbée ? Je suis désolé, j'essayais simplement de faire la conversation.

— Non, non, ça n'a rien à voir avec vous, Gene.

— Dites-moi ce qui ne va pas.

Leurs regards se croisèrent.

Elle hésita un moment.

— Je n'ai pas été honnête avec vous. J'ai fait semblant, mais c'est une façade. Nous n'avons aucun point commun, nous n'en avons jamais eu. Il veut que je… oh non, vraiment, je ne peux pas raconter ça.

Bond lui frôla le bras.

— Je vous en prie, c'est un peu ma faute. J'ai été très maladroit. C'est moi qui suis ridicule, ici. Dites-moi.

— Eh bien, comme vous dites, il aime ce qui est vieux, usagé… au rebut. Moi.

— Mon Dieu, non, je ne voulais pas dire…

— Je sais bien. Mais c'est pour ça que Severan a besoin de moi. Je fais partie de cette spirale. Je suis son cobaye : je perds ma beauté, je vieillis, j'avance vers la décrépitude. C'est tout ce que je représente à ses yeux. Il ne me parle quasiment jamais. Je n'ai pas la moindre idée de ce qu'il pense et il se fiche totalement de ma personnalité. Il me donne des cartes de crédit, m'emmène dans de jolis endroits, il subvient à mes besoins. En échange, il… il me regarde vieillir. Parfois je le surprends à m'observer, une nouvelle ride ici, une tache de vieillesse là. C'est pour ça que je ne peux pas me maquiller. Il laisse la lumière allumée quand… enfin, vous voyez ce que je veux dire. Vous savez à quel point je me sens humiliée ? Lui, il le sait. Car l'humiliation est une autre forme de destruction.

Elle lâcha un petit rire amer en se tapotant les yeux avec son mouchoir.

— Quelle ironie, Gene, vous ne trouvez pas ? Quand j'étais jeune, je vivais pour les défilés. Tout le monde se moquait de qui j'étais à l'intérieur, les juges, les autres filles… même ma mère. Aujourd'hui je suis vieille et Severan lui aussi se fiche de savoir qui je suis. Parfois je déteste être avec lui. Mais qu'est-ce que je peux faire ? Je n'ai aucun pouvoir.

Bond lui serra le bras un peu plus fort.

— Ce n'est pas vrai. Vous n'êtes pas sans pouvoir. Vieillir est une force. Vous avez gagné en expérience, en jugement, en discernement, vous connaissez vos ressources. La jeunesse n'est qu'erreur et impulsion. Croyez-moi, je connais ça très bien.

— Mais sans lui, qu'est-ce que je ferais ? J'irais où ?

— N'importe où. Vous pourriez faire ce dont vous avez envie. Vous me semblez intelligente. Vous devez avoir quelques économies.

— Oui, un peu. Mais ce n'est pas le problème. Le problème, c'est de trouver quelqu'un à mon âge.

— Pourquoi avez-vous besoin de trouver quelqu'un ?

— Ça, c'est une réflexion de jeune.

— Et vous, vous faites les réflexions de quelqu'un qui croit ce qu'on lui dit au lieu de penser par soi-même.

Elle esquissa un sourire.

— C'est vrai, Gene. Vous avez été très gentil. Je n'arrive pas à croire que j'aie craqué devant un parfait étranger. Désolée, il faut que je rentre. Il va appeler pour vérifier.

Bond avança la voiture jusqu'au portail, gardé par un vigile. Voilà qui ruinait son projet de s'introduire dans la maison pour y découvrir quelques secrets.

Jessica lui serra chaleureusement la main avant de descendre.

— On se voit demain, à l'usine ? demanda-t-il.

— Oui, j'y serai. Ma liberté est plutôt réduite.

Elle tourna les talons et franchit le portail d'un pas rapide.

Dès qu'il se fut éloigné, Bond oublia instantanément Jessica Barnes. Il se concentra sur sa prochaine destination et ce qui l'y attendait.

Ami ou ennemi ?

Dans sa profession, il avait appris que ces deux catégories ne s'excluaient pas nécessairement.

49

Durant toute la journée du jeudi, il avait été question de menaces.

Menaces des Coréens du Nord, des Talibans, d'Al-Qaïda, des Tchétchènes, du Jihad islamique, de la Malaisie orientale, du Soudan, de l'Indonésie. On avait brièvement évoqué les Iraniens, mais malgré le discours surréaliste que tenait le chef de l'État, personne ne les prenait vraiment au sérieux. M avait presque pitié du pauvre régime de Téhéran. La Perse avait jadis été un si bel empire.

Des menaces...

Mais l'offensive, elle, était bien réelle et programmée pour se dérouler en cet instant précis, tandis qu'on faisait une pause dans la salle de conférences. M mit fin à sa conversation avec Moneypenny et s'installa dans le salon orné de dorures de l'immeuble de Richmond Terrace situé entre Whitehall et Victoria Embankment. Un de ces immeubles sans âme et d'âge indéterminé depuis lesquels on gouvernait le pays.

L'offensive imminente impliquait deux ministres qui siégeaient au Comité du renseignement. Ils venaient de passer la tête par la porte, côte à côte, parcourant la pièce du regard jusqu'à ce qu'ils atteignent leur cible. M trouvait qu'avec leurs lunettes, ils ressemblaient à un duo de comiques de la télévision. Quand ils s'approchèrent de lui, il s'aperçut qu'ils n'avaient toutefois rien de très amusant.

— Miles, dit le plus âgé.

Il se présenta sous le nom de « Sir Andrew », un titre qui collait parfaitement à son allure distinguée et ses manières impeccables.

Le second, un certain Bixton, hocha la tête, dont le crâne chauve reflétait la lumière du lustre. Il respirait avec difficulté. En réalité, ils étaient tous les deux hors d'haleine.

Ils s'assirent sans y être invités sur le canapé edwardien qui jouxtait la table basse. M mourait d'envie de s'allumer un cigarillo, mais n'en fit rien.

— Nous irons droit au fait, annonça Sir Andrew.

— Nous savons que vous êtes attendu dans la salle de conférences, ajouta Bixton.

— Nous sortons d'un rendez-vous avec le ministre des Affaires étrangères. Il est à la Chambre des communes à l'heure qu'il est.

Voilà qui expliquait leur essoufflement. Ils ne pouvaient pas être venus depuis Whitehall en voiture dans la mesure où le quartier avait été bouclé comme un sous-marin prêt à plonger, de Horse Guards Avenue jusqu'à King Charles Street, afin que la conférence sur la sécurité se déroule… en toute sécurité.

— L'Incident Vingt ? demanda M.

— Tout à fait, répondit Bixton. Nous avons aussi essayé de joindre le responsable du MI6, mais cette fichue conférence…

Il était nouveau sur ce poste et venait soudain de se rendre compte qu'il valait peut-être mieux ne pas cracher dans la soupe.

— … emmerde tout le monde, termina M, qui, lui, n'avait aucun problème à critiquer ce qui le méritait.

Sir Andrew prit le relais :

— Les services secrets et le GCHQ ont fait état d'un pic de SIGINT en Afghanistan ces six dernières heures.

— Tout le monde pense que c'est lié à l'Incident Vingt.

— Un lien précis avec Hydt, Noah, ou quelques milliers de morts ? Niall Dunne ? demanda M. Les bases militaires à March ? Les systèmes d'explosifs improvisés ? Les ingénieurs à Dubaï ? Les déchets et les usines de recyclage du Cap ?

M lisait tous les rapports qui arrivaient sur son bureau ou son téléphone portable.

— Impossible à dire, répondit Bixton. Le Beignet n'a pas encore décodé les messages.

Le QG du GCHQ, à Cheltenham, était surnommé ainsi à cause de sa forme circulaire.

— Le système d'encodage est tout nouveau, précisa-t-il, ça leur donne du fil à retordre.

— Le SIGINT est cyclique par là-bas, marmonna M.

Ce vétéran du MI6 était réputé pour son talent inégalé en matière de relevé et d'interprétation d'informations.

— C'est vrai, concéda Sir Andrew. Quelle coïncidence, tout de même, que tous ces appels et ces e-mails apparaissent précisément aujourd'hui, la veille de l'Incident Vingt, vous ne trouvez pas ?

Pas nécessairement.

— De plus, poursuivit-il, personne n'a trouvé la moindre preuve reliant Hydt à cette menace.

« Personne » signifiait « 007 ».

M consulta sa montre, qui avait appartenu à son fils, soldat au régiment royal de fusiliers. La réunion sur la sécurité était censée reprendre dans une demi-heure. Il se sentait fatigué et la journée du lendemain s'annonçait plus longue encore, se concluant par un épuisant dîner suivi d'un discours du ministre de l'Intérieur.

La lassitude de M n'échappa pas à Sir Andrew.

— Pour faire court, Miles, selon le Comité du renseignement, ce Hydt ne représente qu'une diversion. Il se peut qu'il ait un lien avec l'Incident Vingt, ou pas. Le MI5 et le MI6 pensent que tout va se jouer en Afghanistan : l'attaque visera l'armée, les humanitaires, ou des étrangers.

Bien entendu, quoi qu'ils pensent réellement, il s'agissait là du discours officiel. L'intervention à Kaboul avait coûté des milliards de livres sterling et fait beaucoup trop de victimes. Tous les moyens étaient bons pour justifier une incursion britannique. M en était conscient depuis le début de l'Incident Vingt.

— Quant à Bond...

— C'est un bon élément, nous le savons, intervint Bixton les yeux rivés sur les biscuits au chocolat qu'on avait servis avec le thé contrairement à ce qu'avait demandé M.

Sir Andrew fronça les sourcils.

— C'est simplement qu'il n'a pas encore trouvé grand-chose, reprit Bixton. À moins qu'il y ait du nouveau.

M garda le silence, gratifiant ses interlocuteurs d'un regard froid.

— Bond est un vrai pro, personne ne le conteste, continua Sir Andrew. C'est pourquoi nous pensons qu'il devrait rejoindre Kaboul au plus vite. Ce soir, si possible. Assignez-le à une zone dangereuse avec une vingtaine de gars du MI6. On ira demander du renfort à la CIA aussi. Cela ne nous gêne pas de partager les lauriers de la victoire.

Et la responsabilité, songea M, si vous vous trompez.

— C'est logique, ajouta Bixton. Bond était posté en Afghanistan, à l'origine.

— L'Incident Vingt est censé se produire demain, répondit M. Il faudra une nuit à Bond pour rejoindre l'Afghanistan. Je ne vois pas comment il pourrait l'arrêter à temps.

— C'est-à-dire que… nous ne sommes pas sûrs de pouvoir faire quoi que ce soit pour l'arrêter, expliqua Sir Andrew.

Il y eut un silence embarrassant.

— Nous souhaiterions que votre homme et les autres montent une équipe de policiers scientifiques. Afin de savoir qui a tramé tout cela et de décider d'une contre-attaque. Bond pourrait même la diriger.

M comprenait très bien le sens de cette proposition : ses deux interlocuteurs proposaient à l'ODG de sauver les apparences. Même si l'organisation s'avérait irréprochable quatre-vingt-quinze pour cent du temps, il suffisait d'une erreur, fatale à un grand nombre de civils, pour qu'on choisisse de stopper ses activités ou, pire, reléguer tous ses agents à du travail de bureau.

L'ODG était déjà parti avec un sérieux handicap, à savoir l'existence de la Section 00, que beaucoup réprouvaient. Un faux pas dans la gestion de l'Incident Vingt aurait de graves conséquences. Ramener Bond en Afghanistan sur-le-champ permettrait au moins à l'ODG de placer un pion sur le plateau de jeu, même s'il débarquait un peu tard dans la partie.

— Je vous ai entendus, messieurs, conclut M d'un ton calme. Laissez-moi passer quelques coups de fil.

Bixton était ravi. Mais Sir Andrew, lui, n'en avait pas exactement terminé. Sa persévérance mêlée de perspicacité donnaient à M une raison de croire qu'à l'avenir, leurs rendez-vous se tiendraient au 10, Downing Street.

— Est-ce que Bond jouera cartes sur table ?

La question dissimulait une menace : si 007 restait en Afrique du Sud en dépit de l'ordre donné par M, Sir Andrew cesserait de le protéger ainsi que M et l'ensemble de l'ODG.

Toute l'ironie était là : en laissant *carte blanche* à un agent comme 007, on sous-entendait qu'il en fasse bon usage, c'est-à-dire qu'on lui donnait les moyens de ne pas toujours jouer cartes sur table. On ne peut pas tout avoir, résuma M.

— Comme je vous l'ai dit, je vais passer quelques coups de téléphone.

— Bien. Allons-y, dans ce cas.

Une fois les deux hommes partis, M franchit sa grande porte-fenêtre pour gagner le balcon où un policier armé était posté pour assurer sa protection. Après l'avoir salué d'un hochement de tête, il se pencha vers la rue, à quelques mètres plus bas.

— Tout va bien ? demanda M.

— Oui, monsieur.

M parcourut la longueur du balcon et, parvenu à l'autre extrémité, alluma un cigarillo et inspira profondément. Les rues étaient absolument désertes. Les barricades n'étaient pas simplement constituées de barrières en métal comme celles qu'on voyait devant le Parlement. Ici, c'était des blocs de ciment d'un mètre vingt de haut assez épais pour stopper une voiture en pleine course. Des policiers armés parcouraient les trottoirs et M aperçut plusieurs snipers postés sur les toits d'immeubles environnants. Son regard se perdit du côté de Victoria Embankment.

Il sortit son portable et appela Moneypenny.

Elle répondit après une seule sonnerie :

— Oui, monsieur ?

— J'ai besoin de parler au chef de section.

— Il est descendu manger un morceau. Je vous mets en relation.

Tout en patientant, M fixa son regard sur quelque chose qui l'amusa. Au carrefour, près de la barricade, était garé un gros camion que deux ou trois hommes chargeaient de poubelles.

Des employés de Green Way International, l'entreprise de Severan Hydt. Il se rendit compte qu'il les avait regardés pendant
quelques minutes sans vraiment les voir.

— Tanner.

M ne prêta plus attention aux éboueurs. Il retira son cigarillo
de sa bouche et annonça :

— Bill, il faut qu'on parle de 007.

50

Guidé par son GPS, Bond progressait à travers les rues du centre du Cap bordées de résidences et d'entreprises. Il arriva dans un quartier peuplé de petites maisons de toutes les couleurs, niché au pied de Signal Hill. Les rues étaient étroites et majoritairement pavées. Le coin lui rappela les villages des Caraïbes, à la différence qu'ici, les maisons étaient ornées de minutieux motifs arabisants. Il dépassa une mosquée.

Il était dix-huit heures trente ce jeudi-là, la soirée s'annonçait fraîche et il faisait route vers la maison de Bheka Jordaan.

Amie ou ennemie...

Il gara sa voiture. Patientant sur le seuil, elle l'accueillit sans un sourire. Elle avait troqué sa tenue de travail contre un jean assorti d'un gilet rouge foncé. Ses cheveux noirs détachés sentaient le lilas.

— C'est un quartier intéressant, commenta-t-il. Agréable.

— Il s'appelle Bo-Kaap. Avant, c'était un coin très pauvre, essentiellement musulman, peuplé d'immigrants en provenance de Malaisie. J'ai emménagé ici avec... avec quelqu'un, il y a des années, quand c'était moins cossu. Aujourd'hui c'est devenu très chic. Les bicyclettes ont cédé la place aux Toyota, et bientôt, ce sera les Mercedes. Ça ne me plaît pas. Je préférais comme c'était avant. Mais j'y suis chez moi. En plus, mes sœurs et moi, nous nous partageons la garde d'Ugogo et comme elles habitent tout près, c'est plus pratique.

— Ugogo ?

— Ça veut dire « grand-mère ». La mère de notre mère. Mes parents vivent à Pietermaritzburg, dans le KwaZulu-Natal, plus à l'est.

Bond se rappela la vieille carte qu'il avait vue dans son bureau.

— Alors on s'occupe d'Ugogo. C'est la tradition zouloue.

Comme elle ne l'invitait pas à entrer, Bond lui fit un compte rendu de sa visite à Green Way devant la porte.

— Il me faut les tirages de cette pellicule, dit-il en lui tendant l'inhalateur. C'est du huit millimètres, ISO 1200. Vous pouvez vous en charger ?

— Moi ? Pourquoi pas votre associé du MI6 ? demanda-t-elle non sans sarcasme.

Bond ne se sentait aucunement tenu de défendre Gregory Lamb.

— J'ai confiance en lui, mais il a dévalisé mon minibar pour un montant de deux cent rands. Je préfère confier ça à quelqu'un de moins farfelu. Développer une pellicule peut s'avérer délicat.

— Je m'en occupe.

— Hydt reçoit quelques collaborateurs ce soir. Il y a une réunion à l'usine Green Way demain matin. Ils doivent arriver vers dix-neuf heures. Vous pouvez trouver leurs noms ?

— Est-ce qu'on sait avec quelle compagnie ils voyagent ?

— Non, mais Dunne doit les accueillir.

— On va envoyer quelqu'un en surveillance. Kwalene est bon pour ce genre de choses. Il peut paraître blagueur, mais c'est un excellent policier.

Pas de doute là-dessus, songea Bond. Et il sait se montrer discret.

Une voix de femme s'éleva à l'intérieur.

Jordaan se retourna :

— *Ize balukile !*

Un bref échange en zoulou s'ensuivit.

— Entrez donc, annonça Jordaan, impassible. Comme ça Ugogo verra que vous ne faites pas partie d'un gang. Je lui ai dit que vous n'étiez personne, mais elle se méfie.

— Personne ?

Bond la suivit dans le petit appartement aménagé avec soin. Les murs étaient ornés de tableaux, d'objets et de photos.

La vieille femme qui s'était adressée à Jordaan était assise à une grande table de la salle à manger. Elles avaient déjà dîné. Elle paraissait très frêle. Bond reconnut la femme présente sur certaines des photos dans le bureau de Jordaan. Elle portait une robe large orange et marron, et les cheveux courts.

— Je vous en prie, restez assise, dit Bond quand la vieille femme entreprit de se lever.

Elle se mit debout malgré tout et, un peu bossue, avança pour le saluer d'une poignée de main ferme.

— Vous êtes l'Anglais dont a parlé Bheka. Je m'attendais à pire.

Jordaan la fusilla du regard.

— Je m'appelle Mbali.

— James.

— Je vais aller me reposer. Bheka, donne-lui à manger. Il est tout maigre.

— Non, merci, je ne peux pas rester.

— Vous avez faim. J'ai bien vu que vous regardiez le *bobotie*. Il est encore meilleur qu'il n'en a l'air.

Bond sourit. Il avait effectivement remarqué la casserole posée sur la cuisinière.

— Ma petite-fille cuisine très bien. Ça va vous plaire. Et vous prendrez bien une bière zouloue. Vous en avez déjà bu ?

— J'ai goûté la Birkenhead et la Gilroy.

— Non, la zouloue, c'est la meilleure. Donne-lui une bière, ajouta-t-elle en s'adressant à sa petite-fille. Et sers-lui une assiette de *bobotie*. Avec de la sauce *sambal*. Vous aimez les épices ?

— Oui.

— Bien.

— Il a dit qu'il ne pouvait pas rester ! intervint Jordaan, exaspérée.

— C'était à cause de toi. Donne-lui à boire et à manger, regarde comme il est maigre !

— Franchement, Ugogo.

— Ça, c'est ma petite-fille. Elle n'en fait qu'à sa tête.

La vieille femme empoigna une cruche de bière en céramique et alla s'enfermer dans la chambre.

— Elle est en bonne santé ? demanda Bond.

— Elle a un cancer.

— Désolé.

— Ça pourrait être pire. Elle a quatre-vingt-dix-sept ans.

— Je lui donnais vingt ans de moins, fit Bond, surpris.

Comme si elle craignait que le silence les pousse à bavarder, Jordaan mit un disque sur le vieux lecteur CD. Une voix grave de femme, relevée de rythmes hip-hop, retentit dans la pièce. Bond lut le nom sur la pochette : Thandiswa Mazwai.

— Asseyez-vous, dit Jordaan.

— Non, ça ira.

— Comment ça, « ça ira » ?

— Vous n'avez pas besoin de me nourrir.

— Si Ugogo apprend que je ne vous ai servi ni bière ni *bobotie*, elle va se fâcher.

Elle apporta un récipient en terre fermé par un couvercle en rotin et versa dans un verre un liquide rose.

— Alors c'est ça, la bière zouloue ?

— Oui.

— Faite maison ?

— Toujours. Il faut trois jours pour la brasser et on la boit alors que la fermentation n'est pas terminée.

Bond goûta. La boisson était à la fois douce et amère, peu alcoolisée.

Jordaan lui servit une assiette de *bobotie* qu'elle assaisonna d'une sauce rouge. Le plat s'apparentait un peu à une *shepherd's pie* dont on aurait remplacé la pomme de terre par de l'œuf, toutefois c'était bien meilleur que n'importe quelle tourte que Bond avait pu goûter en Angleterre. La sauce, assez épaisse, était effectivement relevée.

— Vous ne m'accompagnez pas ? demanda-t-il.

Jordaan était debout, appuyée contre l'évier, les bras croisés sur son opulente poitrine.

— J'ai déjà dîné, répondit-elle sèchement.

Elle ne bougea pas.

Amie ou ennemie…

Il termina son assiette.

— Je dois reconnaître que vous avez beaucoup de talent : une policière intelligente qui confectionne une très bonne bière et un délicieux *bobotie*. Si je prononce bien.

Il ne reçut aucune réponse. Est-ce que chacune de ses remarques la froissait ?

Ravalant son irritation, Bond se mit à examiner les photos de famille accrochées au mur et posées sur la cheminée.

— Votre grand-mère a dû assister à beaucoup d'événements historiques.

— Ugogo incarne l'Afrique du Sud, répondit-elle en lançant un regard affectueux vers la chambre. Son oncle a été blessé lors de la bataille de Kambula, contre les Anglais, quelques mois après la bataille dont je vous ai parlé, celle d'Isandlwana. Elle est née quelques années après la création du pays, résultant de l'union entre les provinces du Cap et du Natal. On l'a relogée après la loi sur l'apartheid, dans les années cinquante. Elle a été blessée pendant une manifestation en 1960.

— Que s'est-il passé ?

— Le massacre de Sharpeville. Elle faisait partie des opposants aux *dombas*, les lois de ségrégation. Pendant l'apartheid, les gens étaient officiellement classés blancs, noirs, mulâtres ou indiens.

Bond se rappela la remarque de Gregory Lamb.

— Les Noirs devaient être munis d'un passe délivré par leur employeur s'ils souhaitaient se rendre dans un secteur blanc. C'était humiliant, c'était horrible. Il y a eu une manifestation pacifique, mais la police a ouvert le feu sur la foule. Ils ont tué près de soixante-dix personnes. Ugogo a été blessée à la jambe. Depuis, elle boite.

Jordaan hésita puis se servit en bière avant de poursuivre.

— C'est Ugogo qui m'a donné mon prénom. Elle a dit à mes parents comment m'appeler et ils l'ont écoutée. En général, quand elle dit quelque chose, on lui obéit.

— « Bheka ».

— En zoulou, ça signifie « celui qui veille sur les gens ».

— Un protecteur. Alors vous étiez destinée à entrer dans la police.

Bond appréciait beaucoup la musique qu'avait choisie Jordaan.

— Ugogo représente la vieille Afrique du Sud. Moi, la moderne. Un mélange de zoulou et d'afrikaner. On nous appelle la nation arc-en-ciel, certes, mais regardez un arc-en-ciel et vous verrez les différentes couleurs, bien distinctes. Nous devons nous fondre les uns dans les autres. Cela prendra du temps, mais ça arrivera. Alors, on aura la possibilité de détester les gens pour ce qu'ils sont vraiment, pas pour leur couleur de peau, termina-t-elle en adressant à Bond un regard froid.

Il ne détourna pas les yeux.

— Merci pour le plat et la bière. Je dois y aller.

Elle le raccompagna à la porte. Il franchit le seuil.

C'est alors que, pour la première fois, il vit nettement l'homme qui l'avait suivi depuis Dubaï. Celui qui portait une veste bleue et une boucle d'oreille, qui avait tué Youssouf Nasad et avait failli réserver le même sort à Felix Leiter.

Il se tenait sur le trottoir d'en face, dans l'ombre d'un vieil immeuble couvert de caractères arabes et de mosaïque.

— Que se passe-t-il ? demanda Jordaan.

— Un ennemi.

L'homme tenait un téléphone portable avec lequel il prit une photo de Jordaan en compagnie de Bond, preuve que ce dernier collaborait avec la police.

— Sortez votre arme et restez à l'intérieur avec votre grand-mère !

Il s'élança à la poursuite de l'homme qui avait fui dans une petite rue menant vers Signal Hill, au cœur des ténèbres.

51

Son ennemi avait une dizaine de mètres d'avance, mais Bond le rattrapait peu à peu. Des chats mécontents et des chiens maigrichons fuyaient sur leur passage et un enfant malais qui sortait d'une maison au moment où Bond la dépassait fut vivement tiré en arrière par un adulte.

Il n'était plus qu'à quelques mètres de son assaillant quand son instinct l'alerta : l'homme avait peut-être pris les devants et installé un piège afin de ralentir Bond. Il regarda au sol. En effet, celui qu'il poursuivait avait tendu une cordelette de part et d'autre de la ruelle, à une trentaine de centimètres du sol, quasiment invisible dans l'obscurité. Lui-même l'avait évitée (il avait marqué l'endroit par un morceau de poterie ébréché). Bond la remarqua trop tard mais pouvait néanmoins préparer sa chute.

Il pencha le haut du corps en avant et, quand ses jambes cédèrent, culbuta en avant. Après un atterrissage douloureux, il demeura quelques instants allongé par terre, sonné, furieux d'avoir laissé échapper son agresseur.

Toutefois, l'homme ne s'était pas enfui.

La cordelette n'était pas destinée à stopper Bond, mais à l'affaiblir.

Une seconde plus tard, son adversaire se jeta sur lui, empestant la bière, la cigarette et la transpiration, et s'empara de l'arme de Bond, qui se redressa, agrippa le poignet de l'autre et le tordit jusqu'à ce qu'il lâche le pistolet. Quand le Walther tomba au sol, l'homme l'envoya valser d'un coup de pied à plusieurs mètres de là. Le souffle court, Bond n'avait pas lâché le bras de son agresseur tout en le rouant de coups.

Il jeta un œil dans l'allée pour vérifier si Bheka Jordaan avait ou non suivi son conseil. L'allée était déserte.

Son agresseur fit mine de vouloir lui asséner un coup de tête. Mais, comme Bond se tournait pour l'éviter, l'autre en profita pour se dégager de son emprise et, après un impressionnant salto arrière, se releva tel un gymnaste. C'était une excellente feinte. Bond se rappela les paroles de Felix Leiter.

Crois-moi, ce fils de pute s'y connaît en arts martiaux…

Son adversaire se tenait désormais en position de combat, un couteau à la main, lame dirigée vers le sol, le côté tranchant bien en vue. Sa main gauche était libre, prête à attirer Bond vers lui avant d'en finir.

Bond pivota lentement.

Dès son arrivée à Fettes, il avait pratiqué différents types de corps à corps, mais l'ODG enseignait à ses agents une technique de combat à mains nues assez rare, empruntée à l'un de leurs anciens ennemis : les Soviétiques. Art martial cosaque, le *systema* avait été remis au goût du jour par le Spetsnaz, le groupe d'intervention du GRU.

Ceux qui pratiquent le *systema* utilisent rarement leurs poings. Paumes, coudes et genoux constituent leurs principales armes. Toutefois, le but est de frapper le moins possible. En revanche, il convient de fatiguer l'adversaire puis de l'attraper par l'épaule, le poignet, le bras ou la cheville. Les meilleurs combattants du *systema* ne touchent leur opposant qu'au dernier moment, quand l'autre, à bout de forces, devient sans défense. Alors, le vainqueur le met à terre et pose un genou sur sa poitrine ou sa gorge.

Adoptant instinctivement la méthode du *systema*, Bond commença à éviter les coups.

Esquive, esquive, esquive… Retourne son énergie contre lui.

Bond s'en sortait bien, même si, par deux fois, la lame du couteau frôla son visage.

Face à lui, l'homme était rapide, ses mains puissantes. Il mettait Bond à l'épreuve et ce dernier réagissait au quart de tour, jaugeant les forces de son ennemi (très musclé, habitué au corps à corps et psychologiquement prêt à tuer) ainsi que ses faiblesses (il semblait accuser le coup d'un excès de boisson et de tabac).

Son agresseur commençait à perdre patience. Il saisit son couteau à pleine main et fit un pas en avant, presque exaspéré. Il avait un sourire démoniaque et transpirait malgré la fraîcheur de la soirée.

Bond fit un pas en direction de son Walther. Mais c'était une feinte. Avant même que l'autre plonge dans sa direction, Bond se rétracta, écarta le couteau et frappa l'oreille gauche de son agresseur avec sa paume. Au moment du choc, il creusa sa main et sentit la pression qui allait endommager voire faire éclater son tympan. L'homme à la veste bleue hurla et fonça tête baissée. Bond lui agrippa le bras qu'il leva en l'air puis, saisissant à deux mains son poignet qui constituait une prise solide, le plia à l'envers jusqu'à ce que la main lâche le couteau. Il comprenait à quel point cet homme était fort et déterminé. Sa décision était prise : il continua sa pression sur le poignet jusqu'à ce qu'il casse.

Son agresseur glapit et tomba à genoux avant de s'écrouler, pâle, la tête penchée sur le côté. Bond éloigna le couteau d'un coup de pied. Il prit le temps de fouiller son assaillant qui portait sur lui un petit pistolet automatique ainsi qu'un rouleau de ruban adhésif opaque. Un pistolet ? Pourquoi ne m'a-t-il pas tiré dessus, tout simplement ? se demanda Bond.

Il l'empocha avant de récupérer son Walther. Il s'empara aussi de son téléphone : à qui avait-il bien pu envoyer la photo de lui et Jordaan ? Si c'était à Dunne, Bond trouverait-il un moyen de réduire l'Irlandais au silence avant qu'il n'aille parler à Hydt ?

Il parcourut les appels et messages expédiés. Dieu merci, il n'avait rien envoyé. Il avait simplement filmé Bond.

Dans quel but ?

Il finit par trouver la réponse.

— *Jebi ti !* lâcha l'homme à terre.

Ce juron serbe expliquait tout.

Bond examina ses papiers et découvrit qu'il s'agissait d'un des hommes du JSO, le groupe paramilitaire serbe. Il s'appelait Nicholas Rathko.

Il gémissait à présent, son bras endolori serré contre lui.

— Tu as laissé mon frère mourir ! Tu l'as abandonné ! C'était ton coéquipier sur cette mission ! On n'abandonne pas ses coéquipiers.

Le frère de Rathko était le jeune agent du BIA qui avait accompagné Bond à Novi Sad, le dimanche précédent.

Mon frère, il fume toujours quand il est en mission. En Serbie, ça paraît plus normal que de ne pas fumer.

Bond comprenait désormais comment ce type l'avait retrouvé à Dubaï. Afin de sceller leur partenariat avec le BIA, l'ODG et le MI6 avait donné à Belgrade le nom de Bond et son parcours exact. Après la mort de son frère, Rathko avait dû réunir quelques collègues du JSO et mettre sur pied un plan de grande envergure pour atteindre Bond en utilisant leurs relations à l'OTAN et au MI6. Ils avaient donc appris que Bond était en partance pour Dubaï. Bond comprenait maintenant que c'était Rathko, et non Osborne-Smith, qui avait mené sa petite enquête au MI6 au sujet des projets de Bond. Parmi les papiers de Rathko, il trouva une autorisation de vol par jet militaire de Belgrade à Dubaï. Voilà qui expliquait qu'il ait échappé à Bond. Une fois là-bas, un mercenaire avait mis à sa disposition une voiture sécurisée, la Toyota noire, selon les documents qu'il avait sous les yeux.

Le but de tout cela ?

Sans doute pas une arrestation. Rathko avait sûrement l'intention de filmer les confessions ou les excuses de Bond, ou peut-être sa torture et sa mort.

— On t'appelle Nicholas ou Nick ? demanda-t-il en s'accroupissant.

— *Yebie se !* éructa l'autre en guise de réponse.

— Écoute bien. Je suis désolé que ton frère soit mort. Mais il n'avait pas sa place au BIA. Il était négligent et refusait d'obéir aux ordres. C'est à cause de lui que nous avons perdu notre cible.

— Il était jeune.

— Ce n'est pas une excuse. Ni pour moi, ni pour toi à l'époque où tu travaillais pour les Tigres d'Arkan.

— C'était un gamin.

Rathko pleurait de douleur, à cause de son poignet cassé ou de la mort de son frère.

Bond leva les yeux vers la ruelle où il vit Bheka Jordaan accompagnée de quelques officiers du SAPS accourir vers eux. Il ramassa le couteau et coupa la cordelette.

— On va te soigner, dit-il à Rathko.

Puis il entendit une voix féminine ordonner :

— Arrêtez !

— C'est bon, il n'est pas armé, lança-t-il à Bheka Jordaan.

Puis il s'aperçut que c'était lui qu'elle visait avec son arme. Il fronça les sourcils et se leva.

— Laissez-le tranquille ! aboya-t-elle.

Deux officiers du SAPS s'intercalèrent entre Bond et Rathko. L'un d'entre eux lui prit le couteau des mains lentement, non sans hésitation.

— C'est un agent des services secrets serbes. Il voulait ma mort. C'est lui qui a tué le contact de la CIA à Dubaï

— Cela ne vous autorise pas à lui trancher la gorge.

Ses yeux lançaient des éclairs.

— Qu'est-ce que vous racontez ?

— Vous êtes dans mon pays. Vous êtes tenu d'obéir à la loi !

Bond remarqua la colère qui animait certains des officiers présents. Les yeux fixés sur Jordaan, il s'éloigna du groupe et lui fit signe de le suivre.

Une fois seuls, elle poursuivit :

— Vous avez gagné. Il était à terre. Il ne représentait plus aucune menace. Pourquoi vouloir le tuer ?

— Ce n'était pas mon intention.

— Je ne vous crois pas. Vous m'avez ordonné de ne pas sortir de chez moi. Si vous ne m'avez pas demandé d'appeler des renforts, c'était pour pouvoir le torturer et le tuer.

— Je me suis douté que vous appelleriez à l'aide. Je ne voulais pas que vous quittiez votre appartement au cas où il aurait eu un complice.

Mais Jordaan n'écoutait pas.

— Vous venez ici, dans notre pays, monsieur 007 ! tonnat-elle. Oh, je vois très bien à quel petit jeu vous jouez !

Bond comprit la source de sa colère. Rien à voir avec le fait qu'il ait voulu flirter avec elle à l'aéroport ou qu'il incarne le mâle dominant. Ce qu'elle méprisait, c'était sa désobéissance vis-à-vis de la loi : les missions de niveau 1 qu'il exécutait.

Il avança d'un pas et, contenant sa colère avec difficulté, répliqua d'une voix basse :

— Parfois, quand c'était le seul moyen de protéger mon pays, oui, il m'est arrivé de tuer. Seulement sur ordre de mes supérieurs. Je ne fais pas ça par plaisir. Je le fais pour sauver des gens qui le méritent. Appelez cela un péché si vous voulez, mais c'est un péché nécessaire.

— Vous n'aviez pas besoin de le tuer, s'entêta-t-elle.

— Je n'allais pas le faire.

— Et le couteau ? J'ai vu…

— Il a monté un piège, une cordelette, expliqua-t-il en indiquant l'endroit en question. Je l'ai coupée pour éviter que quelqu'un ne tombe. Quant à lui, j'étais justement en train de lui promettre de l'emmener se faire soigner. Demandez-lui. En général, quand je m'apprête à tuer un homme, je ne l'emmène pas à l'hôpital avant.

Il tourna les talons et contourna les deux officiers de police qui lui barraient la route. Du regard, il les mit au défi de l'empêcher de passer. Sans même se retourner, il lança :

— Je vais avoir besoin de développer cette pellicule au plus vite. Et les noms de tous ceux qui seront présents à la réunion de Hydt demain.

Il s'éloigna dans la ruelle.

Il retrouva bientôt sa Subaru et repartit, sillonnant à une vitesse bien trop élevée les petites rues sinueuses de Bo-Kaap.

52

James Bond longea un restaurant de spécialités locales et, toujours furieux de son altercation avec Bheka Jordaan, décida de s'arrêter boire un verre.

Bien qu'il ait apprécié le dîner qu'elle lui avait servi, la portion était assez petite, comme si elle avait fait en sorte qu'il termine au plus vite. Bond commanda un plat de *sosaties*, des brochettes de viande grillée, accompagnées de riz jaune et d'épinards *morag* (après avoir poliment décliné de goûter à la spécialité de la maison, les vers *mopane*). Il descendit avec son repas deux vodkas-martinis puis regagna le Table Mountain Hotel.

Il prit une douche, se sécha puis s'habilla. On frappa à la porte. Un employé lui remit une grande enveloppe. Le moins qu'on puisse dire, c'était que Bheka Jordaan n'avait pas laissé ses sentiments personnels envers Bond empiéter sur son travail. Il trouva les clichés en noir et blanc qu'il avait pris grâce à l'inhalateur. Certains étaient flous, d'autres ratés, mais il avait tout de même réussi à obtenir une bonne série de photos de ce qui l'intéressait le plus : la porte du service Recherche et Développement, son alarme et son mécanisme d'ouverture. Jordaan avait également eu la bonne idée de lui transmettre une clé USB contenant les photos scannées, ce qui finit d'atténuer sa colère. Il les téléchargea sur son ordinateur et, après les avoir codées, les envoya à Sanu Hirani, accompagnées d'une liste d'instructions.

Trente secondes après avoir envoyé son message, il reçut une réponse :

Nous ne dormons jamais.

Il sourit et répliqua par un petit mot de remerciement.

Quelques instants plus tard, il reçut un appel de Bill Tanner.

— J'allais justement t'appeler, dit Bond.

— James… fit Tanner d'un ton grave.

Il y avait un problème.

— Vas-y.

— Il y a un certain remue-ménage ici. Whitehall pense que l'Incident Vingt n'a pas grand-chose à voir avec l'Afrique du Sud.

— Quoi ?

— Ils pensent que Hydt n'est rien qu'une diversion. Le massacre évoqué par l'Incident Vingt va avoir lieu en Afghanistan, des humanitaires ou des entrepreneurs étrangers, apparemment. Le comité de sécurité a voté ton affectation à Kaboul… dans la mesure où, pour parler franchement, tu n'as pas découvert grand-chose au Cap.

— Bill, je suis convaincu que la clé…

— Attends, je te transmets simplement ce que pense Whitehall. Mais M a freiné des quatre fers en insistant pour te laisser en Afrique du Sud. C'est Trafalgar ici. On est allés en délégation au ministère des Affaires étrangères pour défendre notre cause. Il paraît que le Premier ministre a mis son grain de sel aussi, mais je n'ai pas de preuves. Enfin, bref, M a eu gain de cause. Tu restes là où tu es. Et tu seras surpris d'apprendre qui t'a défendu.

— Qui donc ?

— Ton nouveau copain, Percy.

— Osborne-Smith ? fit Bond, amusé.

— Si tu as une piste, on doit te donner les moyens de la suivre, a-t-il dit.

— Vraiment ? Je lui paierai une pinte quand tout ça sera terminé. À toi aussi, d'ailleurs.

— Oui, enfin, tout n'est pas rose. Le patron a mis la réputation de l'ODG en jeu pour te permettre de continuer. Et la tienne par la même occasion. Si Hydt s'avère être bel et bien une diversion, il y aura des conséquences. De sérieuses conséquences.

L'avenir de l'ODG dépendait-il de sa réussite ?

Affaires de politique, songea Bond.

— Je suis sûr que c'est Hydt qui tire les ficelles, affirma-t-il.

— M est aussi de cet avis.

Tanner lui demanda ce qu'il comptait faire ensuite.

— J'ai rendez-vous à l'entrepôt de Hydt demain matin. Selon ce que je vais y trouver, je vais devoir réagir sans perdre de temps et serai donc assez difficile à joindre. Si je ne découvre rien d'ici demain en fin d'après-midi, je demanderai à Bheka Jordaan de fouiller l'usine et d'interroger Hydt et Dunne.

— Très bien, James, tiens-moi au courant. Je vais transmettre tout ça à M, il sera pris par cette réunion sur la sécurité demain toute la journée.

— Bonne soirée, Bill. Et remercie-le de ma part.

Après avoir raccroché, il se versa une quantité généreuse de Crown Royal dans un verre en cristal, ajouta deux glaçons et éteignit la lumière. Il ouvrit les rideaux en grand et, assis sur le canapé, admira les lumières qui s'agitaient sur le port. Un énorme paquebot anglais accostait.

Son téléphone sonna.

— Philly, répondit-il en buvant une gorgée de whisky.

— Vous êtes en plein dîner ?

— C'est plutôt l'heure du pousse-café, ici.

— Je vous reconnais bien là !

Tandis qu'il écoutait, Bond parcourait des yeux la chambre et son regard s'arrêta sur le lit qu'il avait partagé la nuit précédente avec Felicity Willing.

— Je ne savais pas si vous souhaitiez de plus amples informations sur l'opération Cartouche d'Acier…, poursuivit-elle.

Il se redressa.

— Oui, je vous en prie. Qu'est-ce que vous avez trouvé ?

— Quelque chose d'intéressant, je crois. Apparemment, le but du jeu n'était pas de tuer n'importe quel agent ou contact. Les Russes liquidaient leurs taupes au sein du MI6 et de la CIA.

Bond avait les sens en alerte. Il posa son verre.

— Après la chute de l'Union soviétique, le Kremlin voulait consolider ses liens avec l'Ouest. Cela n'aurait pas été très politiquement correct que leurs agents doubles soient démasqués. Alors des agents du KGB ont activement traqué et descendu les meilleures taupes du MI6 tandis que la CIA se chargeait de maquiller leurs meurtres en accidents. Ils laissaient une cartouche à côté des corps pour commander le silence aux autres taupes. Voilà tout ce que je sais pour l'instant.

Son père aurait été un agent double... un traître ?

— Vous êtes toujours là ?

— Oui, oui, un peu distrait par ce qui se passe ici, c'est tout. Mais c'est du bon travail, Philly. Je serai injoignable quasiment toute la journée de demain, mais envoyez-moi vos infos par e-mail ou texto.

— OK. Prenez soin de vous, James, je m'inquiète.

Ils raccrochèrent.

Bond saisit le verre de cristal, très froid, et l'appliqua sur son front. Il passait en revue l'histoire de sa famille dans l'espoir de trouver quelques explications à cette hypothèse déconcertante. Bond aimait beaucoup son père, collectionneur dans l'âme. Il possédait plusieurs véhicules qu'il prenait plus de plaisir à réparer et bichonner qu'à pousser au-delà des limites de vitesse. Plus tard, Bond avait questionné sa tante à ce sujet. « C'était quelqu'un de bien, avait répondu Charmian. Un homme solide. Un vrai roc. Mais peu expansif. Andrew ne se mettait jamais sur le devant de la scène. »

Qualités dignes des meilleurs agents infiltrés.

Est-ce qu'il avait pu agir comme taupe pour les Russes ?

Autre pensée dérangeante : la duplicité de son père (si tant est qu'elle fût avérée) avait causé la mort de son épouse, la mère de Bond.

Il s'était retrouvé orphelin non seulement à cause des Russes, mais aussi de la trahison de son père.

Son téléphone vibra, signe qu'il avait reçu un message.

Il est tard, me prépare pour cargaison de nourriture. Viens de quitter le bureau. Besoin de compagnie ? Felicity

James Bond hésita un moment avant de répondre :

Oui.

Dix minutes plus tard, après avoir glissé son Walther sous le lit, enroulé dans une serviette, il entendit un petit coup à la porte. Il ouvrit pour laisser entrer Felicity Willing. S'il avait des doutes quant à l'attitude à adopter suite à leur aventure de la nuit précédente, ceux-ci s'envolèrent dès qu'elle l'enlaça et l'embrassa sans hésitation. Il sentit son parfum et son goût légèrement mentholé.

— Je ne suis pas sortable ! s'exclama-t-elle en riant.

Elle portait un chemisier en coton bleu rentré dans son jean griffé, froissé et poussiéreux.

— Je ne veux pas le savoir, répondit-il en l'embrassant de nouveau.

— Tu étais dans le noir, Gene, dit-elle en passant spontanément au tutoiement.

Pour la première fois depuis le début de sa mission, cela lui déplut de devoir assumer cette nouvelle identité.

— Pour mieux apprécier la vue.

Ils se détachèrent l'un de l'autre et, dans la lueur provenant de l'extérieur, il trouva son visage aussi sensuel que la veille, en dépit de ses traits fatigués. Gérer l'arrivée de la plus grosse cargaison humanitaire jamais livrée sur le continent africain devait être épuisant, pour le moins.

— Tiens.

Elle sortit une bouteille de vin rouge de son sac à main, une cuvée Three Cape Ladies de Muldersvlei. Bond en avait entendu parler. Il la déboucha et servit deux verres qu'ils dégustèrent assis sur le canapé.

— Merveilleux, commenta-t-il.

Elle retira ses bottes. Bond passa son bras autour de son épaule tout en s'efforçant de ne plus penser à son père.

Elle appuya sa tête contre lui. À l'horizon, on voyait encore plus de bateaux que la veille.

— Regarde, ce sont nos cargaisons de nourriture. dit-elle. On entend beaucoup de choses horribles, mais il y en a aussi beaucoup de bonnes dans ce monde. On ne peut pas toujours y compter, mais au moins…

— Au moins quelqu'un cherche à apporter un peu plus de… félicité.

Elle éclata de rire.

— Tu as failli me faire renverser mon verre, Gene ! J'aurais pu tacher ma chemise.

— J'ai un remède.

— Arrêter de boire du vin ? fit-elle avec une mine faussement boudeuse. Il est tellement bon…

— Un autre remède, plus efficace.

Il l'embrassa lentement tout en défaisant les boutons de son chemisier.

Une heure plus tard, ils étaient allongés dans le lit l'un contre l'autre, Bond derrière Felicity. Il avait le bras autour d'elle et la main posée sur son sein. Leurs doigts étaient enlacés.

Toutefois, contrairement à la nuit précédente, Bond était cette fois bien éveillé.

Son esprit ne trouvait pas le repos. Dans quelle mesure l'avenir de l'ODG dépendait-il de lui ? Quels secrets renfermait le service Recherche et Développement de Green Way ? Quel était exactement le but de Hydt avec Gehenna, et comment Bond pouvait-il l'arrêter ?

Intention… réponse.

Et que dire de son père ?

— Tu penses à des choses sérieuses, remarqua Felicity, à moitié assoupie.

— Qu'est-ce qui te fait dire ça ?

— Les femmes remarquent ce genre de choses.

— Je me disais que tu étais très belle.

Elle lui mordit gentiment le doigt.

— Premier mensonge.

— Je pense à mon travail.

— Alors je te pardonne. Je comprends. Coordonner la main-d'œuvre sur les docks, payer les chauffeurs, tenir compte de l'affrètement des bateaux et des chargements des camions, gérer les syndicats, ajouta-t-elle d'un ton qu'il avait déjà entendu chez elle le jour précédent. Sans parler de ta spécialité : la sécurité. Il y a déjà eu deux tentatives de cambriolage sur les docks. Et dire qu'on n'a pas encore déchargé les vivres. Bizarre. Gene ?

Bond pressentait que ce qui allait suivre ne serait pas anodin. Son attention s'aiguisa. Avec l'intimité des corps vient celle des esprits et des âmes ; il est vain de rechercher la première si l'on n'est pas prêt à recevoir la seconde.

— Oui ?

— J'ai le sentiment que ton travail ne se limite pas à ce que tu m'en as dit. Non, non, ne t'explique pas. Je ne sais pas ce que tu veux, mais si on continue à se voir, si…

Elle s'interrompit.

— Vas-y, murmura-t-il.

— Si on est amenés à se revoir, tu penses que tu pourrais changer un tout petit peu ? Enfin, si tu dois aller dans des endroits dangereux, tu pourrais me promettre que ce ne soit pas… trop dangereux ?

Il sentait la tension qui la parcourait.

— Oh, laisse tomber, je raconte n'importe quoi.

Même si elle s'adressait à l'expert en sécurité doublé d'un mercenaire originaire de Durban, d'une certaine façon, elle lui parlait aussi à lui, James Bond, agent de la Section 00.

Et, ironiquement, il choisit de comprendre que si elle pouvait accepter dans une certaine mesure le danger des missions de Theron, elle pouvait aussi accepter Bond tel qu'il était.

— C'est tout à fait possible, je crois.

Elle lui embrassa la main.

— Ne dis rien de plus. C'est tout ce que je voulais entendre. J'ai une idée. Je ne sais pas ce que tu as prévu pour le week-end…

Moi non plus, songea Bond avec amertume.

— … mais on aura terminé les cargaisons demain soir. Je connais un hôtel à Franschhoek, tu es déjà allé là-bas ?

— Non.

— C'est le plus bel endroit du Cap-Occidental. Une région viticole. Le restaurant a une étoile au Michelin et la terrasse la plus romantique du monde, face aux vignes. Tu m'y accompagnerais samedi ?

— Avec plaisir, répondit-il en lui embrassant les cheveux.

— Tu es sincère ?

La guerrière sans pitié, si à l'aise lors de ses combats contre les agropoles, paraissait à présent vulnérable et incertaine.

— Oui, je suis sincère.

Cinq minutes plus tard, elle s'était endormie.

Bond, quant à lui, ne parvenait pas à fermer l'œil. Il n'était plus préoccupé par la possible trahison de son père, ni par la promesse qu'il venait de faire à Felicity, ni par le week-end qui s'annonçait. Non, James Bond pensait à une seule chose : à tous ces gens qui, quelque part dans le monde et en dépit des doutes de Whitehall, étaient menacés et qu'il était le seul à pouvoir sauver.

VENDREDI

EN CHEMIN VERS GEHENNA

53

À 8 h 45, Bond gara sa Subaru poussiéreuse et boueuse sur le parking du SAPS. Il arrêta le moteur, descendit et entra dans l'immeuble où il retrouva Gregory Lamb, Kwalene Nkosi et Bheka Jordaan dans le bureau de cette dernière.

Bond les salua d'un hochement de tête. Lamb répondit par un regard conspirateur, Nkosi par un sourire franc.

— Nous avons identifié les collaborateurs de Hydt, l'informa Jordaan.

Elle ouvrit son ordinateur portable et cliqua sur un diaporama. La première photo représentait un homme corpulent avec un visage rond couleur ébène. Il portait une chemise criarde, aux couleurs or et argent, des lunettes de marque et un large pantalon marron.

— Charles Mathebula. C'est un diamant noir de Johannesburg.

— Il est issu de la nouvelle classe aisée sud-africaine, traduisit Lamb. Certains deviennent riches du jour au lendemain, par des moyens pas très transparents, si vous voyez ce que je veux dire.

— D'autres s'enrichissent à la sueur de leur front, le corrigea Jordaan d'un ton glacial. Mathebula dirige plusieurs entreprises apparemment légales, dans le domaine maritime et les transports. Son nom a été mêlé à une affaire de livraison d'armes il y a quelques années, certes, mais personne n'a jamais pu prouver sa culpabilité.

En un clic, elle fit apparaître une deuxième photo.

— Voici David Huang.

Élancé, il souriait à l'objectif.

— Sa fille a mis cette photo sur sa page Facebook... Mauvaise idée, mais qui nous rend bien service.

— Un mafieux notoire ?

— On le soupçonne, rectifia Nkosi. De Singapour. Il serait spécialisé dans le blanchiment d'argent et peut-être le trafic d'êtres humains.

Une troisième photo apparut.

— L'Allemand : Hans Eberhard, annonça Jordaan. Il est arrivé mercredi. Il a des intérêts dans l'exploitation minière, principalement de diamants. Pour l'industrie mais aussi la bijouterie.

On voyait un bel homme blond quitter l'aéroport. Il arborait un costume léger bien taillé et une chemise sans cravate.

— On l'a soupçonné de divers crimes, mais jusque-là il n'a jamais été condamné.

Bond examina les trois photographies.

Eberhard.

Huang.

Mathebula.

Il mémorisa leurs noms.

— Je ne comprends pas pourquoi Hydt a besoin de collaborateurs, dit Jordaan. Il peut se permettre de financer Gehenna tout seul, non ?

Bond avait déjà réfléchi à la question.

— Pour deux raisons, probablement. Gehenna doit coûter beaucoup d'argent. Il veut faire appel à une aide extérieure de sorte que, si on contrôle ses comptes, il n'aura pas à justifier une telle dépense. Mais surtout, il n'a ni casier judiciaire ni réseau de criminels. Quelle que soit son intention avec Gehenna, il lui faut les contacts dont ces trois personnes-là peuvent le faire bénéficier.

— C'est logique, en convint Jordaan.

Bond s'adressa à Lamb.

— Sanu Hirani m'a envoyé un message ce matin en disant que vous aviez quelque chose pour moi.

— Ah oui, désolé.

Il lui tendit une enveloppe.

Bond y jeta un œil avant de la ranger dans sa poche.

— Il faut que j'aille à l'usine. Une fois à l'intérieur, je vais essayer de découvrir ce qui se trame, qui est en danger et où. Je vous tiens au courant dès que possible. Mais il nous faut un plan B.

S'il n'avait pas donné de nouvelles d'ici 16h, Jordaan ordonnerait à des policiers de fouiller l'usine, de mettre en garde à vue Hydt, Dunne et leurs collaborateurs puis de saisir le contenu du bureau de Recherche et Développement.

— Cela nous donnera, ou vous donnera si je suis déjà hors jeu, cinq ou six heures pour les interroger et découvrir le fin mot de l'histoire.

— Une perquisition à l'usine ? Je ne peux pas faire ça, objecta Jordaan.

— Pourquoi ?

— Je vous l'ai dit : à moins de soupçonner sérieusement Green Way d'un quelconque crime et d'avoir un mandat de perquisition établi par un magistrat, je ne peux rien faire.

— Ce ne sont pas les droits de Hydt qui comptent ici. Plusieurs milliers de vies sont en jeu.

— Je ne peux rien faire sans mandat et nous n'avons pas assez de preuves pour en obtenir un. Rien ne justifie cette action.

— Si je ne reviens pas avant seize heures, vous pourrez supposer qu'il m'a tué.

— Enfin, je ne peux pas compter là-dessus et j'espère bien que cela n'arrivera pas ! Toutefois, votre absence ne sera pas une raison suffisante.

— Je vous ai dit qu'il avait l'intention de déterrer des charniers afin de recycler les cadavres en matériel de construction, qu'est-ce qu'il vous faut de plus ?

— La preuve d'un crime quelque part dans cette usine, répondit-elle les dents serrées.

Il était clair qu'elle ne céderait pas.

— Dans ce cas, prions Dieu pour que je trouve la réponse. Dans l'intérêt de plusieurs milliers d'innocents.

Il fit un signe de tête à Nkosi et Lamb puis, sans un au revoir pour Jordaan, quitta le bureau. Il regagna sa voiture, s'installa au volant et démarra.

— James, attendez !

En se retournant, il vit Bheka Jordaan.

— Attendez, s'il vous plaît.

Il envisagea de démarrer malgré tout mais se ravisa et baissa sa vitre.

— Hier, dit-elle en se penchant. Le Serbe.

— Oui ?

— Je lui ai parlé, il m'a rapporté vos paroles. Vous vouliez effectivement l'emmener à l'hôpital.

Bond acquiesça.

Elle inspira profondément et ajouta :

— J'ai tiré des conclusions hâtives… ça m'arrive parfois. Je juge promptement. J'essaie de ne pas le faire, mais c'est difficile. Je voulais vous présenter mes excuses.

— Je les accepte.

— Concernant la descente chez Green Way, essayez de comprendre. Pendant l'apartheid, la police de l'époque, le SAP et la police judiciaire ont eu un comportement innommable. Maintenant, tout le monde nous surveille, pour s'assurer qu'on ne répète pas le passé. Une perquisition illégale, des gardes à vues et des interrogatoires arbitraires… c'était les méthodes du régime précédent. On ne peut pas agir ainsi. On doit se montrer meilleurs que ceux qui nous ont précédés, expliqua-t-elle, déterminée. Je me battrai à vos côtés si la loi le permet, mais sans justification, sans mandat, je ne peux rien faire. Je suis désolée.

Une grande part de la formation des agents 00 était psychologique et avait pour vocation de les convaincre de leur différence : ils n'étaient pas seulement autorisés à enfreindre la loi, on leur demandait de le faire. Un ordre de mission de niveau 1 l'autorisant à tuer ne représentait pour James Bond qu'un des aspects de son travail, au même titre qu'une filature secrète ou une fausse information diffusée dans la presse.

Comme l'avait dit M, Bond avait *carte blanche* pour parvenir à ses fins et remplir sa mission.

Protéger le Royaume… par tous les moyens.

Cela faisait partie intégrante de la personnalité de Bond et de son travail. Il devait constamment se rappeler que Bheka

Jordaan et les autres membres des forces de l'ordre avaient entiè-rement raison. C'était lui l'exception.

— Je comprends, capitaine, répondit-il non sans douceur. Et quoi qu'il arrive, travailler avec vous aura été riche d'enseigne-ments.

Pour toute réponse, elle esquissa un sourire, léger mais sin-cère, jugea Bond. C'était la première fois qu'il voyait son joli visage s'adoucir.

54

Bond freina à l'entrée de la forteresse que constituait l'usine Green Way International et gara sa Subaru.

Plusieurs limousines étaient alignées près du portail.

RÉDUIRE, RÉUTILISER, RECYCLER

Quelques personnes étaient déjà présentes. Bond reconnut l'homme d'affaires allemand, Hans Eberhard, en costume beige et chaussures blanches. Il parlait à Niall Dunne, qui se tenait raide comme un piquet. Eberhard finissait une cigarette. Peut-être Hydt ne permettait-il pas qu'on fume à l'intérieur, ce qui serait ironique : l'air était saturé des fumées et vapeurs s'échappant de l'usine, sans parler du méthane qu'ils y faisaient brûler.

Bond fit un signe à Dunne qui l'accueillit par un simple hochement de tête sans interrompre sa conversation. Puis l'Irlandais tira son téléphone de sa ceinture afin de lire un SMS ou un e-mail. Il ajouta quelque chose à Eberhard avant de s'éloigner passer un coup de fil. Sous couvert d'utiliser lui aussi son téléphone, Bond baissa sa vitre et fixa dans son oreille un petit appareil permettant d'écouter à distance. Il fit mine de regarder au loin et de remuer les lèvres de sorte que Dunne ne puisse rien soupçonner.

Bond n'entendait que les réponses de l'Irlandais.

— ... dehors avec Hans. Il voulait une cigarette... Je sais.

Il parlait sans doute à Hydt.

— On est dans les temps, poursuivit-il. Je viens de recevoir un e-mail. Le camion a quitté March en direction de York. Il devrait arriver d'une minute à l'autre. L'engin est déjà chargé.

Il s'agissait bel et bien de l'Incident Vingt ! L'attaque aurait donc lieu à York.

— La cible est confirmée. L'explosion est toujours prévue à dix heures trente, heure anglaise.

Bond nota l'heure, abasourdi. Ils avaient supposé que l'attaque aurait lieu à vingt-deux heures.

Dunne regarda dans la direction de Bond et annonça à son interlocuteur.

— Theron est là… OK, d'accord.

Il raccrocha et informa Eberhard que la réunion allait bientôt commencer. Puis il se tourna vers Bond avec impatience.

Bond, quant à lui, composa un numéro sur son portable. Allez, murmura-t-il. Réponds…

— Osborne-Smith ?

Dieu merci.

— Percy, c'est James Bond. Écoutez-moi bien. Je n'ai qu'une minute. J'ai la réponse au sujet de l'Incident Vingt. Il faut faire vite. Mobiliser une équipe. La SOCA, le MI5, la police. La bombe se trouve à York.

— York ?

— Les gars de Hydt la transportent dans un camion depuis March. Elle est prévue pour exploser dans la matinée, mais j'ignore où. Peut-être lors d'un meeting sportif. Ils avaient mentionné un « cours », peut-être à proximité d'un cours d'eau ? Vérifiez toutes les caméras de surveillance à March et dans les environs, relevez les immatriculations d'un maximum de camions puis comparez-les avec tous ceux qui arrivent à York en ce moment. Il faut…

— Attendez une minute, Bond. Cela n'a rien à voir avec March ou le Yorkshire.

Il n'échappa pas à Bond qu'Osborne-Smith l'avait appelé par son patronyme et usait d'un ton condescendant.

— De quoi parlez-vous ?

Dunne agita la main dans sa direction. Bond hocha la tête en s'efforçant d'esquisser un sourire poli.

— Vous saviez que les usines de Hydt récupéraient des matériaux dangereux ? demanda Osborne-Smith.

— Oui, mais…

— Je vous ai dit qu'il creusait des tunnels en prévision d'un tout nouveau système de collecte des déchets dans le sous-sol de Londres, vous vous souvenez ?

Il parlait comme un avocat face à un témoin.

— Mais il ne s'agit pas de ça !

Les yeux rivés sur Bond, l'attitude de Dunne trahissait désormais clairement son impatience.

— Pardonnez-moi de ne pas être d'accord, rétorqua Osborne-Smith avec préciosité. L'un de ces tunnels ne passe pas loin de Richmond Terrace, là où se déroule la réunion sur la sécurité en ce moment même. Votre patron, le mien, les huiles de la CIA, du MI6, du comité du Renseignement, la crème de la crème des services secrets. Hydt s'apprêtait à frapper fort et cette histoire de produits toxiques n'était qu'une couverture. Il voulait tuer tout le monde. Ses employés déplacent des poubelles autour de ces tunnels depuis plusieurs jours. Personne n'a pensé à les contrôler.

— Percy, la question n'est pas là. Il ne va pas utiliser des employés de Green Way pour cette attaque, pas directement. C'est trop voyant. Il se mouillerait trop.

— Alors comment expliquez-vous notre petite découverte dans les tunnels ? Des radiations ?

— Quelle dose de radiations ?

Il y eut un silence. Puis Osborne-Smith répondit à contrecœur :

— Environ quatre millirems.

— C'est une quantité ridicule, Percy ! s'exclama Bond qui, comme tous les agents de la Cellule O, maîtrisait parfaitement les seuils d'exposition aux radiations. Chaque être humain est exposé à soixante millirems chaque année à cause des rayons cosmiques. Ajoutez une ou deux radios et on atteint les deux cents. Une bombe ferait bien plus de dégâts.

Osborne-Smith décida de ne pas y prêter attention :

— Enfin bref, à propos de York, vous avez mal entendu. Il devait parler du Duc d'York, le pub, ou bien du théâtre de Londres. On va vérifier. Dans le doute, j'ai annulé la réunion sur la sécurité et placé tout le monde en lieu sûr. Bond, j'ai pensé à ce qui intéresse

Hydt, depuis que j'ai vu où il vivait et que vous m'avez appris sa fascination pour les cadavres. Il aime la destruction, les villes en ruines.

Dunne s'approchait maintenant de la Subaru, à pas lents.

— Je sais bien, Percy, mais...

— Quel meilleur moyen de promouvoir la destruction sociale que de réduire de moitié le pouvoir de l'Occident ?

— Très bien, j'abandonne. Faites ce que vous voulez à Londres. Mais demandez à la SOCA ou à une équipe du MI5 de garder un œil sur York.

— Nous ne disposons pas de suffisamment d'hommes, j'en ai peur. On ne peut se passer de personne. Cet après-midi, peut-être, mais là, je crains que ce soit impossible. Il ne se passera rien d'ici ce soir, de toute façon.

Bond expliqua qu'ils s'étaient trompés sur l'heure.

L'autre gloussa.

— Ah, quelle bévue ! Mais non, on va quand même s'en tenir à mon plan.

Voilà pourquoi Osborne-Smith avait soutenu M dans sa défense de Bond : il voulait que ce dernier reste en Afrique du Sud. Il pensait qu'il brassait du vent et voulait s'arroger la victoire. Bond raccrocha et composa le numéro de Bill Tanner.

Mais Dunne était arrivé et ouvrait la portière.

— Allez Theron, vous faites attendre votre nouveau patron. Vous connaissez les règles. Laissez votre téléphone et votre arme dans la voiture.

— Je pensais les confier à votre aimable concierge.

Si jamais ils en venaient aux mains, il espérait pouvoir récupérer son pistolet et pouvoir communiquer avec le monde extérieur.

— Pas aujourd'hui, répondit Dunne.

Bond ne discuta pas. Il verrouilla son portable qu'il rangea avec son Walther dans le vide-poche.

Tandis qu'il se soumettait une nouvelle fois aux contrôles de sécurité, Bond jeta un œil à l'horloge. Il était presque huit heures à York. Il ne lui restait plus que deux heures et demie pour découvrir où cette bombe était cachée.

55

Le hall de Green Way était désert. Bond supposait que Hydt (ou plutôt Dunne) avait donné leur jour de congé aux employés afin de pouvoir mener la réunion et inaugurer Gehenna en toute tranquillité.

Severan Hydt vint saluer Bond chaleureusement. Il était de bonne humeur, presque exubérant.

— Theron ! Je vais vous demander de présenter à nos associés votre projet concernant les charniers, puisqu'ils en financeront une partie. Enfin, rien de bien formel. Il vous suffira de montrer sur une carte l'emplacement des principaux sites, combien de corps ils contiennent environ et depuis combien de temps, sans oublier de donner une idée du prix que vos clients seraient prêts à offrir. Ah, au fait, j'ai un ou deux associés qui travaillent dans la même branche que vous, si ça se trouve vous vous connaissez !

Bond pensa avec effroi que les collaborateurs en question se poseraient peut-être la question inverse : comment se faisait-il qu'ils n'aient jamais entendu parler du redoutable mercenaire de Durban Gene Theron qui avait soulagé les terres africaines de tant de cadavres ?

Tout en traversant le hall, Bond demanda à Hydt où il pouvait s'installer pour se préparer, dans l'espoir qu'il l'enverrait au bureau Recherche et Développement, maintenant qu'il était un associé de confiance.

— Nous vous avons installé un petit bureau.

Mais Hydt l'emmena dans une petite pièce sans fenêtre qui contenait quelques chaises, une table de travail et un bureau. On lui avait fourni un bloc et des crayons, des dizaines de cartes détaillées de l'Afrique et un interphone, mais pas de téléphone. Sur un panneau étaient affichées des copies des photos qu'il avait transmises à Hydt, représentant les corps en décomposition, et Bond se demanda où se trouvaient les originaux.

Dans la chambre de Hydt ?

— Est-ce que cela vous convient ? demanda ce dernier.

— Oui. Un ordinateur ne serait pas du luxe.

— Je peux vous trouver ça, pour le traitement de texte et l'impression. Pas d'accès internet, bien sûr.

— Non ?

— Nous sommes très vigilants en ce qui concerne le piratage. Mais ne vous embêtez pas à rédiger quoi que ce soit pour l'instant. Des notes manuscrites suffiront amplement.

Bond demeura impassible. Il était huit heures vingt à York. Plus que deux heures.

— Eh bien, je n'ai pas de temps à perdre, alors.

— Nous serons dans la grande salle de conférences, au bout du couloir, à gauche. Salle 900. Rejoignez-nous quand vous serez prêt, mais avant midi et demi. Nous aurons quelque chose à vous montrer qui devrait vous intéresser.

Midi et demie, soit dix heures trente, heure anglaise.

Après le départ de Hydt, Bond entoura quelques régions qu'il avait arbitrairement définies comme des zones de guerre lors de sa conversation avec le patron de Green Way au Lodge Club. Il griffonna quelques chiffres correspondant au nombre de corps puis replia les cartes et se munit d'un bloc et de quelques stylos. Il sortit dans le couloir désert et retrouva son chemin jusqu'au service Recherche et Développement.

En matière d'espionnage, l'approche la plus simple se révèle souvent la plus efficace, même dans une mission infiltrée comme celle-ci.

Bond frappa donc à la porte.

M. Hydt m'a demandé de récupérer des documents… Désolé de vous déranger, j'en ai pour une minute…

Il était prêt à se jeter sur celui qui lui ouvrirait et à le neutraliser à l'aide d'une bonne prise. Il espérait même trouver un homme armé pour pouvoir lui subtiliser son pistolet.

Mais personne ne répondit. Ceux qui travaillaient là avaient également obtenu un jour de congé, apparemment.

Bond se rabattit sur le plan B, légèrement plus compliqué. La veille au soir, il avait envoyé à Sanu Hirani les photos prises à l'usine. Le chef de la Cellule Q lui avait annoncé que la porte du bureau Recherche et Développement était théoriquement impossible à forcer. Il faudrait plusieurs heures pour en venir à bout. Son équipe et lui allaient réfléchir à une solution de rechange.

Peu après, on avait averti Bond que Hirani avait envoyé Gregory Lamb accomplir une nouvelle mission. L'agent du MI6 avait remis le matin même à Bond le fruit de cette recherche, accompagné d'instructions pour forcer la porte.

Bond s'assura une fois de plus qu'il était seul avant de se mettre au travail. Il sortit de sa poche intérieure ce que Lamb lui avait remis : un fil de pêche en nylon que n'avait pas détecté le système de sécurité de Green Way. Bond introduisit l'extrémité du fil dans le petit espace en haut de la porte jusqu'à ce qu'il touche le sol de l'autre côté. Il arracha la feuille cartonnée de son bloc de papier et la déchira de façon à former un « J », soit un crochet rudimentaire qu'il glissa sous la porte afin de récupérer l'extrémité du fil de nylon.

À l'aide d'un triple nœud, il attacha les deux bouts du fil. Il disposait désormais d'une boucle qui encerclait la porte de haut en bas. Il prit un stylo et forma une sorte de garrot qu'il serra le plus possible.

Le fil de nylon se tendit de plus en plus, compressant la barre qui, de l'autre côté de la porte, permettait de sortir de la pièce. Enfin, comme l'avait prédit Hirani, la porte s'ouvrit dans un cliquetis, exactement comme si un employé, voulant sortir, avait poussé la barre. Par mesure de sécurité, il ne pouvait y avoir de code dans le sens de la sortie.

Bond s'introduisit dans la pièce avant de faire disparaître toute trace de son effraction. Il ferma la porte, alluma la lumière et se mit en quête de téléphones, de radios ou d'armes. En vain.

Il y avait une dizaine d'ordinateurs – fixes et portables –, mais à chaque fois qu'il essaya de s'y connecter, on lui demanda un mot de passe. Il n'avait pas de temps à perdre avec cela.

Les bureaux et tables de travail étaient couverts de documents, mais malheureusement, aucun d'eux ne portait clairement la mention « Gehenna ».

Il passa en revue quantité de plans, diagrammes techniques, feuilles de route, schémas qui avaient trait soit à des armes et autres systèmes de sécurité, soit à des véhicules. Rien qui puisse répondre à ces deux questions essentielles : qui était en danger à York et où se trouvait exactement la bombe ?

Et puis il tomba enfin sur un dossier intitulé « Serbie » qu'il ouvrit pour en examiner le contenu.

Bond se figea, peinant à croire ce qu'il avait sous les yeux.

Devant lui s'étalaient des photos représentant les tables de la morgue du vieil hôpital militaire de March. Posée sur l'une d'entre elle, une arme qui, en théorie, n'existait pas. Cet engin à explosifs était officieusement surnommé le « Cutter ». Le MI6 et la CIA soupçonnaient le gouvernement serbe de le mettre au point, mais leurs contacts sur place n'avaient jamais réussi à le prouver. Il s'agissait d'une arme antipersonnel à hypervitesse qui utilisait des explosifs traditionnels renforcés au propergol solide, déchargeant des centaines de petites lames de titane à près de cinq cents kilomètres-heure.

Le Cutter était si puissant que l'Union européenne et les organisations de défense des droits de l'homme en avait déjà condamné l'existence, alors que celle-ci n'en était qu'au stade embryonnaire. La Serbie avait fermement démenti toute implication dans ce projet et personne, même les plus illustres trafiquants d'armes, ne l'avait jamais vu.

Comment Hydt avait bien pu se le procurer ?

Bond continua à feuilleter le dossier où il trouva des plans élaborés, des diagrammes d'ingénierie accompagnés d'instructions pour manier les lames et programmer le système explosif, le tout écrit en serbe avec traduction anglaise. Bond tenait sa réponse : Hydt l'avait fabriqué lui-même. Il avait réussi à mettre la main sur ces plans et avait donné ordre à ses ingénieurs de construire l'arme. Les morceaux de titane que Bond avait trouvés à la base militaire de March devaient provenir de ces lames.

Cela expliquait également le train serbe et le mystérieux produit toxique qu'il transportait. Ce wagon n'avait rien à voir avec la mission que Dunne était chargé d'accomplir là-bas. Peut-être ce dernier ne savait-il même pas que le train transportait un produit dangereux. Le but de ce voyage à Novi Sad était de voler le titane dans le train afin de l'utiliser pour la construction de l'explosif : la locomotive charriait deux wagons de ferraille. C'était cela la cible de Dunne. Dans son sac à dos, il ne transportait ni arme ni bombe destinée à faire sauter la porte de la voiture n°3. Non, le sac de Dunne était vide. Il l'avait ensuite rempli de ferraille qu'il avait rapportée à March afin de fabriquer le Cutter.

L'Irlandais avait provoqué le déraillement et l'avait maquillé en accident de façon à créer une diversion et détourner l'attention des matériaux dérobés.

Mais comment Dunne et Hydt avaient-ils pu se procurer les plans ? Les Serbes avaient sans doute protégé leur secret par tous les moyens possibles.

Bond trouva la réponse un peu pus tard alors qu'il parcourait un mémo rédigé par l'ingénieur Mahdi al-Fulan un an plus tôt :

Severan,
J'ai examiné votre demande concernant la possibilité de recomposer des documents officiels initialement détruits. Malheureusement, avec les destructeurs de documents modernes, c'est impossible. Mais voilà ce que je peux vous proposer : je peux créer un œil électrique maquillé en système de sécurité (conçu officiellement pour éviter toute blessure au cas où l'utilisateur souhaiterait récupérer un document dans la machine, par exemple) et qui, en réalité, ferait office de scanner optique : quand on introduirait un document dans la machine, le scanner lirait toutes les informations avant de les détruire. Les données pourraient être stockées dans un disque dur de 3 ou 4 térabits dissimulé quelque part dans la machine puis téléchargées via un téléphone sécurisé ou un lien satellite, voire prélevées en mains propres par vos employés lorsqu'ils viendraient remplacer une pièce ou entretenir la machine. Je vous recommanderais de proposer à vos clients des destructeurs si performants qu'ils réduisent tout document en poussière, afin d'instaurer une relation de confiance qui les incite par la suite à vous confier même les plus délicats.

Par ailleurs, j'ai l'idée d'un dispositif similaire qui permettrait de prélever des données d'un disque dur avant destruction. Je crois qu'il est possible de mettre au point une machine qui s'introduirait dans un ordinateur, identifierait le disque dur et le transférerait à un poste qui le connecterait temporairement à un processeur dans le destructeur. Les informations confidentielles pourraient être copiées avant d'être effacées. Ensuite, on détruirait la carte mémoire.

Bond se rappela sa visite de Green Way et l'excitation de Hydt à propos des systèmes automatisés de destruction d'ordinateurs.

D'ici quelques années, ce sera devenu l'aspect le plus rentable de mon activité.

Il poursuivit sa lecture. Les destructeurs de documents étaient déjà en service dans les villes où Green Way était implantée, notamment une base militaire secrète serbe et un fournisseur d'armes aux abords de Belgrade.

D'autres notes dévoilaient le projet de récupérer des documents moins secrets mais tout aussi précieux par le truchement d'éboueurs Green Way qui ramasseraient les ordures de tel ou tel individu et les transporteraient dans un entrepôt spécial où elles seraient triées.

Bond trouva des reçus de cartes bancaires, certains originaux, d'autres reconstitués après destruction. Il y avait par exemple la note d'un hôtel de Pretoria. Le porteur de la carte bancaire jouissait du titre honorifique de « Très honorable ». Dans les documents qui l'accompagnaient, on précisait que l'aventure extra-conjugale de cet homme serait rendue publique s'il n'accédait pas à une liste de requêtes formulées par un opposant politique. C'était donc ça le « matériel spécialisé » que livraient les poids lourds…

Il trouva des pages et des pages de numéros, sans doute des coordonnées téléphoniques, ainsi que d'autres chiffres, noms de codes, mots de passe, et extraits d'e-mails ou de SMS. Les déchets électroniques. Bien sûr : les employés de ce service fouillaient ordinateurs et téléphones portables, prélevaient les numéros de série des mobiles, les mots de passe, les coordonnées bancaires, les SMS et peut-être bien d'autres choses encore.

Dans l'immédiat, la question était : où allaient-ils faire exploser le Cutter ?

Il parcourut les notes une nouvelle fois. Rien ne lui indiquait l'emplacement de la bombe de York, censée exploser dans un peu plus d'une heure. Concentré sur le diagramme de l'engin, il sentait son cœur battre dans ses tempes.

Réflechis !

Allez, réfléchis...

Pendant quelques minutes, aucune idée ne lui vint. Puis il songea à quelque chose. Que faisait Severan Hydt ? Il assemblait des informations à partir de fragments.

Imite-le. Assemble les pièces du puzzle.

Quels sont les fragments à ma disposition ?

– La cible se situe à York.

– L'un des messages contenait les mots « terme » et « cinq millions de livres sterling ».

– Hydt a l'intention de causer une destruction de masse afin de détourner l'attention de son véritable crime, comme il l'a fait avec le déraillement du train en Serbie.

– Le Cutter était caché quelque part près de March et il vient d'être transporté à York.

– Il est payé pour cela, il n'agit pas par idéologie.

– Il aurait pu utiliser n'importe quel engin explosif, or il a pris la peine de construire une arme identique à celle de l'armée serbe, indisponible sur le marché.

– Des milliers de gens vont mourir.

– La portée de l'explosion doit être de 30 mètres minimum.

– Le Cutter sera déclenché à dix heures et demie.

– L'attaque a quelque chose à voir avec un « cours », peut-être un cours d'eau.

Bond eut beau tenter toutes les combinaisons possibles, il ne voyait que des bribes d'informations sans lien entre elles.

Il fallait continuer à chercher. Il se concentra de nouveau sur chaque information en l'associant systématiquement avec une autre.

Une possibilité commençait à voir le jour : si Hydt et Dunne avaient recréé le Cutter, la police scientifique chargée de l'enquête suite à l'explosion identifierait l'arme militaire et, ce matériel n'existant même pas sur le marché noir, conclurait à l'implication de l'armée serbe dans l'attentat. Hydt cherchait bel et bien à faire porter le chapeau à quelqu'un d'autre et à créer une diversion.

Cela signifiait donc qu'il y avait non plus une mais deux cibles : la plus évidente aurait un lien avec la Serbie et, aux yeux du public et de la police, aurait été visée par l'attentat. Mais la véritable cible serait un individu parmi la foule des victimes. La police ne devinerait jamais que cette personne en particulier était visée par Hydt et ses clients... et c'est sa mort à elle qui représenterait une menace pour les intérêts britanniques.

Qui ? Un représentant du gouvernement à York ? Un scientifique ? Et où ça ?

Bond retourna encore une fois les informations dans sa tête.

Rien...

Puis tout à coup, il associa « terme » à « cours ».

Peut-être que le premier mot signifiait non pas un « terme » de contrat, mais une « fin » et « cours », une leçon, à l'université par exemple.

Cela semblait logique : une grande institution, des milliers d'étudiants.

Mais il ignorait toujours où.

Bond établit qu'il s'agissait d'une institution où se déroulait un cours, une conférence, une réunion, une exposition ou quelque chose dans ce genre lié à la Serbie et que cela aurait lieu à dix heures et demie. Tout indiquait que le lieu en question était une université.

Est-ce que sa théorie tenait la route ?

La spéculation n'était plus de mise. Il jeta un coup d'œil à l'horloge fixée au mur.

Il était 9 h 40 à York.

56

Cartes de l'Afrique sous le bras, Bond parcourut le couloir d'un pas nonchalant.

Un gardien le regarda avec méfiance. À la grande déception de Bond, l'homme n'était pas armé et n'avait pas de radio sur lui. Bond lui demanda comment se rendre à la salle de conférences de Hydt.

Il s'élança dans la direction indiquée par le gardien quand il s'interrompit et fit demi-tour, comme s'il venait juste de se rappeler quelque chose :

— Oh, je dois poser une question à Mme Barnes au sujet du déjeuner. Vous savez où elle se trouve ?

Après une hésitation, le vigile répondit :

— Dans son bureau, là-bas. Après la double porte sur la gauche. Bureau 108. Frappez d'abord.

Bond prit le chemin du bureau en question. Une fois arrivé devant la porte, il s'assura que le couloir était toujours désert avant de frapper.

— Jessica, c'est Gene, il faut que je vous parle.

Silence. Elle lui avait dit qu'elle serait présente, mais peut-être était-elle malade ou trop fatiguée pour venir travailler.

Puis il entendit un bruit de serrure. La porte s'ouvrit et il pénétra dans la pièce.

— Gene, que se passe-t-il ? lui demanda-t-elle, manifestement surprise.

Quand il pénétra dans la pièce, son regard tomba sur un téléphone portable, posé sur le bureau.

Elle comprit immédiatement la situation, saisit son portable et recula vers la fenêtre.

— Vous... dit-elle en secouant la tête. Vous êtes policier ! Vous êtes venu l'arrêter. J'aurais dû deviner...

— Écoutez-moi.

— Ah, je comprends mieux maintenant ! Hier, dans la voiture... vous me faisiez du baratin ? Pour me mettre dans votre poche ?

— Dans quarante-cinq minutes, Severan va tuer beaucoup de gens.

— C'est impossible.

— Non, c'est la vérité. Des milliers de vies sont en danger. Il va faire sauter une université anglaise.

— Je ne vous crois pas ! Il ne ferait jamais une chose pareille.

Mais elle ne semblait pas convaincue. Elle connaissait sans doute trop bien son compagnon pour nier l'intérêt qu'il portait à la mort.

— Il vend des secrets, il fait chanter des gens et les tue à partir des informations qu'il récolte sur eux grâce à leurs déchets.

Il avança et tendit la main pour qu'elle lui passe son téléphone.

— S'il vous plaît.

Elle recula un peu plus en secouant la tête. Par la fenêtre ouverte, on voyait une flaque d'eau formée lors d'une averse, plus tôt dans la matinée. Elle tendit le bras par l'ouverture, téléphone à la main.

— N'approchez pas ! lui ordonna-t-elle.

Bond s'immobilisa.

— Je n'ai plus beaucoup de temps. Je vous en prie, aidez-moi.

Quelques secondes s'écoulèrent lentement. Elle finit par céder.

— Il est assez spécial. Avant je pensais que ça se limitait à des photos de... enfin, à des photos terribles. Sa passion anormale pour ce qui meurt. Mais je soupçonnais malgré tout autre chose. Quelque chose de pire. Au fond de lui, il ne veut pas se contenter d'être témoin de la destruction. Il veut en devenir la cause.

Elle s'écarta de la fenêtre et lui tendit le téléphone.

— Merci, répondit-il en le saisissant.

Au même moment, la porte s'ouvrit en grand. Le gardien qui avait renseigné Bond surgit.

— Qu'est-ce qui se passe ici ? Les visiteurs n'ont pas droit au téléphone.

— Il y a une urgence chez moi. Une maladie dans ma famille. Je voulais m'assurer que tout allait bien. J'ai demandé son téléphone à Mme Barnes qui a eu la gentillesse de me le prêter.

— En effet, confirma-t-elle.

— Oui, eh bien donnez-le-moi, fit le gardien.

— Je ne crois pas, répondit Bond.

Il y eut un silence lourd de sens. Puis l'homme se rua sur Bond qui jeta le portable sur le bureau et adopta une position *systema*.

Pesant une vingtaine de kilos de plus que Bond, son adversaire était doué. Très doué. Il maîtrisait le kick-boxing et l'aïkido. Bond parvenait à parer ses coups, mais cela le fatiguait, sans compter qu'il était difficile de se déplacer dans le bureau encombré. À un moment donné, le gardien recula vivement et bouscula Jessica qui tomba par terre en criant. Elle resta sonnée quelques instants.

Ils continuèrent ainsi pendant une minute. Bond se rendait compte que la technique du *systema* n'allait pas suffire. Son adversaire était fort et ne montrait aucun signe de fatigue.

L'air concentré et nerveux, celui-ci esquissa un mouvement qui s'avéra être une feinte. Bond, qui avait anticipé le geste comme la parade, en profita pour lui asséner un violent coup de coude dans les reins qui allait non seulement le faire atrocement souffrir mais endommagerait l'organe de façon irréparable.

Toutefois, Bond comprit trop tard qu'il s'agissait là d'une nouvelle ruse : l'autre encaissa le coup et se laissa tomber sur le bureau où était posé le téléphone. Il s'en empara, l'ouvrit et jeta les différentes pièces par la fenêtre.

Le temps que l'homme se redresse, Bond s'était jeté sur lui. Délaissant le *systema*, il opta pour une posture de boxe, plus classique, balança son poing gauche dans le plexus de son adversaire qui se plia en deux puis lui asséna un violent coup de poing droit juste derrière l'oreille. Le gardien s'écroula, inconscient. Il ne resterait pas à terre très longtemps, cependant, malgré la violence du coup. Bond le ligota à l'aide d'un fil de lampe et le bâillonna avec des serviettes en papier trouvées sur un plateau de petit-déjeuner.

Tout en accomplissant cette tâche, il jeta un œil à Jessica qui se relevait.

— Ça va ? demanda-t-il.

— Oui, répondit-elle à bout de souffle avant de se précipiter vers la fenêtre. Le téléphone… Qu'est-ce qu'on va faire ? Severan et Niall sont les seuls à en avoir un. Et on ne peut même pas utiliser les fixes aujourd'hui : il a désactivé la ligne, vu que personne ne travaille.

— Tournez-vous, je vais vous attacher. Ce sera serré, mais il ne faut pas les laisser penser que vous m'avez donné un coup de main.

Elle s'exécuta.

— Je suis désolée. J'ai essayé…

— Je sais. Si quelqu'un arrive, dites que vous ne savez pas où je suis parti. Faites comme si vous aviez peur.

— Je n'aurais pas besoin de faire comme si. Gene…

Il la regarda dans les yeux.

— Ma mère et moi nous avons prié avant chacun de mes concours de beauté. J'en ai remporté beaucoup : il faut croire que nos prières ont été exaucées. Je vais prier pour vous, maintenant.

57

Bond se hâta dans le couloir mal éclairé orné de photos du terrain transformé en Éden, ce somptueux jardin qui recouvrait la décharge de Green Way.

Il était 9 h 55 à York. L'explosion aurait lieu d'ici trente-cinq minutes.

Il lui fallait quitter l'entrepôt sans plus attendre. Il était certain de trouver une réserve d'armes quelque part, sans doute près du poste de sécurité. C'est là qu'il se dirigeait d'un pas assuré, tête baissée, ses cartes et son bloc-notes toujours sous le bras. L'entrée n'était plus qu'à une quinzaine de mètres. Il réfléchissait à une tactique. Trois hommes gardaient la porte de devant. En allait-il de même pour celle de derrière ? Sans doute, même si personne ne travaillait dans les bureaux aujourd'hui, Bond avait vu quelques employés traverser la cour. La veille, il y avait trois gardiens. Combien de vigiles gardaient l'usine en tout ? Est-ce que certains visiteurs leur avaient confié une arme ou leur avait-on expressément demandé de les laisser dans le parking ? Peut-être…

— Ah, vous êtes là, monsieur !

Il sursauta. Deux molosses au visage impassible apparurent pour lui barrer la route. Bond se demanda s'ils avaient trouvé Jessica et leur collègue menotté. Manifestement non.

— Monsieur Theron, M. Hydt vous cherche. Comme vous n'étiez pas dans votre bureau, il nous a envoyé vous escorter jusqu'à la salle de réunion.

Le plus petit des deux le fixait d'un regard noir.

Il n'avait pas le choix : il fallait les suivre. Quelques minutes plus tard, ils étaient arrivés. Le plus grand des deux frappa à la porte de la salle. Dunne ouvrit et regarda Bond droit dans les yeux d'un regard neutre avant de les laisser entrer. Les trois associés de Hydt étaient assis autour de la table. Le gardien costaud qui avait escorté Bond dans l'usine la veille se tenait près de la porte, bras croisés.

— Theron ! s'exclama Hydt, toujours aussi enthousiaste. Vous avez avancé ?

— Oui, mais je n'ai pas complètement terminé. Il me faudrait quinze ou vingt minutes supplémentaires.

— D'accord, d'accord, mais laissez-moi d'abord vous présenter à vos futurs collaborateurs. Je leur ai parlé de vous et ils sont très impatients de faire votre connaissance. J'ai une dizaine d'investisseurs au total, mais ces trois-là sont les principaux.

Une fois les présentations faites, Bond se demanda si l'un d'eux allait se méfier de ce Gene Theron dont ils n'avaient jamais entendu parler. Mais Mathebula, Eberhard et Huang, tout à leurs préoccupations du jour, ne prêtèrent guère attention à lui.

Il était 9 h 55 à York.

Bond essaya de s'éclipser, mais Hydt insista pour qu'il reste. Il indiqua le téléviseur. Dunne l'avait allumé sur la chaîne Sky News de Londres et augmenta le volume.

— Cela va vous intéresser. C'est notre premier projet. Je vais vous expliquer en quoi il consiste.

Hydt s'assit et expliqua à Bond ce qu'il savait déjà : que Gehenna concernait la reconstruction ou la copie de documents classés confidentiels dans le but de les vendre ou de les utiliser à des fins d'extorsion ou de chantage.

Bond leva un sourcil, feignant d'être impressionné. Il jeta un œil à la porte. Il était impossible de partir en courant puisque l'un des gardiens en costume noir montait la garde.

— Vous voyez, Theron, je ne vous ai pas tout dit la dernière fois quand je vous ai décrit les activités de Green Way en matière de destruction de documents. Mais c'était avant votre petite mise à l'épreuve avec le Winchester. Je m'en excuse.

Bond haussa les épaules tout en calculant les distances et en évaluant la force de l'ennemi. La partie s'annonçait difficile.

Hydt passa dans sa barbe ses doigts aux ongles longs et jaunis.

— Je suis sûr que vous êtes curieux de ce qui va arriver aujourd'hui. Quand j'ai commencé Gehenna, il s'agissait simplement de voler et revendre des informations confidentielles. Puis j'ai découvert qu'on pouvait faire de ces données un usage plus lucratif et, à mes yeux, plus satisfaisant. Elles peuvent devenir des armes. Elles peuvent tuer, détruire. Il y a quelques mois, j'ai rencontré le PDG d'une usine pharmaceutique à qui je vendais des secrets de fabrique volés à R&K Pharmaceuticals, à Raleigh, en Caroline du Nord. Il était content de mes services et a décidé de me confier une autre mission, un peu plus... extrême. Il m'a parlé d'un brillant scientifique, un professeur de York, qui travaillait sur un nouveau traitement contre le cancer. Quand ce médicament serait commercialisé, mon client n'aurait plus qu'à mettre la clé sous la porte. Il était prêt à m'offrir plusieurs millions pour liquider ce chercheur et détruire son labo. C'est là que Gehenna a réellement pris son envol.

Bond comprit que ses suppositions étaient fondées : ils avaient reconstitué une bombe serbe à partir de documents qu'ils étaient parvenus à rassembler. Cette attaque ferait mine de viser une autre personne : un professeur de l'université de York qui avait témoigné au Tribunal criminel international pour l'ex-Yougoslavie. Il donnait un cours sur l'histoire des Balkans dans la salle qui jouxtait celle du cancérologue. Tout le monde allait croire qu'il s'agissait de la cible réelle de l'attentat.

Bond consulta l'heure indiquée au bas de l'écran de télévision : dix heures et quart en Angleterre.

Il ne pouvait plus attendre.

— Parfait, mais laissez-moi aller chercher mes notes pour que je puisse vous exposer mon projet.

— Restez plutôt regarder les festivités.

Dunne augmenta encore le volume.

— Au départ, nous avions prévu de faire exploser la bombe à dix heures et demie, heure anglaise, mais je crois que nous pouvons y aller dès maintenant, déclara Hydt. J'ai tellement hâte de voir si notre dispositif fonctionne !

Avant que Bond puisse réagir, Hydt avait composé un numéro sur son téléphone, les yeux toujours rivés sur l'écran.

— Bon, le signal est envoyé. Attendons.

Tout le monde fixait en silence la télévision qui rediffusait un reportage sur la famille royale. Un instant plus tard, l'écran annonça :

FLASH INFO

Une présentatrice d'origine d'Asie du Sud, élégamment vêtue, apparut, assise derrière un bureau. Elle lut l'annonce d'une voix tremblante.

— Nous interrompons ce programme pour vous informer qu'une bombe a explosé à York. Il s'agirait d'une attaque à la voiture piégée… D'après la police, elle aurait détruit une partie de l'université. Nous apprenons à l'instant que le bâtiment visé est situé sur le campus de l'université de Yorkshire-Bradford. On nous informe que l'explosion est survenue alors que des cours se tenaient dans les salles voisines du lieu de l'explosion. À l'heure qu'il est, l'attaque n'a pas été revendiquée.

Bond serrait les dents. Severen Hydt, lui, jubilait. Tous les autres applaudirent, comme si leur joueur préféré venait de marquer un but de Coupe du monde.

58

Cinq minutes plus tard, une équipe de télévision locale parvenue sur les lieux retransmettait les images du drame dans le monde entier. La vidéo montrait un immeuble à moitié détruit, de la fumée, le sol recouvert de débris et de verre, les équipes de secouristes courant en tous sens, des dizaines de véhicules de police et de pompiers. Le sous-titre indiquait : « Importante explosion à York ».

De nos jours, nous nous sommes habitués à voir de terribles images à la télévision. Une scène insupportable perd de sa violence une fois retransmise en deux dimensions, entrecoupées de bandes-annonces pour Dr Who et de publicités pour la Ford Mondeo ou Marks&Spencer.

Mais ces images d'une université en ruine enveloppée de fumée et de poussière, de gens éperdus, immobiles, étaient tragiques. Tous ceux qui se trouvaient à proximité de la bombe étaient morts.

Bond ne pouvait pas détacher ses yeux de l'écran.

Hydt non plus, tant il était fasciné. Ses trois collaborateurs bavardaient entre eux, heureux d'avoir empoché plusieurs millions de livres sterling en un clin d'œil.

La journaliste annonça que la bombe était chargée de morceaux de métal semblables à des lames de rasoir qui avaient été projetées à une vitesse inouïe. L'engin explosif avait en grande partie détruit les amphithéâtres et les bureaux des rez-de-chaussée et premier étage.

Selon les médias, un journal hongrois venait de recevoir une lettre émanant d'un groupe d'officiers serbes revendiquant l'attentat. D'après ce courrier, l'université avait « hébergé et assisté » un professeur décrit comme ayant « trahi le peuple serbe et sa race ».

— Ça, c'est nous aussi, expliqua Hydt. Nous avons récupéré des en-têtes de lettres serbes dans les poubelles et nous les avons utilisés pour rédiger le document.

Il adressa à Dunne un regard qui indiquait que l'Irlandais avait ajouté ce petit détail dans son plan parfaitement huilé.

L'homme qui pense à tout...

— Bien, fixons une date de déjeuner pour fêter cette réussite, suggéra Hydt.

Après un dernier regard à la télévision, Bond se dirigea vers la porte.

Mais au même moment, la journaliste pencha la tête en annonçant :

— Il y a du nouveau à York..., affirma-t-elle avant d'ajuster son oreillette. Le commissaire Phil Pelham, de la police de York, s'apprête à faire une déclaration.

La caméra montra un homme d'une cinquantaine d'années en uniforme mais sans chapeau ni veste, posté devant un camion de pompiers. Une dizaine de micros étaient tendus vers lui. Il s'éclaircit la gorge.

— Ce matin, à dix heures quinze environ, un engin explosif a éclaté sur le campus de Yorkshire-Bradford, à l'université de York. Malgré des dégâts matériels importants, on ne recense aucune victime et seulement quelques blessés légers.

Les trois collaborateurs se turent. Niall Dunne, d'ordinaire impassible, avait du mal à se contenir.

L'air soucieux, Hydt prit une profonde inspiration.

— Une dizaine de minutes avant l'explosion, les autorités ont été informées qu'une bombe était prête à exploser aux alentours de l'université. D'autres renseignements leur ont permis de cerner la zone visée, mais par mesure de précaution, toutes les institutions d'enseignement supérieur de la ville ont été évacuées après la mise en place du plan d'urgence créé suite aux attentats du 7 juillet 2005 à Londres. Les blessés sont essentiellement partie du personnel qui a quitté les lieux après s'être assuré que les locaux étaient entièrement évacués. Par ailleurs, un enseignant-chercheur qui donnait un cours dans l'amphithéâtre jouxtant le lieu de l'explosion a été légèrement blessé alors qu'il récupérait des dossiers dans son bureau juste avant l'attaque. Nous savons qu'un groupe serbe a revendiqué cet attentat et je vous assure que la police de York, la Metropolitan Police de Londres et les enquêteurs des services de sécurité traitent cette affaire en priorité…

Hydt éteignit le téléviseur.

— Quelqu'un de chez vous ? lâcha Huang. Quelqu'un qui a changé d'avis et prévenu la police !

— Vous nous aviez promis qu'il n'y aurait pas de fuite, fit remarquer l'Allemand.

Leur confiance en Hydt vacillait.

Celui-ci consulta Dunne du regard. L'ingénieur semblait analyser calmement la situation. Comme les collaborateurs haussaient le ton, Bond en profita pour gagner la porte.

Il avait presque atteint son but quand un gardien déboula dans la pièce et, le regardant droit dans les yeux, pointa un doigt dans sa direction.

— Lui ! C'est lui !

— Quoi ? demanda Hydt.

— On a trouvé Chenzira et Mlle Barnes ligotés dans un bureau. Chenzira était inconscient, mais quand il est revenu à lui, il a dit que ce type-là avait pris quelque chose dans le sac de Mlle Barnes. Une radio, apparemment. Il aurait appelé quelqu'un avec.

Hydt fronça les sourcils sans comprendre. Toutefois, la mine de Dunne montrait qu'il s'était plus ou moins attendu à ce que Gene Theron les trahisse. L'ingénieur jeta un coup d'œil au gardien qui dégaina son arme et la pointa directement sur la poitrine de Bond.

59

Le gardien qu'il avait mis KO était donc revenu à lui plus tôt que prévu… et avait assisté à ce qui s'était passé ensuite : Bond avait récupéré dans le sac à main de Jessica les objets fournis par Gregory Lamb le jour précédent, en plus de l'inhalateur.

Si Bond avait questionné Jessica sans détour la veille dans la voiture, c'était pour mieux la bouleverser, détourner son attention, et, dans l'idéal, la faire pleurer afin qu'il puisse lui proposer un mouchoir trouvé dans son sac à main et, par la même occasion, y glisser le matériel de Sanu Hirani transmis par l'intermédiaire de Lamb. Parmi ces objets se trouvait un téléphone satellite miniature de la taille d'un stylo. Comme Jessica venait à l'usine le lendemain, Bond avait décidé de le cacher dans son sac, sachant qu'on ne la fouillait pas à l'entrée.

— Donnez-moi cet appareil, ordonna Hydt.

Bond plongea la main dans sa poche et en sortit le stylo. Après l'avoir examiné, Hydt le jeta par terre et l'écrasa sous son pied.

— Qui êtes-vous ? Pour qui travaillez-vous ?

Bond secoua la tête.

Impatient, Hydt surveillait ses collaborateurs, inquiets de savoir si on avait ou non dissimulé leurs véritables identités. Ils réclamèrent leurs téléphones portables. Mathebula exigea qu'on lui rende son arme.

Dunne scrutait Bond comme s'il s'agissait d'un moteur défectueux. Il parla tout bas, comme pour lui-même :

— C'était vous en Serbie. Et à la base militaire de March. Comment avez-vous pu vous enfuir ? Comment ? !

Il ne semblait pas réellement attendre de réponse.

— Midlands Disposal's n'avait rien à voir là-dedans. C'était simplement une couverture. Ensuite, les charniers…

Il se tut. Il semblait presque admiratif, comme si Bond représentait d'une certaine façon un autre type d'ingénieur, un homme également capable de mettre au point des plans infaillibles.

— Il a des contacts en Angleterre, dit-il à Hydt, sans ça l'université n'aurait jamais pu être évacuée à temps. Il appartient aux services de sécurité britanniques. Mais il doit avoir des complices ici. Londres va devoir se mettre en contact avec Pretoria, et on connaît assez de gens là-bas pour gagner un peu de temps. Évacuez l'usine, lança-t-il à l'un des gardiens. Dites à la sécurité de rester. Déclenchez l'alarme de fuite de produits toxiques. Déplacez tout le monde vers le parking. Ça fera barrage au SAPS ou à la NIA s'ils décident de nous rendre une petite visite.

Le gardien transmit les ordres par un interphone situé à proximité. Une alarme se mit à hurler, accompagnée d'une annonce en plusieurs langues.

— Et lui ? demanda Huang en désignant Bond.

— Oh, tuez-le et jetez son corps dans l'incinérateur, lança-t-il au gardien.

Le molosse avança d'un pas, son Glock toujours pointé sur Bond.

— Non, je vous en prie ! cria ce dernier en brandissant les mains.

Réaction naturelle vu les circonstances.

Ce qui surprit le gardien, ce fut le couteau rasoir que Bond lui mit sous le nez par la même occasion. Le dernier objet du pack de survie fourni par Hirani, dissimulé dans le sac de Jessica.

Trop proche de son adversaire pour l'attaquer au lancer de couteau (discipline qui ne lui réussissait pas de toute façon), Bond avait sorti l'arme surtout pour créer une diversion. Mais le vigile, en écartant le couteau, se coupa la main. Avant que quiconque ait le temps de réagir, Bond se jeta sur lui, lui tordit le poignet afin de récupérer son arme puis lui tira dans la jambe gauche d'une part pour s'assurer que le pistolet était bien chargé, d'autre part pour l'immobiliser. Quand Dunne et les autres gardiens armés dégainèrent, Bond était déjà sorti de la pièce.

Claquant la porte derrière lui, il s'élança dans le couloir désert et trouva refuge derrière une poubelle de recyclage verte.

La porte de la salle de réunion s'ouvrit lentement. L'un des gardiens se faufila par l'ouverture, prudent. Comme Bond ne voyait aucune raison de le tuer, il lui tira dans le bras. Le jeune homme s'effondra en hurlant.

Sachant que ses ennemis avaient dû appeler du renfort, Bond reprit la fuite. Tout en courant, il sortit le chargeur et l'examina : dix balles restantes, neuf millimètres, huit grammes, enveloppe de métal. Des munitions légères mais efficaces.

Il replaça le chargeur.

Dix balles.

Ne jamais perdre le compte...

Soudain, il fut assourdi par une détonation provenant d'un couloir voisin. Il aperçut deux vigiles vêtus de kaki approcher, fusils d'assaut à la main. Bond tira deux balles, les manqua, mais ouvrit la porte d'un bureau d'un coup de pied. Personne à l'intérieur. De l'autre côté, ses ennemis criblèrent de balles la porte et le mur du bureau.

Plus que huit balles.

Les deux gardiens semblaient de vrais pros, sans doute des ex-officiers de l'armée. Assourdi par les coups de feu, il n'entendait pas leurs voix, mais il était probable que les autres les avaient rejoints. Il pressentait qu'ils allaient forcer la porte tous ensemble afin de ne lui laisser aucune chance.

Ils se rapprochaient.

Il ne lui restait qu'une seule solution, et elle n'était ni très futée ni très subtile. Il lança une chaise à travers la fenêtre et sauta. L'atterrissage fut douloureux mais il n'avait rien de cassé. Il s'élança à travers l'usine déserte.

Il se retourna de nouveau vers ses adversaires et s'accroupit derrière une lame de bulldozer, près du Secteur de la résurrection. Il pointa son arme en direction de la fenêtre par laquelle il avait sauté.

Plus que huit balles, plus que huit balles, plus que…

Il gardait l'index posé sur la détente tout en contrôlant au mieux sa respiration.

Mais les gardiens n'allaient pas tomber dans le panneau. Personne n'apparut à la fenêtre. Cela signifiait qu'ils avaient opté pour les portes de sortie. Ils avaient l'intention de le cerner, bien entendu. Il n'eut pas besoin d'attendre longtemps pour s'en apercevoir : à l'extrémité sud du bâtiment, Dunne et deux gardiens allèrent se cacher derrière des camions.

Instinctivement, Bond jeta un œil dans la direction opposée et aperçut les deux ex-officiers qui lui avaient tiré dessus dans le couloir. Ils arrivaient par le nord. Ils se réfugièrent derrière une pelleteuse jaune et verte.

La lame de la pelleteuse ne le protégeait que du côté ouest, or ses ennemis ne venaient pas de cette direction. Bond se déplaça au moment même où l'un des hommes ouvrait le feu. Le fusil d'assaut, un Bushmaster, était une arme courte mais redoutable. Les balles se fichaient dans le sol et ricochaient bruyamment sur le bulldozer. Bond était couvert d'éclats de plomb et de cuivre.

Tandis que l'équipe postée au nord lui tirait dessus, l'autre groupe, Dunne en tête, se rapprochait depuis la direction opposée. Bond leva légèrement la tête en quête d'une éventuelle cible. Mais avant qu'il puisse viser l'un de ses adversaires, ils changèrent de position, se dissimulant derrière des poubelles ou des bidons d'huile. Bond ne parvenait plus à les voir.

Tout à coup, les deux équipes ouvrirent le feu sur lui simultanément, les balles se rapprochant dangereusement de la cachette où il avait trouvé refuge. L'équipe du nord disparut derrière un monticule d'où elle allait avoir un excellent point de vue.

Bond devait déguerpir au plus vite. Il se retourna et rampa à toute vitesse dans l'herbe, pénétrant plus avant dans la propriété avec un sentiment de vulnérabilité totale. Le monticule était situé derrière lui à gauche ; les deux autres parviendraient bientôt au sommet.

Il essaya de s'imaginer leur progression. Plus que trois mètres avant le sommet, deux, un ? Dans sa tête, Bond les imaginait gravir la côte et viser leur cible.

Maintenant, se dit-il.

Il se força à attendre encore cinq secondes, pour être sûr. Elles s'écoulèrent comme des heures. Puis il pivota sur le dos et leva son arme.

L'un des gardiens était en effet debout sur la butte et son co-équipier allongé.

Bond tira une fois puis visa un peu plus à droite avant d'appuyer de nouveau sur la gâchette.

L'homme qui se tenait debout, armé du Bushmaster, porta la main à sa poitrine, s'écroula puis dévala la pente. Le deuxième, indemne, s'aplatit par terre.

Encore six balles.

Quatre ennemis.

Bond progressa en rampant entre les bidons d'huile, dans l'herbe haute, sous un feu continu de balles. Sa seule chance de sortir de là, c'était le portail principal, à une trentaine de mètres. L'entrée pour piétons était ouverte. Mais pour la rejoindre, il fallait traverser un grand espace à découvert. De là où ils se trouvaient, Dunne et ses deux acolytes seraient en excellente position, tout comme le gardien toujours posté au sommet du monticule.

Une violente fusillade s'amorça. Bond garda la tête plaquée au sol jusqu'à ce que les coups de feu s'interrompent. Il jeta un œil à la position des tireurs puis se releva en hâte et s'élança en direction d'un arbre maigrichon mais entouré de bidons et de carcasses de moteur. Une bonne cachette. Il courut, courbé en deux. Mais à mi-chemin il s'arrêta brusquement et fit demi-tour. L'un des compagnons de Dunne qui avait deviné l'intention de Bond s'était mis à cribler son parcours de balles afin de lui barrer la route. Il ne lui était pas venu à l'idée que Bond pouvait agir par stratégie, dans l'espoir que l'un de ses adversaires se montre : ce fut le cas et Bond le descendit d'une seule balle. Les autres se mirent à l'abri et Bond gagna l'arbre rachitique avant de se réfugier derrière un tas de déchets. Le portail n'était plus qu'à une quinzaine de mètres. Une série de coups de feu provenant de la position de Dunne le força à se replier dans un petit buisson.

Quatre balles.

Trois ennemis.

Il pouvait atteindre le portail en dix secondes, mais cela signifiait s'exposer à découvert.

Il n'avait plus beaucoup d'options. Ses adversaires allaient bientôt l'acculer. Mais en regardant par-dessus son épaule, il aperçut quelqu'un bouger entre deux grandes piles de matériaux de construction au rebut. Au niveau du sol, presque invisibles dans les mauvaises herbes, trois silhouettes l'épiaient. Ses adversaires s'étaient donc regroupés. Jugeant que Bond ne pouvait pas les voir, ils chuchotaient entre eux, comme pour mettre au point une stratégie.

Les trois hommes se trouvaient dans sa ligne de mire.

Ils étaient accessibles certes, mais Bond était désavantagé avec ce pistolet de petit calibre auquel il n'était pas habitué.

Malgré tout, il ne pouvait pas laisser passer cette occasion. Il fallait la saisir sans attendre qu'ils s'aperçoivent que leur cachette n'en était pas une.

Couché sur le ventre, il ajusta son arme. Lors d'un concours de tir, on n'est jamais conscient d'appuyer sur la détente. Il s'agit avant tout de maîtriser sa respiration et son geste, l'arme pointée sur la cible. L'index finit par exercer une légère pression et l'arme se décharge, tout naturellement. Les meilleurs tireurs éprouvent toujours une certaine surprise au moment du tir.

Dans les circonstances où se trouvait Bond, les deuxième et troisième coups de feu allaient devoir se succéder très rapidement, bien entendu. Mais le premier était destiné à Dunne, et Bond allait s'assurer de ne pas le rater.

Il réussit.

Une détonation, suivies de deux plus rapides.

Le tir s'apparente au golf : dès que vous lancez, vous savez si vous avez réalisé un joli coup ou non. Les balles atteignirent parfaitement leurs cibles, comme Bond l'escomptait.

Néanmoins, il comprit trop tard que la précision du tir n'était pas le problème. Il avait touché sa cible, certes, mais celle-ci s'avéra différente de ce qu'il croyait : il s'agissait d'un grand morceau de chrome rutilant que l'un de ses adversaires (l'Irlandais, à n'en pas douter) avait dressé de sorte qu'il reflète leur image et induise Bond en erreur. Il se brisa en mille morceaux.

Bon sang !

L'homme qui pense à tout...

Les trois hommes se séparèrent et se mirent en position, maintenant que Bond avait révélé sa position.

Deux d'entre eux se postèrent à sa droite, Dunne à sa gauche.

Il lui restait une balle. Une seule.

Ils ignoraient qu'il était presque à court de munitions, mais n'allaient pas tarder à le comprendre.

Bond était piégé, désormais protégé seulement par une petite pile de cartons. Ils l'encerclaient, Dunne d'un côté, les deux gardiens de l'autre. Ils allaient ouvrir le feu et il se retrouverait sans défense.

Sa seule chance était de leur donner une bonne raison de ne pas le tuer. Les convaincre qu'il pouvait les aider à fuir ou leur offrir une grosse somme d'argent. Il fallait gagner du temps.

— Je me rends ! cria-t-il en se levant et en jetant son arme.

Voyant qu'il était sans défense, les deux gardes s'approchèrent prudemment.

— Ne bougez pas ! Gardez les mains en l'air.

Leurs canons étaient braqués sur lui.

Près de lui, une voix s'éleva.

— Mais qu'est-ce que vous foutez ? On n'a pas besoin d'un prisonnier. Tuez-le.

L'accent, évidemment, était irlandais.

60

Les deux gardiens échangèrent un regard, visiblement heureux de se partager le privilège de tuer l'homme qui avait anéanti Gehenna et descendu leurs coéquipiers.

Ils épaulèrent leurs fusils.

Mais au moment où Bond s'apprêtait à plonger dans l'espoir éperdu d'éviter les balles, une sorte d'explosion retentit derrière eux. Une camionnette blanche venait de défoncer le portail et avait pilé. Les portières s'ouvrirent. Un homme en costume protégé d'un gilet pare-balles sortit et tira sur les deux vigiles.

C'était Kwalene Nkosi, nerveux, tendu, mais déterminé.

Les gardiens ripostèrent avant de battre en retraite vers l'est, plus loin dans l'usine. Bond les perdit de vue. Il aperçut Dunne courir dans la même direction que ses compères.

Bond ramassa son arme et se hâta vers le véhicule de police. Bheka Jordaan descendit et se posta à côté de Nkosi qui inspectait les alentours à la recherche d'autres adversaires. Gregory Lamb risqua un œil dehors et sortit à son tour du véhicule avec d'infinies précautions. Il transportait un gros Colt .45 de 1911.

— Ah, vous avez décidé de vous joindre à la fête finalement ! lança Bond à Jordaan.

— J'ai pensé qu'il valait mieux venir en renfort. On s'était garés sur la route et on a entendu des coups de feu. J'ai soupçonné du braconnage, ce qui est illégal. Cela justifiait amplement une intervention de notre part.

Elle semblait sérieuse. Il se demanda si elle avait préparé cette excuse pour ses supérieurs. Si c'était le cas, elle en profitait pour répéter son texte.

— J'ai amené une petite équipe avec moi. Le sergent Mbalula et quelques autres officiers gardent le bâtiment principal.

— Hydt est encore à l'intérieur, ou il l'était en tout cas, précisa Bond. Ainsi que ses trois collaborateurs. Ils ont dû récupérer des armes et appeler du renfort.

Il expliqua où se trouvaient leurs adversaires ainsi que la configuration de l'usine. Il mentionna l'aide fournie par Jessica. Elle ne constituait pas une menace.

Jordaan adressa un signe de tête à Nkosi qui prit le chemin du bâtiment.

— On a eu du mal à trouver des renforts, soupira-t-elle. Hydt est protégé par quelqu'un à Pretoria. Mais j'ai appelé un de mes amis au Recces, notre brigade spéciale. Une équipe est en route. Ils ne s'embarrassent pas trop des convenances et pour eux, tous les prétextes sont bons pour se battre. Mais ils n'arriveront pas avant vingt à trente minutes.

Tout à coup, Lamb s'accroupit, les yeux rivés sur un buisson plus au sud.

— Je vais les avoir.

— Attendez, qui ça ? Il n'y a personne là-bas. Allez donner un coup de main à Kwalene ! Neutralisez Hydt.

Mais l'agent du MI6 ne semblait pas avoir entendu et s'élança de toutes ses forces vers le buisson en question. À quoi jouait-il ?

Au même moment, des balles vinrent ricocher contre la camionnette. Oubliant Lamb, Bond et Jordaan se laissèrent tomber à terre.

À quelques centaines de mètres, Dunne et ses deux acolytes avaient stoppé leur course pour viser leurs ennemis. Leur balles ne causèrent ni dégât ni blessure. Ils disparurent derrière une pile de déchets du Secteur de la disparition, effrayant les mouettes avec leurs coups de feu.

Bond sauta derrière le volant. À l'arrière de la camionnette, il aperçut avec soulagement plusieurs caisses de munitions. Il démarra.

— Je vous accompagne ! s'écria Jordaan.

— Mieux vaut que j'y aille seul, rétorqua-t-il.

Les vers de Kipling récités par Philly Maidenstone lui revinrent en mémoire : « En chemin vers le Trône et Gehenna / Celui qui voyage seul en premier arrivera ».

Mais Jordaan grimpa sur le siège passager et claqua la portière.

— Je me suis engagée à me battre à vos côtés du moment que c'était légal. C'est le cas, alors allons-y ! Ils sont en train de nous échapper.

Bond n'hésita pas une seule seconde avant de claquer la porte. La camionnette s'élança à travers l'immense usine, traversa la section des déchets électroniques, le Secteur de la résurrection, le générateur électrique.

Ils sillonnèrent les allées bordées de déchets : papier, sacs plastique, morceaux de métal ébréchés, débris de céramique et restes de nourritures, le tout survolé par une nuée de mouettes affamées.

Il n'était pas facile de progresser entre les engins, les bennes à ordures et les tas de déchets destinés à être ensevelis, toutefois le chemin sinueux avait le mérite de les abriter de leurs ennemis. Ces derniers leur tiraient dessus de temps à autre, mais consacraient toute leur énergie à fuir.

Jordaan fit un compte rendu radio de leur situation. Le groupe des forces spéciales arriverait d'ici une trentaine de minutes, l'informa son interlocuteur.

Au moment où Dunne et ses amis atteignaient la frontière qui séparait la déchetterie du somptueux jardin, l'un des gardiens fit volte-face et vida son chargeur sur eux. Les balles ricochèrent sur le capot et les pneus. Bond perdit le contrôle de la camionnette qui vira d'un côté avant d'emboutir une montagne de détritus. L'airbag se déclencha, laissant Bond et Jordaan sonnés.

Voyant que leurs ennemis étaient mal en point, Dunne et les deux gardiens ouvrirent le feu sur eux.

Sous cette assourdissante pluie de balles, Bond et Jordaan parvinrent à s'extraire du véhicule pour se laisser glisser dans un fossé.

— Vous êtes blessée ? demanda-t-il.

— Non… on ne s'entend pas ! cria-t-elle, ravalant sa peur.

Bond s'abrita derrière la camionnette et, à plat ventre, visa l'un de leurs adversaires.

Il ne lui restait plus qu'une seule balle.

Il appuya sur la détente, mais au même moment, l'homme qu'il avait en ligne de mire tomba. Il était déjà à terre quand le projectile atteignit sa cible.

Bond attrapa une caisse de munitions qui ne contenait que des balles de .223 pour fusil. La deuxième était identique, ainsi que les suivantes. Il ne trouva nulle part de quoi recharger son 9mm.

— Vous n'avez rien qui puisse me servir ? demanda-t-il à Jordaan.

— Non… tout ce que j'ai, c'est ça, répondit-elle en tirant son arme. Tenez, prenez-le.

C'était un Colt Python magnum, calibre .357. Puissant, doté d'un barillet serré, c'était un bon revolver. Néanmoins, comme tout revolver, il ne contenait que six cartouches.

Non, se corrigea Bond, après avoir vérifié. Fidèle à la tradition, Jordaan gardait la chambre sous le chien vide. Cinq balles seulement.

Il y a un barillet à rotation rapide ? Des balles de rechange ?

— Non.

Bien, ils disposaient donc de cinq balles pour affronter trois adversaires munis d'armes semi-automatiques.

— Les Glocks, vous ne connaissez pas ? marmonna-t-il avec humeur tout en se délestant de son pistolet vide.

— J'enquête sur des crimes, répliqua-t-elle, j'ai rarement l'occasion de tirer sur des gens.

Peut-être, songea-t-il, impatient, n'empêche que quand l'occasion se présente, il serait préférable d'être bien équipé.

— Retournez à l'usine. Allez vous mettre à l'abri, lui ordonna-t-il.

Elle le regarda droit dans les yeux, la sueur perlant à ses tempes.

— Si vous comptez leur courir après, je vous accompagne.

— Sans arme, ça ne va pas être facile.

— Ils ont plusieurs armes et nous, une seule. Ce n'est pas équitable. Il faut leur en prendre une.

Peut-être le capitaine Bheka Jordaan avait-elle le sens de l'humour, tout compte fait.

Ils échangèrent un sourire et dans ses yeux, Bond vit se refléter les flammes orangées du méthane qui brûlait.

Ils rampèrent jusqu'à l'Éden au milieu d'un parterre de watsonias et de jacarandas. Il y avait également des kigelias et de petits baobabs. Même en cette fin d'automne, leur feuillage était resplendissant grâce au climat du Cap-Occidental. Un couple de pintades les observa avec irritation puis poursuivit son chemin.

Jordaan et lui progressaient peu à peu dans le jardin quand l'assaut commença. Apparemment, le trio s'était enfoncé dans la nature dans l'unique but de piéger Bond et Jordaan. Les trois hommes s'étaient séparés. Le premier s'était allongé à plat ventre au milieu des hautes herbes pour entamer la fusillade. Le deuxième, Dunne sans doute, mais Bond ne parvenait pas à le distinguer, avançait vers eux.

Bond tira, mais le gardien esquiva. Encore manqué. Ralentis, s'ordonna-t-il à lui-même.

Plus que quatre balles.

Jordaan et Bond se replièrent dans un massif de plantes grasses bordant une mare. Ils levèrent légèrement la tête afin de discerner leurs adversaires par-dessus l'herbe. C'est alors qu'une pluie de balles déferla sur eux, rebondissant sur les rochers et ricochant sur la surface de l'eau.

Les deux hommes en kaki, sans doute frustrés de la tournure que prenaient les choses, tentaient le tout pour le tout. Bond tira deux fois sur celui qui les approchait par la gauche, touchant son bras et son fusil. Le garde laissa échapper un cri de douleur et lâcha son arme qui dévala la petite butte sur laquelle il se trouvait. Bond vit le blessé, toujours en état de combattre, dégainer une arme de poing. Le deuxième gardien courut se mettre à couvert et Bond réagit au quart de tour, le touchant à la cuisse. Cette blessure-là semblait elle aussi superficielle. Il disparut dans un buisson.

Plus qu'une balle.

Où était Dunne ?

Caché derrière eux ?

Le silence revint, un silence qui leur semblait cependant résonner de leurs battements de cœur. Jordaan tremblait. Bond avait les yeux braqués sur le Bushmaster, le fusil que l'un des blessés avait laissé tomber. Il se trouvait à une dizaine de mètres d'eux.

Il observa attentivement le paysage qui les entourait, les massifs, les plantes, les arbres.

Il vit des hautes herbes s'agiter à cinquante ou soixante mètres de là. Invisibles, les deux gardes se rapprochaient. D'une minute à l'autre, ils se jetteraient sur Bond et Jordaan. Même s'il parvenait à en neutraliser un avec sa dernière cartouche, le deuxième aurait gain de cause.

— James, je vais créer une diversion, je vais aller par là-bas, murmura-t-elle en indiquant une petite plaine couverte d'herbe. Si vous tirez, vous pourrez en toucher un puis aller prendre le fusil pendant que le deuxième ira se cacher.

— C'est du suicide ! Vous serez complètement à nu !

— Il faut vraiment que vous arrêtiez de jouer les dragueurs sans arrêt, James.

Il sourit.

— Écoutez, s'il doit y avoir un héros, ce sera moi. C'est moi qui vais les attirer par là-bas. À mon signal, courez chercher le Bushmaster. Vous savez l'utiliser ?

Elle acquiesça.

Les gardes n'étaient plus qu'à une quinzaine de mètres.

— Restez baissée jusqu'à ce que je vous prévienne, lui ordonna-t-il à voix basse.

Les gardes continuaient leur lente progression à travers les hautes herbes. Bond jeta un dernier coup d'œil aux alentours, prit une profonde inspiration et se leva calmement pour s'avancer vers eux, son revolver pendant dans sa main.

— James, non ! murmura Jordaan.

Bond ne répondit pas. Il s'adressa à ses adversaires :

— Je veux vous parler. Si vous me livrez les noms de vos complices, vous obtiendrez une récompense. Vous ne serez pas poursuivis. Vous comprenez ?

À quelques pas de lui, les deux gardiens s'arrêtèrent, ne sachant pas quoi faire. Ils voyaient que Bond était inoffensif et ne les menaçait pas.

— Est-ce que vous me comprenez ? La récompense s'élève à cinquante mille rands.

Les deux échangèrent un regard et un hochement de tête un peu trop enthousiaste. Bond savait bien qu'ils n'envisageaient pas sérieusement d'accepter son offre mais comptaient profiter de ce répit pour l'approcher de plus près. Ils se levèrent pour lui faire face.

Au même moment, le revolver que Bond tenait toujours pointé vers le sol tira une balle. Les gardiens s'accroupirent de nouveau, déboussolés, tandis que Bond courait se cacher derrière un bosquet d'arbustes à sa gauche.

Les deux gardiens se déplacèrent à leur tour afin de garder Bond bien en vue. Mais ce dernier disparut derrière une butte alors que résonnaient les coups de feu.

Ce qui suivit leur fit l'effet d'une explosion planétaire.

Les cartouches que tiraient les gardiens enflammaient le méthane s'échappant de la racine de l'arbuste en plastique qui dissimulait le tuyau transportant le gaz jusqu'à l'usine. Bond avait utilisé sa dernière balle pour l'entailler.

Les deux hommes furent emportés par un véritable raz-de-marée de feu dans un énorme nuage de fumée. Le sol qu'ils avaient foulé avait tout simplement disparu. Le feu gagna les arbres et buissons voisins qui s'embrasèrent en un clin d'œil.

À quelques mètres de là, Jordaan se leva en chancelant. Elle se dirigea vers le Bushmaster toujours abandonné dans l'herbe.

— Changement de programme. Laissez tomber !

— Qu'est-ce qu'on fait ?

Ils furent jetés à terre par une nouvelle explosion non loin de là. La détonation fut telle que Bond dut coller sa bouche à l'oreille de Jordaan pour qu'elle l'entende.

— Il me semblerait judicieux de déguerpir !

61

— Vous commettez une grossière erreur !

Severan Hydt se voulait menaçant, mais son visage trahissait la terreur. Son empire partait littéralement en fumée sous ses yeux. Il était anéanti.

Hydt, menotté, Jordaan, Nkosi et Bond se tenaient au milieu des bulldozers et des remorques dans la cour qui séparait les bureaux du Secteur de la résurrection, à quelques mètres de l'endroit où Bond avait frôlé la mort. Heureusement que Bheka Jordaan était arrivée à ce moment-là pour arrêter les « braconniers ».

Le sergent Mbalula remit à Bond son Walther, son chargeur et son téléphone portable, récupérés dans la Subaru.

— Merci, sergent.

Les officiers du SAPS et les forces spéciales sud-africaines passèrent les lieux au peigne fin, à la recherche de complices et de preuves. Au loin, les équipes de pompiers luttaient contre le feu qui ravageait l'Éden, devenu un nouvel Enfer.

Manifestement, les hommes politiques haut placés qui protégeaient Hydt à Pretoria avaient rapidement cédé. Leurs supérieurs avaient ordonné leur arrestation et envoyé des renforts à Jordaan. Des forces de police avaient été chargées dans tout le pays de perquisitionner les usines Green Way.

Les secours étaient également présents pour soigner les blessés qui comptaient exclusivement parmi les employés de sécurité de Hydt.

Ses trois collaborateurs, Huang, Eberhard et Mathebula, avaient été placés en garde à vue. La police n'avait pas encore établi leur responsabilité dans cette affaire, mais cela ne saurait tarder. Ils s'étaient au minimum rendus coupables de trafic d'armes, ce qui justifiait une arrestation.

Quatre vigiles avaient également été arrêtés. Quant aux employés de Green Way vaquant à leurs occupations ce jour-là, ils étaient retenus dans l'attente d'un interrogatoire.

Dunne s'était enfui. Les officiers des forces spéciales avaient retrouvé les traces d'une moto, sans doute dissimulée sous une bâche recouverte de paille. L'Irlandais avait évidemment prévu une issue de secours.

— Je suis innocent, clama Hydt. Vous me poursuivez parce que je suis anglais et blanc. C'est du racisme !

Jordaan ne pouvait pas laisser passer une telle remarque.

— Du racisme ? J'ai arrêté six Noirs, quatre Blancs et un Asiatique. Je ne sais pas ce qu'il vous faut.

Prenant peu à peu conscience de l'ampleur du désastre, il détourna le regard de l'incendie pour parcourir des yeux le reste de l'usine. Il cherchait sûrement Dunne. Sans son ingénieur, il ne savait plus quoi faire.

Il regarda Bond puis Jordaan.

— On pourrait s'arranger, non ? demanda-t-il d'une voix pleine de désespoir. J'ai beaucoup d'argent.

— Tant mieux pour vous, rétorqua Jordaan. Les honoraires de vos avocats seront élevés.

— Je n'essaie pas de vous acheter.

— Espérons-le. C'est un crime très grave. Je veux savoir où Niall Dunne a filé. Si vous me le dites, j'avertirai la partie adverse que vous avez coopéré.

— Je peux vous donner son adresse au Cap…

— J'y ai déjà envoyé des agents. Connaissez-vous d'autres endroits où il aurait pu se réfugier ?

— Oui, je peux réfléchir.

Bond vit Gregory Lamb arriver depuis un coin désert de la propriété, portant son gros pistolet comme si c'était la première fois qu'il avait une arme entre les mains. Bond laissa Jordaan et Hydt au milieu des palettes pour le rejoindre.

— Ah, Bond.

L'agent du MI6 respirait avec difficulté et, malgré la fraîcheur automnale, son front ruisselait de sueur. Son visage était maculé de poussière et la manche de sa veste était déchirée.

— Vous en avez pris une ? demanda Bond en indiquant la déchirure, produite, semblait-il, par une balle.

Les ennemis avaient dû êtres proches. L'arme de Lamb portait encore des traces de poudre.

— Y a pas eu de dégâts, heureusement. Sauf sur ma gabardine préférée.

Il avait eu de la chance. Quelques millimètres à droite et la balle aurait traversé son avant-bras.

— Et les types que vous poursuiviez, qu'est-ce qu'ils sont devenus ? Je ne les ai pas vus.

— Ils ont pris la fuite, malheureusement. Ils se sont séparés. Je savais qu'ils essayaient de me piéger, mais j'ai quand même décidé d'en poursuivre un. J'ai récolté une belle égratignure. Enfin, ils connaissaient bien les lieux, pas moi. J'en ai touché un, c'est déjà ça.

— Ils sont encore dans le coin, d'après vous ?

— Oh, non, ils ont bel et bien filé.

Bond se désintéressa des mésaventures de son compatriote et s'isola pour appeler Londres. Il était en train de composer le numéro quand, à quelques mètres de là, retentirent plusieurs coups de feu.

Il se retourna, Walther à la main, et observa les alentours. Mais il ne vit pas le tireur, seulement la victime : visage et poitrine en sang, Bheka Jordaan s'écroula à terre.

62

— Non ! hurla Bond.

Il voulut courir à son secours, mais la quantité de sang versée lui indiquait qu'elle ne pouvait pas avoir survécu.

Non...

Bond pensa à Ugogo, à l'éclat qui brillait dans les yeux de Jordaan quand ils avaient poursuivi les gardiens jusqu'au jardin d'Éden.

Ils ont plusieurs armes et nous, une seule. Ce n'est pas équitable. Il faut leur en prendre une.

— Capitaine ! cria Nkosi qui s'était abrité derrière une benne non loin de là.

D'autres officiers du SAPS se mirent à tirer au hasard.

— Cessez le feu ! ordonna Bond. On ne tire pas à l'aveugle ! Montez la garde et ouvrez l'œil !

Plus en retrait, les officiers des forces spéciales cherchaient l'ennemi depuis leurs postes d'observation.

L'ingénieur avait donc effectivement réfléchi à un plan de sauvetage de son cher patron. Voilà ce que Hydt cherchait des yeux. Dunne avait ouvert le feu pour couvrir la fuite de Hydt, lequel avait dû retrouver les autres agents de sécurité qui l'attendaient dans les bois avec une voiture ou peut-être même un hélicoptère. Toutefois, Hydt n'était pas encore tout à fait libre. Il devait se cacher entre les rangées de palettes où il s'était tenu aux côtés de Jordaan.

Accroupi, Bond s'engagea dans cette direction. Hydt allait s'enfuir d'une minute à l'autre, protégé par Dunne et peut-être d'autres gardiens.

Mais James Bond n'allait pas le laisser s'en tirer à si bon compte.

— Est-ce que ce n'est pas dangereux ? chuchota Gregory Lamb.

Mais Bond ne voyait pas où était l'agent du MI6. Il comprit que Lamb s'était caché dans une benne.

Il fallait agir. Même si cela impliquait de s'exposer aux tirs de Dunne, Bond ne pouvait pas laisser Hydt s'échapper. Bheka Jordaan ne serait pas morte pour rien.

Il s'élança entre les grandes palettes qui supportaient des bidons d'huile. Il fallait protéger Hydt. Puis il s'immobilisa. Severan Hydt ne risquait plus d'aller nulle part. L'éboueur, le prophète du déchet, le seigneur de l'entropie était allongé par terre sur le dos, la poitrine perforée par deux balles, une troisième fichée dans son front. Une grande partie de son crâne avait été arrachée.

Bond rangea son arme. Autour de lui, les policiers se levèrent lentement. L'un d'entre eux affirma que le sniper avait disparu dans les buissons.

Derrière lui, une femme lâcha :

— *Sihlama !*

Bond pivota sur lui-même et vit Bheka Jordaan se relever, s'éponger le visage et cracher du sang. Elle n'était pas blessée.

Soit Dunne avait complètement raté sa cible, soit il visait en réalité son patron. Le sang qui couvrait Jordaan était celui de Hydt qui l'avait éclaboussée comme elle se tenait à ses côtés.

Bond la mit à l'abri derrière les bidons d'huile et sentit l'odeur écœurante de l'hémoglobine.

— Dunne est toujours là.

— Tout va bien, capitaine ? lança Nkosi.

— Oui, oui, répondit-elle agacée. Où est Hydt ?

— Il est mort.

— *Masende !* jura-t-elle.

Nkosi ne put s'empêcher de sourire.

Jordaan tira le bas de sa chemise, qu'elle portait par-dessus un tee-shirt noir et un gilet pare-balles, afin de s'essuyer le visage.

Des officiers postés sur le toit les informèrent que la voie était libre. Dunne n'avait eu aucune raison de s'éterniser, une fois son devoir accompli.

Bond observa le corps une dernière fois. Les trois coups de feu resserrés signifiait que Hydt était bien l'homme à abattre. Cela semblait logique : Dunne avait dû le descendre de peur qu'il ne le vende à la police. Bond se rappelait les regards qu'il avait interceptés les jours passés : Dunne était irrité ou en voulait à son patron. Il était presque jaloux, même. Le meurtre de Hydt cachait peut-être quelque chose d'autre, quelque chose de plus personnel.

Quelle qu'en soit la raison, il avait accompli un travail impeccable.

Jordaan se dépêcha de gagner le bâtiment qui abritait les bureaux. Elle en ressortit dix minutes plus tard, après avoir visiblement trouvé une douche ou un robinet. Ses cheveux et son visage étaient humides mais lavés de toute trace de sang, ou presque. Elle était furieuse contre elle-même.

— J'ai perdu mon prisonnier. J'aurais dû faire plus attention. Je n'aurais jamais pensé…

Un hurlement effrayant l'interrompit. Ils entendirent quelqu'un se précipiter dans la cour.

— Non, non, non !

Jessica Barnes se rua vers le corps de Hydt. Elle se jeta au sol et, sans prêter aucune attention aux blessures, serra dans ses bras le corps sans vie de son amant.

Bond s'approcha d'elle et la prit par les épaules.

— Non, Jessica, venez avec moi.

Il l'emmena s'abriter derrière un bulldozer. Bheka Jordaan les rejoignit.

— Il est mort, il est mort… répétait-elle la tête enfouie contre l'épaule de Bond.

Bheka Jordaan saisit sa paire de menottes.

— Elle a essayé de m'aider, lui rappela Bond. Elle ignorait ce que préparait Hydt, je vous le garantis.

Jordaan rangea ses menottes.

— Nous allons la conduire au poste afin de prendre sa déposition. Je ne crois pas que ça ira plus loin.

Bond se détacha de Jessica et la regarda dans les yeux.

— Merci de m'avoir donné un coup de main. Je sais que ce n'était pas facile.

Elle prit une profonde inspiration puis lui demanda calmement :

— Qui a fait ça ? Qui l'a tué ?

— Dunne.

Elle ne sembla pas étonnée.

— Je ne l'ai jamais beaucoup aimé. Severan était quelqu'un de passionné, d'impulsif. Il ne réfléchissait pas avant d'agir. Niall l'a compris et l'a séduit par son sens de l'organisation et son intelligence. Je ne l'ai jamais trouvé digne de confiance. Mais je n'ai jamais eu le courage de dire quoi que ce soit.

Elle ferma les yeux un moment.

— Vos prières ont été entendues, lui dit Bond.

— Un peu trop bien, répondit-elle.

Sa joue et son cou étaient parsemés de gouttelettes de sang. C'était la première fois que Bond voyait de la couleur sur son visage.

— Je connais des gens qui peuvent vous aider si vous retournez à Londres. Je vais veiller à ce qu'ils vous contactent.

— Merci, murmura-t-elle.

Une femme policière l'emmena.

— Est-ce que le danger est écarté ? demanda un homme près de lui.

Bond ne parvenait pas à voir d'où provenait cette voix, puis il comprit : Gregory Lamb n'était toujours pas sorti de la benne.

— Oui, c'est bon.

L'agent du MI6 s'extirpa tant bien que mal de sa cachette.

— Attention où vous mettez les pieds, l'avertit Bond en montrant le sang.

— Mon Dieu ! s'exclama Lamb qui sembla presque tourner de l'œil.

Indifférent, Bond se tourna vers Jordaan :

— J'ai besoin de connaître exactement en quoi consiste Gehenna. Pouvez-vous demander à vos officiers de saisir tous les dossiers et les ordinateurs du bureau de Recherche et Développement ? J'aurais besoin que vos spécialistes en informatiques retrouvent les mots de passe.

— Bien sûr, on emmène tout ça dans les locaux du SAPS. Vous pourrez consulter les documents là-bas.

— Je m'en charge, capitaine, dit Nkosi.

Le visage du lieutenant paraissait plus sérieux que d'ordinaire. Bond supposa qu'il venait de vivre sa première fusillade. Cette journée allait le transformer pour toujours, mais, d'après Bond, ce changement le ferait grandir. Nkosi héla une équipe de médecins légistes et pénétra avec eux dans le bâtiment.

— Je peux vous poser une question ? demanda Bond à Jordaan.

Celle-ci acquiesça.

— Qu'est-ce que vous avez dit ? Quand vous vous êtes relevée, vous avez dit quelque chose.

Bond ne parvenait pas à déterminer si elle rougissait ou non.

— Ne le répétez pas à Ugogo.

— Promis.

— Le premier mot était l'équivalent zoulou de « merde ».

— Et le deuxième ?

— Ça, je crois que je vais le garder pour moi, James.

— Pourquoi donc ?

— Parce que ce mot renvoie à une certaine partie de l'anatomie masculine… et je crois qu'il est plus sage de ne pas vous encourager dans cette voie-là.

63

En fin d'après-midi, alors que le soleil commençait à décliner, James Bond quitta le Table Mountain Hotel après s'être douché et changé, en direction du poste de police du centre-ville.

En entrant dans le commissariat, il remarqua qu'on levait la tête à son passage. Les visages n'exprimaient plus de la curiosité, comme cela avait été le cas lors de sa première visite quelques jours plus tôt, mais de l'admiration. Son rôle dans l'arrestation de Severan Hydt y était sans doute pour quelque chose. Ou alors, les policiers avaient appris qu'il avait descendu deux ennemis et fait exploser une décharge, le tout à l'aide d'une seule et unique balle. Une belle performance. (Bond avait appris à son grand soulagement que les pompiers avaient réussi à maîtriser l'incendie. Il n'aurait pas voulu rester dans les mémoires comme l'homme qui avait réduit en cendres une portion non négligeable du Cap).

Bheka Jordaan vint l'accueillir dans le hall. Elle avait pris une douche afin de se débarrasser définitivement du sang de Hydt puis enfilé un pantalon sombre ainsi qu'une chemise jaune vif, d'une gaieté qui contrastait – peut-être volontairement – avec la violence des événements de la journée.

Elle le conduisit dans son bureau.

— Dunne a réussi à passer au Mozambique. Il serait caché dans un quartier peu recommandable de Maputo. J'ai appelé quelques collègues de Pretoria, aux renseignements financiers, à l'Unité d'enquêtes spéciales et au Centre d'information sur le risque bancaire. Ils ont examiné ses comptes en banque, après obtention d'un mandat, bien entendu. Hier après-midi, deux cent mille livres sterling ont été virées sur l'un de ses comptes suisses. Il y a une demi-heure, il a transféré cette somme sur une douzaine de comptes anonymes, en ligne. Il peut y accéder de n'importe où, si bien qu'on n'a aucune idée de la destination qu'il envisage.

Bond se sentait aussi écœuré qu'elle.

— S'il refait surface ou quitte le Mozambique, la police me préviendra. Mais pour le moment, il est inaccessible.

Nkosi arriva sur ces entrefaites, poussant un grand chariot rempli de boîtes qui contenaient les dossiers et ordinateurs portables saisis à Green Way.

Le lieutenant et Bond suivirent Jordaan jusqu'à un bureau inoccupé où Nkosi entreposa le matériel. Quand Bond commença à ouvrir l'une des boîtes, Jordaan l'arrêta :

— Refermez ça. Je ne veux pas que vous détruisiez les preuves.

Elle lui tendit des gants en latex de couleur bleue.

Bond esquissa un sourire ironique mais les enfila tout de même. Jordaan et Nkosi le laissèrent à sa tâche. Avant d'ouvrir les cartons, Bond passa un coup de téléphone à Bill Tanner.

— James, répondit son patron. On a appris ce qui s'était passé. C'était l'enfer sur terre là-bas, apparemment.

Le choix des mots amusa Bond. Il raconta en détail la fusillade, le sort de Hydt et la fuite de Dunne. Il mentionna également le directeur de l'entreprise pharmaceutique qui avait engagé Hydt. Tanner allait demander au FBI d'ouvrir une enquête afin d'interpeller le suspect.

— J'ai besoin d'une équipe qui traque Dunne, si on arrive à lui mettre la main dessus. On a des agents doubles postés dans le coin ?

— Je vais voir ce que je peux faire, James, soupira Tanner, mais je n'ai plus beaucoup d'agents en réserve, avec les problèmes qu'on a au Soudan. On assiste le ministère des Affaires étrangères et les Marines. Je vais essayer de te trouver du renfort dans l'armée de l'air ou les forces navales. Ça te convient ?

— Oui. Je vais passer en revue tout ce qu'on a saisi au QG de Hydt. Je transmets mes infos à M dès que j'ai terminé.

Ils raccrochèrent et Bond entreprit d'étaler tous les documents liés à Gehenna sur le grand bureau que Jordaan avait mis à sa disposition. Il eut un moment d'hésitation. Puis, malgré le ridicule de la situation, il enfila les gants bleus en se disant pour se rassurer qu'au moins, l'anecdote amuserait son ami Ronnie Vallance, de Scotland Yard. Vallance répétait souvent que Bond ferait un très mauvais inspecteur de police, lui qui préférait frapper ou abattre ses ennemis plutôt que rassembler les preuves susceptibles de les incriminer.

Il passa presque une heure à feuilleter les dossiers. Quand il estima qu'il en savait suffisamment, il appela Londres une nouvelle fois.

— C'est un cauchemar ici, 007, grogna M. Ce crétin de la Division Trois a tiré la sirène d'alarme. La moitié de Whitehall est fermée. Downing Street aussi. S'il y a bien quelque chose qui va nous attirer une mauvaise presse, c'est d'avoir annulé une rencontre internationale sur la sécurité pour cause d'alerte à la sécurité.

— C'était sans fondement ?

Même si Bond était convaincu depuis le début que York était la cible de l'attentat, cela ne signifiait pas que Londres était hors de danger, comme il l'avait rappelé à Tanner quand il l'avait contacté depuis le bureau de Jessica Barnes.

— On n'a rien trouvé. Green Way n'avait que des bonnes raisons de se trouver là, bien entendu. Les ingénieurs de l'entreprise collaboraient avec les forces de l'ordre pour s'assurer que les tunnels destinés à transporter les déchets autour de Whitehall étaient sans danger. Pas de radiations, pas d'explosifs, rien. Il y a eu un pic dans les signaux SIGINT afghans, mais c'était parce qu'on a fait une petite descente avec la CIA lundi dernier, rien de plus. Et tout le monde s'est demandé ce qu'on pouvait bien faire là-bas, d'ailleurs.

— Et Osborne-Smih ?

— Sans importance.

Bond ignorait si ce commentaire se rapportait à l'homme lui-même ou au fait que son sort ne méritât pas d'être évoqué.

— Bon alors, qu'est-ce qui s'est passé de votre côté, 007 ? Donnez-moi plus de détails.

Bond lui apprit la mort de Hydt et l'arrestation de ses trois collaborateurs. Il lui raconta comment Dunne leur avait échappé. Il comptait bien mettre en œuvre le Niveau 2 de l'ordre de mission émis dimanche et qui était toujours d'actualité, afin d'arrêter l'Irlandais dès qu'ils auraient retrouvé sa trace.

Puis Bond entreprit d'exposer en détail le plan Gehenna : comment Hydt avait volé puis détourné des renseignements secrets, comment il s'était rendu coupable de chantage et d'extorsion. Il dressa la liste des villes où Hydt avait sévi :

— Londres, Moscou, Paris, Tokyo, New York et Bombay, sans oublier de plus petites usines à Belgrade, Washington, Taipei et Sydney.

Il y eut un silence au bout du fil durant lequel Bond imaginait M mâchonner l'extrémité de son cigarillo.

— Sacrément intelligent, commenta-t-il, de reconstituer tout ça à partir des déchets.

— L'argument de Hydt, c'est que personne ne remarque les éboueurs, et c'est vrai. Ils sont invisibles. Ils sont partout et pourtant, on ne les voit pas.

— Je me suis fait la même réflexion hier, répondit M en gloussant légèrement. Que recommandez-vous, 007 ?

— De contacter nos ambassades et le MI6 afin qu'ils fassent fermer toutes les usines Green Way au plus vite avant que les principaux responsables ne s'évanouissent dans la nature. Gelez leurs comptes en banque et identifiez toutes les rentrées d'argent. Cela nous mènera aux clients de Gehenna.

— Mmm… oui, on pourrait faire comme ça.

Qu'avait-il derrière la tête ?

— Mais je ne crois pas qu'il faille agir dans la précipitation. Arrêtons les responsables des principales usines, d'accord. Que pensez-vous d'infiltrer quelques agents de l'ODG dans leurs bureaux et de continuer comme ça à enquêter sur Gehenna ? J'aimerais bien savoir où cela pourrait nous mener. Il faudrait négocier avec la presse pour qu'elle taise les intentions réelles de Hydt. Je vais demander aux gars de la désinformation du MI6 de faire courir le bruit qu'il était de mèche avec un réseau de crime organisé, ou quelque chose dans ce goût-là. On n'entrera pas dans les détails. La vérité finira par se savoir, mais à ce moment-là, on aura récolté des informations importantes.

Jolie ruse ! songea Bond. L'ODG allait donc s'intéresser au recyclage.

— Excellente idée, commenta-t-il.

— Transmettez toutes les informations à Bill Tanner et on va mettre ça en place. Cet imbécile d'Osborne-Smith a paralysé tout Londres. Je vais mettre des heures à rentrer chez moi. Je n'ai jamais compris pourquoi la M4 ne se prolongeait pas jusqu'à Earl's Court.

Il raccrocha.

64

James Bond chercha la carte de visite de Felicity Willing et l'appela à son bureau afin de l'informer que l'un des ses principaux donateurs était un criminel... qui venait de mourir durant son arrestation.

Mais elle était déjà au courant. La presse lui avait demandé de commenter les liens entre Green Way, la mafia et la Camorra. Bond jugea que les « gars de la désinformation du MI6 » n'avaient pas perdu leur temps.

Felicity était furieuse parce qu'un journaliste avait insinué qu'elle connaissait les activités illégales de Hydt mais avait tout de même accepté son argent.

— Comment ont-ils pu me demander une chose pareille, Gene ? Bon sang, Hydt nous donnait cinquante à soixante mille livres sterling par an, ce qui est généreux mais n'égale pas les sommes astronomiques versées par beaucoup d'autres donateurs. Si je soupçonnais qu'on me donne de l'argent sale, je refuserais sans hésiter. Mais toi tu vas bien, non ? demanda-t-elle en se radoucissant.

— Je n'étais même pas là quand ils ont débarqué. La police m'a appelé pour me poser quelques questions, c'est tout. Enfin, ça fait un sacré choc quand même.

— C'est sûr.

Bond lui demanda comment se passaient les livraisons. Elle répondit que les quantités dépassaient ses espérances. La distribution avait commencé dans une dizaine de pays d'Afrique subsaharienne. Il y avait suffisamment de provisions pour nourrir des centaines de milliers de gens pendant plusieurs mois.

Après l'avoir félicitée, il lui demanda :

— Tu auras quand même du temps pour Franschhoek ?

— Si tu crois que tu vas pouvoir échapper à notre week-end à la campagne, Gene, tu te trompes…

Ils décidèrent de se retrouver dans la matinée. Il fallait qu'il fasse nettoyer la Subaru qu'il affectionnait désormais en dépit de sa couleur criarde et de son béquet essentiellement décoratif.

Une fois le téléphone raccroché, il savoura un instant le plaisir d'avoir entendu la voix de Felicity. Il se remémora aussi avec délice les moments qu'ils avaient partagés. Puis il pensa à l'avenir.

Enfin, si tu dois aller dans des endroits dangereux, est-ce que tu pourrais me promettre que ce ne soit pas… trop dangereux ?

Il esquissa un sourire et rangea sa carte avant d'enfiler une nouvelle fois les gants bleus. Il se remit à la tâche en griffonnant de temps à autre des notes destinées à M et Bill Tanner. Il travailla près d'une heure puis décida qu'il était temps de prendre un verre.

Il s'étira longuement.

Au moment de baisser les bras, il suspendit son mouvement. Il venait d'éprouver une sensation qu'il connaissait bien. Elle se manifestait parfois dans cette vie d'espion où les apparences sont généralement trompeuses. Ce petit pincement au cœur survenait lorsque Bond comprenait tout à coup que quelque chose sonnait faux, qu'il avait omis un détail, peut-être à ses risques et périls.

Sa respiration s'était accélérée. Il ne pouvait détacher les yeux de ses notes. Ses lèvres étaient sèches et son cœur cognait fort dans sa poitrine.

Bond feuilleta de nouveau les centaines de pages étalées sous ses yeux, puis attrapa son portable et envoya un e-mail à Philly Maidenstone avec une requête prioritaire. En attendant sa réponse, il se leva et fit les cent pas dans le bureau exigu, l'esprit empli de doutes.

Quand il lut la réponse de Philly, il se rassit lentement sur sa chaise.

Son humeur s'était soudainement assombrie. Quand il leva la tête, il vit Bheka Jordaan dans l'encadrement de la porte.

— James, je vous ai apporté un café. Dans une vraie tasse.

Elle était décorée par les visages des joueurs de Bafana Bafana.

Comme il ne répondait pas et n'esquissait pas le moindre mouvement, elle répéta :

— James ?

Bond savait que son expression le trahissait.

— Je crois que je me suis trompé, murmura-t-il.

— Comment ça ?

— Sur toute la ligne. Gehenna, l'Incident Vingt.

— Expliquez-moi.

— Au départ, on savait qu'un certain « Noah » était impliqué dans l'événement qui s'est déroulé aujourd'hui. Celui qui devait causer la mort de tous ces gens.

— Oui, Severan Hydt.

Bond secoua la tête. Il indiqua les cartons remplis de documents provenant de Green Way.

— Mais j'ai épluché tous ces papiers, les téléphones et les ordinateurs portables. On n'y trouve pas une seule mention de Noah. Ni Hydt ni Dunne n'y ont jamais fait référence devant moi. S'il s'agissait de son surnom, pourquoi n'y en a-t-il aucune trace ? J'ai eu une idée et j'ai contacté une collègue du MI6. Elle connaît bien l'informatique. Vous savez ce que sont les métadonnées ?

— Oui, ce sont des renseignements dissimulés dans des fichiers informatiques. Un ministre a été reconnu coupable de corruption à cause de ça.

— Ma collègue a vérifié les quelques liens internet qui associent le nom de Hydt au surnom de Noah. Les métadonnées de ces sites montrent qu'ils ont tous été créés cette semaine.

— De la même façon que nous avons créé des informations sur Gene Theron afin de bâtir votre identité.

— Exactement. Le véritable Noah a fait ça pour que nous restions concentrés sur Hydt. Ce qui veut dire que l'Incident Vingt, les milliers de morts, tout cela ne correspond pas à l'attentat de York. Gehenna et l'Incident Vingt sont deux projets différents, qui n'ont rien à voir l'un avec l'autre. Une autre tragédie va se produire. Bientôt. Ce soir. Voilà ce qu'annonçait le tout premier message. Des vies sont toujours en danger.

Malgré le démantèlement de Green Way, les questions qui se posaient à Bond n'avaient pas changé : qui était son ennemi et quelle attitude adopter ?

Tant qu'il n'avait pas trouvé de réponse, il demeurait impuissant.

Pourtant, il fallait agir. Le temps était compté.

Confirme incident pour vendredi soir, le 20, estimation des victimes, milliers.

— James ?

Fragments d'informations, souvenirs, théories, tout se bousculait dans la tête de Bond. Une fois de plus, comme il l'avait fait au cœur de l'usine Green Way, il tenta d'assembler les pièces du puzzle et de reconstituer les étapes de l'Incident Vingt. Il se leva et, mains dans le dos, se pencha sur le bureau où étaient éparpillées ses notes.

Jordaan ne disait plus rien.

— Gregory Lamb, finit-il par lâcher.

— Qu'est-ce qu'il a ?

Bond ne répondit pas immédiatement. Il se rassit.

— Je vais avoir besoin de votre aide.

— Aucun problème.

65

— Que se passe-t-il, Gene ? Tu as dit que c'était urgent ?

Ils étaient seuls dans le bureau de Felicity Willing, au siège de son organisation caritative, dans le centre du Cap, à quelques rues du club où ils s'étaient rencontrés le mercredi précédent. Bond avait interrompu une réunion à laquelle assistaient une dizaine d'hommes et de femmes participant à la distribution de l'aide humanitaire. Il avait demandé à lui parler seul à seule. Il referma la porte derrière elle.

— J'espère que tu peux m'aider. Il n'y a pas beaucoup de gens à qui je peux faire confiance ici.

— Bien sûr, dis-moi.

Ils s'assirent sur la banquette. Elle était vêtue d'un jean noir et d'une chemise blanche. Leurs genoux se frôlèrent. Elle semblait encore plus fatiguée que la veille. Il se rappela qu'elle avait quitté sa chambre avant l'aube.

— D'abord, je dois t'avouer quelque chose qui va peut-être, disons, chambouler nos projets de week-end, et peut-être pas seulement.

Elle hocha la tête, sourcils froncés.

— Et je dois te demander de garder cela pour toi. C'est capital.

— D'accord, mais dis-moi de quoi il s'agit. Tu m'inquiètes.

— Je ne suis pas celui que tu crois. De temps en temps, je travaille au service du gouvernement britannique.

— Tu es... un espion ? souffla-t-elle.

— Non, rien de si prestigieux ! Je suis analyste financier. Un poste en général aussi ennuyeux qu'on peut l'imaginer.

— Mais tu n'es pas du côté des méchants ?

— Non.

Elle posa sa tête sur son épaule.

— Quand tu m'as dit que tu étais consultant en sécurité… en Afrique, ça veut dire mercenaire. Tu m'as assuré que tu n'en étais pas un, mais j'avais un doute.

— C'était une couverture. J'enquêtais sur Hydt.

Le soulagement était visible sur son visage.

— Et moi qui te demandais de changer un peu ! Tu es complètement différent de ce que je croyais. À l'exact opposé.

— Ça n'arrive pas souvent chez un homme.

Elle esquissa un sourire.

— Cela veut dire que tu ne t'appelles pas Gene ? Tu ne viens pas de Durban ?

— Non, j'habite à Londres. Je m'appelle James, déclara-t-il en tendant la main. Ravi de vous rencontrer, mademoiselle Willing. Est-ce que vous tu vas me mettre à la porte ?

Après une seconde d'hésitation, elle le prit dans ses bras en riant.

— Bon, tu as besoin de mon aide ? demanda-t-elle.

— Je préférerais te laisser en dehors de tout ça si je le pouvais, mais je manque de temps. Des milliers de vie sont en danger.

— C'est pas vrai ! Qu'est-ce que je peux faire ?

— Que sais-tu au sujet de Gregory Lamb ?

— Lamb ? répéta-t-elle en haussant un sourcil. Je l'ai déjà contacté pour l'inciter à verser des donations. Il m'a toujours promis de le faire, mais je n'ai jamais rien vu venir. C'est un homme assez bizarre, qui ne s'embarrasse pas de bonnes manières.

— Je suis au regret de t'annoncer que ça va un peu plus loin que les bonnes manières.

— Le bruit a couru qu'il travaillait comme espion. Mais je ne vois pas qui pourrait réellement le prendre au sérieux.

— À mon avis, il joue la comédie. Il joue les idiots pour mettre les gens à l'aise, pour qu'on ne se doute pas de ce dont il est capable. Tu étais sur les docks ces derniers jours, non ?

— Oui, j'y ai passé pas mal de temps.

— Est-ce que tu en sais plus sur l'importante cargaison dont il s'occupe ce soir ?

— J'en ai entendu parler, mais je ne suis pas au courant des détails.

Bond garda le silence un moment.

— Est-ce que tu as déjà entendu quelqu'un surnommer Lamb « Noah » ? reprit-il.

Felicity réfléchit à sa question.

— Je ne peux pas le garantir, mais… attends, oui, je crois bien. Une fois, quelqu'un l'a appelé comme ça. Mais qu'est-ce que tu voulais dire par « des milliers de vies sont en danger » ?

— Je ne sais pas trop ce qu'il mijote. Mais j'ai dans l'idée qu'il va utiliser un de ses cargos pour couler un paquebot de grande ligne anglais.

— Mon Dieu ! Mais pourquoi ?

— Pour de l'argent, le connaissant. Il a dû être embauché par des islamistes, des chefs de guerre ou des pirates. J'en saurai plus bientôt. On l'a mis sur écoute. Il a un rendez-vous dans une heure au sud de la ville, dans un hôtel abandonné, le Sixième Apôtre. J'y serai, j'essaierai de savoir ce qu'il prépare.

— Mais, James… tu es obligé d'y aller en personne ? Pourquoi ne pas appeler la police pour qu'elle l'arrête ?

— Je ne peux pas vraiment faire appel à la police.

— À cause de ton travail d'« analyste financier », c'est ça ?

Il hésita à répondre.

— Oui, finit-il par avouer.

— Je vois.

Elle se pencha pour l'embrasser sur la bouche.

— Pour répondre à ta question, James, quoi que tu fasses, quoi que tu comptes faire, ça n'entravera pas le moins du monde nos projets de week-end. Ni aucun de nos projets, en ce qui me concerne.

66

En mai, au Cap, le soleil se couche aux alentours de 17 h 30. Bond emprunta Victoria Road au milieu d'un paysage surréel, baigné par un coucher de soleil radieux. Puis la nuit tomba, tachetée de nuages pourpres qui s'évanouirent au-dessus de l'Atlantique.

Il avait laissé derrière lui le Table Mountain Hotel et la montagne de Lion's Head en direction du sud ; à sa gauche s'élevaient les majestueuses formations rocheuses qui dessinaient la chaîne montagneuse des Douze Apôtres, parsemées de verdure, de finbos et de proteas. Des bosquets de pins poussaient çà et là.

Une demi-heure après être sorti du bureau de Felicity Willing, il aperçut l'embranchement qui menait à l'hôtel du Sixième Apôtre, à l'est. Deux panneaux étaient plantés : le premier mentionnait le nom de l'hôtel, le deuxième informait les automobilistes qu'un chantier interdit au public était en cours.

Bond bifurqua à gauche et, tous phares éteints, progressa lentement sur les graviers de la piste sinueuse. Elle aboutissait devant la chaîne de montagnes qui s'élevait à quelques dizaines de mètres de l'hôtel.

L'établissement vétuste avait bien besoin des travaux annoncés par la pancarte mais visiblement sans cesse remis à plus tard. Autrefois, cet endroit avait constitué la destination romantique par excellence. Cette bâtisse d'un étage était entourée d'un vaste jardin nullement entretenu.

Bond contourna l'hôtel pour se garer sur le parking envahi de mauvaises herbes. Il dissimula la Subaru derrière un buisson puis s'extirpa et observa le mobil-home qui hébergeait les ouvriers du chantier. Il braqua sa torche dans cette direction. Aucun signe de vie. Dégainant son Walther, il avança vers l'hôtel.

Il pénétra par la porte qui n'était pas fermée à clé. L'entrée sentait la moisissure, la peinture et le ciment frais. Au bout du hall, la réception était dépourvue de comptoir. À droite, il découvrit un salon et une bibliothèque, à gauche, une vaste salle de petit-déjeuner ainsi qu'un bar dont les portes-fenêtres donnant au nord offraient une belle vue sur le jardin et, au loin, les montagnes, qui se dessinaient dans le crépuscule. Les ouvriers avaient laissé leurs outils dans la pièce, tous enchaînés et cadenassés, ainsi que des petits projecteurs. Au fond, on devinait un couloir menant à la cuisine. Bond repéra les interrupteurs du plafonnier mais préféra rester dans l'ombre.

Il entendait de petits animaux courir le long des murs et sous les lattes du parquet.

Il s'assit dans un coin de la salle de petit-déjeuner, n'ayant rien d'autre à faire qu'attendre que l'ennemi arrive.

Il pensa au lieutenant-colonel Bill Tanner qui lui avait dit un jour, peu après son arrivée à l'ODG :

— Écoutez, 007, une grande partie de votre boulot, c'est d'attendre. J'espère que vous êtes patient.

Il ne l'était pas. Mais si sa mission lui ordonnait de patienter, alors il patientait.

Plus tôt qu'il ne l'avait imaginé, un pan de mur fut éclairé par un phare de voiture. Il se posta près d'une fenêtre et vit un véhicule approcher puis se garer devant l'hôtel.

Une silhouette en sortit. Bond plissa les yeux. C'était Felicity Willing. Elle se tenait le ventre.

Bond s'élança vers l'entrée et courut à sa rencontre en rengainant son arme.

— Felicity !

Elle avança avec peine avant de s'effondrer sur les graviers.

— James ! Aide-moi ! Je... aide-moi ! Je suis blessée.

Sa chemise et ses doigts étaient tachés de sang. Il s'agenouilla et la prit dans ses bras.

— Qu'est-ce qui s'est passé ?

— Je suis allée… jeter un œil aux cargaisons, sur les docks. Il y avait un type. Il m'a tiré dessus. Il n'a rien dit, il m'a tiré dessus et s'est enfui. Je suis retournée à la voiture pour venir ici. Il faut m'aider !

— Et la police ? Pourquoi tu n'as pas…

— C'était un policier, James.

— Quoi ?

— J'ai vu son insigne sur sa ceinture.

Bond la porta jusqu'à la salle à manger, où il la déposa sur une housse de protection qui traînait dans un coin.

— Je vais trouver de quoi de faire un pansement. C'est ma faute, ajouta-t-il avec colère. J'aurais dû m'en douter. C'est toi la cible de l'Incident Vingt ! Lamb ne cherche pas à s'en prendre à un bateau de croisière, mais aux cargaisons humanitaires ! Il a été engagé par une industrie agro-alimentaire américaine ou européenne pour te supprimer et détruire les vivres. Il a dû payer un policier pour l'aider.

— Ne me laisse pas mourir !

— Tout ira bien. Je vais te faire un pansement et appeler Bheka. On peut lui faire confiance.

Il se dirigea vers la cuisine.

— Non, dit-elle d'une voix redevenue étrangement calme.

Bond s'arrêta et se retourna.

— Jette ton portable, James.

Elle le regardait droit dans les yeux, comme un prédateur. Elle tenait dans la main le Walther de Bond.

Il porta la main à son holster, qu'elle avait délesté de son arme pendant qu'il la portait jusqu'à la salle.

— Ton téléphone, répéta-t-elle. Ne touche pas l'écran. Prends-le par les côtés et jette-le.

Il s'exécuta.

— Je suis désolée, vraiment désolée.

Et James Bond était sûr que, au fond de son cœur, elle était un peu sincère.

67

— Qu'est-ce que tu as, là ? demanda-t-il en montrant sa chemise.

Du sang, bien entendu, du vrai sang. Celui de Felicity. Elle sentait encore le picotement sur sa main, là où elle avait piqué sa veine avec une aiguille. Elle avait suffisamment saigné pour tacher sa chemise et feindre une blessure par balle.

Elle ne répondit pas. Mais Bond, voyant sa blessure à la main, avait compris.

— Il n'y avait pas de flic sur les docks, lâcha-t-il.

— Eh bien, on dirait que j'ai menti. Assieds-toi. Par terre.

Quand il eut obéi, Felicity ouvrit le chargeur du Walther dont elle éjecta une balle avant de s'assurer que la chambre en contenait bien une deuxième, prête à être tirée.

— Je sais que tu es entraîné pour désarmer les gens. J'ai déjà tué et ça ne me fait rien. Comme il n'est pas essentiel que tu restes en vie, je n'hésiterais pas à te descendre si tu bouges.

Sa voix avait vibré en disant « hésiterais ». Qu'est-ce qui t'arrive ? se demanda-t-elle, furieuse.

— Enfile-les.

Elle lui jeta une paire de menottes.

Il les attrapa. Bons réflexes, remarqua-t-elle. Elle recula de quelques pas.

Felicity sentait encore l'odeur agréable de Bond sur elle, sans doute le savon ou le shampoing de l'hôtel. Il n'était pas du genre à utiliser de l'after-shave.

Elle se reprit de nouveau : oublie-le !

— Les menottes, répéta-t-elle.

Après un moment d'hésitation, il les passa autour de ses poignets.

— Alors ? Explique, lança-t-il.

— Plus serré.

Il s'exécuta. Elle parut satisfaite.

— Pour qui travailles-tu, exactement ? voulut-elle savoir.

— Une boîte londonienne. Je ne peux pas t'en dire plus. Alors comme ça tu bosses avec Lamb ?

Elle laissa échapper un petit rire.

— Avec ce gros benêt ? Non. Quelle que soit la raison de sa venue ici, ça n'a rien à voir avec mes projets. Il doit sans doute conclure un marché ridicule avec un associé. Peut-être qu'il a l'intention d'acheter cet hôtel. J'ai menti quand je t'ai dit qu'on le surnommait parfois Noah.

— Alors qu'est-ce que tu fais là ?

— Je suis là parce que je suis persuadée que tu as informé tes patrons à Londres que Lamb est ton suspect numéro un.

Bond cligna des yeux, ce qui confirma les soupçons de Felicity.

— Le capitaine Jordaan et ses officiers peu compétents découvriront demain matin qu'il s'est déroulé ici un combat à mort. Entre toi et le traître qui prévoyait d'attaquer un paquebot anglais, Gregory Lamb, sans oublier l'inconnu à qui il avait fixé rendez-vous. Vous êtes tombés sur eux, vous avez ouvert le feu. Tout le monde est mort. Certaines interrogations resteront en suspens, mais on finira par classer l'affaire.

— Et tu seras libre de mener à bien ton projet. Mais je ne comprends pas. Qui est ce Noah, à la fin ?

— Ce n'est pas une personne, James, c'est un sigle : N.O.A.H.

Son beau visage se troubla, puis il comprit.

— Mon Dieu… ton organisation : International Organisation Against Hunger. IOAH. Lors de la soirée caritative, tu m'as dit qu'elle avait récemment pris une ampleur internationale. Ce qui veut dire qu'avant ça, elle s'appelait la National Organisation Against Hunger.

Elle hocha la tête.

— Dans le message qu'on a intercepté le week-end dernier, « noah » était écrit en minuscules, comme l'ensemble du message. J'en ai conclu qu'il s'agissait d'un prénom.

— Nous avons fait preuve de négligence. Le projet avait changé de nom, mais comme c'était l'appellation d'origine, on a continué à l'utiliser.

— « Nous » ? Qui a envoyé ce message ?

— Niall Dunne. C'est mon associé, pas celui de Hydt. On avait simplement loué ses services.

— Ton associé ?

— Depuis quelques années maintenant.

— Et comment avez-vous rencontré Hydt ?

— Niall et moi nous travaillons avec beaucoup de chefs de guerre et dictateurs de l'Afrique subsaharienne. Il y a neuf ou dix mois, Niall a entendu parler du projet de Hydt, Gehenna. C'était risqué, mais il y avait du potentiel. J'ai donné à Dunne dix millions pour qu'il contribue. Il a fait croire à Hydt que la somme avait été versée par un homme d'affaires anonyme. La condition pour obtenir cet argent, c'était que Hydt laisse Dunne mener ce projet à bien avec lui.

— Oui, il avait mentionné d'autres investisseurs. Alors Hydt ne savait rien à ton sujet ?

— Rien du tout. Et il s'est avéré que Severan était ravi d'employer Dunne comme ingénieur. Gehenna ne serait jamais allé si loin sans lui.

— L'homme qui pense à tout.

— Oui, il était assez fier que Hydt le décrive en ces termes.

— Mais si Dunne est resté proche de Hydt, c'était pour une autre raison, non ? Il représentait votre issue de secours, une possible diversion.

— Si quelqu'un devenait méfiant, comme toi, on sacrifiait Hydt. Le bouc émissaire. C'est pourquoi Dunne avait convaincu Hydt que l'attentat devait se produire aujourd'hui.

— Tu as sacrifié dix millions de dollars, comme ça ?

— Une bonne assurance, ça coûte cher.

— Je me suis toujours demandé pourquoi Hydt n'avait pas modifié ses plans après mon intervention en Serbie et à March. J'ai pris des précautions pour ne pas me faire repérer, mais il m'a accepté d'emblée quand je me suis présenté sous le nom de Gene Theron. Parce que Dunne ne cessait de lui répéter que j'étais fiable.

— Eh oui, Severan a toujours écouté Niall Dunne.

— Alors c'est Dunne qui a créé les références internet liant Hydt et le surnom Noah. Et qui a ajouté qu'à Bristol, Hydt construisait lui-même ses bateaux.

— Oui, répondit-elle, sentant sa colère et sa déception reprendre le dessus. Mais bon Dieu, pourquoi tu n'as pas laissé tomber à ce moment-là, après la mort de Hydt ?

— Qu'est-ce que ça aurait changé ? Tu aurais attendu que je m'endorme pour me trancher la gorge ?

— J'espérais que tu ne m'avais pas menti sur ton identité, que tu étais bien un mercenaire de Durban. C'est pour ça que je t'ai demandé si tu pouvais changer, hier soir, pour te donner l'occasion d'avouer qu'en réalité, tu étais un tueur. J'ai cru que les choses pouvaient…

Elle n'alla pas plus loin.

— Fonctionner, entre nous ? Si ça peut aider, moi aussi je l'ai cru.

Quelle ironie, songea Felicity. Elle était amèrement déçue de savoir qu'il faisait partie des défenseurs de la loi. Et lui devait être bien déçu également de s'apercevoir qu'elle n'était pas du tout celle qu'il croyait.

— Alors qu'est-ce que tu as prévu pour ce soir ? C'est quoi, ce projet qu'on a surnommé l'Incident Vingt ?

Le Walther toujours pointé sur lui, elle répondit :

— Tu es courant des conflits dans le monde ?

— J'écoute la BBC.

— Quand je travaillais à la City, il arrivait que mes clients investissent dans des entreprises dont les pays étaient en difficulté. J'ai appris à connaître ces régions. Ce que j'ai remarqué, c'est que dans toutes ces zones, la famine était un facteur essentiel de violence. Ceux qui ont faim n'ont rien à perdre. On pouvait leur faire faire n'importe quoi si on leur promettait à manger : retourner leur veste, se battre, tuer des civils, renverser des dictatures ou des démocraties. N'importe quoi. Je me suis dit que la faim pouvait être utilisée comme une arme. Voilà ce que je suis devenue : une trafiquante d'armes, en quelque sorte.

— Une négociante de la faim.

Joliment dit, pensa-t-elle.

— L'IOAH contrôle trente-deux pour cent de l'aide alimentaire qui arrive dans le pays. Bientôt, nous nous étendrons à l'Amérique latine, l'Inde, l'Asie du Sud-Est. Si, disons, un chef de guerre de République centrafricaine veut prendre le pouvoir et qu'il paie le prix, je vais m'assurer que les soldats et les civils qui le soutiennent soient bien nourris alors que ses opposants n'auront rien.

Il écarquilla les yeux.

— Le Soudan ! C'est ce qui va se produire ce soir ! La guerre au Soudan…

— Exactement. Je collabore avec l'autorité centrale de Khartoum. Le président refuse que le Front de l'Est se sépare du pays et accède à l'indépendance. L'Alliance de l'Est voudrait quant à elle renforcer ses liens avec le Royaume-Uni et vendre son pétrole là-bas plutôt qu'en Chine. Mais Khartoum n'a pas la force de dompter l'Est tout seul. Il me paie donc pour fournir des vivres en Érythrée, en Ouganda et en Éthiopie. Leurs troupes les envahiront simultanément, accompagnée par le pouvoir central. Le Front ne tiendra pas le coup.

— Donc, les milliers de morts mentionnés dans le message que nous avons intercepté désignent les victimes de l'invasion de ce soir.

— Tout à fait. Il fallait que je garantisse un certain nombre de morts parmi les forces de l'Alliance de l'Est. Si ce nombre dépasse les deux mille, j'ai droit à un bonus.

— Et les « intérêts britanniques sévèrement touchés » ? C'est le pétrole vendu à Pékin et non à Londres ?

Elle acquiesça.

— Les Chinois ont aidé Khartoum à régler mes honoraires.

— À quel moment vont débuter les combats ?

— Dans une heure et demie, environ. Dès que les avions d'aide humanitaire auront décollé et que les bateaux seront entrés dans les eaux internationales, l'invasion commencera à l'Est du Soudan.

Felicity jeta un œil à sa modeste montre Baume & Mercier. Elle supposait que Gregory Lamb n'allait plus tarder.

— Maintenant j'ai besoin de négocier autre chose : ton aide.

Bond émit un petit rire en guise de réponse.

— Si tu refuses, ton amie Bheka Jordaan va mourir. C'est aussi simple que ça. J'ai beaucoup d'amis en Afrique qui sont assez doués pour le meurtre et ne se font jamais prier pour démontrer leurs talents.

Le trouble qu'elle provoquait en lui la réjouissait. Felicity Willing aimait bien trouver les points faibles d'une personne.

— Qu'est-ce que tu veux ? demanda-t-il.

— Que tu envoies un message à tes supérieurs confirmant que Gregory Lamb a bel et bien prévu d'attaquer un paquebot. Tu as réussi à arrêter la machine et tu as rendez-vous avec lui ce soir.

— Je ne peux pas faire ça, tu le sais.

— C'est la vie de ton amie qui est en jeu. Allez James, sois un vrai héros. Tu vas mourir, de toute façon.

— J'ai vraiment cru que ça pouvait marcher entre nous, dit-il une nouvelle fois en la regardant droit dans les yeux.

Un frisson parcourut Felicity.

Mais le regard de Bond se durcit et il lâcha :

— OK, ça suffit, il faut agir vite.

Elle ne comprenait pas ce qu'il voulait dire.

— Essayez de ne pas la tuer... si possible, ajouta-t-il.

— Oh, non, murmura Felicity.

Le plafonnier s'alluma et, entendant quelqu'un se précipiter derrière elle, Felicity se mit à courir mais, ce faisant, lâcha le Walther. Deux personnes la plaquèrent au sol tout en lui passant les menottes d'un geste habile.

Felicity entendit une femme annoncer froidement :

— D'après la Section trente-cinq de la Constitution d'Afrique du Sud de 1996, vous avez le droit de garder le silence. Sachez que toute déclaration de votre part pourra être utilisée comme preuve à votre décharge lors de votre procès.

68

— Non ! hurla Felicity Willing, incapable de croire à ce qui se passait.

Elle répéta ce mot encore et encore, en proie à une violente rage.

James Bond baissa les yeux vers cette femme menue assise par terre, là même où il se trouvait quelques instants plus tôt.

— Tu le savais ! Sale fils de pute, tu le savais ! Tu n'as jamais soupçonné Lamb !

— Eh bien, on dira que j'ai menti, répondit-il froidement.

Bheka Jordaan avait elle aussi les yeux rivés sur leur prisonnière, sans émotion particulière.

Bond se frotta les poignets, dont on avait retiré les menottes. Non loin de là, Gregory Lamb passait un coup de fil sur son portable. Lamb et Jordaan avaient précédé Bond et placé des micros dans la pièce et suivre leur conversation, au cas où Felicity mordrait à l'hameçon. Ils s'étaient cachés dans le mobil-home du chantier. Si Bond avait braqué sa torche dans cette direction en arrivant, c'était pour s'assurer qu'ils étaient invisibles et les prévenir qu'il allait pénétrer à l'intérieur. Il avait refusé d'utiliser une radio.

Le téléphone de Jordaan sonna et elle répondit. Elle écouta tout en notant des informations dans son carnet.

— Mon équipe a fouillé le bureau de Mme Willing. Nous connaissons les lieux d'atterrissage de tous les avions et les trajets des bateaux.

Levant les yeux, Lamb transmit l'information à son interlocuteur à l'autre bout du fil. Si cet homme ne correspondait en rien à l'image de l'agent secret, il bénéficiait pourtant d'un bon réseau qu'il mettait désormais à profit.

— Vous ne pouvez pas faire ça ! gémit Felicity. Vous ne comprenez rien !

Mais Bond et Jordaan, qui regardaient Lamb, ne faisaient pas attention à elle. L'agent du MI6 finit par raccrocher.

— On a posté un porte-avions sur la côte et des avions de chasse ont décollé, pour intercepter les bateaux d'aide humanitaire. La RAF et des hélicoptères sud-africains sont en route pour arrêter les bateaux.

Bond remercia Lamb de ses efforts. Il ne l'avait jamais soupçonné ; si ce dernier agissait parfois de manière étrange, c'était par lâcheté, tout simplement : durant la fusillade chez Green Way, il avait disparu dans la nature pour se cacher. Il avait admis qu'il avait lui-même tiré sur sa chemise. Mais Bond avait jugé qu'il constituerait l'appât idéal pour attraper Felicity.

— Les renforts vont être un peu retardés, annonça Bheka Jordaan. Il y a eu un accident sur Victoria Road. Kwalene me dit qu'ils seront là d'ici une trentaine de minutes.

Bond regarda Felicity. Même assise par terre dans cet endroit décrépit, elle donnait l'impression d'une lionne en cage.

— Comment… comment tu as su ? demanda-t-elle.

Ils entendaient les vagues de l'Atlantique se fracasser contre les rochers, le cri des oiseaux et d'une corne de brume, au loin. Cet hôtel n'était pas très éloigné du Cap et pourtant la ville semblait faire partie d'un autre monde.

— Un certain nombre de détails m'ont interpellé. D'abord, Dunne lui-même. Pourquoi avait-il reçu un mystérieux virement sur son compte hier, avant Gehenna ? Cela suggérait la présence d'un complice. Soupçon confirmé par un autre message que nous avons intercepté, qui précisait que si Hydt n'était plus de la partie, d'autres associés pouvaient mener à bien ce projet. À qui ce message était-il destiné ? Sûrement à quelqu'un de complètement extérieur à Gehenna. Puis je me suis rappelé que Dunne avait voyagé en Inde, en Indonésie et aux Caraïbes. À la soirée de charité, tu as annoncé que ton organisation avait ouvert des bureaux à Bombay, Djakarta et Port-au-Prince. Drôle de coïncidence. Dunne et toi, vous aviez tous les deux des liens avec Londres et Le Cap et vous étiez présents en Afrique du Sud avant même que Hydt y implante son usine Green Way. Quant à NOAH, je l'ai découvert tout seul.

Au QG du SAPS, Bond avait lu et relu la carte de Felicity. IOAH. Il s'était aperçu qu'il n'y avait qu'une lettre de différence.

— J'ai consulté le registre des entreprises à Pretoria et découvert le nom original de ton organisation. Quand tu m'as dit qu'on appelait parfois Lamb « Noah », j'ai su que tu mentais. Ce qui confirmait ta culpabilité. Mais il fallait encore te pousser à nous révéler le fond de l'affaire Incident Vingt. Je n'avais pas le temps pour un interrogatoire musclé.

Intention... réponse.

Ignorant les intentions de Felicity Willing, il n'avait pas eu d'autre choix que de lui tendre un piège.

Jetant un coup d'œil vers la fenêtre, Felicity s'adossa au mur.

Subitement, Bond recoupa plusieurs informations : son coup d'œil, « l'accident » qui bloquait la circulation sur Victoria Road, le génie de Dunne pour tout planifier, la corne de brume au loin qu'ils avaient entendue quelques minutes plus tôt. Il s'agissait d'un signal, évidemment.

— Attention ! s'écria Bond en se jetant sur Bheka Jordaan.

Ils entraînèrent Lamb dans leur chute au moment où une pluie de balles brisait le carreau de la fenêtre, emplissant la pièce de morceaux de verre miroitants.

69

Bond, Lamb et Jordaan s'abritèrent comme ils purent derrière des scies circulaires et autres outils. Ils n'en demeuraient pas moins vulnérables dans la mesure où le tireur bénéficiait, grâce au plafonnier et aux spots du chantier, d'une excellente visibilité.

Felicity se recroquevilla un peu plus.

— Combien de personnes sont avec lui ? lui lança Bond avec agressivité.

Elle ne daigna pas répondre.

Il pointa son arme vers sa jambe puis tira dans le plancher. Le coup de feu, assourdissant, fit voler des éclats de bois. Elle hurla.

— Il est seul pour le moment, chuchota-t-elle. Mais il attend du renfort. Écoute, laissez-moi partir et je...

— La ferme !

Dunne avait donc utilisé une partie de son pactole pour soudoyer des membres des forces de police du Mozambique afin qu'ils affirment l'avoir aperçu dans le pays alors qu'en réalité, il était toujours en Afrique du Sud avec Felicity. Par ailleurs, il avait engagé des mercenaires pour lui venir en aide, au cas où.

Bond jeta un œil à la salle et au hall : nulle part où se cacher. Il tira dans les spots fixés par les ouvriers mais le plafonnier fonctionnait toujours et comptait beaucoup trop d'ampoules. Dunne voyait donc tout ce qui se passait à l'intérieur. Quand Bond tenta de se lever, deux coups de feu retentirent. Il ne distingua pas l'emplacement du tireur. Malgré le clair de lune, l'extérieur paraissait plongé dans l'obscurité, par contraste avec la pièce bien éclairée. Il comprit que Dunne se trouvait à un poste surélevé, sur un rocher des montagnes. Il pouvait être n'importe où.

Quelques minutes plus tard, il y eut de nouveaux tirs et les plombs allèrent se loger dans des sacs de ciment. Quand la poussière s'éleva, Bond et Jordaan toussèrent. Bond remarqua que cette fois-ci, l'angle de tir était différent. Dunne se rapprochait.

— Les lumières ! cria Lamb. Il faut les éteindre.

L'interrupteur se trouvait sur le chemin de la cuisine, or pour l'atteindre, il fallait longer une série de fenêtres et s'exposer aux tirs de Dunne.

Bond tenta sa chance, mais dès qu'il se mit debout, des coups de feu ricochèrent contre des outils entassés derrière lui. Il s'accroupit de nouveau.

— J'y vais, annonça Bheka Jordaan en jaugeant la distance qui la séparait de l'interrupteur. C'est moi qui suis le plus près. Je crois que je peux y arriver. James, je vous ai dit que j'étais championne de rugby à l'université ? J'étais très rapide.

— Non, répondit Bond fermement. C'est du suicide. Attendons vos officiers.

— Ils n'arriveront pas à temps. D'ici quelques minutes, il sera en mesure de nous abattre l'un après l'autre. James, le rugby est un sport merveilleux. Vous y avez déjà joué ? Non, bien sûr. J'ai du mal à vous imaginer dans une équipe.

Il lui rendit son sourire.

— Vous êtes mieux placée pour me couvrir, avec votre Colt. Ça va l'effrayer. J'y vais à trois. Un… deux…

— Oh, ça suffit ! s'écria une troisième voix.

Bond tourna la tête vers Lamb, qui continua :

— Dans les films, ces comptes à rebours sont terriblement clichés. C'est du n'importe quoi. Dans la vraie vie, personne ne compte ! On se lève, on y va et puis c'est tout !

Ce qu'il fit. Il bondit sur ses jambes potelées et avança jusqu'à l'interrupteur. Armes pointées vers l'extérieur, Bond et Jordaan tirèrent sans discontinuer. Ignorant où se trouvait Dunne, ils avaient peu de chance de le toucher. Cette stratégie n'empêcha pas l'Irlandais d'infliger une nouvelle salve au moment où Lamb approchait de l'interrupteur. Les balles brisèrent une vitre derrière lui et touchèrent leur cible. Du sang gicla sur le mur et le plancher tandis que l'agent tombait à terre. Il resta immobile.

— Non ! cria Jordaan. Oh non !

Reprenant confiance, Dunne continua sur sa lancée. Bond dut se déplacer. Il rejoignit Jordaan en rampant derrière une scie circulaire dont la lame était cabossée par les balles.

Serrés l'un contre l'autre, Bond et Jordaan n'avaient nulle part où se cacher. Une cartouche siffla au-dessus de la tête de Bond.

— Je peux arrêter ce carnage, dit Felicity. Laissez-moi partir. Je vais lui parler. Donnez-moi un téléphone.

Il y eut une lueur soudaine, puis Bond abrita Jordaan. La balle ricocha sur le mur derrière eux. Elle avait frôlé la tête de Jordaan qui, horrifiée, se blottit contre lui. Une odeur de cheveux brûlés leur parvint.

— Personne ne saura que vous m'avez libérée, reprit Felicity. Donnez-moi un téléphone. Je vais appeler Dunne.

— Oh, va te faire foutre, connasse ! cria une voix à l'autre bout de la pièce.

Une main sur sa poitrine ensanglantée, Lamb se leva avec peine et se jeta contre le mur. Il brandit la main pour toucher l'interrupteur avant de s'écrouler de nouveau par terre. Les lumières s'étaient éteintes.

Bond se mit debout sans attendre et défonça une porte. Il plongea dans les taillis à la recherche de sa proie.

Encore quatre balles et un chargeur de rechange.

Bond courait à travers les broussailles qui menaient au pied de la montagne. Il courait en zigzag afin d'éviter les coups de feu de Dunne. Malgré une certaine luminosité apportée par le croissant de lune, son adversaire ne parvint pas à le toucher.

L'Irlandais finit par cesser de tirer sur Bond, pensant sûrement que ce dernier avait été blessé ou qu'il avait fui. Le but de Dunne n'était pas nécessairement de tuer ses adversaires, mais de les garder à l'œil jusqu'à l'arrivée de ses complices. Combien de temps allait-il devoir encore attendre ?

Bond se blottit contre un rocher. La nuit était glaciale et le vent s'était levé. Dunne devait se trouver à quelques mètres au-dessus de lui. Son point de vue était idéal : une petite avancée rocheuse qui surplombait l'hôtel, ses alentours... et Bond, si Dunne baissait les yeux.

Soudain, quelqu'un alluma une torche plus haut sur les rochers, en direction de l'océan. Bond tourna la tête et vit en effet qu'un bateau faisait route vers la côte. Les mercenaires, bien entendu.

Il se demanda combien ils étaient et à quel point ils étaient armés. L'embarcation aborderait dans dix minutes, et alors, Bheka Jordaan et lui seraient vaincus. Dunne avait sans doute fait en sorte que Victoria Road reste bloquée un bon moment. Néanmoins, il sortit son téléphone et, par texto, informa Kwalene Nkosi qu'un bateau allait accoster sur la plage d'une minute à l'autre.

Bond observa à nouveau la paroi rocheuse.

Seuls deux chemins pouvaient le mener jusqu'à Dunne. À sa droite, au sud, se présentait une série de pentes escarpées mais empruntables. Ce sentier destiné aux randonneurs démarrait derrière l'hôtel et aboutissait au-delà du repaire de Dunne. Mais si Bond choisissait cette option, il s'exposerait aux tirs de son adversaire. Il n'y avait pas de quoi s'abriter.

La deuxième solution consistait à prendre la montagne d'assaut : escalader la façade à pic sur une trentaine de mètres.

Il étudia les possibilités.

Quatre ans presque jour pour jour après la mort de ses parents, le jeune James Bond avait décidé d'en finir avec les cauchemars et les angoisses qui l'assaillaient dès qu'il voyait une montagne. Même les ruines du château d'Édimbourg, vues depuis le parking de Castle Terrace, l'impressionnaient. Il avait persuadé un professeur de Fettes d'organiser un stage d'escalade dans les Highlands.

Il lui avait fallu deux semaines pour dompter sa peur. Après quoi, Bond avait pu ajouter l'escalade à la liste des sports qu'il maîtrisait.

Il cala son Walther dans son holster et leva la tête, se répétant les règles de base : ne pas utiliser plus d'énergie que nécessaire pour chaque prise ; se servir des jambes pour supporter le poids du corps, des bras pour l'équilibre ; garder le bassin collé à la paroi ; appuyer de tout son poids sur son pied.

Ainsi, sans corde, ni gant, ni magnésie, et chaussé de cuir (ce qui était élégant au demeurant, mais peu adapté à l'escalade d'une paroi humide), Bond commença son ascension.

70

Niall Dunne descendait de la montagne par le chemin de randonnée menant à l'hôtel. Beretta à la main, il prenait soin de rester hors de vue de l'homme qui s'était si habilement fait passer pour Gene Theron et dont Felicity lui avait appris environ une heure plus tôt qu'il s'avérait être un agent britannique prénommé James.

Il l'avait désormais perdu de vue, mais savait qu'il avait entamé l'ascension de la falaise. James avait mordu à l'hameçon, il prenait d'assaut la citadelle. Pendant ce temps, Dunne s'éclipsait par une porte dérobée, pour ainsi dire. Il ne lui faudrait pas plus de cinq minutes pour gagner l'hôtel tandis que l'agent anglais serait occupé à poursuivre sa petite escalade.

Tout se déroulait selon ses plans… enfin, ses plans revus et corrigés.

Il ne lui restait plus ensuite qu'à quitter le pays, sans traîner et pour toujours. Il ne partirait pas seul, évidemment. Il serait accompagné par la personne qu'il admirait le plus au monde, qu'il aimait, qui se trouvait au centre de tous ses fantasmes.

Son patron. Felicity Willing.

Voici Niall. Il est brillant. C'est mon ingénieur…

C'est en ces termes qu'elle l'avait décrit plusieurs années auparavant. Le visage de Dunne s'était éclairé en entendant cela et depuis, le souvenir de ces paroles ne l'avait pas quitté. Il le portait avec lui comme s'il s'agissait d'une mèche de ses cheveux, de la même façon qu'il portait en lui le souvenir de leur première collaboration, quand elle était banquière d'investissement à la City et qu'elle l'avait embauché afin de vérifier un chantier financé par un de ses clients. Dunne avait mis à jour les vices du chantier en question et épargné à Felicity et son client plusieurs millions. Elle l'avait invité à dîner, il avait trop bu et s'était lancé dans une diatribe contre la moralité, qui n'avait pas sa place dans les affaires, la guerre ou n'importe où. La belle femme avait acquiescé. Voilà quelqu'un qui se fiche que je marche les pieds en canard, avait-il pensé, que je ne sois pas bien proportionné, ne sache pas reconnaître une plaisanterie ou user de mes charmes.

Felicity et lui partageaient la même désinvolture. La passion qu'elle entretenait pour l'argent égalait celle qu'il mettait à créer des machines efficaces.

Ils avaient atterri dans son luxueux appartement de Knightsbridge où ils avaient fait l'amour. Pour lui, cela avait été, sans aucun doute, la plus belle nuit de sa vie.

Ils s'étaient mis à travailler ensemble de façon plus régulière et attelés à des missions, disons, un peu plus rentables et beaucoup moins légitimes que celles qui consistaient à toucher un pourcentage sur un crédit de construction renouvelable.

Les missions étaient devenues plus audacieuses, plus risquées, et plus lucratives. Quant à leur relation, hé bien, elle avait changé. Il s'était douté depuis le début que cela se produirait tôt ou tard. Elle avait fini par lui avouer qu'elle n'éprouvait pas ce genre de sentiments pour lui. La nuit qu'ils avaient passée ensemble avait certes été merveilleuse, elle avait été tentée, mais craignait que cela ne gâche leur incroyable entente intellectuelle. Par ailleurs, elle avait beaucoup souffert par le passé. Elle se sentait comme un oiseau avec une aile cassée qui n'était pas encore soignée. Est-ce qu'ils pouvaient rester associés et amis ? Tu peux devenir mon ingénieur…

Bien que cette excuse lui ait paru un peu facile, il avait décidé de l'accepter, comme le font ceux qui préfèrent croire un mensonge moins douloureux que la vérité.

Leur collaboration avait été couronnée de succès, un détournement de fonds par-ci, une extorsion par-là, et Dunne prenait son mal en patience, convaincu que Felicity finirait par revenir vers lui. Il feignit d'avoir lui aussi tourné la page. Il réussit à enfouir son obsession pour elle, aussi profonde et explosive qu'une mine antipersonnel.

Mais à présent, tout avait changé. Ils allaient bientôt se retrouver.

Niall Dunne en était convaincu.

Parce qu'il allait gagner son cœur en lui sauvant la vie. Oui, contre toute attente, il allait la sauver. Il l'emmènerait en sécurité à Madagascar et leur bâtirait un nid douillet où couler des jours heureux.

Alors qu'il approchait de l'hôtel, Dunne se rappela que James avait surpris Hydt avec son commentaire sur Isandlwana, le massacre zoulou de janvier 1879. Il songeait maintenant à la deuxième bataille qui s'était tenue ce jour-là, à Rorke's Drift. Une troupe de quatre mille Zoulous avait attaqué un petit avant-poste et un hôpital militaire contrôlé par environ cent trente soldats. Aussi impossible que cela ait pu paraître, les Anglais s'étaient défendus et n'avaient enregistré que quelques blessés.

Ce que Niall Dunne retenait de cette leçon, cependant, c'était l'exemple du commandant des troupes britanniques, le lieutenant John Chard. Il appartenait au corps des ingénieurs royaux ; c'était un soldat du génie, comme Dunne. Chard avait mis au point une stratégie de défense qui défiait toutes les statistiques et l'avait exécutée avec brio. Cela lui avait valu la croix de Victoria. Niall Dunne s'apprêtait quant à lui à remporter une autre récompense : le cœur de Felicity.

Se déplaçant lentement dans le crépuscule d'automne, il arriva à l'hôtel, en prenant garde de rester bien hors de vue de la falaise et de l'espion anglais.

Il réfléchit à sa stratégie. L'autre agent, le gros, était mort ou mourant. Il se souvenait de la scène qu'il avait observée à travers la lunette de son fusil avant que cet imbécile n'éteigne la lumière. Un troisième officier les accompagnait, cette femme du SAPS. Il pourrait aisément se débarrasser d'elle en attirant son attention, la tuer et libérer Felicity.

Tous les deux, ils s'enfuiraient par la plage où l'attendait un hélicoptère qui les emmènerait à Madagascar.

Tous les deux…

Il s'approcha doucement d'une fenêtre. Après un coup d'œil à l'intérieur, il aperçut le gros Anglais étendu au sol. Il avait les yeux ouverts, figés par la mort.

Felicity était assise par terre non loin de là, les mains attachées dans le dos, haletante.

Dunne était bouleversé de voir l'objet de son amour aussi maltraité. Sa colère redoubla pour ne plus s'apaiser. Puis il entendit la femme policier appeler les renforts dans son talkie-walkie :

— Alors, vous allez mettre encore combien de temps ?

Encore pas mal de temps, songea Dunne. Ses complices avaient renversé un poids-lourd avant d'y mettre le feu. Victoria Road était complètement paralysée.

Dunne contourna l'hôtel jusqu'au parking, envahi de mauvaises herbes et de déchets, et se dirigea vers la porte de la cuisine. Revolver pointé devant lui, il l'ouvrit sans un bruit. Il entendit le grésillement du talkie-walkie puis une voix qui mentionnait un camion de pompiers.

Très bien, pensa-t-il. L'officier du SAPS était concentrée sur sa radio. Il allait la surprendre par derrière.

Il parcourut un étroit couloir menant à la cuisine.

Mais la pièce était vide. Sur le comptoir, une radio allumée diffusait une série d'annonces d'une voix nasillarde. Il se rendit compte qu'il s'agissait simplement des transmissions du centre d'urgence du SAPS informant ses officiers des divers incendies, cambriolages et autres plaintes.

La radio était réglée sur le mode transmission et non communication.

Pourquoi avait-elle fait ça ?

Il ne pouvait pas s'agir d'un piège pour l'attirer à l'intérieur. James ne pouvait pas savoir qu'il avait quitté son repaire montagneux pour revenir là. Il jeta un œil par la fenêtre et observa la façade rocheuse où il voyait son adversaire grimper lentement.

Son cœur eut un sursaut. Non… La vague silhouette n'avait pas bougé d'un centimètre depuis tout à l'heure. Ce n'était pas l'espion qu'il avait sous les yeux, mais simplement sa veste, sans doute accrochée à un piton et balancée par la brise.

Non, non…

Derrière lui s'éleva une voix à l'accent britannique :

— Lâchez votre arme. Ne vous retournez pas ou je tire.

Dunne se raidit. Il ne détacha pas les yeux de la montagne. Il laissa échapper un petit rire.

— Vous alliez grimper jusqu'à mon repaire, cela tombait sous le sens. J'en étais persuadé.

— Et vous alliez me piéger en revenant ici, cela tombait sous le sens. Je me suis contenté de grimper quelques mètres afin de poser ma veste, au cas où vous regardiez.

Dunne jeta un coup d'œil par-dessus son épaule. L'officier du SAPS se tenait à côté de l'espion. Ils étaient tous les deux armés. Dunne voyait le regard froid de son adversaire. Celui de la policière sud-africaine n'était pas plus tendre. Par la porte qui donnait sur le hall, il apercevait également Felicity Willing, son patron, son amour, qui se contorsionnait pour voir ce qui se passait dans la cuisine.

— Qu'est-ce qui se passe là-dedans ? Vous allez me répondre ? cria Felicity.

Mon ingénieur…

— Je ne vous le répéterai pas, lâcha l'agent britannique. Dans cinq secondes, je vous tire dans le bras.

Aucun plan n'avait prévu cela. Et pour une fois, la logique et la raison manquèrent à Niall Dunne. Il s'amusa soudain en pensant qu'il s'apprêtait à prendre la seule décision irrationnelle de sa vie. Mais cela n'impliquait pas qu'il se trompe pour autant.

La foi aveugle était parfois de bon conseil, avait-il entendu dire.

Il fit un pas de côté, s'accroupit, se retourna et, son arme pointée sur la femme du SAPS, tira.

Plusieurs coups de feu brisèrent le silence, comme des voix semblables mais aux tonalités différentes, chantant en chœur.

71

Les ambulances et les voitures de police étaient en route. Un hélicoptère des forces spéciales survolait le bateau des mercenaires venus secourir Dunne et Felicity. Leurs torches et leurs canons 20 mm étaient braqués sur eux. Un coup de feu sur la proue suffit à forcer les occupants à se rendre.

Un véhicule de police banalisé arriva en trombe et freina dans un nuage de poussière devant l'hôtel. Kwalene Nkosi sauta de la voiture et salua Bond. D'autres officiers se joignirent à eux. Bond en reconnut certains, aperçus plus tôt dans la journée, lors de la descente à Green Way.

Bheka Jordaan aida Felicity à se relever.

— Est-ce que Dunne est mort ? demanda cette dernière.

La réponse était oui. Bond et Jordaan avaient tiré en même temps avant que Dunne puisse riposter. Il avait rendu l'âme quelques secondes plus tard, ses yeux bleus aussi impassibles dans la mort qu'ils l'avaient été de son vivant. Son dernier regard s'était toutefois porté vers Felicity et non vers ceux qui lui avaient tiré dessus.

— Oui, répondit Jordaan. Je suis désolée.

Son ton n'était pas dénué de compassion, comme si elle avait compris que Felicity et Dunne avaient développé une relation personnelle en plus de leurs rapports professionnels.

— Désolée… siffla Felicity. À quoi peut-il me servir maintenant qu'il est mort ?

Bond comprit qu'elle ne pleurait pas la mort d'un associé mais la disparition d'un pion de son jeu.

Felicity l'entêtée…

— Écoutez-moi bien : vous ignorez ce à quoi vous vous attaquez, murmura-t-elle à l'attention de Jordaan. Je suis la reine de l'aide humanitaire. C'est moi qui sauve les bébés qui meurent de faim. Si vous envisagez de m'arrêter, autant renoncer tout de suite à votre insigne. Et si ça ne vous fait pas peur, rappelez-vous avec qui je travaille. À cause de vous, des gens très dangereux ont perdu plusieurs millions aujourd'hui. Voici ce que je vous propose : je ferme mes bureaux ici. Je vais m'installer ailleurs. Vous serez tranquille. Je vous le garantis. Si vous refusez, vous serez morte d'ici un mois. Vous et votre famille. Et ne pensez pas que vous allez me jeter dans une prison secrète je ne sais où. Au moindre soupçon de mauvais traitements de la part du SAPS, la presse et les tribunaux vous épingleront.

— Vous ne serez pas arrêtée, répliqua Jordaan.

— C'est bien.

— La version officielle sera la suivante : vous avez fui le pays après avoir détourné cinq millions de la trésorerie de l'IOAH. Vos associés ne chercheront pas à se venger sur le capitaine Jordaan ou d'autres. Ils chercheront à vous retrouver, vous, et leur argent.

En réalité, Felicity allait être retenue dans un lieu secret pour « discuter ».

— Vous ne pouvez pas faire ça ! s'offusqua-t-elle.

À ce moment-là, une camionnette noire arriva. Deux hommes en uniforme en sortirent pour se diriger vers Bond. Il reconnut, cousu sur leurs épaules, le chevron du service maritime spécial britannique : une épée accompagnée d'une devise qui lui avait toujours plu : « Par la force et la ruse ».

Ils appartenaient à l'équipe envoyée par Bill Tanner.

— Mon commandant, salua l'un des deux en s'adressant à Bond.

— Voici votre chargement, dit-t-il en indiquant Felicity Willing.

— Quoi ? Non ! s'écria la lionne.

— Je vous autorise à exécuter un ordre ODG de niveau 2 émis dimanche dernier, leur annonça-t-il.

— Oui, mon commandant. Nous avons tous les papiers en notre possession. Nous nous en chargeons à présent.

Ils l'emmenèrent de force avec eux. Elle disparut dans la camionnette qui s'éloigna rapidement.

Bond se tourna vers Bheka Jordaan, mais cette dernière se dirigeait déjà d'un pas pressé vers sa voiture. Sans un regard, elle passa derrière le volant, démarra et quitta les lieux.

Il alla rejoindre Kwalene Nkosi à qui il remit le Beretta de Dunne.

— Il y a aussi un fusil là-bas, lieutenant. Vous devriez le saisir également.

Il pointa du doigt la montagne où Dunne s'était caché.

— En effet. Avec ma famille, on aime bien faire de l'escalade le week-end. Je les connais, ces montagnes. J'irai le récupérer.

Bond avait les yeux fixés sur la voiture de Jordaan qui s'éloignait.

— Elle est partie rapidement. Elle n'était pas fâchée que l'ODG ait pris en charge le coupable, si ? Notre ambassade a contacté votre gouvernement. Un magistrat de Bloemfontein a donné son accord.

— Non, non, le rassura le lieutenant. Ce soir, le capitaine Jordaan doit conduire son ugogo chez sa sœur. Elle n'est jamais en retard, même quand il s'agit de sa grand-mère. C'est une sacrée bonne femme, hein ? ajouta-t-il en riant.

— Ce n'est rien de le dire, approuva Bond. Eh bien, je vous souhaite une bonne nuit, lieutenant. N'hésitez pas à m'appeler si vous venez à Londres.

— Pas de doute là-dessus, commandant Bond ! Mais je ne crois pas être si doué pour la comédie, finalement. J'adore le théâtre, ceci dit. Nous pourrons aller voir une pièce dans le West End.

— Pourquoi pas.

Ils échangèrent une poignée de main. Bond pressa fermement et prit soin de ne pas retirer sa main trop tôt.

James Bond était assis dans un coin de la terrasse, au restaurant du Table Mountain Hotel.

Un chauffage placé au-dessus de sa tête envoyait une cascade de chaleur. Curieusement, l'odeur du propane était agréable dans la fraîcheur de cette soirée.

Il tenait à la main un verre en cristal contenant un bourbon Baker, avec glaçons. Cette boisson s'apparentait au Basil Hayden's à cette différence que sa teneur en alcool était plus élevée. Il remuait le verre afin de permettre aux glaçons d'adoucir le spiritueux, bien qu'après la soirée qu'il venait de vivre, il lui faille plutôt quelque chose de corsé.

Il but enfin une longue gorgée puis regarda les tables qui l'entouraient, toutes occupées par des couples. Les mains prodiguaient des caresses, les genoux se frôlaient tandis qu'on s'échangeait des promesses à demi-voix. Les femmes rejetaient en arrière leurs chevelures soyeuses pour mieux entendre les mots tendres susurrés par leurs compagnons.

Bond songea à Franschhoek et à Felicity Willing.

Comment se serait déroulée leur journée du samedi ? Avait-elle eu le projet de révéler à Gene Theron, mercenaire sans pitié, sa carrière de négociante de la faim dans l'espoir de le recruter ?

Et s'il l'avait prise pour la sauveuse de l'Afrique qu'elle prétendait incarner, lui aurait-il avoué sa véritable identité ?

Mais spéculer irritait James Bond. C'était une perte de temps. Il fut soulagé de sentir vibrer son portable.

— Bill.

— Alors voici la situation, James : les troupes des pays limitrophes du Soudan ont rendu les armes. Khartoum a déclaré que l'Occident s'était une fois de plus « mêlé du processus démocratique d'un État souverain et tenté de répandre le féodalisme à travers la région ».

— Le « féodalisme » ? répéta Bond, amusé.

— Je suppose que celui qui a rédigé la déclaration voulait dire « impérialisme » mais qu'il s'est trompé. Je ne vois pas pourquoi Khartoum ne pourrait pas trouver un bon attaché de presse sur Google, comme tout le monde.

— Et les Chinois ? Les voilà privés d'un bon stock de pétrole au rabais…

— Ils n'étaient pas vraiment bien placés pour se plaindre dans la mesure où ils auraient été largement responsables d'une guerre assez déplaisante. Mais le gouvernement régional de l'Alliance de l'Est est aux anges : leur gouverneur a annoncé au Premier ministre qu'ils ont voté l'autonomie et prévoient d'organiser des élections démocratiques l'année prochaine. Ils veulent établir des liens durables avec nous et les Américains.

— Et ils ne manquent pas de pétrole.

— On peut le dire, James ! Quant à la nourriture que Felicity Willing marchandait, elle fait demi-tour, direction Le Cap. Le Programme alimentaire mondial va superviser la distribution. C'est une bonne organisation. Au fait, je suis désolé pour Lamb.

— Il s'est sacrifié pour nous sauver. On devrait le décorer à titre posthume pour son courage.

— Je vais appeler Vauxhall Cross pour leur en toucher un mot. Bon, désolé James, mais j'ai besoin de vous ici lundi. Ça chauffe en Malaisie. On soupçonne un lien avec Tokyo.

— Drôle de combinaison.

— En effet.

— Je serai là à neuf heures.

— Dix heures, ça ira. Vous avez eu une semaine bien remplie.

Ils raccrochèrent et Bond eu le temps de savourer une deuxième gorgée de whisky avant que son téléphone vibre de nouveau. Il regarda l'écran et répondit.

— Philly.

— James, j'ai lu les messages. Mon Dieu, vous allez bien ?

— Ça va. La journée a été un peu rude, mais apparemment tout est rentré dans l'ordre.

— Vous êtes vraiment le roi de l'euphémisme ! Alors Gehenna et l'Incident Vingt étaient deux événements complètement distincts ? Je ne l'aurais pas parié. Comment vous l'avez deviné ?

— Recoupement d'analyses et, bien sûr, une pensée en trois dimensions, répondit-il avec gravité.

Il y eut un silence. Puis Philly Maidenstone demanda :

— Vous me faites marcher, non ?

— On peut dire ça comme ça.

— Bon, je suis sûre que vous êtes épuisé et que vous avez besoin de récupérer, mais je voulais vous dire : j'ai trouvé une nouvelle pièce du puzzle Cartouche d'Acier. Si ça vous intéresse.

Détends-toi, s'ordonna-t-il à lui-même.

Mais il n'y parvenait pas. Son père avait-il été un traître, oui ou non ?

— J'ai mis la main sur l'identité de l'agent du KGB infiltré au MI6, celui qui s'est fait assassiner.

— Je vois. Qui était-ce ?

— Attendez une seconde… Ah, qu'est-ce que j'en ai fait ? Je l'avais à l'instant…

Il s'efforça de rester calme. Le suspense était difficile à supporter.

— Ah, voilà ! Son nom d'emprunt était Robert Witherspoon. Recruté par un type du KGB alors qu'il était à Cambridge. Il a été poussé sous un métro à Piccadilly Circus par un agent du KGB en 1988.

Bond ferma les yeux. Son père n'avait pas étudié à Cambridge. De plus, sa mère et lui étaient morts en France, en 1990. Son père n'était pas un traître. Ni un espion.

— J'ai trouvé autre chose, reprit Philly. Un autre agent du MI6 a été tué dans le cadre de l'opération Cartouche d'Acier. Ce n'était pas un agent double. Apparemment, il avait une super réputation, il collaborait avec le contre-renseignement et aidait à traquer les mouchards du MI6 et de la CIA.

Bond fit tourner ces informations dans sa tête comme le whisky dans son verre.

— Vous savez comment il est mort ? demanda-t-il.

— L'affaire a été pas mal étouffée. Mais je sais que c'est arrivé autour de 1990, quelque part en France ou en Italie. Le meurtre a été maquillé en accident et une cartouche était posée près du corps en guise d'avertissement à l'attention des autres agents.

Bond esquissa un sourire amer. Alors son père avait peut-être bien mené une carrière d'espion, après tout. Mais il n'avait pas trahi. En tout cas, pas son pays. Que dire cependant de son attitude envers sa femme et son fils ? Andrew n'avait-il pas fait preuve de négligence en emmenant le petit James avec lui lors de ses rendez-vous avec d'autres agents ?

— Une petite chose, James. Vous avez dit « il » est mort.

— Oui, eh bien ?

— L'agent du MI6 qui travaillait dans le contre-renseignement. Un détail dans les archives suggère qu'il s'agirait d'une femme.

Mon Dieu… Sa mère, une espionne ? Monique Delacroix Bond ? Impossible. Mais il devait reconnaître qu'elle était photographe freelance, une couverture fréquemment utilisée par les agents. Et elle était bien plus aventureuse que son mari : c'était elle qui l'avait convaincu d'aller faire de la randonnée et du ski. Bond se rappelait aussi qu'elle refusait systématiquement que le petit James l'accompagne lors de ses prises de vue.

Une mère, bien entendu, ne mettrait jamais son enfant en danger, quelle que soit la mission.

Bond ne connaissait pas les critères de recrutement du MI6 à l'époque, mais sa nationalité suisse ne constituait sans doute pas un obstacle.

Il lui fallait fouiller cette piste afin de confirmer ses doutes. Et si ces informations étaient avérées, il remonterait la piste de ceux qui avaient commandité et mis en œuvre cet assassinat. Or, cette tâche revenait à Bond et à lui seul.

— Merci, Philly. Je crois que j'ai tout ce qu'il me faut. Vous avez été prodigieuse. Vous méritez une médaille de l'Ordre de l'Empire britannique !

— Oh, je me contenterai d'un bon d'achat chez Selfridges… Je le mettrai de côté en prévision de la semaine Bollywood du rayon alimentation.

Ah, autre passion commune : leur amour pour la gastronomie.

— Dans ce cas, j'ai encore mieux : je vous emmènerai dans un bon restaurant indien, dans Brick Lane. Le meilleur de Londres. Ils ne servent pas d'alcool, mais on peut apporter une bouteille de ce bordeaux dont vous m'avez parlé. Samedi prochain, ça vous dit ?

Elle ne répondit pas immédiatement, sans doute le temps de consulter son agenda, en déduisit Bond.

— D'accord, James, ce serait super.

Il se l'imaginait, sa chevelure rousse détachée, ses yeux verts pétillants, ses jambes qu'elle croisait dans un froissement d'étoffe.

— Et il faudra que vous ameniez une demoiselle, ajouta-t-elle.

Il s'apprêtait à boire une nouvelle gorgée de whisky mais se figea.

— Bien entendu, répondit-il automatiquement.

— Vous et votre moitié, Tim et moi, on va bien s'amuser !

— Tim. Votre fiancé.

— On a traversé une mauvaise passe, vous étiez peut-être au courant. Mais il a refusé un poste prometteur à l'étranger pour rester à Londres.

— Il est revenu à la raison.

— Je ne peux pas lui en vouloir d'avoir envisagé d'accepter. Je ne suis pas facile à vivre. Mais on a décidé de se donner une deuxième chance. On a partagé beaucoup de choses ensemble. Oh, ce serait bien qu'on sorte tous ensemble samedi ! Tim et vous, vous pourrez parler de voitures et de motos. Il est très calé sur le sujet, bien plus que moi.

Elle parlait vite, trop vite. Ophelia Maidenstone était fine, en plus d'être intelligente, et ce qui s'était passé entre eux au restaurant le lundi précédent ne lui avait pas échappé. Elle avait senti qu'ils étaient exactement sur la même longueur d'onde…

quelque chose aurait pu se développer si le passé n'avait pas refait surface.

Le passé, songea Bond. L'obsession de Severan Hydt.

— Je suis très heureux pour vous, Philly.

— Merci, James, répondit-elle non sans émotion.

— Mais je vous préviens, je ne vous laisserai pas passer votre vie à pousser des landaus dans les rues de Londres. Vous êtes le meilleur officier de liaison qu'on n'ait jamais eu et je tiens à collaborer avec vous sur un maximum de missions.

— Je serai toujours là pour vous, James. Où vous voulez, quand vous voulez.

Vu les circonstances, les mots n'étaient pas forcément bien choisis.

— Il faut que j'y aille, Philly. Je vous appelle la semaine prochaine pour le debriefing de l'Incident Vingt.

Ils raccrochèrent.

Bond commanda une autre boisson. Il sirota la moitié du verre en regardant le port sans réellement prêter attention à sa beauté spectaculaire. Sa distraction n'avait pas grand-chose à voir avec la réconciliation d'Ophelia Maidenstone et de sa moitié.

Non, ses pensées tournaient autour d'un sujet bien plus essentiel.

Sa mère, une espionne…

Une voix le tira de ses réflexions.

— Je suis en retard. Désolée.

James Bond tourna la tête vers Bheka Jordaan qui prenait place en face de lui.

— Ugogo va bien ?

— Oh oui, mais chez ma sœur elle nous a tous forcés à regarder une rediffusion de *'Sgudi 'Snays*i.

Bond leva un sourcil.

— Une sitcom en zoulou tournée il y a quelques années.

Comme il faisait chaud sous le chauffage de la terrasse, Jordaan enleva sa veste bleu marine. Sa chemise rouge à manches courtes laissait voir sa cicatrice. Ses ex-collègues n'y étaient pas allés de main morte. Il se demanda pourquoi elle ne la dissimulait pas sous du maquillage.

— Je suis surprise que vous ayez accepté mon invitation à dîner. C'est pour moi, d'ailleurs.

— Ce n'est pas nécessaire.

— Il ne s'agit pas de nécessité…

— Merci, dans ce cas, se contenta-t-il d'ajouter.

— Je n'étais pas sûre de vous le proposer. J'y ai pas mal réfléchi. D'habitude, je ne me pose pas trop de questions. Je décide assez rapidement, je vous l'ai déjà dit. Je suis désolée que votre week-end dans les vignes soit tombé à l'eau.

— Oh, tout bien considéré, je préfère être ici avec vous plutôt qu'à Franschhoek.

— Ça ne m'étonne pas. Je ne suis peut-être pas une femme facile, mais pas une tueuse en série non plus. Mais vous ne devriez pas essayer de me draguer… ah non ! Ne niez pas ! Je n'ai pas oublié votre regard à l'aéroport le jour de votre arrivée.

— Je drague beaucoup moins que vous ne le croyez, se défendit Bond. Les psychologues ont un mot pour ça : projection. Vous projetez sur moi vos sentiments.

— Cette remarque, c'est déjà de la drague !

Bond éclata de rire et appela le sommelier qui leur servit la bouteille de vin pétillant sud-africain qu'il avait commandée avant l'arrivée de Jordaan. Le sommelier la déboucha.

Bond goûta le vin et l'approuva.

— Ça va vous plaire, dit-il à Jordaan. Un Graham Beck cuvée Clive. Chardonnay et Pinot noir, 2003. Ça vient de Robertson, dans le Cap-Occidental.

Jordaan rit, ce qui ne lui arrivait pas souvent.

— Et moi qui vous ai fait un condensé d'histoire sud-africaine ! On dirait que vous avez appris quelques petites choses par vous-mêmes.

— Ce vin est aussi bon que s'il avait été produit à Reims.

— Et où se trouve Reims ?

— En France. C'est là qu'on fabrique le champagne. À l'Est de Paris. Un coin magnifique. Ça vous plairait.

— Je n'en suis pas si sûre. Et puis à quoi bon aller jusque là-bas si notre vin est aussi bon que le leur ?

Sa logique était implacable. Ils trinquèrent.

— Khotso, dit-elle. À la paix.

— Khotso.

Ils savourèrent leur vin en silence. Il se sentait très à l'aise en compagnie de cette femme « pas facile ».

— Est-ce je peux vous poser une question ? demanda-t-elle en posant son verre.

— Je vous en prie.

— Quand Gregory Lamb et moi nous étions dans la caravane, derrière l'hôtel des Six Apôtres, et que vous avez dit à Felicity Willing qu'entre vous, ça aurait pu fonctionner. C'était vrai ?

— Oui.

— Alors je suis désolée. Moi aussi j'ai joué de malchance en matière de relations amoureuses. Je sais ce que c'est que d'être déçu. Mais on finit par rebondir.

— Oui, malgré tout, on s'en sort.

Elle admira la vue.

Bond reprit :

— C'est moi qui l'ai tué, vous savez. Niall Dunne.

— Comment saviez-vous que je… commença-t-elle, surprise. Elle ne put continuer sa phrase.

— C'était la première fois que vous abattiez quelqu'un ?

— Oui. Mais comment pouvez-vous être certain qu'il s'agissait de votre balle ?

— Vu la distance qui nous séparait de lui, j'avais choisi la tête comme vecteur de cible. Dunne avait une blessure à la tête et une à la poitrine. C'est mon coup qui lui a été fatal. La blessure à la poitrine, que vous avez faite, était superficielle.

— Vous êtes sûr que c'est vous qui avez tiré dans la tête ?

— Oui.

— Pourquoi ?

— Dans une telle situation de tir, je n'aurais pas pu manquer.

— Je vais devoir vous croire sur parole. Quand on utilise des termes comme « vecteur de cible » et « situation de tir », on sait de quoi on parle.

Avant, elle aurait pu dire cela avec dérision, songea Bond, pour se moquer de sa nature violente et de son manque de respect envers la loi. Mais à ce moment-là, elle observait simplement les faits.

Ils bavardèrent un moment, évoquant la famille de Jordaan en Afrique du Sud et la vie de Bond à Londres.

La nuit enveloppait la ville à présent. C'était une douce soirée d'automne comme on pouvait en jouir dans ces régions de l'hémisphère sud et le panorama était parsemé de lumières scintillantes. On apercevait aussi les étoiles, sauf là où les imposantes montagnes du Cap bouchaient la vue : la montagne de la Table et le Lion's Head.

Le cri plaintif d'une corne de brume résonna depuis le port.

Bond se demanda s'il annonçait l'arrivée d'un cargo rempli de nourriture.

Ou peut-être s'agissait-il de l'avertisseur d'un de ces bateaux touristiques qui emmenait les visiteurs au musée de la prison de Robben Island, là où Nelson Mandela, Kgalema Motlanthe et Jacob Zuma (tous devenus présidents de l'Afrique du Sud par la suite), avaient été enfermés de si longues années durant l'apartheid.

Ou bien c'était l'appel d'un paquebot de croisière qui s'apprêtait à lever l'ancre vers l'escale suivante et rassemblait ses passagers fatigués, chargés de *biltong* emballé dans du papier plastique, de vin de pinotage, de serviettes noires, vertes et jaunes, couleurs du Congrès national africain, et de leurs impressions fugaces de ce pays complexe.

À la demande de Bond, le serveur leur proposa le menu. Quand Jordaan tendit le bras pour en prendre un, elle frôla l'épaule de Bond. Ils échangèrent un sourire qui dura un peu trop longtemps.

Même s'ils étaient désormais réconciliés, Bond savait qu'à la fin du repas, elle prendrait un taxi jusqu'à Bo-Kaap tandis qu'il regagnerait sa chambre préparer ses bagages avant de s'envoler pour Londres le lendemain matin.

Il le savait et n'avait aucun doute.

Certes, l'idée d'une femme qui aurait les mêmes goûts que lui, avec qui il pourrait partager tous ses secrets, et sa vie, séduisait James Bond. Cette pensée lui avait apporté par le passé courage et réconfort. Pourtant – il s'en apercevait à présent –

une femme, quelle qu'elle soit, ne pouvait occuper dans sa drôle de vie qu'une place restreinte. Après tout, c'était un homme que le devoir appelait toujours aux quatre coins du monde, or pour sa sécurité et sa sérénité, il devait se déplacer rapidement, sans arrêt, afin de toujours surprendre sa proie et devancer son poursuivant.

Or, s'il se rappelait correctement le poème cité par Philly Maidenstone, arriver premier impliquait de voyager seul.

GLOSSAIRE

AIVD : Algemene Inlichtingen-en Veiligheidsdienst. Le service de sécurité néerlandais qui s'occupe de rechercher des renseignements et de combattre les menaces intérieures non militaires.

BIA : Bezbednodno-informativna Agencija. Le service de renseignements extérieur serbe, également agence de sécurité intérieure.

CCID : Crime Combating and Investigation Division of the South-African Police Service (voir plus bas SAPS) : la plus importante unité d'enquête criminelle de la police sud-africaine. Spécialisée en crimes graves tels que meurtres, viols et terrorisme.

CIA : Central Intelligence Agency. La principale agence américaine de recherche de renseignement étranger et d'espionnage. On raconte que Ian Fleming aurait joué un rôle dans sa création. Durant la Seconde Guerre mondiale, il rédigea un compte rendu détaillant comment il avait mis sur pied et géré une mission d'espionnage pour le général William Donovan, dit « Will Bill », chef du Bureau des services stratégiques américains (OSS). Donovan joua un rôle déterminant dans la création de la CIA, qui succéda à l'OSS.

COBRA : Cabinet Office Briefing Room A. Un comité britannique de gestion des crises, généralement dirigé par le Premier ministre ou un représentant du gouvernement haut placé et composé de spécialistes de telle ou telle menace frappant la nation. Même si les médias parlent souvent de réunions tenues dans la salle de conférences A du cabinet ministériel de Whitehall, le comité peut se réunir ailleurs.

DI : Defence Intelligence. Le service de renseignements britannique.

Division Trois : organe de sécurité fictif du gouvernement britannique, basé à Thames House. Plus ou moins rattaché au Service de sécurité (voir plus bas), il met en place des opérations tactiques et de terrain à l'intérieur des frontières britanniques afin d'enquêter sur des menaces et de les neutraliser.

FBI : Federal Bureau of Investigation. La principale agence américaine de sécurité intérieure, chargée d'enquêter sur les activités criminelles sur le territoire national et sur certaines menaces visant les États-Unis ou ses ressortissants à l'étranger.

FO ou FCO : Foreign and Commonwealth Office, ministère des Affaires extérieures et du Commonwealth. L'organe britannique chargé de la diplomatie et de la politique étrangère, géré par le ministre des Affaires étrangères, membre haut placé du gouvernement.

FSB : Federal'naya Sluzhba Bezopasnosti Rossiyskoy Federastii. L'agence de sécurité intérieure russe. Semblable au FBI (voir plus haut) et au Service de sécurité (voir plus bas). Anciennement KGB (voir plus bas).

GCHQ : Government Communications Headquarters. L'agence gouvernementale britannique qui recherche et exploite les renseignements en provenance de l'étranger. Semblable au NSA (voir plus bas) aux États-Unis. Également surnommé « le Beignet » à cause de la forme du bâtiment, situé à Cheltenham, un quartier de Londres.

GRU : Glavnoye Razvedyvatel'noye Upravleniye. L'organisation militaire russe chargée du renseignement.

KGB : Komitet Gosudarstvennoy Bezopasnosti. L'organisation soviétique du renseignement extérieur et de la sécurité nationale jusqu'en 1991, date à laquelle elle fut remplacée par le SVR (voir plus bas) pour le renseignement extérieur et le FSB (voir plus haut) pour le renseignement et la sécurité intérieure.

Metropolitan Police Service : le service de police chargé de Londres et sa banlieue (à l'exception de la City, qui possède sa propre police). Surnommé le Met, Scotland Yard ou le Yard.

MI5 : le Service de sécurité (voir plus bas).

MI6 : le Service secret de renseignements (voir plus bas SIS).

MoD : Ministry of Defence, ministère de la Défense. L'organe qui, au sein du gouvernement britannique, supervise les forces armées.

NIA : National Intelligence Agency. L'agence sud-africaine de sécurité intérieure, semblable au MI5 (voir plus haut) ou au FBI (voir plus haut).

NSA : National Security Agency. L'agence gouvernementale américaine qui recherche et exploite les signaux et renseignements émis à l'étranger par des téléphones mobiles, ordinateurs, etc. Il s'agit de la version américaine du GCHQ (voir plus haut), avec qui elle partage des locaux en Grande-Bretagne comme aux États-Unis.

ODG : Overseas Development Group. Une unité d'espionnage britannique largement indépendante, mais placée malgré tout sous l'autorité du FCO (voir plus haut). Sa mission est d'identifier et d'éliminer toute menace contre la nation, et ce par des moyens extraordinaires. Son siège fictif est situé près de Regent's Park à Londres. James Bond est un agent de la Section 00 de la Cellule O (comme Opérations) de l'ODG. Son directeur est connu sous le nom de M.

SAPS : South-African Police Service. La police sud-africaine, opérant sur le territoire national. Ses missions couvrent aussi bien la sécurité des citoyens que le crime aggravé.

SAS : Special Air Service. L'unité de forces spéciales de l'armée britannique. Elle fut créée durant la Seconde Guerre mondiale.

SBS : Special Boat Service. L'unité de forces spéciales de la Royal Navy. Elle fut créée durant la Seconde Guerre mondiale.

Service de sécurité : l'agence de sécurité intérieure britannique, chargée d'enquêter sur les menaces extérieures et les activités criminelles sur le territoire national. Il correspond au FBI (voir plus haut) aux États-Unis, bien que sa vocation soit avant tout d'enquêter et de surveiller. À la différence du FBI, ses agents n'ont pas le pouvoir de procéder à des arrestations. Également connu sous le nom de MI5.

SIS : Secret Intelligence Service. L'agence britannique d'espionnage et de renseignements extérieur. Elle correspond à la CIA aux États-Unis. Également connue sous le nom de MI6.

SOCA : Serious Organised Crime Agency. L'organisation policière britannique chargée d'enquêter sur les crimes importants perpétrés sur le territoire national. Ses agents et ses officiers ont le pouvoir de procéder à des arrestations.

Spetsnaz : Voyska Spetsialnogo Naznacheniya. Terme général désignant les forces spéciales des renseignements russes et de l'armée. Surnommé le Spetsnaz.

SVR : Sluzhba Vneshney Razvedk. L'agence russe d'espionnage et de renseignement extérieur. Anciennement KGB (voir plus haut).

REMERCIEMENTS

Tout roman est un travail d'équipe, et celui-là plus que beaucoup d'autres. Je souhaite exprimer ma profonde gratitude aux personnes suivantes pour avoir veillé sans relâche à ce que ce projet voie le jour puis devienne le meilleur livre possible : Sophie Baker, Francesca Best, Felicity Blunt, Jessica Craig, Sarah Fairbairn, Cathy Gleason, Jonathan Karp, Sarah Knight, Victoria Marini, Carolyn Mays, Zoe Pagnamenta, Betsy Robbins, Deborah Schneider, Simon Trewin, Corinne Turner et mes amis de la famille Fleming.

Un remerciement particulier à la meilleure des assistantes d'édition, Hazel Orme, ainsi qu'à Vivienne Schuster, qui a trouvé le titre de ce roman.

Enfin, merci à tous les membres de mon ODG à moi : Will et Tina Anderson, Jane Davis, Julie Deaver, Jenna Dolan et, bien entendu, Madelyn Warcholik.

IAN FLEMING

Ian Fleming, créateur de James Bond, est né à Londres le 28 mai 1908. Il fréquente Eton puis complète sa formation à Kitzbühel, en Autriche, où il apprend différentes langues et fait ses premières armes en matière d'écriture de fiction. Dans les années 1930, il travaille pour Reuters où il perfectionne son écriture et, grâce à une mission à Moscou, accumule de précieuses informations sur ce qui deviendra sa bête noire : l'Union soviétique.

Durant la Seconde Guerre mondiale, il est assistant du directeur du renseignement naval, où son imagination débordante lui permet d'inventer une grande variété d'opérations d'espionnage, toutes plus audacieuses et ingénieuses les unes que les autres. Cette expérience va s'avérer par la suite une véritable mine d'informations.

Après la guerre, il travaille comme directeur du service international du *Sunday Times*, poste qui lui permet de passer chaque année deux mois en Jamaïque. C'est là qu'en 1952 dans sa maison nommée Goldeneye, il écrit *Casino Royale*. Ce livre est publié l'année suivante. James Bond était né. Pendant les douze années qui suivent, Ian Fleming produit un roman par an, avec pour héros l'agent 007, l'espion le plus célèbre du vingtième siècle. Sa passion pour les voitures, les voyages, la gastronomie et les belles femmes comme son amour du golf et du jeu s'expriment dans ces ouvrages qui se vendent par millions d'exemplaires. Ils sont suivis d'adaptations cinématographiques à succès.

La carrière littéraire de Ian Fleming ne se borna pas à James Bond. En plus de ses articles et récits de voyages, il écrivit *Chitty Chitty Bang Bang*, une histoire pour enfants mettant en scène une voiture volante, qui a donné lieu à des adaptations cinématographiques et théâtrales. Bibliophile, il se constitua une collection d'éditions originales considérée tellement importante qu'elle fut évacuée de Londres durant le Blitz. En 1952, il créa sa propre maison d'édition, Queen Anne Press.

Fleming meurt d'une crise cardiaque en 1964 à l'âge de cinquante-six ans. Seuls deux films adaptés de sa série James Bond sortirent sur les écrans de son vivant : *Dr No* et *Bons baisers de Russie*. Il était loin de s'imaginer l'ampleur que prendrait son personnage. Pourtant, aujourd'hui, on estime qu'une personne sur cinq au monde a déjà vu un film de James Bond. Ce héros n'est plus seulement familier, il est devenu un phénomène planétaire.

Pour plus d'informations au sujet de Ian Fleming et son œuvre,
rendez-vous sur
www.ianfleming.com.

Jeffery Deaver

En 2004, l'écrivain à succès Jeffery Deaver a remporté le prix Ian Fleming de l'Association des écrivains de romans policiers pour son livre *Le rectificateur*. Lors de son discours de remerciements, il a rendu hommage à Ian Fleming et à l'influence que ses livres avaient eus sur sa carrière. Corinne Turner, directrice de Ian Fleming Publications, Ltd., était présente dans le public : « À ce moment-là, j'ai pensé que James Bond pouvait connaître des aventures intéressantes entre les mains de Jeffery Deaver. »

Deaver, quant à lui, confie : « Je ne peux pas décrire l'excitation que j'ai ressentie quand les ayants droit de Fleming m'ont demandé si j'étais intéressé par la rédaction du prochain volume de la série James Bond. Mon histoire avec Bond a commencé il y a une cinquantaine d'années. J'avais huit ou neuf ans quand j'ai lu un James Bond pour la première fois. J'étais un lecteur précoce, grâce à mes parents. Ils m'interdisaient de voir certains films, mais j'avais le droit de lire tout ce que je voulais. Ce qui est ironique quand on pense que dans les années 50 et 60, on ne voyait jamais de violence ou de sexe à la télévision. J'étais donc autorisé à lire tous les James Bond que mon père rapportait à la maison ou que je pouvais m'acheter avec mon argent de poche.

« J'ai ressenti assez tôt l'influence de Ian Fleming. Mon premier récit de fiction, écrit quand j'avais onze ans, était inspiré de Bond. C'était l'histoire d'un espion qui avait volé un avion top secret aux Russes. L'agent était américain, mais il avait des liens

461

avec l'Angleterre car il avait été posté, comme mon père, dans le comté d'East Anglia durant la Seconde Guerre mondiale.

« Je me souviens encore du moment où j'ai appris la mort de Ian Fleming aux informations. J'étais adolescent. J'avais l'impression d'avoir perdu un ami ou un oncle. Pire encore, le présentateur télé a annoncé que Bond lui aussi allait mourir dans les dernières pages du dernier roman, *L'Homme au pistolet d'or*. J'étais terriblement impatient et je l'ai acheté dès sa sortie. Je l'ai lu d'une traite et découvert la vérité : au moins, je n'avais qu'un de mes héros à pleurer, pas deux.

« J'ai remporté ou été nominé pour un certain nombre de récompenses, mais celle dont je suis le plus fier, c'est le prix Ian Fleming. La récompense a la forme d'un couteau de commando comme celui qu'aurait porté Ian Fleming durant sa carrière dans le renseignement naval, pendant la Seconde Guerre mondiale. Cette imposante récompense trône sur ma cheminée.

« Quant aux ressemblances entre la vie de James Bond et la mienne… il y en a quelques-unes, je l'avoue. J'aime les voitures rapides. J'ai eu une Maserati et une Jaguar et je sors de temps en temps ma Porsche 911 Carrera S ou mon Infiniti G37. Je pratique le ski alpin et la plongée sous-marine. J'aime le scotch single malt et le bourbon mais pas la vodka, que 007 buvait en grande quantité, bien plus souvent que ses vodka-martinis "secouées, pas seulement remuées". »

Jeffery Deaver a exercé la profession de journaliste (comme Ian Fleming), de chanteur de folk et d'avocat. Il a commencé à écrire des thrillers durant les longs trajets qui le menaient à son bureau de Wall Street. Il est l'auteur à succès de deux recueils de nouvelles et de vingt-sept romans. Ses livres sont vendus dans cent cinquante pays et traduits en vingt-cinq langues.

On le connaît surtout pour ses séries mettant en scène les personnages récurrents de Kathryn Dance et Lincoln Rhyme et notamment pour son roman *Le Désosseur*, adapté au cinéma en 1999 sous le titre *Bone Collector*, avec Denzel Washington et Angelina Jolie. Son roman *The Bodies Left Behind* a été nominé pour le prix international du Thriller en 2009.

Son dernier opus de la série Lincoln Rhyme s'intitule *The Burning Wire*. Un prochain thriller (hors série) sortira en septembre 2011.

Jeffery Deaver est né près de Chicago et vit aujourd'hui en Caroline du Nord.

Pour plus d'informations, rendez-vous sur
www.007carteblanche.com ou www.jefferydeaver.com.